MARIO LIMA

DIE MAUERN VON PORTO

Ein Fall für Inspektor Fonseca

ROMAN

WILHELM HEYNE VERLAG
MÜNCHEN

Sollte diese Publikation Links auf Webseiten Dritter enthalten, so übernehmen wir für deren Inhalte keine Haftung, da wir uns diese nicht zu eigen machen, sondern lediglich auf deren Stand zum Zeitpunkt der Erstveröffentlichung verweisen.

Glossar der portugiesischen Ausdrücke im Anhang.

Penguin Random House Verlagsgruppe FSC® N001967

Copyright © 2021 by Mario Lima
Originalausgabe 03/2021
Copyright © 2021 by Wilhelm Heyne Verlag, München,
in der Penguin Random House Verlagsgruppe GmbH,
Neumarkter Str. 28, 81673 München
Redaktion: Thomas Brill
Printed in Germany
Umschlaggestaltung: Designomicon, München, unter Verwendung von
Shutterstock.com / Maxx-Studio
Satz: Vornehm Mediengestaltung GmbH, München
Druck und Bindung: CPI books GmbH, Leck
ISBN: 978-3-453-44113-2

www.heyne.de

Ruhig, ganz ruhig. Es ist überhaupt nichts passiert.

Er atmete tief durch.

Aber der Einschlag war verdammt nahe gewesen. So nahe wie nie zuvor.

Er stand am Fenster seines Arbeitszimmers und blickte hinunter in den Garten, auf die gepflegten Wege und Beete mit ihren sorgsam geschnittenen Buchsbaumhecken, auf die großen Kamelien, deren rote und weiße Blüten in der Sonne leuchteten, und die einzelne, weit ausladende Palme.

Von unten hörte er die Stimmen seiner Frau und seiner Tochter und manchmal die seines angehenden Schwiegersohns. Es war Sonntagmittag, kurz vor dem Aufbruch ins Restaurant. Gleich musste er zu ihnen hinuntergehen.

Hinter ihm, auf dem schweren alten Schreibtisch, stand sein aufgeklappter Laptop. Es war Zufall gewesen, dass ihm die Meldung unter »Lokalnachrichten« überhaupt ins Auge gefallen war:

»Brand im Bairro da Sé«.

Als er den Straßennamen gesehen hatte, war er gleich unruhig geworden, hatte rasch den Artikel überflogen: Rauchgeruch kurz vor Mitternacht. Flammen, die aus dem Dachstuhl schlugen. Es gab keine Fotos, und eine Hausnummer hatte er auch nicht gefunden. Aber dann, Gott sei Dank, diesen Satz:

»Als die Feuerwehr eintraf, waren die Hausbewohner und ein paar Nachbarn schon mit Gartenschläuchen gegen die Flammen vorgegangen und hatten auch eine alte Frau aus dem Dachgeschoss geborgen, die mit Brandverletzungen an den Händen ins Krankenhaus Santo António gebracht worden war.«

Er hatte den Satz drei-, viermal gelesen. Ja, da stand es: Hausbewohner. Alte Frau aus dem Dachgeschoss geborgen. Es war *kein leer stehendes* Haus gewesen. Es war irgendein anderes in der Straße.

Er wandte sich vom Fenster ab und ging zurück an den Schreibtisch. Im Stehen las er noch einmal den letzten Absatz:

»Das Haus in der Rua da Bainharia, einer der ältesten Straßen der Stadt, wurde für vorläufig unbewohnbar erklärt. Der Zivilschutz brachte die Mieter in einer Pension unter. Die Feuerwehr machte sich gleich heute, am Sonntagmorgen, an die Aufräumarbeiten und begutachtete die Schäden, die durch den Brand und das Löschwasser entstanden waren. Ein Sprecher der Stadtverwaltung sagte, angesichts der beengten Verhältnisse im Bairro da Sé hätte alles viel schlimmer kommen können, und lobte die Feuerwehr ausdrücklich für ihren Einsatz.«

Allerdings, dachte er. Allerdings ... es hätte *sehr viel schlimmer* kommen können.

Von unten rief seine Frau: »Cláudio, bitte! Wir müssen los! Wir haben doch den Tisch bestellt!«

»Ja! Ich komme!«

Er streckte seine Hand nach dem Laptop aus. Langsam und nachdenklich klappte er ihn zu.

1

An diesem Sonntag Ende Februar lag schon der Frühling in der Luft. In der Sonne war es angenehm warm, und dass das Blau des Himmels noch etwas winterlich blass war, sah man erst hinterher auf den Fotos. In ganz Porto hielt es niemanden in seinen vier Wänden. Ob als Paar oder allein, ob als ganze Familie, ob mit Hund oder ohne – alles flanierte in der Mittagssonne dahin, und wo immer auf den Café- und Restaurantterrassen ein Tisch frei wurde, war er im Nu wieder besetzt. Auf den Strandpromenaden in Foz do Douro genoss man den Blick übers Meer und das Schauspiel der rauschenden Brandung, zwischen den Säulen der Pergola hielten sich die ersten verliebten Paare umschlungen. Andere bummelten unter den hohen Palmen des Passeio Alegre und die Uferwege am Rio Douro entlang, manche fuhren auch mit dem Fahrrad oder kurvten auf Skateboards zwischen den Spaziergängern hindurch.

Auch an der Ribeira, der Uferzone der Altstadt, war alles entschlossen, diesen geschenkten Frühlingstag zu genießen, schlenderte entspannt an den Kaimauern dahin, hörte den Straßenmusikern zu, fuhr mit Ausflugsbarkassen auf dem Douro hin und her oder saß beim

Mittagessen unter den weißen Sonnenschirmen und Markisen.

An einem der Tische saß auch Carlos Brandão, ein Mann von Mitte dreißig, Ingenieur beim Städtischen Bauamt, mit seiner Frau und ihren beiden Kindern. Alle vier aßen eine Francesinha, wie sie es sonntags gerne taten. Sie alle liebten diese Sandwich-Ungetüme, die mit Käse überbacken und dann heiß in tiefen Tellern mit Spezialsoße serviert wurden. Auf die Soße kam es ganz besonders an, und sie bewerteten sie jedes Mal nach einem familieneigenen Punktesystem.

Carlos' Francesinha war schon halb verspeist, und er reckte ab und zu den Hals, ob sich nicht irgendwo ein Kellner blicken ließ. Es war eine Frage des Timings. Wenn er es jetzt nicht schaffte, sein zweites Bier zu bestellen, dann kam es nicht mehr rechtzeitig, bevor er fertig war.

Da! Ein Kellner – der sich allerdings hartnäckig weigerte, in seine Richtung zu sehen. Carlos hatte schon die Hand zum Fingerschnippen erhoben, als sein Telefon auf dem Tisch zu vibrieren begann.

Er sah auf das Display. Nein, dachte er, nein, ehrlich nicht! Nicht heute!

Einfach nicht rangehen? Er seufzte innerlich, bat seine Frau mit einem Blick um Verzeihung und hob das Telefon ans Ohr. »Ja?«

»Carlos? Ich weiß, dass heute Sonntag ist. Tut mir leid. Aber sonst kann ich niemanden erreichen. Was machst du gerade?«

»Wir sitzen hier friedlich in der Sonne und essen Francesinhas.«

Das sollte heißen: »Dies ist mein einziger Tag mit der

Familie. Da könntet ihr mich wirklich mal in Ruhe lassen.«

»Das ist schön. Ich will auch gar nicht lange stören. Wo seid ihr denn?«

»An der Ribeira.«

»An der Ribeira? Das trifft sich ja günstig! Dann kannst du mal eben zu Fuß hingehen. Dauert nicht lange, versprochen!«

Der Kellner blickte zufällig in seine Richtung, Carlos hob auffordernd sein leeres Bierglas. Der Kellner nickte ihm zu und verschwand.

»Was gibt's denn so Dringendes?«

»Es geht noch mal um diesen Brand von gestern Nacht, im Bairro da Sé. Die Feuerwehr hat angerufen. Die haben da ein Problem.«

»Ich dachte, das war nicht so schlimm?«

»War es auch nicht. Aber das Feuer hat aufs Nachbarhaus übergegriffen, und da ist auch ein Teil vom Dach eingestürzt.«

»Ja, und?«

»Das Nachbarhaus steht schon ewig leer und ist baufällig. Sie sagen, das Dach kann man nicht mehr betreten, und von innen kommen sie auch nicht ran. Da ist so eine merkwürdige Wand.«

»Was für eine Wand?«

»Eine gemauerte Wand, ohne Tür. Anscheinend nachträglich eingezogen. Und sie trauen sich jetzt nicht, da ein Loch reinzuhauen. Nicht dass dann der ganze Dachstuhl runterkommt. Sie meinen, das müsste sich erst jemand ansehen.«

»Hat das nicht Zeit bis morgen?«

»Nein. Sie sagen, sie müssen das Gebäude sichern. Bei den engen Gassen da ... wenn da Trümmer runterfallen ...«

»Ja, schon gut. Kann ich wenigstens noch zu Ende essen?«

»Natürlich, klar. Das heißt, du übernimmst das, ja?«

Carlos seufzte. »Wie ist die Adresse?«

Seine Tochter nahm das nicht so einfach hin. »Papa! Du hast gesagt, dass wir noch mit dem Schiff fahren!«

»Ja, das macht ihr ja auch. Zusammen mit eurer Mama. Die ganze Sechs-Brücken-Tour, wie versprochen!« Zu seiner Frau sagte er: »Ich ruf an, ja?«

Zu Fuß ging er zur Praça da Ribeira. Der halbe Platz war ebenfalls voller Cafétischchen und Sonnenschirme. Carlos ging an den Lokalen vorbei, ließ mehreren Kellnern den Vortritt und betrat dann am Ende des Platzes die schmale und schattige Rua dos Mercadores, in der es gleich deutlich kühler war. Nach einer Weile war er so gut wie allein. Auf dem Kopfsteinpflaster ging er die leicht ansteigende Straße hinauf, wie ungezählte andere vor ihm seit dem Mittelalter.

Es war tatsächlich nicht sehr weit. Nach wenigen Minuten bog er in die Rua da Bainharia.

Einige Feuerwehrmänner und zwei Schutzpolizisten standen vor dem Haus beisammen. »*Bom dia*«, sagte er. »Carlos Brandão. Ich bin der Ingenieur vom Bauamt.«

»Ah, sehr gut. Dann kommen Sie mal mit.«

Ein Feuerwehrmann ging vorweg, einer der Polizisten folgte ihnen. Durch das enge, düstere Treppenhaus stiegen sie hinauf bis zur Mansarde. Je höher sie kamen, desto stärker wurde der Brandgeruch. In der verstaubten Glaskuppel über ihnen waren mehrere Scheiben zerbrochen, das Tageslicht fiel in einzelnen Bahnen herab.

»Wahrscheinlich war es wieder ein Kabelbrand«, sagte der Feuerwehrmann. »Die Leitungen in diesen Häusern sind ja alle uralt und zusammengeflickt. Ein Wunder, dass da nicht mehr passiert.« Er schüttelte den Kopf. »Und dann versuchen Sie mal, an den Brandherd ranzukommen. Bei den Straßen hier! Die meisten sind so schmal, dass der Löschzug nicht hineinfahren kann. Dann heißt es Schläuche abrollen und zu Fuß weiterlaufen. Und die Leute stehen da rum und schimpfen, weil es ihnen nicht schnell genug geht.«

»Kann ich mir vorstellen.«

»So, da wären wir. Das da ist die Wand.«

Carlos trat näher. Dass die Wand hier nicht hingehörte, erkannte er mit einem Blick. Grob aus Ziegelsteinen gemauert und unverputzt, trennte sie den vorderen Teil der Dachschräge vollständig ab. Es gab keinerlei Zugang zu dem Raum dahinter.

Der Feuerwehrmann legte den Kopf in den Nacken. »Sie sehen ja ... Das ganze Dach sieht aus, als ob es nur noch vom Taubendreck zusammengehalten wird. Kann sein, dass es ohne die Wand einfach einstürzen würde.«

»Tja, und gut sieht die auch nicht aus, das stimmt schon.« Carlos nahm seinen Autoschlüssel aus der Tasche und kratzte damit an einer Mauerfuge. Der Mörtel zerbröselte sofort zu Sand. »Falsches Mischungsverhältnis. Also, ein großer Maurermeister war das nicht.« Er trat einen Schritt zurück. »Sehen Sie sich die Stoßfugen an: mal hier, mal da, wie es gerade so kommt. Der wusste wohl selber nicht, was für ein Mauerverband das werden sollte. Ein Wunder, dass das Ding überhaupt noch steht.«

»Das ist eben die Frage: Was passiert, wenn wir da mit dem Vorschlaghammer rangehen?«

»Wenn ich das wüsste. Warten Sie ...« Carlos zückte sein Telefon, suchte nach einer Nummer. »Ist natürlich schwierig heute, am Sonntag. Mal sehen, was sich machen lässt.«

Es dauerte etwas – sie warteten unten vor dem Haus –, aber dann kam tatsächlich, laut rumpelnd und scheppernd, ein alter Pritschenwagen in die Straße gefahren und hielt an derselben Ecke, an der auch die Feuerwehr stecken geblieben war. Zwei Männer in Overalls zogen ein paar Metallrohre von der Ladefläche, nahmen sie auf die Schultern und gingen zu Fuß weiter. Wenig später war der Dachstuhl mit Baustützen gesichert, und die beiden fingen an, die ersten Ziegel aus der Wand zu klopfen.

Als das Loch schon fast groß genug war, um gebückt hindurchzusteigen, stürzte doch noch ein Teil der Wand ein. Alles stand plötzlich, hustend und die Augen kneifend, in einer Staubwolke.

Carlos untersuchte gerade die stehen gebliebenen Mauerreste, als einer der Feuerwehrmänner laut »*Puta que o pariu!*« rief. »Seht euch *das* an ...!«

»Moment! Alle zurückbleiben!« Die beiden Schutzpolizisten drängten sich nach vorn. Zwischen den umherliegenden Trümmern traten sie behutsam und mit eingezogenen Köpfen ein, zwei Schritte in den schmalen Raum, der hell und offen vor ihnen lag. Von dem Dach darüber waren nur verkohlte Sparren übrig.

Auf dem Boden lag ein Haufen schwarzer Plastikplanen, und darunter ragte etwas Helles hervor. Es waren Knochen. *Ein Fuß.* Ein skelettierter menschlicher Fuß.

Die Polizisten warfen ein paar Dachschindeln zur Seite, die auf den Haufen gefallen waren, dann hoben sie langsam, jeder an einem Ende, die Plane an. Pfützen von Löschwasser hatten sich darauf gehalten, die sie erst seitlich abfließen ließen.

Der zweite Fuß kam zum Vorschein, dann die Beinknochen. Nur das Rascheln der Plane war zu hören, sonst nichts. Dann erhob sich ein Raunen. »*Meu Deus!*«

Zwei weitere Knochenfüße waren erschienen. An diesen hingen noch Reste von Schuhen.

»Vorsichtig! Langsam ...« Die Polizisten zogen die Plane jetzt ganz weg. Einen Moment lang standen sie alle sprachlos da. Mehrere der Männer bekreuzigten sich.

Vor ihnen lagen zwei menschliche Skelette, das eine wie im Arm des anderen.

Einer der Polizisten sagte schließlich: »Ich frage mal in der Zentrale nach, was wir machen sollen.«

»Rufen Sie lieber gleich die PJ«, sagte Carlos. »Und jetzt sollten wir alle rausgehen und hier nichts mehr anfassen.«

2

»Oha, es wird ernst, was?«, sagte Dona Amélia mit einem Lächeln, während sie mechanisch die frische Papierdecke auf dem Restauranttisch glatt strich. Es war Montagmorgen, das Lokal war noch geschlossen. Auch die Kellnerin Sandra hinter dem Tresen hörte nicht auf, laut klappernd Espressotassen einzuräumen, als sie der Frau zulächelte, die gerade durch die Hintertür den Gastraum betreten hatte.

»*Bom dia!*«, sagte Tété Marinho. »Ja, ich muss los. Bin schon spät dran.«

»Sie haben ja noch nicht mal gefrühstückt!«

»Zu viel Zeit vor dem Spiegel verbracht! Nun ja, mein erster Arbeitstag. Da muss ich schon einen guten Eindruck machen. Wie sehe ich aus?« Sie wandte sich erst der einen, dann der anderen zu, beide nickten anerkennend.

»Wie es sich gehört«, sagte Dona Amélia. »Ganz die Senhora Doutora!«

»Danke, danke.« Tété lächelte ihr zu. Unter dem offenen hellen Trenchcoat trug sie einen dunkelgrauen Hosenanzug mit Nadelstreifen, eine hochgeschlossene weiße Bluse und schwarze Stiefeletten mit praktischen Absätzen.

Seit mehr als einer Woche wohnte sie jetzt in einem der beiden möblierten Zimmer über dem kleinen Restaurant. Mit Mitte vierzig und frisch geschieden war sie so unerwartet von Lissabon nach Porto versetzt worden, dass sie kaum Zeit für die Wohnungssuche gehabt hatte. Das letzte Jahr hatte sie ziemlich mitgenommen – es war einfach zu viel auf einmal gewesen –, und ihre Neigung, sich bei Stress mit Törtchen und anderen Leckereien zu trösten, war nicht ganz spurlos geblieben. Ihr Gesicht war runder als früher, auch sonst hatte sie etwas zugelegt. Wenigstens sah sie nicht auch noch blass und elend aus. Ihr Hautton war immer gleichbleibend Café com leite, ihr afrikanisches Erbe unverkennbar. Sie war in Angola geboren. Ihr dichtes schwarzes Haar – inzwischen gefärbt, um die Wahrheit zu sagen – war rundum kurz gehalten, und als Ohrringe trug sie zwei dezente goldene Perlen. Mit der Aktenmappe unter dem Arm sah sie aus wie eine Anwältin auf dem Weg zum Gericht, und das war auch in etwa der angestrebte Effekt. Ganz unzufrieden war sie also nicht.

»Dann drücken Sie mir mal die Daumen«, sagte sie, »dass ich dort auch so nett aufgenommen werde.«

»Aber klar!« Dona Amélia winkte gelassen ab. »Warum denn nicht? Wir sind hier in Porto! Die werden schon in Ordnung sein.« Sie ging mit Tété durch das leere Lokal und schloss ihr die Tür auf. »Heute Abend gibt's Bacalhau à Gomes de Sá. Nicht verpassen! So was Gutes kriegen Sie in ganz Lissabon nicht!«

»Ich freu mich drauf«, sagte Tété. »*Até logo!*« Immer noch lächelnd, trat sie hinaus auf die morgendlich kühle Altstadtstraße und ging in Richtung Metrostation Aliados.

Sie war sehr froh, dass sie dieses Quartier gefunden hatte. Die ersten Tage in der fremden Stadt waren nicht einfach gewesen. Allein in dem öden Hotelzimmer, allein auf Wohnungssuche. Und niemand, mit dem sie reden konnte. Selbst ihre zwei Söhne, die beide in Lissabon studierten, hatten sich nur beiläufig am Telefon erkundigt, wie es ihr ging, da oben im Norden. »Und wie ist es da so? Ist es wirklich so schlimm mit dem Nebel?« Keiner der beiden war je in Porto gewesen, und sie schienen auch nicht vorzuhaben, sie in nächster Zeit zu besuchen. »Nein, ach was«, hatte sie angestrengt fröhlich geantwortet, »hier ist blauer Himmel! Die Sonne scheint, genau wie bei euch!«

Sie hatte sich mehrere kleine Apartments angesehen, aber eines hatte immer den Ausschlag gegeben: die Vorstellung, dort abends allein zu sitzen. »Danke«, hatte sie zu den Maklern gesagt, »aber das ist nichts für mich.«

Eines Abends war sie durch Zufall auf Dona Amélias Restaurant gestoßen. Es lag in einer kleinen, mit Kopfstein gepflasterten Seitenstraße des Altstadtviertels Vitória. Der Blick durch die Scheiben in das warm erleuchtete Innere hatte sie sofort hineingezogen. Es war ein schmales, lang gestrecktes Lokal, in dem die Tische eng beieinanderstanden und die Wände bis auf halbe Höhe mit blau-weißen Azulejos gekachelt waren. Unter der Decke hing der Fernseher, und durch die Durchreiche konnte man in die Küche sehen. An ihrem ersten Abend, allein an einem kleinen Tisch, hatte sie das beste Hähnchen Piri-Piri seit Langem gegessen und sich, ebenfalls seit Langem, mal wieder rundum wohlgefühlt. Auch wenn sie selbst außen vor blieb – einfach zu sehen und zu hören, wie das freundliche ältere Ehepaar, das gemeinsam das Restaurant betrieb, mit den Stammgästen plauderte, scherzte und lachte, hatte ihr wirklich gutgetan.

Erst bei ihrem zweiten Besuch war ihr das kleine Schild »Quartos/Rooms« aufgefallen, das draußen neben der Eingangstür hing. »Sie vermieten auch Zimmer?«, hatte sie die Kellnerin gefragt. Dona Amélia selbst war nach dem Kaffee mit ihr nach oben gegangen. Tété hatte sofort zugesagt.

Genau drei Mal hatte sie danach noch allein zu Abend gegessen, an ihrem kleinen Einzeltisch im Durchgang. Dann hatte sich Dona Amélia kopfschüttelnd zu ihr gesetzt und gesagt: »So geht das nicht. Immer allein. Das kann man ja nicht mit ansehen. Sie sind ein Familienmensch, genau wie ich, das merke ich doch. Wenn Sie hier wirklich niemanden kennen – warum essen Sie dann nicht einfach mit uns? Dann sind *wir* eben Ihre Familie, das ist für den Anfang besser als nichts.«

So war es gekommen, dass sie Abend für Abend, wenn die Hauptessenszeit vorbei war, am langen Tisch der Belegschaft Platz nahm und sich mit allen zusammen eines der Tagesgerichte schmecken ließ – mit Dona Amélia, ihrem Mann Artur, der Kellnerin Sandra und den beiden Marias aus der Küche – und dazu den guten Vinho Verde da Casa trank, den ein Schwager im Minho selbst produzierte.

Manchmal, wenn sie dann schwer und zufrieden in ihrem Bett lag, dachte sie zwar: O mein Gott, wenn du immer so spät und so reichhaltig isst, fängt deine Kleidergröße bald mit X an. Aber solche Bedenken wischte sie beiseite. Es war ja nur eine Übergangszeit. Irgendwann brauchte sie schon eine eigene Wohnung, das war ja klar.

So richtig eilig hatte sie es damit aber nicht mehr. Wenn sie abends die Augen schloss, hörte sie von unten noch immer das Klappern aus der Küche und das Schwatzen und Lachen der beiden Marias und lächelte still für sich. Dies war ein guter Ort, und wenn man auf dieser Welt einen gefunden hatte, sollte man eigentlich froh sein.

Die Lautsprecherstimme sagte: »Faria Guimarães«, und Tété blickte unwillkürlich hinauf zum Streckenplan. Noch drei Stationen.

Wieder betrachtete sie ihr Spiegelbild in der Scheibe des Metroabteils, vor den vorbeihuschenden Tunnelwänden, und hoffte, dass dies wirklich der Neuanfang war, den sie brauchte. Auf jeden Fall war sie entschlossen, das Beste daraus zu machen.

Wenn sie ehrlich war, hatte sie sich in Lissabon niemals wirklich zu Hause gefühlt. Auch nach so vielen Jahren nicht, so seltsam das klang. Zu Hause – das war immer noch Angola. Das Land, das es nur noch in der Erinnerung gab. Das Land, aus dem sie Hals über Kopf hatten fliehen müssen, als sie neun Jahre alt gewesen war.

Die Vorfahren ihres Vaters waren schon im neunzehnten Jahrhundert nach Afrika gekommen, mit der ersten Welle von Einwanderern aus Madeira. Auf den großen Kaffee- und Baumwollplantagen im Hinterland waren die portugiesischen Frauen lange Zeit in der Minderheit gewesen, und auch Tété hatte eine schwarze Großmutter gehabt.

Sie selbst war so hellhäutig, dass ihre Eltern sie oft tagelang im Haus versteckt hatten, wenn von irgendwo Schüsse zu hören waren. Das Gerücht war aufgekommen, die Scharfschützen der Rebellen würden gezielt auf Weiße schießen. Das war schon zu der Zeit gewesen, als an den Mauern »Branco, *vai para a tua terra!*« stand: »Weißer! Hau ab in dein eigenes Land!« Tété hatte das nie verstanden. Angola war doch ihr Zuhause, sie war hier geboren, ein anderes Land kannte sie gar nicht.

Sie hatte es bald kennengelernt. An einem grauen Herbsttag, bei Nieselregen und eisiger Kälte, waren sie am Flughafen Lissabon angekommen. Tété hatte gefroren wie nie zuvor in ihrem Leben. Die fremde Stadt war ihr dunkel, eng und schäbig vorgekommen, die Menschen kalt und abweisend.

Bei ihren neuen Mitschülern war sie dann »die aus Afrika« gewesen. Aber das hatte ihr nicht viel ausgemacht. Nur ganz am Anfang hatten die anderen sich immer kringelig gelacht, wenn sie einen Omnibus nicht *autocarro* nannte, sondern *machimbombo*.

Als Teenager und als Studentin war sie mit ihren afrikanischen Wurzeln noch spielerisch umgegangen, hatte sich lauter kleine Zöpfchen mit bunten Perlen flechten lassen und Leopardenleggings getragen. Sie sah toll aus auf den alten Fotos, strahlend und voller Leben. Doch als sie angefangen hatte zu arbeiten, war es damit vorbei gewesen. Sie hatte die knallbunten Farben heruntergedimmt und sich selbst gleich mit. Viel zu weit, wie sie rückblickend fand. War es das wirklich wert gewesen?

Die Lautsprecherstimme ließ sie aufhorchen: »Salgueiros.«

Télé stieg aus und fuhr die Rolltreppen hinauf. Der Himmel war blau, aber der Wind noch ziemlich kalt. Sie wusste, dass sie nach rechts gehen musste, geradeaus die Straße entlang.

Es war nur ein Weg von fünf Minuten. Schon tauchte eine kahle, halbrunde Betonfassade hinter den Vorgärten der Wohnhäuser auf.

Durch eine Glastür betrat sie das Gebäude. »*Bom dia*«, sagte sie am Empfangstresen. »Teresa Marinho. Ich möchte gern zur Mordkommission.«

Der Wachmann deutete auffordernd auf die Sicherheitsschleuse. »Sind Sie vorgeladen, oder wollen Sie eine Aussage machen?«

Sie lächelte kurz. »Weder noch. Ich fange da heute an zu arbeiten.«

3

Das schmale Treppenhaus in der Rua da Bainharia war mittlerweile von gleißenden Scheinwerfern erleuchtet. Stromkabel liefen gebündelt hinauf, und auf dem obersten Treppenabsatz ließ sich hin und wieder jemand im weißen Schutzanzug sehen.

Auch Doutora Rita Campelo und ihr junger Assistent hatten am Hauseingang weiße Schutzanzüge angelegt und blaue Plastiküberzieher für die Schuhe. Hintereinander stiegen sie die steile Treppe hinauf, der Assistent trug den Tatortkoffer.

Doutora Rita war eine kleine, drahtige Frau mit spitzer Nase und runden Brillengläsern, die ihr graues Haar stets als Pagenkopf trug. Wer ihr auf der Straße begegnete, hätte sie für eine leicht verschrobene Musiklehrerin halten können, die irgendwo allein mit ein paar Katzen lebte. Bei der PJ aber kannte man sie als erfahrene Rechtsmedizinerin und Koryphäe auf dem Gebiet der forensischen Osteologie.

Mit den meisten Beamten der Spurensicherung war sie per Du, man grüßte sich zwanglos. Der eine führte die beiden Neuankömmlinge zu den Skeletten. Die Wand war jetzt fast vollständig abgetragen, an der Seite lag noch ein Haufen Steine.

»Gestern haben wir erst mal den Fundort gesichert«, sagte der Mann von der Spurensicherung. »Das war hier ja alles offen.« Er deutete auf die verkohlten Dachsparren, über denen eine Plastikplane ausgespannt war. »Und dort lag alles voller Ziegelsteine und Mörtelbrocken vom Einschlagen der Wand.« Er sah sich prüfend um. Hier und da standen noch die kleinen gelben Nummerntafeln. »Also, die Gesamtspurenlage ist erfasst. Sie können sich jetzt frei bewegen.«

»Gut, danke.« Doutora Rita sah ihren Assistenten an, der den Blick keine Sekunde von den Skeletten gewandt hatte. »Na, wie sieht's aus? Geschlechtsbestimmung?«

»Ja, ich würde sagen, das sind beides weibliche Skelette. Hier, der Beckenbereich ...« Der junge Mann beugte sich vor und zeigte mit dem Finger. »Beide haben auffallend breite und flache Darmbeinschaufeln und einen weiten, querovalen Beckeneingang. Auch der Arcus pubis zeigt bei beiden einen deutlich stumpfen Winkel, mehr als neunzig Grad.«

Doutora Rita nickte zustimmend. »Ja ... alles korrekt.« Sie nahm ihr Diktiergerät zur Hand und ging in die Hocke. »Gut, fangen wir an.« Sie drückte die Aufnahmetaste. »Äußere Besichtigung am Fundort, Rua da Bainharia Nummer 32. Zwei vollständig skelettierte, mutmaßlich weibliche Leichen. Die eine mit Kleidungsresten, die andere ohne.«

Als die Fahrstuhltüren aufgingen, stand Tété Marinho einem Mann gegenüber, der oben gewartet hatte. Sein rotblondes Haar und der Vollbart waren militärisch kurz gehalten, er trug eine olivgrüne Jacke mit vielen kleinen Taschen auf der Brust, dazu eine Cargohose und Stiefel. Seine Miene war grimmig und verschlossen. »*Bom dia*«, brummte er, ohne sie anzusehen, und betrat an ihr vorbei die Kabine.

»*Bom dia?*«, sagte sie etwas verwundert und stieg aus. Sie drehte sich noch nach ihm um, aber da schlossen sich schon die Fahrstuhltüren. Irgendwie hatte sie den Eindruck, dass er genau gewusst hatte, wer sie war.

Sie schüttelte kurz den Kopf und ging den Korridor entlang. Es war niemand zu sehen. Verschiedene Klingeltöne kamen mal von hier, mal von dort.

Ein Stück vor ihr trat ein jüngerer Mann – wohl irgendwo in den Dreißigern – aus einer Tür und kam ihr entgegen. Er sah recht gut aus und wusste seinen gut geschnittenen Anzug zu tragen. Im Näherkommen fiel ihr auf, dass er etwas Gel in seinem schwarzen Haar hatte. Auch er wirkte nicht gerade erfreut, sie zu sehen: Er senkte den Blick sofort auf sein Mobiltelefon und grüßte nur knapp im Vorbeigehen: »*Bom dia.*«

Na, das ist ja ein netter Empfang, dachte sie.

Ein paar Schritte weiter bog sie um die Ecke und sah eine junge Frau an einem Kaffeeautomaten stehen, eine zierliche Gestalt in Jeans und hochhackigen Stiefeletten. Ihr enger roter Pulli betonte wirkungsvoll ihre schmale Taille, ihr langes dunkles Haar fiel offen herab. Sie schien noch in den Zwanzigern zu sein. Vielleicht eine Schreibkraft, dachte Tété. Na, die wird mir wohl wenigstens sagen, an wen ich mich wenden soll.

Die junge Frau blickte auf, einen winzigen Plastikbecher Espresso in der Hand. »Ah, Sie sind die Neue, ja?«

Ihr Lächeln war so hübsch und unbekümmert, dass Tété es sofort erwiderte.

»Ja, die bin ich.«

»Wurde auch Zeit, dass ich hier mal Verstärkung kriege. Bis jetzt war ich die einzige Inspektorin in dieser Abteilung. Willkommen! Ich bin Ana.«

»*Bom dia.* Ich heiße Teresa.«

Gleich darauf brachte Ana sie zum Chef, der gerade telefonierte. Sie beide standen da und warteten.

Chefinspektor Fonseca, ein Mann um die fünfzig, das graue Haar akkurat zu einer kurzen Bürste geschnitten, saß gewichtig hinter seinem Schreibtisch und hörte die meiste Zeit zu. Er war in Hemdsärmeln, mit Krawatte, und drehte und wendete einen Filzschreiber in seiner Hand. Hin und wieder sah er zu ihnen herüber, als wollte er sagen: »Einen Moment, ich bin gleich für Sie da.« Tété hatte das Gefühl, dass er sie dabei gründlich musterte.

Schließlich schüttelte er den Kopf und sagte zu seinem Gesprächspartner: »Sekunde mal eben.« Er nahm den Hörer in die Linke und stand aus seinem Stuhl auf, breit und massig und einen Kopf größer als sie. Über den Schreibtisch hinweg reichte er ihr die Hand. »Unsere neue Mitarbeiterin, ja? Angenehm. Wir sehen uns gleich bei der Besprechung. Ana, führen Sie sie doch schon mal herum und zeigen ihr alles.« Damit setzte er sich wieder und telefonierte weiter.

»Kommen Sie, ich zeige Ihnen Ihr Büro«, sagte Ana.

Draußen auf dem Korridor begegneten sie einem weiteren Inspektor, der gleich schneller ging, als er sie kommen sah. Ana versuchte ihn aufzuhalten: »He, warte, ich möchte dir unsere neue Kollegin ...«

»Später, ja? Bin in Eile! *Bom dia.*«

Ana verdrehte kurz die Augen. Dann zuckte sie die Schultern. »So ist das halt bei uns!«

Tété hätte sie zu gern gefragt, was hier eigentlich los war, aber sie wusste nicht, wie sie es sagen sollte.

Doutora Rita und ihr Assistent hockten weit vorgebeugt neben dem kleineren Skelett.

»Es *muss* hier irgendwo sein. Leuchten Sie mal weiter links. Tiefer ... tiefer ...«

Der Assistent, der die Taschenlampe hielt, ließ den Lichtkegel langsam über den Boden wandern. Durch die Ausleuchtung des Raums warfen die Knochen harte Schlagschatten, und was sie suchten, war ohnehin sehr klein.

»Moment, stopp!« Doutora Rita spähte zwischen den oberen Rippenbögen hindurch. Der junge Mann wich etwas zurück, damit sie nicht mit den Köpfen zusammenstießen.

»Die lange Pinzette.«

Er reichte sie ihr.

»Ja ... da haben wir's ja.« Sie richtete sich auf und hob die Pinzette. »Sehen Sie?«

Es war ein dünnes, gebogenes Knöchelchen, das für den Laien wie ein kleiner Hühnerknochen gewirkt hätte. Das Zungenbein.

»Das ist gebrochen«, sagte der Assistent. »Der Cornu majus. Eine glatte Fraktur.«

»Ja. Der Rest kann auch nicht weit sein.« Doutora Rita

betrachtete das Knöchelchen von allen Seiten. »Also massive Gewalteinwirkung auf den Halsbereich. Ich würde sagen, die junge Frau hier ist erwürgt oder erdrosselt worden.«

Sie nahm ihr Diktiergerät und drückte wieder die Aufnahmetaste.

»Tja, das sind unsere Dienstwagen«, sagte Ana, als sie durch die Garage gingen. »Also, mit Verfolgungsjagden sieht es eher schlecht aus.«

»Oh, die gehen ja noch. Sie sollten unsere in Lissabon sehen! Wir sind mal mitten auf der Autobahn liegen geblieben, mit zwei wichtigen Zeugen im Wagen. Es war dunkel und hat geregnet, und wir hatten Angst, dass uns jemand hinten drauffährt. Also standen wir dann alle hinter der Leitplanke und haben auf den Abschleppdienst gewartet. Es war so peinlich, ich hätte heulen können.«

»Und wir denken hier immer, alles Geld fließt in die Hauptstadt!«

»Fragt sich nur, wo es dort ankommt. Bei uns jedenfalls nicht.«

Irgendwo links war zu hören, wie die Schiebetür eines Transporters geöffnet wurde. Ein Hund bellte, dann rief eine Männerstimme: »He! Wo willst du hin?«

Sie blieben unwillkürlich stehen.

»Benny! Benny!«

Ein Schnüffeln und das Tappen von Pfoten näherten sich. Schon tauchte ein junger Schäferhund zwischen den geparkten Wagen auf. Er stutzte, die großen Ohren gespitzt, und sah sie freudig an.

Schnurstracks kam er auf Tété zu, sprang an ihr hoch, bellte fröhlich und fiepte und fiepte. Sie kraulte ihm lächelnd den Kopf. »Ja, ist ja gut. Bist ja ein Feiner!« Er schien ganz begeistert von ihr zu sein. Na, wenigstens einer, dachte sie.

Der Hundeführer kam hinter ihm her. »Benny! Bei Fuß!«

Aber der Hund konnte sich gar nicht beruhigen, kroch ihr fast in die Tasche des Trenchcoats. Erst ein Pfiff brachte ihn zur Räson. Er ließ von ihr ab und rannte munter zurück.

»Entschuldigen Sie bitte! Er ist noch in der Ausbildung!«

»Macht nichts! Wirklich nicht. Toller Hund!«

»Komm, Benny, komm. So ist's brav.«

Beim Weitergehen bemerkte Tété, dass die junge Inspektorin Mühe hatte, sich das Lachen zu verkneifen. Etwas misstrauisch fragte sie: »Was denn?«

»Nichts, nichts.«

»Nun sagen Sie schon.«

Ana lachte kurz und sah sie an. »Das war ein Drogenspürhund.«

Oh. Eine Sekunde lang war sie versucht, sich herauszureden: »Ach ja, ich hab da neulich beschlagnahmtes Haschisch in der Manteltasche gehabt.« Sie entschied sich dagegen.

»Der Hund ist wirklich gut. Das können höchstens ein paar Krümel gewesen sein. Ein Tütchen Gras, das aufgegangen ist.«

Ana kam näher und flüsterte: »Von mir erfährt es keiner.«

Sie lachten gemeinsam. Und waren dann beide gleich entspannter.

»Haben Sie Familie in Porto?«, fragte Ana. »Oder weshalb haben Sie sich hierherversetzen lassen?«

»Nein, hier im Norden kenne ich niemanden. Ich habe nur meine Versetzung zur Mordkommission beantragt. Dass es Porto werden würde, damit habe ich nicht im Mindesten gerechnet.« Tété zuckte die Achseln. »Ich schätze, man wollte mich loswerden.«

Ana sah sie nur von der Seite an. Sie war offenbar zu zurückhaltend, um nach dem Grund zu fragen.

»Ich bin da einigen Leuten auf den Schlips getreten, wissen Sie. Man hat mich mehr oder weniger vor die Wahl gestellt, mich versetzen zu lassen oder den Dienst zu quittieren.«

»Aha ...?«

Sie verließen die Garage und traten ins Freie. Tété sah sich um. Damit hatte sie nicht gerechnet: Es gab hier einen richtigen Garten. Vor ihnen im Sonnenschein lag eine Rasenfläche mit alten Bäumen und einer Palme, in der hinteren Ecke erhob sich ein reich verzierter Granitbrunnen, zu dem ein Plattenweg führte.

»Na, so schön haben wir es in Lissabon aber nicht.«

Ana lächelte. »Ja, das alles hier war mal eine alte Quinta. Dort drüben war das Haupthaus, da ist jetzt unser Museum drin. Und das ist die Kantine.«

»Nicht schlecht ... Das ist ja auch ein nettes Plätzchen, da am Brunnen.«

»Ja, da sitzen wir ganz gern in der Pause. Gehen wir doch mal hin. Ein bisschen Zeit haben wir ja noch.«

Als sie den Plattenweg entlanggingen, sah Tété, dass

ihnen jemand folgte. Es war der gut aussehende jüngere Mann von vorhin, in dem schicken Anzug. Die Neugier schien gesiegt zu haben.

»*Bom dia*«, sagte er im Näherkommen. »Entschuldigen Sie, dass ich vorhin so kurz angebunden war.«

Ana stellte ihn als Rui Pinto vor, und sie setzten sich ein wenig in die Sonne – Ana und Tété auf der niedrigen Mauer, die den Platz vor dem Brunnen umgab, Pinto auf dem Brunnenrand.

»Und weshalb wollten Sie zur Mordkommission?«, fragte Ana. »Das habe ich nicht richtig verstanden.«

Tété lächelte. »Aus einem einfachen Grund. Ich dachte, wenigstens dort wird doch noch richtig ermittelt werden. Wenigstens bei Mord wird man die Täter nicht einfach laufen lassen! Oder?«

»Wir tun unser Bestes«, sagte Pinto. »Ich hab gehört, Sie waren vorher bei der ...«

»›Abteilung für Korruptionsbekämpfung‹. Der sogenannten.« Tété schnaufte kurz durch die Nase. »Und da ist das eben so. Das weiß ja auch jeder: Korruption ist in diesem Land straffrei. Nicht nur das, die Justiz hält sogar ihre schützende Hand darüber. Unsere ganze Abteilung existiert nur *para inglês ver*.« Nur zu Alibizwecken. »Unsere Ausstattung – personell, finanziell – ist ein einziger Witz! Was wir da für Computer benutzen, darf man keinem erzählen: Die alten, die sie bei Gericht ausmustern, weil der Support fürs Betriebssystem ausläuft, die kriegen wir dann. So sieht es aus.« Sie schüttelte resigniert den Kopf. »Also, vor *der* Abteilung braucht wirklich keiner zu zittern.«

Pinto lächelte. »Wir dann auch nicht, oder wie?«

Tété blickte auf, sah von Pinto zu Ana und wieder zurück. »Was?«, sagte sie. »*Deswegen* haben mich hier alle so komisch angesehen?«

»Na ja«, sagte Pinto, »der Nationalen Direktion traut man hier einiges zu. Wenn mal irgendwas nicht so läuft, wie es sollte, ist Lissabon immer ganz schnell mit Schuldzuweisungen bei der Hand. Die haben uns schon vorgeworfen, ›Elemente‹ bei uns hätten eine ›zu große Nähe zur Unterwelt‹ und solche Sachen. Also, Freunde macht man sich so nicht.«

Tété sah ihn immer noch ungläubig an. »Und da haben Sie gedacht, ich wäre die Spionin aus der Zentrale, die Sie hier überwachen soll?«

»So ungefähr. Also, ich persönlich nicht, aber der eine oder andere vielleicht schon. Und dann sind die natürlich beleidigt und sagen: Die in Lissabon sollen mal schön vor der eigenen Tür kehren.«

Ana schüttelte seufzend den Kopf. »Ich hab doch gleich gesagt: Wenn die hier wirklich jemanden einschleusen wollten, dann würden sie das auch gerade in die Personalakte schreiben!«

»Ach, das ist hier sogar diskutiert worden?«

Pinto winkte ab. »Was man so redet, wenn der Tag lang ist.«

Sein Mobiltelefon klingelte. »Ja? – Aha? – Gut, bis gleich.« Er sah Tété an und sagte: »Na, dann wollen wir mal. Es gibt Arbeit.«

4

Zu viert gingen sie die Rua da Bainharia entlang – Fonseca und die Neue vorweg, Ana Cristina und Pinto hinterher.

Auch Fonseca war jetzt etwas entspannter, was Teresa Marinho betraf. Ana hatte ihn noch schnell zur Seite genommen und Entwarnung gegeben. »Das wird schon. Ich hab da ein gutes Gefühl.«

Fonseca hatte mit dem Standardspruch geantwortet, den sie öfter zu hören bekam: »Wenn *Sie* das sagen. Sie sind die Psychologin.«

Im Gehen betrachtete Fonseca die neue Kollegin ab und zu von der Seite. Mit ihrem kurz geschnittenen Haar und dem dunklen Hosenanzug mit Nadelstreifen sah sie ganz klar nach Business aus. »Sie sollten mich besser ernst nehmen«, schien die Botschaft zu sein. Er konnte sich denken, wie es dazu gekommen war: Sie hatte sich in der Hauptstadt durchsetzen müssen, in der Welt der Regierungsbeamten und Parteifunktionäre. Und das in ihrer Position. Trotzdem wirkte sie keineswegs spröde und abweisend. Er wusste, dass sie gerade eine Scheidung hinter sich hatte. Genau wie er selbst und tausend andere in diesem Beruf. Aber sie schien das ganz gut überstanden zu haben. Sie sah aus, als hätte sie Humor. Und als wäre sie dem guten Essen nicht abgeneigt. Das war ja schon mal etwas.

Sie blickte an den verwitterten Fassaden empor. »Die Gegend hier hat auch schon mal bessere Zeiten gesehen, was?«

Viele der Häuser standen leer, in den Sprossenfenstern waren Scheiben zerbrochen oder fehlten ganz. Nur hier und da hing Wäsche zum Trocknen von den kleinen Balkonen mit den schmiedeeisernen Geländern.

»Das kann man wohl sagen.« Fonseca folgte ihrem Blick. »Ist alles viel zu lange vernachlässigt worden. Dann verfällt so ein Viertel, und die Leute ziehen weg. Na ja, vor ein paar Jahren war alles noch viel schlimmer, da hatte sich hier auch noch die Drogenszene breitgemacht. Im Dunkeln hat sich kaum noch jemand auf die Straße getraut.«

»Und wie haben Sie das in den Griff gekriegt?«

»Die Schutzpolizei hat nicht lockergelassen. Ist immer wieder mit Razzien gegen die Dealer vorgegangen. Ganz weg sind sie nicht, aber weniger geworden. Und sie sind auch nicht mehr so dreist wie vorher. Da haben sie mit ihren Luxuskarossen immer die engen Straßen zugeparkt, und keiner hat gewagt, was dagegen zu sagen.«

»Na, dann kann es ja aufwärtsgehen. Das Haus da drüben ist ja sehr schön restauriert.«

»Ja, hier und da tut sich schon was. Das Bairro da Sé muss gerettet werden! Schließlich ist es das älteste Viertel der Stadt.« Fonseca deutete voraus. »Sehen Sie die Biegung, die die Straße dort macht? Die folgt noch dem Verlauf der alten Stadtmauer.«

»Ah ja. Ein Teil davon steht ja noch, oder? Hab ich da hinten am Fluss gesehen, an der Brücke.«

»Nein, nein, das an der Brücke ist ein Teil der *neuen* Mauer, von dreizehnhundertsoundso. Das hier war die ganz alte, aus dem tiefsten Mittelalter. Die ging noch auf römische Fundamente zurück.« Er zeigte nach links. »Hier den Hügel hinauf, das ist der Kern der alten Stadt. Da war Porto nicht viel mehr als eine Burg über dem Fluss, mit vier Toren in der Mauer. Und dies hier war die erste Straße, die außen um die Mauer herumlief. Hier hatten die Schmiede ihre Werkstätten. Wegen der Brandgefahr durften die nicht innerhalb der Burg liegen.«

Hinter der Biegung wurde die Straße noch enger. Über ihren Köpfen schienen sich die Häuser einander zuzuneigen, der Himmel war nur ein schmales Band zwischen den Dachkanten.

Fonseca seufzte, als er die wartenden Journalisten mit ihren Mikrofonen und Kameras sah.

»Kein Kommentar. Nein, wir können noch überhaupt nichts sagen.«

Ein Schutzpolizist öffnete ihnen die Haustür und ließ sie nacheinander eintreten. Fonseca ging als Letzter, blieb noch kurz stehen und sah sich das Türschloss an.

»Wer hat das aufgebrochen?«

»Die Feuerwehr. Der Eigentümer ließ sich so schnell nicht feststellen. Bis jetzt hat sich auch niemand gemeldet.«

»Mm-hm. Gut, danke.«

Als sie drinnen die Treppe hinaufgingen, sagte er: »Schauen wir erst mal, ob unsere Skelette nicht auch aus dem Mittelalter sind.«

Das Treppensteigen brachte ihn schon bald zum Schnaufen. In Häusern wie diesem hatte er immer Probleme. Den Schimmel von Jahrhunderten roch man noch durch den Brandgeruch. Er klopfte schon mal sein Jackett nach dem Asthmaspray ab.

Ein junger Mann im weißen Schutzanzug erschien auf dem obersten Treppenabsatz und blickte besorgt zu ihnen herab. »Hat man Ihnen keine Schutzkleidung gegeben?«

»Unten war niemand«, sagte Fonseca. »Keine Sorge, wir fassen nichts an.«

»Oh, der Chef persönlich!« Doutora Rita tauchte hinter dem jungen Mann auf. »Was verschafft uns die Ehre?«

Fonseca lachte etwas kurzatmig. »Rita! Lange nicht gesehen! Ach, ich musste einfach mal raus, weißt du.«

Oben angelangt, beugte er sich zu der kleinen Doutora hinab. Sie begrüßten sich mit Küsschen links, Küsschen rechts.

»Zé Manel! Wie geht's dir? Dein Asthma ist doch nicht schlimmer geworden? Sei ehrlich. Ich schick dich zum Arzt!«

»Nein, nein, das ist nur die Luft hier. Solche alten Gemäuer sind nichts für mich. Aber ich hab ja mein Spray. Alles in Ordnung.«

»Na gut. Wir sind hier eigentlich auch so weit. Ihr könnt ruhig mitkommen.«

Nacheinander folgten sie ihr langsam und umsichtig zu den Mauerresten der Wand und verteilten sich zwischen den Baustützen. Doutora Rita trat gebückt unter die Dachschräge und ging dann neben den Skeletten in die Hocke.

Niemand sagte ein Wort.

Am Telefon von einem Skelettfund zu hören war eine Sache, die Überreste zweier Menschen direkt vor sich zu haben eine ganz andere.

Fonseca warf der Neuen einen Seitenblick zu. Sie hatte die Lippen zusammengepresst und schien sich zu zwingen, genau hinzusehen. Er konnte sich vorstellen, was sie dachte: »Du wolltest ja unbedingt zur Mordkommission. Du hast gewusst, was das bedeutet.«

Ana und Pinto wirkten ernst und konzentriert.

Beide Skelette lagen auf dem Rücken. Bei dem größeren waren die Arme seltsam abgewinkelt. Vor Fonsecas innerem Auge erschien sofort jemand, der eine Leiche über den Boden schleifte, sie an dieser Stelle ablegte und die Arme dann einfach seitlich fallen ließ. Es hatte etwas Achtloses.

Das kleinere Skelett lag halb auf dem größeren, wie in einer letzten Umarmung, die beiden haarlosen Schädel nahe beieinander. Bei dem kleineren war die ganze Haltung ruhiger und ausgeglichener, wie nachträglich zurechtgelegt.

Nur an dem größeren Skelett hingen Kleidungsreste, und das brachte einem alles gleich noch näher. Dies war einmal ein Mensch wie du und ich gewesen. An den verschlissenen Gewebefetzen, die von den Beinknochen herabhingen, erkannte man die dicken Nähte einer Jeans, die Nieten und den Reißverschluss. Von dem Gürtel war kaum mehr als die Metallschnalle übrig.

Doutora Rita sagte: »Wir gehen davon aus, dass es sich um zwei weibliche Leichen handelt. Und zwar um die einer erwachsenen Frau – diese hier – und die einer deutlich jüngeren beziehungsweise eines Mädchens. Was an diesem zweiten Skelett sofort ins Auge fällt, sind der perfekte Zustand der Zähne und die Zierlichkeit des ganzen Knochenbaus.«

Fonseca bemerkte, wie sich ihr Blick kurz auf Ana richtete, als überlegte sie, ihre Statur zum Vergleich heranzuziehen. Er war dankbar, dass sie es bleiben ließ.

»Was die Todesursachen angeht: Bei dem Mädchen haben wir das gebrochene Zungenbein gefunden. Die erwachsene Frau dagegen hat drei schwere Frakturen im hinteren Schädelbereich, die höchstwahrscheinlich von demselben kantigen Instrument herrühren, von einem Hammer oder etwas Ähnlichem.«

Sie sah Fonseca an und schüttelte bedauernd den Kopf.

»Nein, zur Liegezeit kann ich noch nicht viel sagen. Dazu müssen wir weitere Untersuchungen durchführen.«

»Aber um diesen Zustand zu erreichen ...«, sagte Fonseca. »Wie lange dauert das? Ich meine, dass da nun auch gar keine Haare mehr übrig sind ...«

»So ist das bei dem feuchten Seeklima, das wir hier haben. Sie lagen unter mehreren Lagen dieser dicken Plastikplanen. Da kompostiert das organische Material, Haare und alles, und es bleiben nur die Knochen. Aber wie lange das genau gedauert hat, hängt von hundert Faktoren ab, die wir nicht kennen. Vielleicht bieten auch die Kleidungsreste einen Hinweis oder etwas von dem, was die Spurensicherung hinter der Wand gefunden hat.«

Pinto ließ seinen Blick umherwandern. »Stimmt«, sagte er, »das war hier ja praktisch eine Zeitkapsel.«

»Ja, genau.« Doutora Rita sah sich ebenfalls um. »Ich hab gehört, hier standen sogar zwei leere Bierflaschen in der Ecke.«

»Im Ernst?« Pinto schüttelte leicht den Kopf. »Unser fleißiger Maurer, was? Also, Nerven muss er ja gehabt haben. Da liegen zwei Leichen unter der Plane, und er macht Pause und trinkt sein Bierchen.«

»*Pronto*«, sagte Fonseca. Er wusste, dass es nicht viel Zweck hatte, trotzdem fragte er Rita, bis wann er mit den Untersuchungsergebnissen rechnen könne.

»Zé Manel, du kennst meine Antwort. Wenn ich alles vorher wüsste, könnte ich mir die Untersuchungen auch sparen.«

Danach standen sie noch auf dem Treppenabsatz beisammen.

Die Neue sah etwas betreten aus. Fonseca runzelte die Stirn, aber ihm fiel nichts Aufmunterndes ein.

Pinto hatte es auch bemerkt und nickte ihr zu. »Kann einem schon an die Nieren gehen, wenn man nicht dran gewöhnt ist, was?«

Teresa Marinho lächelte schwach. »Ach, wissen Sie … als Kind in Afrika habe ich eine Menge Leichen gesehen. Auch von Menschen, die ich kannte. So ganz wird man das nie wieder los.« Sie atmete tief durch und sah Fonseca an. »Keine Sorge, damit komme ich schon zurecht.«

Zum Mittagessen gingen sie in ein kleines Restaurant in der Nähe. Es lag unterhalb des Straßenniveaus, sie stiegen ein paar Stufen hinab und folgten dem Kellner durch den schmalen Gastraum mit seiner dunklen Holzbalkendecke und den Steinwänden aus Granit. An ihrem Tisch in einer hinteren Nische bestellten sie den Bacalhau und den gegrillten Peixe Espada – Schwarzen Degenfisch – von der Tageskarte, dazu weißen Vinho Verde, und ließen es sich erst mal schmecken. Beim Essen sprachen sie kein Wort über den Fall.

Erst hinterher sagte Fonseca: »Tja, Leute ... dann lasst doch mal hören. Was habt ihr so an ersten Überlegungen? Wie kommen die Skelette dorthin? Weshalb mauert jemand zwei Leichen im Dachgeschoss ein?«

Pinto fing an. »Weil er nicht gewusst hat, wie er sie wegschaffen sollte. Man braucht sich ja nur umzusehen. Das ganze Viertel ist so eng gedrängt, da kann man überhaupt nichts machen, ohne dass es jemand mitkriegt.«

Alle nickten zustimmend.

»Ja, das könnte der Grund sein«, sagte Fonseca. »Irgendwo sitzt immer eine alte Frau am Fenster, die alles sieht, was vor sich geht. Da hätte man kaum eine Chance.«

»Allein die Straße vor dem Haus«, sagte Pinto. »So schmal, dass nur ein Auto durchpasst. Wenn man da steht, um was einzuladen, kommt gleich der Nächste und fängt an zu hupen. Und sorgt damit erst recht für Aufsehen.«

Ana sagte: »Das hieße dann: Die Morde sind in diesem Haus begangen worden.«

Fonseca trank seinen letzten Schluck Vinho Verde. »Ja, ich denke, davon können wir ausgehen.« Er stellte das Glas ab. »Irgendein Drama muss sich dort abgespielt haben. Und dann saß er da, mit zwei Leichen, und wusste nicht, wohin damit.«

Teresa Marinho fragte: »Wir sprechen von einem männlichen Einzeltäter?«

»Ja, das würde ich schon sagen. Zumindest als Ausgangshypothese.«

»Dieses Einmauern vor Ort«, sagte Ana, »das ist ja eher ein Verstecken. Es hat beinahe etwas von ›unter den Teppich kehren‹. Es ist auf jeden Fall eine Notlösung. Ich sehe da auch jemand Einzelnen, der plötzlich von der Situation überfordert war.«

»Kommt mir auch so vor«, sagte Pinto. »Es ist halt passiert, und er muss etwas tun. Aber so ganz ist er nicht der Typ, der nun wacker zwei Leichen zerteilt und in zwanzig Müllsäcken aus dem Haus trägt.«

»Ja, genau ...« Teresa Marinho zögerte, doch dann gab sie sich einen Ruck. »Ich weiß nicht, das klingt vielleicht etwas simpel, aber ich habe vorhin schon gedacht: Es waren *die Leichen*, die verschwinden mussten – nicht *er selbst*. Er selbst wollte dableiben, oder? Und sein gewohntes Leben weiterführen.«

»Stimmt«, sagte Fonseca. »Einfach liegen lassen und flüchten war eindeutig keine Option. Oder so zu tun, als ob er sie nur gefunden hätte.«

Ana sagte: »Also muss er gewusst haben, dass er sofort verdächtig gewesen wäre. Das heißt, er hat mit den Opfern in persönlicher Beziehung gestanden.«

Pinto nickte. »Und der Täter hat auch die Wand aufgemauert. Also hat er Zugang zu dem Haus gehabt. Den Schlüssel für die Haustür.« Er lächelte in die Runde. »Schauen wir im Grundbuch nach, wem das Haus gehört, und schon haben wir ihn.«

Fonseca lehnte sich zurück. »Hm, ja, das klingt gut. Genau so machen wir es.«

5

Márcia hämmerte von Neuem gegen die Wohnungstür. »Sie sind seine Mutter! Es kann Ihnen doch nicht egal sein! Wenn er sein Methadon nicht abholt, dann heißt das, dass er wieder drückt!«

Die Tür blieb geschlossen. »Verschwinden Sie!«, kam es von drinnen. »Lassen Sie mich in Ruhe!« Ein Baby fing an zu plärren. »*Puta de merda!* Jetzt haben Sie auch noch die Kleine aufgeweckt!«

»Sagen Sie mir, wo er ist!«

»Woher soll ich das wissen? Glauben Sie, das erzählt er mir?«

»Ich will ihm doch nur helfen! Begreifen Sie das nicht?«

»Sie sollen verschwinden, hab ich gesagt!«

»Ja, ja ...!« Márcia schlug ein letztes Mal gegen die Tür, dann wandte sie sich ab und ging den schäbigen Korridor entlang, der über und über mit Graffiti besprüht war. Eine leere Coladose lag im Weg, sie kickte sie weg.

Die Dose prallte scheppernd gegen eine Wohnungstür, die sofort einen Spaltbreit geöffnet wurde. Eine männliche Stimme brummte: »Jetzt ist es aber langsam gut, ja?«

Márcia ging wortlos vorbei. Nur noch raus hier.

Als sie unten aus dem Haus trat, warf sie einen Blick

auf die Uhr. Mittagspause. Wenigstens etwas. Zwischen den kahlen grauen Wohnblocks, an den Müllcontainern vorbei, ging sie hinüber zu ihrem Auto, einem kleinen weißen Kastenwagen mit der Aufschrift »Fundação Esperança«.

Sie setzte sich hinein, knallte die Fahrertür hinter sich zu und ließ einen Moment lang einfach den Kopf hängen, die Augen geschlossen. Mit zwei Fingern rieb sie sich die Nasenwurzel, diese Frage im Kopf, die sie nie wirklich losließ: *Wozu das alles?*

Sie blickte auf und sah in den Innenspiegel. Die Antwort war immer dieselbe: *Jemand muss es wenigstens versuchen. Wenn du es nicht tust, tut es niemand.* Ein paar ihrer dunkelblonden Haarsträhnen hingen ihr ins Gesicht. Sie strich sie erst flüchtig zurück, dann löste sie doch das Haargummi und band sich den Pferdeschwanz neu.

Wohin jetzt? Ihr grauste schon bei der Vorstellung, allein an einem Cafétisch zu sitzen, auf einem Sandwich herumzukauen ... Die Zeit ihrer schlimmsten Essstörungen lag zwar etliche Jahre zurück, aber es war heute noch so, dass sie einfach nichts herunterbekam, wenn sie nervlich angespannt war. Man sah es ihr an. Wer es gut meinte, sagte, sie sei schlank, aber es ging schon in Richtung mager, das wusste sie selbst.

»*Passo a passo*«, sagte sie gern, wenn sie einem ihrer Schützlinge Mut machen wollte: »Schritt für Schritt, dann schaffst du das.« Also dann, erster Schritt: Motor anlassen. Sie hatte immer noch keine Ahnung, wohin sie fahren wollte, aber sie drehte den Zündschlüssel um.

Das Autoradio ging an.

Der Song, der gerade lief, gefiel ihr. Es war eine

Schnulze, zugegeben, aber hier, allein in ihrem Wagen, hinderte sie nichts daran, sich zurückzulehnen und leise lächelnd mitzusummen.

Da ertönte ein Pfeifton. Die Stimme des Radiosprechers sagte: »So, wir schalten noch einmal zurück zu Sylvie ins Bairro da Sé. Sylvie, ich höre, es gibt Neuigkeiten im Fall der zwei Skelette?«

»Ja, Diogo, viel ist es nicht, aber immerhin. Für alle, die jetzt erst hinzugekommen sind, fasse ich noch einmal kurz zusammen ...«

Márcia wollte schon leicht verärgert den Sender wechseln – da wurde der Straßenname genannt. Unwillkürlich zog sie die Augenbrauen zusammen. In der Rua da Bainharia ...?

»Die PJ hat bisher noch keinen Kommentar abgegeben, aber die Kriminalbeamten, die vorhin erschienen sind, sollen von der Mordkommission sein. Die Hinweise verdichten sich also, dass es sich um zwei Verbrechensopfer handelt. Wie lange dieses Verbrechen, dieser mögliche Doppelmord, schon zurückliegt, ist eine Frage, die sich bis jetzt nicht beantworten lässt.«

»Dann gibt es noch keine Vermutungen, wer die Toten sein könnten?«

»Nein, Diogo, das ist viel zu früh. Nach dem, was man hier auf der Straße hört, soll es sich um die Skelette eines jungen Mädchens und einer erwachsenen Frau handeln. Aber auch das ist etwas, das nur gerüchteweise nach außen gedrungen ist. Offiziell hat es noch niemand bestätigt.«

»Wie nehmen die Nachbarn die Sache denn auf? Ich könnte mir vorstellen ...«

»Klar, das ist für viele ein Schock. Ich habe eben mit dieser Senhora gesprochen ... Entschuldigen Sie, würden Sie unseren Hörern noch einmal kurz ...«

»Ja, ich wohne hier schräg gegenüber! *Meu Deus*, wenn ich nur daran denke, dass die all die Jahre dort gelegen haben! Zwei unbeerdigte Leichen! So nahe an uns dran!«

Márcia hörte kaum noch zu. Sie starrte durch die Windschutzscheibe, ohne irgendetwas zu sehen.

Das Skelett *eines jungen Mädchens?* Und das *einer erwachsenen Frau?*

Eine Weile war sie wie weggetreten.

»Danke, Sylvie, für diese neueste Einschätzung. Bleiben Sie dran, wir halten Sie weiterhin auf dem Laufenden!«

Die Musik brachte sie wieder zu sich. Sie legte den ersten Gang ein, warf einen Blick in den Seitenspiegel und fuhr los. Jetzt wusste sie, wohin.

Nach dem Mittagessen gingen sie zurück zum Fundort. Vor der Haustür schwenkten sofort alle Mikrofone und Kameras in ihre Richtung. Fonseca hob abwehrend die Hand: »Wir kommen bloß vom Essen! Wir haben nichts Neues!«

Drinnen wurden sie vom Leiter der Spurensicherung erwartet, der gleich voranging, wieder die Treppen hinauf. »Wir haben jetzt auch die anderen Stockwerke überprüft. Alles leer. Nur Staub und Spinnweben.«

»Aber davon reichlich.« Fonseca hüstelte vor sich hin.

»Wie es aussieht, war die Mansarde das Letzte, was noch bewohnt gewesen ist. Oder wo sich zeitweise jemand aufgehalten hat.«

»Sie meinen, als der Rest schon leer stand?« Schnaufend erreichte Fonseca den nächsten Absatz und blickte zum Oberlicht empor. »Wenn weiter unten was frei war, wozu dann die ganzen Treppen steigen?«

»Vielleicht war die Miete günstig«, sagte Pinto. »Oder jemand mochte die Aussicht.«

Auf dem obersten Treppenabsatz wurde es eng, dort hatte man zwei Transportsärge abgestellt. Sie zwängten sich einzeln daran vorbei.

Diesmal wandten sie sich in die andere Richtung, zur Hofseite. In dem Mansardenzimmer standen ein altes Bett ohne Matratze und ein Schränkchen mit offenen Türen. Es schien leer zu sein.

Der Leiter der Spurensicherung nahm sein Mobiltelefon, rief ein Foto auf und zeigte es herum: »Diese Halskette haben wir hier gefunden. Sie ist glatt durchgerissen. Sehen Sie, der Verschluss ist intakt.«

Es war ein silbernes Kettchen mit einem Anhänger: einem feinen Ring, in dem ein kleiner silberner Delfin hing – als würde er gerade durch den Reifen springen.

»Hmm ...«, brummte Fonseca.

»Ja, ich weiß.« Der andere zuckte die Schultern. »Könnte dem Mädchen gehört haben. Könnte kaputtgegangen sein, als es gewürgt wurde. Vielleicht auf diesem Bett hier. Wir haben die Kette erst gefunden, als wir den Lattenrost angehoben haben. Sie war da in der Spalte eingeklemmt, der Täter könnte sie übersehen haben. Kann aber auch alles Zufall sein und nichts mit der Sache zu tun haben.«

»Tja, so ist das.« Fonseca sah sich um. Auch die anderen gingen vorsichtig, Schritt für Schritt, in der engen Dachstube umher.

Ana blieb vor dem Gaubenfenster stehen. »Kann ich das aufmachen?«

»Ja, nur zu. War ganz schön festgerottet, aber jetzt geht's wieder.«

Die kleinen Scheiben zwischen den Holzsprossen waren blind vor Staub. Erst als Ana das Fenster öffnete, fiel helles Tageslicht herein. Sie beugte sich etwas vor, blickte nach rechts und lächelte. »Die Aussicht ist wirklich nicht schlecht!«

Teresa Marinho trat an ihre Seite. »O ja …! Da kann man ja bis zum Fluss sehen.«

Die frische Luft zog auch Fonseca an. Zwischen den beiden hindurch sah er ebenfalls hinaus.

Der Hinterhof war so eng, dass das Haus gegenüber zum Greifen nah wirkte. Aber nach rechts ging der Blick weithin über die ziegelroten Dächer der Altstadt, die sich verwinkelt und verschachtelt zum Rio Douro hinabsenkten. Hier und da sah man zwischen den Häusern das blaue Wasser. Ein frischer Wind kam vom Meer, und das Kreischen der Möwen lag in der Luft.

Ana sagte: »Also ich kann absolut verstehen, dass man es toll findet, hier oben zu sein. So frei, so hoch über allem. Und dabei geborgen in seiner Dachkammer. Das ist fast so gut wie ein Baumhaus, oder? Ein geheimer Ort, nur für einen selbst.«

Teresa Marinho lächelte, ihre Augen leuchteten. »Ja, so was ist wunderbar, nicht? Und es gibt hier so viel davon! Allein da hinten, diese kleinen spitzen Gauben. Richtige Hexenhäuschen sind das! Wenn ich so etwas sehe, möchte ich auch immer gleich dort am Fenster sitzen, in meinem eigenen kleinen Reich über den Dächern.«

Fonseca lächelte ebenfalls. Dann wandte er sich ab. Sein Blick fiel wieder auf das alte Bett, auf den staubigen Lattenrost voller Spinnweben.

Konnte dies wirklich mal ein guter Ort gewesen sein? Ein Refugium, das durch die Tat entweiht worden war?

Márcia hatte den Wagen absichtlich ein Stück entfernt in der Rua Chã abgestellt und ging jetzt zu Fuß Richtung Bairro da Sé. Wohl war ihr nicht dabei, aber die seltsame Unruhe, die sie erfasst hatte, trieb sie weiter.

Ein letzter Blick hinauf zu den wuchtigen Türmen der Kathedrale, dann holte sie tief Luft und bog in die Rua Escura, den Eingang des Viertels. »Tagsüber ist das jetzt okay«, hieß es bei den Kollegen, die hier einige alte Leute betreuten. Die großen Polizeiaktionen hätten die Drogenszene weitgehend zurückgedrängt. Sie hoffte, dass das stimmte. Und dass sie niemandem begegnete, der sie noch kannte.

Sie hatte sich seit Jahren nicht mehr hierhergetraut. Seit dem Abend, an dem man sie in einer dieser Gassen plötzlich von hinten gepackt und brutal an die Wand gedrückt hatte. Sie waren zu zweit gewesen. Dealer. Der eine hatte ihr ein Klappmesser an die Kehle gehalten und ihr ins Ohr geflüstert: »Wenn ich dich hier noch einmal sehe, ein einziges Mal, dann war's das für dich. Hast du kapiert?«

Es war um ein Mädchen gegangen, eine Fünfzehnjährige, die sie einfach nicht hatte aufgeben wollen. Sie hatte alles versucht, wirklich alles, bei Tag und bei Nacht, um sie hier rauszuholen. Vergebens. Janina lebte schon lange nicht mehr. Eines Morgens hatte man sie tot in einem Hauseingang gefunden, noch mit der Nadel im Arm.

Auf der Rua Escura ging jetzt nur eine alte Frau vor ihr her, eine Plastiktüte mit ein paar spärlichen Einkäufen in der Hand. Sonst war niemand zu sehen. Irgendwo fuhr laut knatternd ein Moped durch eine enge, hallende Gasse.

An der nächsten Ecke blieb Márcia stehen und sah sich vorsichtig um. Sie stand am Cruz do Souto, einem kleinen, gepflasterten Platz, an dem vier mittelalterliche Straßen aufeinandertrafen. Er hatte lange einen üblen Ruf gehabt. Jetzt war er wie ausgestorben. Keine jungen Männer mit Kapuzen, die herumlungerten, keine protzigen Limousinen, die mitten auf dem Platz standen. Auch die alte Frau war verschwunden. Márcia schien ganz allein zu sein.

Auf einmal dämmerte ihr, woran das lag. Die Polizei war im Viertel, sogar die PJ. Und dann auch noch Reporter. Das hatten die Dealer natürlich mitbekommen. Der Gedanke beruhigte sie etwas: Die haben sich alle verkrochen! Du brauchst keine Angst zu haben.

Sie hob den Kopf und ließ ihren Blick über die alten Fassaden wandern. Nicht eines der Häuser schien mehr bewohnt zu sein. Zugemauerte Hauseingänge, zerbrochene Fensterscheiben, überall Taubendreck, Graffiti, bröckelnder Putz. *Die Drogen haben alles kaputt gemacht.* Sie wusste nicht, wie oft sie diesen Satz schon gehört hatte. Und genau so sah es hier aus.

Sie schaute nach links, in die Rua da Bainharia, und sagte sich: Gut, du gehst da jetzt einmal durch. Es muss sein. Du *musst* es wissen.

Aber sie rührte sich nicht vom Fleck. Etwas anderes in ihr sagte: Lass es. Verschwinde von hier. Selbst *wenn* es das Haus ist ... es kann doch nicht sein!

Schließlich zwang sie sich loszugehen. *Passo a passo.* Schritt für Schritt. Ganz ruhig.

Doch je weiter sie die Straße hinabging, desto angespannter wurde sie. Es gab keine andere Möglichkeit mehr: Es war tatsächlich da vorn, hinter der Biegung.

Schon hörte sie Stimmengewirr und sah die ersten Leute auf der Straße stehen. Alle hatten ihr den Rücken zugewandt. Dort standen auch zwei Transporter hintereinander. Der vordere hatte eine Art Satellitenschüssel auf dem Dach. Das war wohl der Übertragungswagen des Radios. Der hintere sah eher nach Ambulanz aus, ein Mann stand daneben, der in Weiß gekleidet war.

Die enge Straße war so gedrängt voller Menschen, dass Márcia gar nicht auffiel. Nach und nach schob sie sich weiter nach vorn durch, reckte den Hals. Sie sah das blau-weiße Absperrband und den Polizisten am Eingang.

Es war das Haus.

Das Haus von Tio Mateus, in dem sie als Kinder ein und aus gegangen waren, als ob sie dort gewohnt hätten. Sie und ihre Schwester Nanda.

Über die Köpfe hinweg blickte sie an der Fassade hinauf, zu den Sprossenfenstern und kleinen Balkonen mit den zierlichen Eisengeländern. Es war so lange her. So unendlich weit weg ... Ein anderes Leben.

Jemand fasste sie am Arm. »Entschuldigen Sie, wir müssen hier etwas Platz machen.«

»Was?« Márcia war ganz verwirrt.

Es war der Polizist. Er drängte sich an ihr vorbei. »Entschuldigen Sie ... ja, Sie auch, bitte ... ein Stück zurück.«

Eine junge Frau mit einem Stöpsel im Ohr kam nach vorn, ein Mikrofon in der Hand.

»Ja, Diogo, ich denke, hier tut sich jetzt was. Es wird eine Gasse gebildet. Vorhin ist ja dieser Wagen vom Rechtsmedizinischen Institut gekommen, und wir haben nun schon ziemlich lange gewartet ... Moment! Die Haustür geht auf ... tatsächlich, ja. Der erste Transportsarg wird jetzt herausgetragen. Oh, ich sehe, der zweite kommt direkt hinterher! Ja, Diogo, wie soll ich das sagen? Das berührt einen schon. Hier um mich herum ist jetzt alles ganz still geworden. Ich sehe Menschen, die sich bekreuzigen. Die beiden Särge werden hier gerade vorbeigetragen. Die scheinen ja recht leicht zu sein, jedenfalls sieht es so aus. Woraus sind die? Aus Aluminium, oder? Gut, das wiegt ja nicht viel. Und wenn da nur Knochen drin sind ...«

Márcia starrte die Särge an. Sie konnte nichts anderes mehr denken als: Wer liegt darin? *Wer liegt darin?*

Dann wandte sie sich plötzlich ab. »Lassen Sie mich durch. Bitte! Ich muss hier weg. Lassen Sie mich durch!«

Der Schock traf ihn völlig unvorbereitet. Es war wie ein Herzinfarkt am Steuer. Er schaffte es gerade noch, rechts ranzufahren, und blieb dann in der zweiten Reihe stehen, mit tickendem Blinker.

Immer noch halb ungläubig, starrte er das Autoradio an.

»So, die beiden Särge sind eingeladen, der Transporter fährt jetzt los. Und wir stehen immer noch hier und warten auf die Stellungnahme der PJ. Bis jetzt tut sich da nichts, die Haustür ist wieder zu. Und ich muss sagen, die Schutzpolizisten machen auch nicht den Eindruck, als ob sie hier in den nächsten Minuten etwas erwarten. Ich denke, ich gebe erst mal zurück ins Studio.«

»Ja, gut. Danke, Sylvie. Wir spielen wieder etwas Musik! Bleiben Sie dran. Sobald es vor Ort etwas Neues gibt, sind Sie die Ersten, die es erfahren!«

Er stellte das Radio leiser. Am liebsten hätte er es ganz ausgeschaltet, aber das ging nicht. Er musste hören, was die PJ sagte.

Wenigstens saß er allein im Wagen. So konnte er einfach die Augen schließen und versuchen, gleichmäßig zu atmen. Ruhig, ganz ruhig ... In seinem großen, schweren Mercedes war er so weit von der Außenwelt abgeschirmt, dass der Verkehr auf der Avenida fast lautlos an ihm vorbeizog. Nur die leise Musik war zu hören. Auch dafür war er dankbar.

Den Warnschuss vom Vortag hatte er schon ganz vergessen gehabt. Wieso auch nicht? Es war ja noch mal gut gegangen ... und jetzt *das*.

Die zwei Skelette.

Auf dem Weg in die Gerichtsmedizin. Jetzt, in diesem Moment!

Und er wusste, er war auch noch selber schuld. Er hätte es längst tun müssen. *Die Reste beseitigen*. Er hatte so viel Zeit dafür gehabt und es immer vor sich hergeschoben, Jahr um Jahr. Einmal hatte er sogar schon vor der Wand gestanden, die alten Ziegelsteine mit den Händen berührt. Er hatte es einfach nicht fertiggebracht, sich alldem noch einmal zu stellen.

Und nun war der Albtraum nicht bloß zurückgekehrt. Er übernahm gerade sein Leben.

Als Tété an diesem Abend das Licht ausmachte, wusste sie genau, was sie erwartete. Schon beim Anblick der Skelette waren die Bilder plötzlich aufgeflackert. Sie hatte Mühe gehabt, sie wieder loszuwerden. Jetzt liefen sie in ihrem Kopf ab wie ein Film.

Sie sah die rote afrikanische Erde und hörte das Dröhnen und Klappern des Pritschenwagens. Ihr Vater saß vorgebeugt neben ihr, das Lenkrad mit beiden Händen umklammert, und starrte entsetzt geradeaus. Vor ihnen stiegen dunkle Rauchwolken in den blauen Himmel. Ihr Wagen schwankte und polterte auf der holprigen Landstraße, zu beiden Seiten zogen die Palmen und Bananenstauden vorbei. Als der Rauch schon ganz nahe war, hielt ihr Vater abrupt an. »Tété, du bleibst im Wagen, hörst du? Duck dich weg und schau nicht raus! Ich bin gleich wieder da!« Er knallte die Tür hinter sich zu, sie hörte ihn rufen: »Chiquinho! Chiquinho ...!« Seine Rufe entfernten sich.

Anfangs machte sie sich tatsächlich ganz klein, kauerte im Fußraum und wagte nur hin und wieder nach oben zu sehen, wo der Rauch durch eine schüttere Baumkrone wehte. Dann schob sie sich wieder hoch auf den Sitz, blickte vorsichtig hinaus. Ihr Vater war nirgends zu sehen, und sie hörte auch nichts mehr von ihm. Zwischen den Bäumen hindurch sah sie das Farmhaus und die Scheune, aus denen unaufhörlich der Rauch aufstieg.

Sie kletterte aus dem Wagen, ging zögernd darauf zu und fing selbst an zu rufen: »*Pai? Pai ...?*« Das Feuer knisterte und knackte laut. Und noch etwas anderes war zu hören: ein aufgeregtes Flappen und Krächzen.

Vor ihr, mitten auf dem Hof, balgten sich die Geier um einen Kadaver. Flügelschlagend, auf und ab hüpfend, hackten sie darauf ein, drängten sich gegenseitig weg. Einige zankten sich, andere schlangen rasch ihr erbeutetes Stückchen Fleisch herunter.

Plötzlich hörte sie ihren Vater schreien: »Tété! Nein! Geh zurück!«

Er kam über den Hof auf sie zugelaufen. Als er fast bei ihr war, flatterten die Geier kurz auf, und sie sah den Kadaver. Die Augen waren ausgehackt, das halbe Gesicht war schon weg. Dennoch erkannte sie ihre Tante Mafalda sofort.

Ihr Vater packte sie, drückte sie an sich. Er weinte. »Tété, nein, sieh nicht hin ...«

Aber dafür war es zu spät.

6

Am nächsten Morgen war Tété die Erste, die den Besprechungsraum betrat. Einen winzigen Plastikbecher Espresso in der Hand, ging sie um das Karree der leeren grauen Tische herum, blieb vor der Pinnwand stehen und sah sich die Fotos an.

Sie hatte eigentlich die zwei Skelette erwartet. Aber es waren alles Bilder von Personen, die sie nicht kannte, und auf der weißen Schreibtafel standen lauter Namen, die ihr nichts sagten. Rote und grüne Verbindungslinien liefen dazwischen hin und her, gespickt mit Fragezeichen und Notizen wie: »Haare und Blutspuren im Kofferraum«, »vgl. 1. Aussage«, »angeblich immer freitags«.

Hinter sich hörte sie das Klacken von Absätzen. Es war klar, um wen es sich handelte. Sie lächelte und drehte sich halb um. »Auweia«, sagte sie. »Ich fürchte, da komme ich gar nicht mehr mit.«

Ana trat an ihre Seite, ebenfalls einen Becher Espresso in der Hand. »Macht nichts, der Fall ist so gut wie abgeschlossen.« Sie zeigte auf ein Foto. »Der da war's. Der Ehemann. Wir können es nur noch nicht beweisen.«

Auch die anderen kamen jetzt nach und nach herein

und verteilten sich um die Tischreihen. Chefinspektor Fonseca übernahm den Vorsitz, die Besprechung begann.

Aus dem Fall mit dem Kofferraum wurde Tété tatsächlich nicht schlau. Sie hätte sich erst in die Akte einlesen müssen, und dafür war bis jetzt keine Zeit gewesen.

Sie war schon froh, dass sie langsam die Namen ihrer neuen Kollegen parat hatte. Der rotblonde Kelte, dem sie am Aufzug begegnet war, hieß also Andrade. Inspektor Dinis war der etwas blasse Mann mit Halbglatze, der offenbar für den Innendienst zuständig war. Der große, sportlich wirkende Typ mit der leicht jungenhaften Art war Inspektor Tavares ...

»Gut, kommen wir zu unserem neuen Fall«, sagte Fonseca.

Tété horchte auf.

»Die zwei Skelette in der Rua da Bainharia. Die meisten von Ihnen wissen es sicher, aber Doutora Rita hat mich auch noch mal vorgewarnt: Es gibt bis heute keine Methode, mit der sich die Liegezeit solcher Knochen auf ein paar Jahre genau bestimmen lässt. Wir müssen also versuchen, den Tatzeitpunkt mithilfe der Spuren vom Fundort einzugrenzen. Was in der Praxis bedeutet: dreimal am Tag nachfragen, wo der Bericht der Spurensicherung bleibt.«

Zunächst ging es jetzt um die Ermittlungsplanung.

Inspektor Dinis schlug vor: »Wir sollten mal die alten Vermisstenfälle durchgehen. Eine Frau und ein junges Mädchen, die höchstwahrscheinlich zur selben Zeit verschwunden sind. Irgendjemand *muss* die doch vermisst haben.«

»Und was haben die in diesem Haus gemacht?«, fragte Tavares. »Haben sie dort gewohnt? Dann müssten die Nachbarn von früher wissen, wer das ist. Oder stand das Haus damals auch schon leer?«

Fonseca notierte sich etwas. »Die alten Nachbarn können auf jeden Fall wichtige Zeugen sein. Das war ja offenbar das Problem des Täters.«

»Warten wir mal ein, zwei Tage«, sagte Pinto, »und horchen dann, was die Gerüchteküche hergibt. Die fängt garantiert an zu brodeln. *Wenn* da noch einer was weiß, dann macht das auch im Bairro die Runde.«

Alle nickten zustimmend.

Ana sagte zum Schluss: »Vielleicht sollten wir das ganz offiziell tun: die Öffentlichkeit um Mithilfe bitten.«

»Ja, vielleicht …« Fonseca schien es kurz abzuwägen, aber Tété hatte nicht den Eindruck, dass er allzu viel davon hielt.

Nach der Besprechung räumte sie weiter ihren Schreibtisch ein. Heute hatte sie auch ein gerahmtes Foto mitgebracht, das die Kollegen in Lissabon ihr zum Abschied geschenkt hatten. Die ganze Belegschaft ihrer Abteilung lächelte strahlend in die Kamera, und über den Köpfen stand mit Filzstift geschrieben: »Für unsere Tété. Halt die Ohren steif!«

Sie probierte gerade aus, wo sie es hinstellen sollte, als Pinto ihr über die Schulter sah.

»›Tété‹ finde ich ja nett«, sagte er. »Dürfen wir Sie dann auch so nennen? Wenn wir uns besser kennengelernt haben?«

Sie lachte. »Von mir aus sofort! Dann weiß ich wenigstens, wer gemeint ist. Bei Teresa muss ich immer erst mal kurz überlegen.«

»Na, wunderbar. Dann machen wir das so!«

Márcia spürte, dass jemand sie ansah, und wandte den Kopf in die Richtung. Es war nur Sérgio. Er stand hinter dem Schalter der Methadonausgabe und musterte sie mit gerunzelter Stirn. Sie kannte das schon. Er machte sich öfter Gedanken um ihre Gesundheit. Manchmal wurde es ihr etwas viel. Er konnte Fragen stellen wie eine besorgte Mutter: »Isst du auch ordentlich? Hast du was zu Mittag gehabt?«

Ihm selbst war deutlich anzusehen, dass er »ordentlich aß«. Sein weißes Polohemd in Übergröße spannte über dem runden Bauch, und Márcia war ziemlich sicher, dass er all die spindeldürren Junkies lieber mit anständigem Essen aufgepäppelt hätte, als ihnen bloß ihre Ersatzdrogen zu geben.

Márcia war ihm auch zu dünn, und er versuchte hartnäckig, ihr etwas Schokolade oder eine Pastel de Nata aufzudrängen. »Du brauchst was zum Verbrennen«, hieß es dann, »das sehe ich doch. Du musst mehr auf dich achten, sonst klappst du noch zusammen.«

Heute allerdings hatte er recht.

»Geht's dir nicht gut?«, fragte er, als sie näher trat.

Márcia lächelte matt. »Nein, nicht besonders.« Leugnen war zwecklos. Sie konnte sich vorstellen, wie sie aussah: als ob sie auch zur Kundschaft des Therapiezentrums gehörte.

Rings um sie her saßen die wartenden Drogenabhängigen auf den Bänken. Manche starrten vornübergebeugt auf ihre Telefone, andere hörten Musik über Kopfhörer und wippten dazu mit dem Knie.

»Ist was passiert?«

»Nein, nein. Es ist nur ... ich weiß auch nicht.«

Sérgio senkte die Stimme. »Du darfst dir nicht immer alles so zu Herzen nehmen. Wir tun, was wir können. Mehr ist halt nicht drin.«

Márcia seufzte und nickte ihm zu. »Du hast ja recht. Falls er doch noch auftaucht, ruf mich an, ja?«

»Mache ich, klar.« Dann lächelte er. »Ich soll dich übrigens schön grüßen! Rate mal, von wem? Von Jéssi!«

»Jéssi? Du meinst ... *die* Jéssi?«

»Genau die. Ich hab sie zufällig bei Continente getroffen. Sie ist clean und hat einen Job! Sie sieht richtig gut aus. Hat ihr Leben wieder im Griff. Und das verdankt sie nur dir. Ehrlich, das sagt sie selbst: ›Wenn Márcia nicht gewesen wäre ...‹«

»Das ist schön. Das freut mich für sie.«

»Ja, mich auch. Aber du könntest dich auch ruhig mal freuen, dass *du* das geschafft hast. Márcia, du tust *so* viel für andere. Tu auch mal etwas für dich.« Sérgio sah auf die Uhr. »Es ist sowieso gleich Mittag. Fahr nach Hause und ruh dich ein bisschen aus. Und versprich mir, dass du was isst!«

»Okay, versprochen.«

Sie aß nichts. Aber sie fuhr nach Hause. Dort schluckte sie eine Beruhigungspille, zog ihre Stiefel aus und legte sich rücklings aufs Bett. Die Pille half nicht. Sie blieb so ruhelos wie zuvor.

Letzte Nacht hatte sie von Nanda geträumt, zum ersten Mal seit langer, langer Zeit. Beim Aufwachen, noch ganz benommen, hatte sie lächelnd gedacht: Nanda ... wie schön. Da habe ich ja mal wieder deine Stimme gehört.

Auch jetzt brauchte sie nur die Augen zu schließen, und es war alles wieder da. Das Bairro da Sé von damals.

Die alten Häuser waren vielleicht schon so schäbig gewesen wie heute, mit rissigem Putz und abgeblätterter Farbe, aber die Fensterscheiben waren noch heil gewesen und die Hauseingänge nicht zugemauert. Es hatte alles weit offen gestanden, und als Kinder waren sie überall einfach hineingerannt, wie sie Lust hatten. Überall waren sie willkommen gewesen und freudig begrüßt worden: »*Olá, meninas!*«

Im ganzen Viertel kannte man sich, es war wie ein Dorf. Man brachte sich Sachen vom Markt mit und aß oft zusammen mit den Nachbarn, mal bei diesem, mal bei jenem. Es wurde viel gesungen und gelacht. Die Sonne schien herunter in die Gassen, der Duft der gegrillten Sardinen zog um die Ecken. Hoch über den Köpfen leuchteten die Blumen in den Balkonkästen, und überall hing Wäsche zum Trocknen, die sich im Wind bauschte, der vom Fluss heraufkam. Es gab lauter kleine Geschäfte mit Markisen und Auslagen auf den schmalen Straßen. Jeder ging ein und aus, wie er wollte, auch die Hunde und Katzen.

Nanda und sie waren dauernd hinter den Frauen hergelaufen, die ihre riesigen, vollgepackten Einkaufskörbe auf dem Kopf trugen. Am meisten hatte sie beeindruckt, dass die Frauen sie noch nicht einmal mit der Hand festhielten, sondern völlig frei balancierten, ganz egal, was darin war. Einmal hatte plötzlich ein lebendes Huhn seinen Hals aus dem Korb gereckt und laut losgegackert – die Frau war einfach weiter die Gasse entlanggegangen, als ob gar nichts wäre, und hatte zwischendurch noch ein Schwätzchen an einer Haustür gehalten.

Sie beide hatten das Bairro geliebt und immer lauthals gejubelt, wenn es hieß: »Morgen besuchen wir Tio Mateus! Was sagt ihr dazu, *meninas?*«

Márcia machte die Augen auf und blickte zur Zimmerdecke empor. All die Jahre waren diese Bilder wie weggeschlossen gewesen, wie die Fotos in der Kommodenschublade. Auch die waren noch da. Sie wusste genau, wo sie waren, aber sie hatte sie nie mehr hervorgeholt.

Dieses Foto von ihnen dreien, das so gut geworden war, dass ihre Mutter noch davon gesprochen hatte, es rahmen zu lassen und aufs Buffet zu stellen – sie wusste, es lag dort unten in der Schublade. Hintendrauf stand in der Handschrift ihrer Mutter: »Ich mit Fernanda und Márcia«. Die Reihenfolge war typisch.

Nein, sie wollte es nicht sehen. Auch jetzt nicht.

Sie setzte sich auf, zog ihre Stiefel wieder an und blieb auf der Bettkante sitzen. Sie fühlte sich wie gefangen. Und sie sah keinen Weg, da herauszukommen. Es half ja nicht weiter, dass ihr das alles im Kopf herumkreiste, immer und immer wieder. Sie konnte sich hundertmal sagen, dass es unmöglich war, einfach *unmöglich*, aber solange sie es nicht ganz genau wusste, fand sie auch keine Ruhe.

Das Haus von Tio Mateus ... Nanda und Mutter ...

Sie musste mit jemandem reden. Nur mit wem? Sie nahm ihr Mobiltelefon, sah die Kontaktliste durch, steckte es wieder ein. Dann stand sie von der Bettkante auf, ging hinüber ins Wohnzimmer und fing dort an, in den Schubladen des kleinen Schränkchens zu kramen, auf dem früher das Festnetztelefon gestanden hatte.

Tatsächlich – das kleine schwarze Ringbuch war noch da. Die alten Telefonnummern. Sie blätterte darin herum. Und fand schließlich, was sie gesucht hatte.

Sie setzte sich, tippte die Nummer ein und hob ihr Telefon ans Ohr. Sie hatte eigentlich schon fast die Bandansage erwartet – »Kein Anschluss unter dieser Nummer« – , aber was sie hörte, war das Freizeichen.

Die kleine Pension lag in einer Seitenstraße der Rua das Flores. Ana Cristina hatte gleich die Augenbrauen hochgezogen, als sie den Namen in der Akte gelesen hatte. Sie und Mário hatten so manche Nacht dort verbracht, ganz am Anfang, als sie nicht gewusst hatten, wohin. Sie selbst hatte noch bei ihren Eltern auf dem Land gewohnt und er in seinem alten Studentenzimmer in der Wohnung einer Tante.

Als sie jetzt mit Tété Marinho die schmale Gasse entlangging, sah sie schon von Weitem den vertrauten Eingang mit der schmiedeeisernen Laterne darüber.

Na, mal sehen, wer da heute am Empfang sitzt, dachte sie.

Damals war es immer derselbe gewesen, ein freundlicher alter Herr, den sie sehr gemocht hatte. Er hatte so eine verschmitzte Art gehabt, ein Augenrollen anzudeuten, wenn sie zur Tür hereinkam, als wollte er sagen: »*Du* schon wieder, Mädchen! Na, da ist es ja um die Nachtruhe geschehen!« Aber sein leises Lächeln hatte immer verraten, dass er ein Herz für die Liebenden besaß. Dabei waren sie seinen anderen Gästen sicher reichlich auf den Geist gegangen. Die Zimmer waren sehr hellhörig, und Ana hatte sich am nächsten Morgen immer einige Blicke eingefangen.

Tété ließ ihr den Vortritt. Ana lächelte, als sie das Glöckchen hörte, das beim Eintreten erklang. Sie erkannte sofort alles wieder. Die zwei alten Ledersessel mit ihrem winzigen Beistelltischchen. Die Glastüren zum Frühstücksraum.

Am Empfang aber saß jetzt ein jüngerer Mann, den sie noch nie gesehen hatte. Nun ja, das alles war mehr als drei Jahre her.

Sie zückte ihre Dienstmarke. »*Bom dia*. Polícia Judiciária. Wir würden gern mit den Mietern aus der Rua da Bainharia sprechen, die der Zivilschutz bei Ihnen einquartiert hat.«

Ein missgelauntes Grummeln war die Antwort. Es klang, als hätte er auf solche Gäste gut verzichten können. Dann deutete er mit dem Kopf auf die Treppe und sagte: »Ganz oben. Sie können sie nicht verfehlen.«

Ana ging voran, blickte die Treppe hinauf. Auch damals mit Mário war sie selbst immer vorgegangen, schon ganz aufgeregt und ungeduldig. Von hinten hatte sie seine Blicke gespürt, auf ihren Beinen, ihrem Po in den engen Jeans, ihrer nackten Taille im bauchfreien Top. Ihre Haare waren immer ganz zerzaust gewesen, weil sie schon draußen auf der Straße dauernd stehen geblieben waren, an einer Hausecke, einem Laternenpfahl, und sich geküsst und geküsst hatten. Es tat ihr fast weh, daran zu denken ... wie es gewesen war, so frisch verliebt zu sein.

Das lauter werdende Stimmengewirr von oben lenkte sie ab.

»Wie viele sind denn das eigentlich?«, fragte Tété.

»Keine Ahnung.«

Hinter dem nächsten Treppenabsatz saßen schon mal zwei gelangweilte Kinder auf den Stufen. Ana lächelte ihnen zu. »Na, lasst ihr uns mal durch?« Tété kraulte dem Mädchen im Vorbeigehen den Kopf. Sie stiegen weiter hinauf.

Die vier Türen im Dachgeschoss standen alle weit offen. Es sah aus, als bildeten sämtliche Zimmer und der Flur ein einziges Nomadenlager. Vollgehängte Wäscheständer versperrten den Weg, Plastiktüten voller Habseligkeiten, im Flur lehnte ein Kinderfahrrad an der Wand. Ein Blick in die Zimmer zeigte wirre Haufen von Bettdecken, daneben offene Koffer, aus denen Kleidungsstücke hervorquollen. Auf jedem Stuhl, jeder Bettkante saß jemand – es schienen an die zwanzig Personen zu sein –, und die wenigen kleinen Tische standen voller Teller, Tassen, Gläser, Weinflaschen. Ein schnauzbärtiger Mann in Unterhemd saß vorm Fernseher, eine dicke Frau in Kittelschürze schnitt eine Chouriço in Scheiben, ein alter Mann mit Schiebermütze blickte von seinem Glas Rotwein auf, eine junge Frau in der Ecke stillte gerade ihr Baby.

»*Bom dia!*«, rief Ana aufs Geratewohl hinein und hob ihre Dienstmarke, sodass alle sie sehen konnten. »Polícia Judiciária! Wir haben noch ein paar Fragen!«

Aus einer Tür trat gleich ein Mann an sie heran: »Hören

Sie, wenn jemand behauptet, meine Mutter wäre schuld an dem Feuer, nur weil sie die Schimmelflecken mit Spiritus abgewaschen hat ...«

»Immer mit der Ruhe«, konnte Ana noch sagen, schon wurde sie von allen Seiten niedergeschrien.

»Eure Fragen solltet ihr mal lieber dem Vermieter stellen! Der lässt das Haus in diesem Zustand und kümmert sich um gar nichts! Ein Verbrechen ist das!«

»Wir sind die Leidtragenden! Uns ist das Haus überm Kopf abgebrannt! Und jetzt schickt man uns hier noch die Polizei auf den Hals!«

»Ruhe bitte!«, rief Tété dazwischen. »*Ruhe* hab ich gesagt!«

Ihre Stimme drang durch, sie hatte den richtigen Ton getroffen. Das Geschrei ebbte ab, als hätte jemand am Lautstärkeregler gedreht. Nur hier und da murrte noch einer: »Ist doch wahr ...«

Tété sagte laut und deutlich: »Es geht uns gar nicht darum, wer schuld an dem Brand ist. Wir ermitteln im Fall des Skelettfunds im Nachbarhaus. Also: Wer von Ihnen wohnt in der Rua da Bainharia? Sie alle?«

»Nein, nein, wir sind aus Gondomar!«

»Wir aus Rio Tinto!«

Ana hatte es schon geahnt: Die Großfamilie war zusammengekommen, um in diesen schweren Zeiten Beistand zu leisten.

Der Mann, der sie eben angegangen hatte, stand noch neben ihr. Sie fragte ihn: »Ihre Mutter – ist das die mit den Verbrennungen an den Händen? Die ins Krankenhaus gekommen ist?«

»Ja, ja, das ist sie.«

»Gut. Dann würden wir mit ihr gern anfangen.« Ana sah sich suchend um.

»In dem Zimmer da. Kommen Sie.«

Die alte Frau saß auf dem Bett, einen Kissenstapel im Rücken, die Beine gerade von sich gestreckt. Sie trug eine schwarze Strickjacke über dem schwarzen Kleid, und Ana fiel auf, dass ihre schwarzen Strümpfe an mehreren Stellen gestopft waren. Beide Hände waren dick mit weißen Mullbinden bandagiert. Sie hielt sie wie anklagend auf dem Schoß, die Handflächen senkrecht.

Ana hatte kaum Zeit, »*Bom dia, minha Senhora*« zu sagen, schon ging das Lamento los.

»Ich kann mir nicht mal selbst die Schuhe anziehen! Ich hab zu dem Doktor gesagt: ›Wie stellen Sie sich das vor? So kann ich doch überhaupt nichts machen! Wie soll ich denn da zurechtkommen?‹ Und glauben Sie, da kriegt man auch nur eine Antwort?«

Ana und Tété hatten schon Mühe, sich auch nur einen Stuhl zu besorgen – »Würden Sie uns bitte einen Moment allein lassen? Sie auch, wenn es möglich ist. Danke sehr« –, und dann noch größere Mühe, etwas aus dieser Frau herauszubekommen. Ihre eigene Misere nahm sie dermaßen in Anspruch, dass die Fragen kaum zu ihr durchdrangen.

»*Was* wollen Sie wissen? Wie lange ich da schon wohne? Was hat denn das damit zu tun?«

Nur durch mehrfaches Nachhaken fanden sie schließlich heraus, dass es wohl an die dreißig Jahre waren, genauer konnte sie es nicht sagen. Auch der Sohn wusste es nicht. Nein, das Nachbarhaus hätte die ganze Zeit leer gestanden.

»Sind Sie sicher?«, fragte Ana.

»Wenn ich's doch sage! Zu meiner Zeit hat dort nie einer gewohnt.«

»Ist Ihnen da sonst mal jemand aufgefallen? Jemand, der hineingegangen ist? Jemand, der herausgekommen ist? Jemand am Fenster?«

»Am Fenster?« Die alte Frau blinzelte ratlos. »Hören Sie, ich weiß überhaupt nicht, was Sie von mir wollen!«

Tété sagte betont geduldig: »Versuchen Sie bitte einfach, sich zu erinnern.«

Es war sinnlos. Ja, doch, Geräusche hätten sie mal gehört, auch in der Nacht. Da habe ihr Mann noch gelebt. Er habe gefragt, ob er mal nach dem Rechten sehen solle. »Ich hab gesagt: ›Bist du verrückt? Wenn das nun Einbrecher sind! Die stechen dich glatt ab, da kennen die nichts!‹ Wir haben uns dann lieber ganz still verhalten. Das war auch besser so. Was ging uns denn das an, was da nebenan los war?«

Irgendwann sah Tété seufzend auf die Uhr. »Ich glaube, wir machen erst mal Pause.«

Im Flur bat Ana noch einmal um Ruhe und rief in die Runde: »Wir sind noch nicht fertig! Nach dem Mittag kommen wir wieder! Alle, die in der Rua da Bainharia wohnen, halten sich bitte zu unserer Verfügung, okay?«

Etwas ernüchtert sahen sie sich an. Es war ihnen beiden klar: Die alte Frau – die wäre es gewesen. Auf die hatten sie gehofft. Es nützte nichts.

Sie gingen die Treppe wieder hinab.

Auf jedem Absatz blickte Ana den Flur entlang, sah die Zimmertüren mit den goldenen Nummern. Wieder versetzte es ihr einen Stich.

Zimmer 22.

Sie senkte rasch den Blick auf die Stufen und ließ sich nichts anmerken. Aber einmal tief durchatmen musste sie schon.

Die wilden, wunderbaren Nächte.

7

»Tja, ganz so einfach, wie wir gedacht haben, wird es wohl doch nicht«, sagte Dinis, als er am nächsten Morgen in Fonsecas Büro kam. Er schwenkte kurz die Papiere in seiner Hand. »Sieht jedenfalls nicht so aus, als ob der Täter im Grundbuch steht.«

»Mm-hm?«, brummte Fonseca. »Lassen Sie hören.«

»Das, was die Alte in der Pension gesagt hat, kommt so ungefähr hin. Die vorigen Eigentümer sind vor achtundzwanzig Jahren als ganze Familie nach Australien ausgewandert. Alle, die heute im Grundbuch eingetragen sind, waren damals noch Kinder und haben ihren Anteil in Australien geerbt. Das heißt, ursprünglich waren es mal drei Brüder, einer ist früh verstorben und hat seinen Anteil an zwei Töchter weitervererbt.« Dinis warf einen Blick auf den Ausdruck. »Sydney, Newcastle und Brisbane haben wir hier. Die eine Tochter hat's nach Wellington, Neuseeland, verschlagen.« Er ließ die Hand mit den Papieren sinken. »Tut mir leid, aber so sieht's aus.«

»Und hier gibt es wirklich niemanden mehr?«

»Leider nicht, nein.« Dinis zeigte mit dem Finger auf den Fußboden. »Alle *Down Under.*«

»Hmm ... Na schön, das sind die Eigentümer. Trotzdem kann es doch Mieter gegeben haben.«

»Die Nachbarin sagt, sie hat nie welche gesehen.«

»Ja, gut, aber ...« Fonseca schüttelte den Kopf. »Irgendjemand *muss* doch Zugang zu dem Haus haben. Für den Fall, dass mal was sein sollte.«

»Es war ja gerade was. Und gemeldet hat sich keiner.«

»Sicher, sicher.« Fonseca schlug leicht mit der flachen Hand auf den Schreibtisch. »Trotzdem! Irgendwer aus der Verwandtschaft hat einen Schlüssel, da könnte ich wetten. Und den müssen wir finden.« Er überlegte kurz. »Warten wir ab, was die anderen Nachbarn sagen. Und wenn das auch nichts bringt, dann müssen wir halt im Registo Civil anfragen, ob es hier noch irgendwo lebende Angehörige gibt.«

An diesem Morgen begann auch die Tür-zu-Tür-Befragung im Bairro da Sé. Es wurde wieder ein sonniger Tag, aber der Wind vom Meer war noch recht kalt. Die Hände tief in den Taschen ihres Trenchcoats, sah Tété sich auf der Rua da Bainharia um. Sie und Ana waren die Ersten gewesen, die sich freiwillig gemeldet hatten, Pinto und Tavares hatten sich angeschlossen. Zu viert standen sie jetzt vor der Haustür mit dem Absperrband. Auch Ana sah etwas verfroren aus und hatte den Reißverschluss ihrer kurzen Lederjacke hochgeschlossen.

Pinto schaute auf die Uhr und sagte: »Okay, wir telefonieren.« Er und Ana fingen auf der linken Seite an, Tété und Tavares wandten sich nach rechts.

Es wurde eine langwierige Sache. An vielen Türen

klopften sie vergebens, manchmal auch dann, wenn sie gerade noch jemanden dahinter gehört hatten.

»Nicht viel Lust, mit der Polizei zu reden, was? Die stellen sich lieber tot.«

»Das muss nicht unbedingt was heißen«, sagte Tavares. »Die Stadt hat die Leute hier viel zu lange mit der Drogenszene alleingelassen. Wenn man gezwungen ist, sich mit Kriminellen zu arrangieren, ist man hinterher vorsichtig mit Kontakten zur Polizei. Ein Riesenfehler, das alles. Versuchen wir's einfach später noch mal.«

Auch draußen in den engen Gassen blickte Tété sich öfter misstrauisch um. »Da war eben schon wieder der Typ mit der braunen Kapuze. Und er hat zu uns rübergesehen.«

»Klar, hier im Bairro bleibt man nicht lange unbemerkt. Die wissen genau, wer wir sind.«

Dann wieder öffnete sich plötzlich eine Tür, und sie wurden mit einer Herzlichkeit hereingebeten, dass Tété ganz verblüfft war. Eine alleinstehende alte Frau brühte ihnen löslichen Kaffee auf, eine andere bestand darauf, dass sie ein Glas Portwein mit ihr tranken.

Inzwischen hatte Fonseca die Namen aus dem Grundbuch durchgegeben, sodass sie gezielt nach diesem Mateus und seiner Familie fragen konnten. Viel nützte das allerdings auch nicht.

Die mit dem Kaffee sagte: »Ja, ja, das stimmt, die haben da gewohnt! Ist aber schon lange her. Die sind dann nach Kanada gegangen, glaube ich.«

Und die mit dem Portwein sagte: »Ja, die hab ich auch gut gekannt. Früher waren wir hier alle wie eine große Familie. Hier war ein Leben im Viertel, sage ich Ihnen, wie alle Tage São João! Dann haben sie angefangen, die ersten Häuser zu restaurieren, und immer mehr Leute in die Vororte umgesiedelt. Erst hieß es immer, sie würden zurückkommen, wenn ihre Häuser fertig wären. Sind sie aber nicht. Die Drogendealer hatten ja mehr Geld und konnten höhere Mieten zahlen! Die sind dann da eingezogen und haben die Preise verdorben. Na, und jetzt hat die Polizei die Dealer verjagt, und es steht wieder alles leer. Sogar ein paar Lokale mussten deswegen schließen. Die ganze Kundschaft war weg. Bald wohnt hier kein Mensch mehr!«

Wieder draußen auf der Straße sagte Tavares: »Wir müssen mal versuchen, von der anderen Seite an den Hinterhof heranzukommen. Vielleicht gibt's da noch jemanden, der was gesehen hat und sich erinnert.«

Doch an diesem ersten Tag erfuhren sie nichts, was weiterhalf. Ana und Pinto schüttelten ebenfalls nur die Köpfe. »*Nada de nada.*«

Am nächsten Morgen ließ Tété ihren feinen Nadelstreifenanzug im Schrank hängen. Stattdessen zog sie Jeans und Pullover an und eine gesteppte Windjacke.

Dona Amélia lächelte ihr zu, als sie den Gastraum betrat. »Ah, ich sehe, Sie gewöhnen sich langsam ein.«

»Ja, es ist ganz anders als bei meinem alten Job. Hier gehen wir richtig raus auf die Straße.«

Das taten sie dann auch an diesem Vormittag. Die Alten des Viertels waren noch am ehesten bereit, mit ihnen zu reden. Bis jetzt war bloß niemand dabei gewesen, der etwas über das Haus in der Rua da Bainharia wusste.

Tété war wieder mit Tavares unterwegs, treppauf,

treppab und hin und her in den Gassen des Bairros. Allmählich bekam sie eine Vorstellung von der mittelalterlichen Stadt auf ihrem Hügel über dem Fluss. Pena Ventosa hieß der einstige Burghügel: »windiger Felsen«, und auch heute machte er seinem Namen alle Ehre. Überragt von der mächtigen Kathedrale – der Sé – und dem weißen Bischofspalast, führten die schmalen Straßen und Gassen zum alten Stadthafen an der Ribeira hinab, manche so steil, dass sie alle paar Meter mit einer Granitstufe abgetreppt waren. Das Ganze schien mal eine recht schroffe Anhöhe gewesen zu sein: Hier und da ragten noch massige Felsbuckel aus den Wänden, die man stehen gelassen und überbaut hatte. Aus Granit waren auch die Umrahmungen der Fenster und Türen, und einige der ältesten Häuser sahen mit ihren Steinwänden aus wie gedrungene Festungstürme. Immer wieder öffneten sich kleine Plätze, Blumentöpfe standen auf den Treppenstufen, Wäsche hing unter den Fenstern. Zwischendurch taten sich plötzlich weite Aussichten auf, über die Dächer des Viertels mit ihren Gauben und gläsernen Oberlichtern, bis hinunter zum Fluss.

Eine alte, ganz in Schwarz gekleidete Frau fiel ihnen auf, die sie am Vortag schon gesehen hatten. Langsam und gebeugt war sie gestern um dieselbe Zeit dieselbe steile Gasse hinabgegangen, eine blaue Plastiktüte in der Hand.

»Sollen wir mit ihr reden?«, fragte Tavares.

»Schaden kann es nicht.«

Sie folgten ihr ruhig und gelassen, um sie nicht zu erschrecken.

Schon von Weitem sahen sie vier, fünf Katzen am

Fuße der Gasse sitzen, die erwartungsvoll zu ihnen heraufblickten. Und richtig: Als die alte Frau bei ihnen war, blieb sie stehen, langte in ihre Tüte und teilte jeder Katze ganz gerecht ihr eigenes Häufchen Futter zu.

Es war Tété, die sie gleich darauf ansprach: »*Bom dia.* Das ist aber lieb von Ihnen, dass Sie sich um die Katzen kümmern.« Die Frau sah nicht so aus, als ob ihre Rente besonders hoch wäre.

Sie plauderten einen Moment, brachten dann unauffällig ihre Fragen an. Nein, die Rua da Bainharia sei ja »da drüben, am anderen Ende« und sie kenne da niemanden.

Tété kraulte noch ein paar Katzen die Köpfe, und als Tavares sich schließlich abwandte, steckte sie der Alten noch schnell einen gefalteten Zehn-Euro-Schein zu. »Kleine Unterstützung, ja?«

»Oh, danke. Vielen Dank!«

Sie lächelten sich zu, dann ging Tété hinter Tavares her, der gerade auf die Uhr sah.

»Ich glaube, hier sind wir durch, was? Gehen wir mittagessen.«

Unten am Ufer traten sie aus den schattigen Gassen hinaus in den Sonnenschein. Ana und Pinto saßen schon vor einem der Restaurants mit Blick auf den Fluss und die Ponte Dom Luís. Hinter dem gläsernen Windschutz ließ es sich aushalten. Anas Lederjacke hing über dem Stuhl, sie hatte auch ihren Pulli ausgezogen und saß entspannt zurückgelehnt im Trägerhemdchen in der Sonne. Auch die Touristen an den Nebentischen genossen beinahe andächtig die Wärme. Anfang März lag bei ihnen zu Hause wahrscheinlich noch Schnee.

»Na, wie war's?«, fragte Pinto. »Noch irgendwas Neues?«

»Rein gar nichts«, sagte Tavares, während sie sich dazusetzten. »Das Haus stand leer, das ist alles. Keine Frau, kein junges Mädchen. Nicht mal irgendeine Vermutung.«

»Bei uns genauso. Die Leute fragen einen: ›Und *wann* soll das gewesen sein?‹, und darauf haben wir eben keine Antwort. Ich fürchte, so wird das nichts.«

»Und wie lange lagen die da schon?«, fragte auch Senhor Esteves von der Stadterneuerungsgesellschaft, nachdem er Ana und Tété in sein Büro gebeten hatte. Er war Ende vierzig, grauhaarig, mit goldgeränderter Brille. »Zwei Leichen unter dem Dach …« Er schüttelte missbilligend den Kopf. »Bitte, nehmen Sie doch Platz.« Er selbst setzte sich hinter seinen Schreibtisch.

»Tja, wie lange …« Tété seufzte leise und ließ sich auf einen der Besucherstühle nieder. »Das können wir leider immer noch nicht sagen.«

Ana zog sich den zweiten Stuhl heran und setzte sich neben sie.

»Und wem gehört das Haus?«

»Einer Erbengemeinschaft«, sagte Ana.

»Ach du liebe Zeit!« Senhor Esteves winkte überdrüssig ab. »Davon können wir hier ein Lied singen! Die Ausländer fragen ja immer: ›Wieso lasst ihr diese schönen alten Häuser verfallen? Die könnte man doch ganz einfach sanieren.‹ Und wenn ich sage: ›Dafür gibt es eine Menge Gründe‹, dann schütteln sie den Kopf, als ob wir die Sache nur mal richtig anpacken müssten. Aber die Erbengemeinschaften, die sind schon mal so ein Grund, dass es oft nicht vorangeht. Die Anteile sind mit der Zeit immer weitervererbt worden, und wenn wir dann nachsehen, wem das Objekt gehört, haben wir drei Dutzend Anteilseigner, die über die halbe Welt verstreut sind. Frankreich, Kanada, Brasilien ...«

Tété lächelte. »Unsere sind in Australien.«

»Da haben Sie's!« Senhor Esteves schüttelte den Kopf. »Emigranten hat es ja schon immer gegeben, und das wird wohl auch so bleiben. Haben Sie das gewusst: Über zwei Millionen von uns leben im Ausland! Und Sie sehen ja, was heute wieder los ist. Mein Sohn ist auch mit dem Studium fertig und findet keine Arbeit. Es gibt einfach keine! Hier läuft überhaupt nichts mehr, und die jungen Leute gehen weg. Was sollen sie machen?«

Ana senkte den Blick und presste kurz die Lippen aufeinander. Tété war ziemlich sicher, dass es etwas Persönliches war. Etwas, das ihr naheging.

»Weshalb wir eigentlich hier sind ...« Tété sah Senhor Esteves an. »Es wäre wichtig für uns, noch ein paar alte Nachbarn aus dem Bairro aufzutreiben. Wir haben gehört, dass dort einige umgesiedelt wurden, weil ihr Haus ins Sanierungsprogramm gekommen ist. Haben Sie vielleicht deren neue Adressen?«

»Ach so. Ja, im Prinzip schon. Da müsste ich mal nachschauen ...« Er wandte sich dem Monitor zu, klickte mit der Maustaste und tippte eine Weile auf der Tastatur herum. Ab und zu runzelte er die Stirn, summte vor sich hin.

Ana und Tété warteten.

»Hmm ... das, was ich suche, finde ich hier jetzt nicht. Wir hatten vor einiger Zeit eine Software-Umstellung, wissen Sie. Kann sein ... dass das woanders archiviert ist. Einen Moment. Tut mir leid.«

»Macht nichts«, sagte Ana.

Senhor Esteves lächelte ihr zu, blickte dann wieder auf den Monitor und klickte weiter. Als wollte er die Wartezeit überbrücken, sagte er: »Ach ja, die Leute der Sé ... die vom alten Schlag, wissen Sie? Davon hab ich ja viele noch selbst gekannt. Da waren Typen dabei! So was gibt's heute einfach nicht mehr.« Er lachte kurz in sich hinein, als stünde ihm jemand Bestimmtes vor Augen. »Was *Sie* jetzt brauchen, wäre jemand wie die alte Maria Vareira! Die hat im Bairro wirklich jeden gekannt und alles gewusst. Die könnte Ihnen was erzählen, sage ich Ihnen.«

Ana setzte sich auf. »Finden wir die irgendwo?«

»Oh, das weiß ich nicht. Die muss jetzt schon auf die neunzig zugehen. Gut möglich aber, dass sie noch lebt. Die ist zäh! Aber wo sie abgeblieben ist ...«

»Die ist auch umgesiedelt worden?«

»Ja, ja. Gerade noch rechtzeitig. Das Haus war schon einsturzgefährdet. Das war übrigens auch in der Rua da Bainharia, nur ein paar Häuser weiter. Aber die nun zu finden ...« Er tippte wieder etwas ein, klickte dann weiter. »Ehrlich gesagt, weiß ich nicht mal, wie die mit richtigem Namen hieß.«

»Nicht Vareira?«, fragte Tété.

Esteves lachte. »Nein, nein, das war nur ihr Spitzname!« Er sah Tété an, als sei ihm schon klar, dass sie nicht von hier war. »Die Vareiras, das waren früher die Fischverkäuferinnen. Also ganz früher. Da sind die hier durch die Gassen gelaufen, einen Korb mit fangfrischem

Fisch auf dem Kopf, und haben immer ausgerufen: ›*Sardinha fresca! Sardinha fresca!*‹ Ich kenne das auch nur vom Hörensagen. Aber die alte Maria hat immer behauptet, als junge Frau wäre sie noch eine richtige Vareira gewesen. Kann ja sein, ich weiß es nicht. Später hat sie auf jeden Fall einen Marktstand mit frischem Fisch gehabt. Viele Jahre lang, bis zum Schluss. Und das passende Mundwerk dazu! Das war ein Fischweib, sage ich Ihnen! Wenn die erst mal in Fahrt war, hat man gestandene Männer rot werden sehen.«

»Wir müssen wirklich jeder Spur nachgchcn«, sagte Ana. »Also, wenn da noch eine Chance besteht, sie zu finden ... vielleicht anhand des Sanierungsprojekts?«

»Ich will es gerne versuchen. Es ist allerdings möglich ...« Er klickte noch ein paarmal. »... dass es hier gar nicht im System erfasst ist. Dann müsste ich in den Aktenordnern nachsehen.« Er hob entschuldigend die Hände. »Das kann ein bisschen dauern.«

Ana gab ihm ihre Karte. Esteves versprach, sich so bald wie möglich zu melden.

»Gut, dann erst mal vielen Dank. *Até logo!*«

Draußen auf der Straße sahen Ana und Tété sich an.

»Die Frau, die jeden gekannt und alles gewusst hat ...«, sagte Ana.

Tété nickte ihr zu. »Da hat er schon recht: Genau die brauchen wir.«

8

»Mutter, wie geht's dir?«

»Cláudio! Das ist schön, dass du anrufst! Ach, wie soll's mir schon gehen? Einen Tag so, einen Tag so. Wirklich besser wird es ja nicht mehr. Aber immerhin hab ich heute mal was zu erzählen. Weißt du, wer mich gestern besucht hat? Márcia!«

Er holte tief Luft.

Das Telefon am Ohr, stand er von seinem Schreibtischstuhl auf. »Márcia? Na, so was. Wie kommt sie denn dazu?«

»Ja, das habe ich mich auch gefragt. Nachdem sie jahrelang nichts von mir wissen wollte! Es ist ja ewig her, dass ich sie mal gesehen habe. Und gestern ruft sie dann plötzlich an. Sie habe gerade Mittagspause und ob sie nicht mal vorbeikommen solle. Wir waren dann ein bisschen hier im Park spazieren.«

»Das ist ja nett von ihr.« Langsam ging er um den Schreibtisch herum. »Habt ihr euch gut unterhalten?« Er trat ans Fenster und sah hinaus in den Garten.

»Am Anfang schon, ja. Was man so sagt, wenn man sich lange nicht gesehen hat. Mir war gar nicht klar, dass das Mädchen schon achtunddreißig ist!«

Am Anfang schon? Er musste sich zwingen, nicht gleich nachzufragen.

»Sie lebt allein, sagt sie. Dieser nette junge Mann, den sie damals hatte, ich weiß seinen Namen nicht mehr ... Sie sagt, sie haben sich vor zwei Jahren getrennt. Ist das nicht schade? Ganz hübsch ist sie ja immer noch. Nur zu dünn, finde ich. Sie sieht fast etwas angegriffen aus. Aber ihr fehlt doch nichts, oder?«

»Nicht, dass ich wüsste. Sie ist sehr engagiert bei ihrer Arbeit. Kann sein, dass sie in letzter Zeit wieder Stress gehabt hat.«

»Weißt du noch, früher? Was waren das für süße Mädchen! Obwohl ... die kleine Fernanda war immer die Hübschere von den beiden.«

Er holte wieder tief Luft. »Und was sagt sie sonst so?«

»Ach, ich war eigentlich etwas enttäuscht, weißt du. Ich hatte natürlich gedacht, dass sie sich einfach mal wieder an mich erinnert hätte. Und sich vielleicht mit mir aussöhnen wollte. Aber, na ja ...«

»Wieso, was war denn?«

»Also, nach einer Weile hatte ich den Eindruck, dass sie bloß gekommen ist, um mich auszufragen.«

»Dich auszufragen? Wonach denn?«

»Eigentlich ist es ja traurig. Ich dachte, sie wäre nun langsam darüber hinweg, aber nein. Es ging immer noch um damals. Ich hab ihr gesagt: ›*Por amor de Deus!* Du weißt doch, wie lange das alles her ist! Man muss im Leben nach vorn schauen und das Vergangene auch mal hinter sich lassen.‹ Davon wollte sie aber nichts hören. ›Ich weiß, ich weiß‹, hat sie gesagt, ›damit habt ihr ja alle nie ein Problem gehabt.‹ Das war nicht so nett, oder?«

»Was hat sie denn wissen wollen?«

»Ich glaube, sie hat sich da irgendwas in den Kopf gesetzt, mit dem Haus in der Rua da Bainharia. Das alte Haus von Mateus, weißt du? Sie hat mich gefragt, was eigentlich hinterher daraus geworden ist. Ob ich wüsste, wer den Schlüssel gehabt hat.«

»Den Schlüssel?«

»Ja. Ich hab keine Ahnung. Mateus war zwar mein Bruder, aber mir hat er ihn jedenfalls nicht gegeben. Sie wollte es unbedingt wissen. Sie hat richtig nachgebohrt.«

»Wie kommt sie denn jetzt darauf?«

»Ja, warte, das ist noch nicht alles! Stell dir nur vor: Hinterher spreche ich mit Paula – das kam mir alles so merkwürdig vor, ich musste einfach mit jemandem reden –, und was sagt sie da? Márcia hätte sie tags zuvor auch angerufen! Und bei ihr hat sie es ganz genauso gemacht. Erst so getan, als ob gar nichts wäre, und sie dann mit den gleichen Fragen gelöchert!«

»Tia Paula?«

»Ja! Paula meint, das kann doch kein Zufall sein, dass sie jetzt damit anfängt, wo die Rua da Bainharia gerade im Fernsehen war und im Radio. Hast du das nicht gehört, mit diesen Skeletten unter dem Dach?«

»Doch, ja ... das habe ich.«

»Hat man die denn in *Mateus'* Haus gefunden?«

»Ich weiß es nicht. Darüber hab ich mir keine Gedanken gemacht.«

»Paula meint, in den Nachrichten hätte der Hauseingang beinahe so ausgesehen. Aber sicher war sie auch nicht. Stand da eigentlich je eine Hausnummer dran? Ich kann mich gar nicht erinnern. Na, jedenfalls sagt sie:

›Wer weiß, auf was für Ideen unsere Márcia da gekommen ist!‹«

»Du meinst doch nicht etwa …«

»Ja, *ich* weiß schon, dass das nicht sein kann! Und Paula weiß das auch. Sie hat gesagt: ›Also, ganz im Vertrauen glaube ich ja, dass die Márcia nicht ganz richtig im Kopf ist.‹ Vielleicht hat sie ja recht. War die früher nicht sogar in Behandlung? Weil sie nichts mehr gegessen und sich selbst mit Rasierklingen geschnitten hat?«

»Mutter, bitte. Das ist *so* lange her.«

»Das alles ist so lange her. Ich sage ja, das ist traurig. Sie kommt wohl nie mehr darüber hinweg.«

Er zögerte kurz, aber er musste es wissen. »Hat sie auch noch mit anderen darüber gesprochen?«

»Das weiß ich nicht. Das mit Paula hat sie mir ja auch nicht gesagt.«

»Und wie seid ihr verblieben? Meinst du, sie will das weiterverfolgen? Hat sie dich nach Telefonnummern gefragt oder so was?«

Das Schweigen am anderen Ende dauerte eine Spur zu lange.

»Nein, nein … hat sie nicht.«

»Mutter, hör mal. Wenn es wirklich Mateus' Haus ist – und das sieht ja wohl beinahe so aus, sonst hätte es Márcia nicht so beunruhigt –, dann sollten wir alle die größte Zurückhaltung wahren und das nicht auch noch herumerzählen. Du musst das so sehen: Es ist nicht *unser* Haus. Euer Vater hat es seinem Sohn vererbt und nicht seinen Töchtern, darüber habt ihr euch lange genug beklagt. Jetzt seid froh. Wir alle haben damit nichts zu tun. Wenn da irgendwann, was weiß ich, vor zehn Jahren, mal ein paar Drogensüchtige eingestiegen sind, und zwei von ihnen sind an einer Überdosis gestorben – dann ist das nicht unser Problem. Die PJ wird sich damit auch nicht lange aufhalten. Und ich in meiner Position darf mit so etwas unter gar keinen Umständen in Verbindung gebracht werden, das verstehst du doch.«

»Ja, sicher. Jetzt, wo du es sagst. So hab ich das noch gar nicht gesehen. Weißt du was? Vielleicht ist es am besten, wenn du selbst mal mit Márcia redest!«

Hinterher rief er sofort Tia Paula an, die Schwester seiner Mutter. Er wusste, dass es aussichtslos war, sie vom Tratschen abzuhalten, aber es half nichts, er musste es versuchen.

Gerede, Gerede! Das ganze Gerede musste aufhören!

Danach ging er ruhelos in seinem Arbeitszimmer auf und ab.

Márcia!

Vom ersten Moment an war ihm eines klar gewesen: Die größte Gefahr war Márcia.

Er musste sie aufhalten. Dringend.

9

»*Tá bem*«, sagte Fonseca bei der Dienstbesprechung am Freitagmorgen, »kommen wir zum Fall der zwei Skelette.«

Ana hörte es sofort an seiner Stimme, sie sah es in den Gesichtern: Die Zweifel hatten um sich gegriffen, dass der Fall überhaupt noch zu lösen war.

»Vielleicht sollten wir aufhören, ihn so zu nennen«, sagte sie laut und deutlich. Alle sahen sie an. »Es geht dabei nicht um Skelette, es geht um zwei weibliche Mordopfer. Eine Frau und ein junges Mädchen, die bis vor ein paar Jahren noch ganz normal hier unter uns gelebt haben. Vielleicht waren es Mutter und Tochter. Vielleicht sind wir ihnen mal auf der Straße begegnet, haben im Café am Nebentisch gesessen, haben sie reden und lachen gehört. Sie haben ein Leben wie wir gehabt, und das ist ihnen genommen worden. *Daran* sollten wir denken.«

Eine Sekunde war es still.

Fonseca nickte ihr zu. »Gut«, sagte er. »Das tun wir.«

Am Stand der Dinge aber änderte das nichts. Es gab noch immer keine Hinweise auf die Identität der Opfer.

»Mit den alten Vermisstenmeldungen kommen wir

so nicht weiter«, sagte Dinis. »Wir müssten das zeitlich genauer eingrenzen, sonst sind es einfach zu viele.«

Pinto schüttelte ebenfalls den Kopf. »Ich hab bis jetzt mit zwei Informanten gesprochen. Keiner hat was gehört. Man vermutet natürlich, dass die Sache was mit der Drogenszene zu tun hat. Aber was und wieso? Da mussten sie beide passen.«

Andrade sagte: »Wir sind gestern noch mal mit dem Ingenieur, Carlos Brandão, durch das Haus gegangen. Dem ist aufgefallen, dass die Ziegelsteine nicht neu waren, als die Wand hochgezogen wurde. Viele waren schon angestoßen, manche hatten sogar Moosbewuchs. Offenbar hatten sie länger im Freien gelegen, vielleicht dort im Hinterhof. Er sagt, in diesen alten Häusern wird dauernd in Eigenarbeit herumgewerkelt, meistens weil es durchs Dach regnet und das Wasser an den Wänden herunterläuft. Der Vermieter tut oft gar nichts, und dann wird halt mit Bordmitteln improvisiert. In diesem Haus gibt es im dritten Stock eine durchgefeuchtete Wand an der Wetterseite, inzwischen ist der ganze Putz abgefallen. In demselben Zimmer wurden auch kleine Ziegelsplitter und roter Staub gefunden. Da könnten also schon Steine bereitgelegen haben. Weil den Leuten vielleicht nichts Besseres eingefallen ist, als eine trockene Wand davorzusetzen. Nur dass dann nichts mehr daraus geworden ist, weil sie vorher ausgewandert sind. Aber dadurch könnte der Täter auf die Idee gekommen sein.«

»Ja ... gut möglich«, sagte Fonseca.

»Und es deckt sich mit dem, was wir schon vermutet hatten«, sagte Ana. »Nämlich, dass die Tat nicht geplant war.« Sie blickte kurz in die Runde. Alle hörten ihr zu.

»Wenn *ich* mir das vorstelle, läuft es eigentlich immer gleich ab. Er vergewaltigt das Mädchen oder versucht es. Sie wehrt sich und schreit. Er hat Angst, dass sie draußen gehört wird. Er will nur, dass sie aufhört und endlich still ist. Und dann ist es passiert. Sie ist tot. Und irgendwann kommt dann die Frau hinzu und sieht sie dort liegen. Er greift, was er gerade zur Hand hat, und schlägt sie nieder.«

Einige nickten, andere warteten noch ab.

»Und dann steht er da«, sagte Pinto, »und weiß nicht, was er machen soll. Irgendwann legt sich die erste Panik, er kann wieder klar denken, und ihm wird bewusst, wo er ist: in dem alten Haus, das schon so lange leer steht und das auch weiterhin leer stehen wird. Und das er selber abschließen kann. Er geht herum und überlegt. Und dabei stößt er auf die gestapelten Ziegelsteine.«

»Hmm ... ja.« Fonseca fuhr sich über die Augen, schüttelte leicht den Kopf. »Ich muss gerade an etwas denken. Als wir meinen Vater beerdigt haben ... Der Padre war kaum mit der Predigt fertig – er hatte natürlich von ›ewiger Ruhe‹ gesprochen –, da sagt meine alte Nachbarin zu mir: ›Was man so ewig nennt. Sieben Jahre, dann wird das Grab aufgelöst. Dann wirst du gefragt, ob du die Knochen haben willst. Und wenn ja, kannst du sie mitnehmen, in so 'ner Art schwarzem Müllsack.‹ Ich hab bis heute nicht nachgefragt, ob das wirklich stimmt.«

»Kann schon sein«, sagte Pinto, »dass er eigentlich vorgehabt hatte, sein improvisiertes ›Grab‹ wieder aufzulösen. Wenn nur noch Knochen übrig sind, die sich leichter entsorgen lassen. Dann wäre er sein Problem los gewesen.«

»Er hat es nur nicht getan«, sagte Andrade.
»Und das war sein Fehler«, sagte Ana. »Deshalb kriegen wir ihn jetzt!«

Am späteren Vormittag rief Senhor Esteves von der Stadterneuerungsgesellschaft an.
»Maria Vareira! Ich hab sie tatsächlich gefunden. Und dann ist es mir auch wieder eingefallen: Sie ist damals zu ihrem Sohn gezogen. Also, ich habe hier jetzt ihren richtigen Namen, eine Adresse in Campanhã und eine Telefonnummer.«
»Wunderbar, danke! Moment, ich notiere.«
Ana rief sofort die Nummer an. Sie hatte auf Lautsprecher gestellt, Tété stand daneben.
Es klingelte eine Weile, dann meldete sich eine junge Frau, die etwas abgehetzt klang: »Filomena Esteticista, Kosmetik- und Nagelstudio, *bom dia?*« Im Hintergrund redeten lauter weibliche Stimmen durcheinander.
»Oh«, sagte Ana, »ich hatte eigentlich jemand anders erwartet. Wie lange haben Sie diese Nummer schon?«
»Was? Ich verstehe Sie schlecht! Hören Sie, wenn Sie einen Termin möchten ...«
»Nein, danke. Entschuldigen Sie. Ich habe mich wohl verwählt.«
Ana nahm ihr Telefon vom Ohr, überprüfte noch einmal die Nummer. Nein, sie hatte sich nicht verwählt. Die Nummer war neu vergeben worden. »Was machen wir jetzt?«
Sie gaben Dinis die Adresse in Campanhã. »Könnten Sie mal nachsehen, ob da irgendwelche Telefone angemeldet sind?«

Dinis fand eine Mobilnummer, die einer Magda Pedrosa gehörte, und Ana rief sie an.

Wieder kein Glück: Voicemail.

Sie und Tété sahen sich an. »Na los«, sagte Tété, »dann fahren wir da jetzt hin.«

Campanhã war ein weitläufiges, schon halb ländliches Vorstadtgebiet im Osten von Porto. Die angegebene Adresse wäre ohne Navigationsgerät kaum zu finden gewesen.

Ana saß am Steuer, und Tété versuchte während der Fahrt noch mehrmals, diese Magda Pedrosa anzurufen. Ohne Erfolg.

Inzwischen hatten sie den äußeren Stadtring so weit hinter sich gelassen, dass sie an Weideland vorbeikamen, auf dem Pferde grasten, an alten Quintas, an Waldstücken. Sie fuhren durch Neubaugebiete und gleich darauf wieder durch schmale Straßen, die zwischen Steinmauern dahinführten. Die meiste Zeit grummelte Kopfsteinpflaster unter den Reifen.

Schließlich sagte die Stimme aus dem Lautsprecher: »Sie haben Ihr Ziel erreicht.«

Sie hielten vor einem Einzelhaus mit einer niedrigen Gartenmauer, stiegen aus und sahen sich um. Das Dach des Hauses war grün bemoost, der ehemals weiße Verputz grau und fleckig. Sämtliche Rollläden waren herabgelassen, es war niemand zu sehen. Eine Klingel gab es auch nicht.

»Hallo? Ist jemand zu Hause?« Es tat sich nichts.

Irgendwo hinter dem Haus hörten sie Hühner gackern.

»Schauen wir mal nach«, sagte Ana.

Sie gingen außen am Maschendrahtzaun entlang. Hinter dem Haus stand der hochstämmige Blattkohl, und am Hühnerstall sahen sie tatsächlich eine Frau in Gummistiefeln und Kittelschürze, die ihnen den Rücken zugewandt hatte.

Ana rief: »Dona Magda?«

Die Frau drehte sich um. »Ja?«

»*Boa tarde*. Wir würden gern kurz mit Ihnen sprechen!«

»Ich kaufe nichts an der Tür! Und ich hab auch nicht vor, die Telefongesellschaft zu wechseln!«

Tété zückte ihre Dienstmarke. »Polícia Judiciária! Nur eine Frage!«

Dona Magda kam herüber und ließ sie durch die Hinterpforte eintreten. Sie war um die fünfzig, hatte ihr Haar mit einem Tuch hochgebunden. »Worum geht's denn?« Sie wischte sich die Hände an ihrer Schürze ab. »Ist was passiert?«

Ana sagte: »Eigentlich sind wir hier, weil wir jemand anderes suchen.« Sie nannte den Namen und lächelte. »... in ihrem alten Viertel als Maria Vareira bekannt.«

Dona Magda zog verwundert die Augenbrauen zusammen. »Ja, ja ... das war meine Schwiegermutter.«

»*War?*«

»Sie ist vor drei Jahren gestorben.«

»Oh.« Einen Moment lang war Ana ganz sprachlos. Die Enttäuschung war einfach zu groß. Es war Tété, die sagte: »Das tut uns leid.«

Dona Magda sah sie beide zweifelnd an. »Was ist eigentlich los? Gestern war schon eine Frau hier, die nach ihr gefragt hat. Die war aber nicht von der Polizei.«

»Eine Frau?«, fragte Ana. »Was für eine Frau?«

»Keine Ahnung, sie hat sich nicht vorgestellt. Stand hier plötzlich vor der Tür und wollte Maria Vareira sprechen. Genau wie Sie jetzt.«

Ana und Tété sahen sich kurz an.

»Und als sie gehört hat, dass sie nicht mehr lebt, war sie auch genauso enttäuscht wie Sie. Als ob es wer weiß wie wichtig gewesen wäre.«

»Hat sie gesagt, was sie von ihr wollte?«, fragte Ana.

»Nein, nicht wirklich. Es ging irgendwie um früher, um das Bairro da Sé. Es gab da was, das sie unbedingt wissen musste. Ja ... so ähnlich hat sie sich ausgedrückt. Auf meine Schwiegermutter ist sie gekommen, weil die sich da so gut ausgekannt hat.«

»Worum ging es dabei? Hat sie noch irgendetwas gesagt?«

»Nein. Ich konnte ihr ja nicht helfen, ich bin nicht von dort. Natürlich haben wir meine Schwiegermutter früher oft besucht. Da hat sie uns immer Fisch mitgegeben, den sie nicht abverkauft hatte, den haben wir dann eingefroren. Aber das war auch alles.«

Tété sagte: »Versuchen Sie bitte, diese Frau zu beschreiben.«

»Beschreiben?«

»Jung, alt, groß, klein.«

Dona Magda sah Ana an. »Etwa so groß wie Sie. Und auch so schlank. Das heißt, fast schon ein bisschen mager. Sie war älter als Sie, Mitte dreißig vielleicht. Dunkelblondes Haar, zum Pferdeschwanz gebunden. Eigentlich sah sie ganz gut aus ...«

»Aber?«, fragte Tété.

»Na ja, so besonders schien es ihr gerade nicht zu gehen. Sie wirkte sehr angespannt ... oder bedrückt. Als ob sie in letzter Zeit einiges mitgemacht hätte.«
»Was hatte sie an?«
»Stiefel, Jeans. Und eine Daunenjacke.«
»Wie ist sie hierhergekommen?«
»Na, mit dem Auto. Wie sonst?«
»Haben Sie das Auto gesehen?«
»Ja, ich hab mich noch gewundert, dass das ihres war.«
»Wieso?«
»Das war so ein Kastenwagen, wie ihn die Handwerker fahren. Ich hatte den gar nicht mit ihr in Verbindung gebracht. Er stand ein Stück links die Straße runter.«
»Hatte er eine Aufschrift, ein Firmenlogo?«
»Ja, ich glaub schon. Aber ich konnt's nicht erkennen. Als sie da eingestiegen ist, hab ich gedacht: Vielleicht ist sie ja von der Misericórdia. Die haben doch auch diese kleinen weißen Kastenwagen, mit denen die Krankenschwestern rumfahren, um Essen und Medikamente auszuliefern.«

Schon auf der Rückfahrt riefen sie Fonseca an und redeten über die Freisprechanlage.
»Das ist der Durchbruch! Ich weiß es!« Ana war gar nicht zu bremsen. »Die Verbindung zu den Lebenden! Das, was die ganze Zeit gefehlt hat! Wir *müssen* diese Frau finden!«
Auf der Dienststelle kam man sofort im Besprechungsraum zusammen. Ana und Tété berichteten noch einmal von Anfang an. Als sie fertig waren, richteten sich alle Augen auf Fonseca.

Der nickte abwägend, blickte dann auf und sagte: »Sehr gut. Endlich! Es sah ja schon schlecht genug aus. Aber das hier, das kann kein Zufall sein, da gebe ich Ihnen recht.«

»Diese Frau weiß, wer die Opfer sind!«, sagte Ana. »Sie kann es nur selbst noch nicht glauben. Sie sucht nach einer Erklärung, nach etwas in der Vergangenheit. Sie braucht eine Bestätigung.«

»Ja, das ist möglich ...«

»Und *wir* geben sie ihr!«

»Und wie machen wir das?«

»Wir veröffentlichen ein Foto des Kettenanhängers. Mit dem Begleittext, dass er höchstwahrscheinlich einem der Opfer gehört hat. Wer ihn wiedererkennt, soll sich umgehend melden.«

Dinis neigte den Kopf etwas zur Seite. »Meinen Sie, dass diese Frau das tun wird?«

»Warum nicht? Sie *leidet* doch unter der Ungewissheit. Jedenfalls kommt mir das nach der Beschreibung so vor.«

»Mag ja sein. Ich frage mich nur: Weshalb stellt sie überhaupt eigene Nachforschungen an? Weshalb ist sie nicht gleich zu uns gekommen?«

»Fragen wir sie am besten selbst.« Ana blickte in die Runde. »Wenn wir das Foto heute noch rausgeben – vielleicht können wir dann morgen schon mit ihr sprechen.«

»*Tá bem*«, entschied Fonseca. »Einen Versuch ist es allemal wert.«

10

Irgendwann am Samstagvormittag kam Márcia wieder zu sich. Ein hartnäckiges Klingeln ließ sie langsam aus ihrem Tablettenschlaf auftauchen. Es dauerte etwas, bis sie begriff, dass es an der Tür klingelte. Immer wieder, in regelmäßigen Abständen.

Mit leisem Stöhnen raffte sie sich auf, blieb noch kurz auf der Bettkante sitzen und hielt sich den Kopf, ihre wirren Haare im Gesicht. Dann ging sie ins Wohnzimmer, hob eine Lamelle der Jalousie und spähte hinunter auf die Straße. Dort stand ein weißer Transporter mit der Aufschrift ›Fundação Esperança‹.

Sie ging zur Wohnungstür, drückte den Knopf der Gegensprechanlage. »Ja?«

»Márcia? Ich bin's, Rico. Ist alles okay? Wir haben uns Sorgen gemacht, weil du nicht ans Telefon gehst.«

Sie hatte es gestern Abend stumm gestellt, um mit niemandem reden zu müssen. Mit absolut niemandem.

»Ja, entschuldige. Ich wollte mich heute eigentlich krankmelden. Aber dann hab ich's verschlafen. Kannst du das für mich machen?«

»Klar, kein Problem. Kann ich sonst noch was für dich tun? Was fehlt dir denn?«

»Ach, nichts weiter. Es ist nur eine Erkältung, glaub ich.«

Sie spürte Ricos Zögern. »Du klingst aber gar nicht erkältet«, hatte er wohl nicht sagen mögen. Sie lächelte leise.

»Kann ich kurz raufkommen?«, fragte er.

»Ich weiß nicht ...«

»Bitte.«

Sie drückte den Summer, wandte sich ab und zog sich im Bad rasch einen Morgenmantel über. Als sie die Wohnungstür öffnete, war er bereits oben.

Rico war in ihrem Alter und nicht viel größer als sie selbst. Er hatte kurze dunkle Locken, und obwohl darin die ersten grauen Haare schimmerten, hatte er noch immer etwas Jungenhaftes an sich. Ein bisschen war er auch ein Chico-esperto, ein Schlitzohr, aber auf eine augenzwinkernde Art, die niemandem wehtat. Márcia bewunderte ihn fast für seine muntere, gut aufgelegte Art, denn sie wusste sehr wohl, dass er schon einiges mitgemacht hatte. Er war aus dem Bairro da Sé, hatte früher mit Gangs und Drogen zu tun gehabt. Nach allem, was sie gehört hatte, wäre er einmal fast gestorben, weil er im Drogenrausch ins Koma gefallen war. Wegen Unterzuckerung. Er war Diabetiker. Inzwischen war er seit vielen Jahren clean. Das Einzige, was er noch spritzte, war Insulin. Seinen Job als Fahrer der Stiftung erledigte er zuverlässig, ohne sich jemals über die Bezahlung zu beklagen.

Márcia war schon klar, dass er eine Schwäche für sie hatte und nur auf ein Signal von ihr wartete, um den nächsten Schritt zu tun. Aber sie war sich nicht sicher, ob sie das wollte. Sie hätte ihn lieber einfach als Freund behalten.

»Márcia. Wie geht es dir?«

Erst als sie die Tür hinter ihm zumachte, fiel ihr ein, dass sie ihn unter gar keinen Umständen ins Wohnzimmer lassen durfte.

Sie war froh, als er von sich aus sagte: »Hast du Zitronen? Ich mach dir einen schönen Chá de Limão.«

Sie hatte keine einzige Zitrone im Haus. Stattdessen kochte sie ihnen beiden einen Kaffee. Anfangs war sie nur erleichtert, mit ihm am Küchentisch zu sitzen, in sicherer Entfernung von allem, was er nicht sehen sollte. Dann merkte sie, fast überrascht, wie gut es ihr tat, dass er da war.

»Márcia ...«, sagte er schließlich. »Kann ich ganz offen sein?«

»Ja. Natürlich.«

»Du siehst aus, als hättest du geweint.«

»Was? Nein. Ich sag doch, es ist bloß eine Erkältung.«

»Wenn es irgendetwas gibt, worüber du reden möchtest. Versteh mich nicht falsch, ich will mich nicht in Dinge einmischen, die mich nichts angehen. Es ist nur so ...« Er seufzte. Sie konnte ihm ansehen, dass es ihm ernst war. »Wenn ich dir irgendwie helfen könnte, dann würde ich das gern tun, weißt du?«

Sie saßen über Eck an dem kleinen Küchentisch, und Márcia war kurz davor, ihre Hand auf seinen Arm zu legen. Einen Moment lang war der Wunsch fast übermächtig, mit jemandem reden zu können, sich anvertrauen zu können, mit alldem nicht mehr allein zu sein. Aber es war nur ein kurzer Moment.

Sie senkte den Blick. »Leider kannst du mir nicht helfen.«

»Warum nicht?«

»Ich kann es dir noch nicht einmal erklären. Wirklich nicht.« Sie blickte auf und sah ihn an. »Da ist etwas ... mit dem ich jetzt erst mal allein zurechtkommen muss.«

»Schaffst du das denn?«

»Ich muss. Es geht nicht anders.« Sie versuchte ein tapferes Lächeln. »Montag bin ich wieder bei der Arbeit. Ganz normal.«

Sie stand auf, räumte die leeren Tassen ab.

In der Wohnungstür drehte Rico sich noch einmal um. »Meine Nummer hast du ja«, sagte er. »Márcia ... ich bin für dich da, okay?«

Sie lächelte ihm zu. »Danke, Rico«, sagte sie und schloss die Tür.

Im Wohnzimmer sah man deutlich die Spuren der letzten Nacht. Eine Stehlampe war umgekippt, die Scherben einer Blumenvase lagen auf dem Parkett, überall waren alte Fotos verstreut.

Auf dem Glastisch lag das eine Foto: »Ich mit Fernanda und Márcia«. Jetzt wusste sie, dass es das Letzte war, was es überhaupt von den beiden gab.

Márcia setzte sich aufs Sofa, nahm ihr Telefon zur Hand. Sie brauchte es nur zu entsperren, schon war das Bild wieder da. Der Kettenanhänger. Der feine Ring, in dem der kleine silberne Delfin hing, als würde er durch einen Reifen springen.

Als sie gestern Abend den Aufruf der PJ gesehen hatte, war es wie ein Schlag vor den Kopf gewesen. Ihr war ganz schwindelig geworden.

Nandas Halskette. Die Kette, die sie auf dem letzten Foto trug.

Sie wusste nicht mehr, wie lange sie einfach nur das Bild angestarrt hatte. Dann war sie ins Schlafzimmer gestürzt, hatte die untere Schublade der Kommode aufgerissen und sie auf Knien nach den alten Fotos durchwühlt. »Ich mit Fernanda und Márcia«.

Immer und immer wieder hatte sie die Kettenanhänger verglichen, hatte mit einer Lupe jede noch so kleine Einzelheit überprüft: jede Flosse des kleinen Delfins, seine Augen, sein Lächeln. Sie hatte sogar die Glieder des winzigen Kettchens gezählt, an dem er in seinem Reifen hing. So lange, bis alles vor ihren Augen verschwommen war, weil sie haltlos geweint hatte.

Die Stunden danach waren ein einziger Wirrwarr in ihrer Erinnerung. Sie hatte Tabletten geschluckt, war von Zimmer zu Zimmer getaumelt. Sie hatte Sofakissen in die Ecken geworfen und geschrien, hatte zusammengekrümmt auf dem Teppich gelegen und nur noch geheult.

Irgendwann in der Nacht war dann der Punkt gekommen, an dem sich etwas anderes in ihr geregt hatte. Eine merkwürdige Klarheit. Sie hatte plötzlich wieder denken können.

Wenn *das* hier stimmte ... wenn das Unmögliche die Wahrheit war – dann stimmte all das andere nicht, was *sie* die ganzen Jahre lang geglaubt hatte.

Die PJ wartete.

Ana Cristina saß an ihrem Computer und tippte. Sie hatte den redlichen Vorsatz, endlich ihre liegen gebliebenen Berichte abzuarbeiten, aber mit einem Ohr horchte sie ständig, ob sich nicht irgendwas auf dem Korridor tat.

Von Zeit zu Zeit hielt es sie nicht länger auf ihrem Stuhl. Am Kaffeeautomaten traf sie auf Tété.

»Wieso meldet die sich nicht?«

»Vielleicht hat sie es nicht gesehen.«

»Natürlich hat sie es gesehen!«

Ein anderes Mal schaute Ana bei Dinis vorbei. »Irgendwas Neues?«

Dinis schüttelte den Kopf. »Bis jetzt alles Unsinn. ›Ich hatte früher mal genauso einen Anhänger. Aber ich hab die Kette irgendwann am Strand verloren.‹ Was soll man dazu sagen? Ja, so ein Pech. Oder: ›Meine Tochter hat mal genauso eine Kette gehabt!‹ Und wie geht's Ihrer Tochter? ›Danke, prima.‹«

Fonseca konnte auch nicht mehr sagen als: »Abwarten. Es nützt nichts.«

Márcia stand vom Sofa auf, ging ans Fenster und sah noch einmal durch den Spalt der Jalousie. Der Transporter war weg.

Tut mir leid, Rico. Ich hätte es dir wirklich nicht erklären können.

Sie wandte sich wieder dem Zimmer zu, senkte den Blick auf ihr Telefon. Mit dem Daumen schob sie das Foto ein Stück nach oben. Der Aufruf der PJ erschien, sie las ihn zum hundertsten Mal.

»Erkennen Sie diesen Kettenanhänger wieder? Wissen Sie, wem er einmal gehört hat? Wenn ja, dann fordern wir Sie dringend auf, sich mit uns in Verbindung zu setzen. Polícia Judiciária, Rua Assis Vaz 113.« Und die Telefonnummer.

Es sah so einfach aus.

Einmal hatte sie schon sämtliche Zahlen eingetippt und dann doch noch abgebrochen.

Wieder und wieder hatte sie sich vorgestellt, wie sie dort anrief. Wie sie sagte: »Ja, ich bin ganz sicher.« Wie sie hinfuhr und das Polizeigebäude betrat. Wie ein Inspektor der PJ ihr an einem Tisch gegenübersaß, seine Fragen stellte und manchmal die Stirn runzelte. Wie sie selbst so nervös und durcheinander war, dass sie sich ständig verhaspelte und überhaupt nichts von dem auf die Reihe bekam, was sie eigentlich sagen wollte.

Was sollte sie denn auch sagen?

»Ich bin ganz sicher, dass es der Anhänger ist. Hier, ich habe ein Foto mitgebracht. Das ist meine Schwester Fernanda. Hier ist sie vierzehn Jahre alt. Sehen Sie, sie trägt die Kette mit dem kleinen Delfin. Das ist meine Mutter. Und das bin ich. Dies ist das letzte Foto, das es von uns gibt. Meine Schwester und meine Mutter sind nämlich beide in dem Jahr verschwunden. Ja, beide gleichzeitig. Was ich mit verschwunden meine? Sie waren einfach nicht mehr da. Ich habe immer geglaubt, sie leben in Venezuela. Aber jetzt weiß ich, dass das nicht stimmt. Weil sie schon tot waren. Was? Wie sie in dieses Haus gekommen sind? Nein, das weiß ich auch nicht. Ich verstehe es selbst nicht. Weil das Haus ja schon viel länger leer gestanden hat.«

An dieser Stelle hatte der Inspektor immer etwas wie »Moment, Moment« gesagt und noch einmal nachgefragt.

»Ja, ich kenne das Haus. Es ist das Haus von Tio Mateus. Als Kinder sind wir ganz oft dort gewesen. Wir selbst haben damals in der Rua de Cedofeita gewohnt, aber unsere Großeltern kommen aus dem Bairro da Sé. Wir waren alle mal eine große Familie, wissen Sie? Aber dann ist irgendwas passiert, ich war zehn Jahre alt und Nanda acht, wir haben es beide nicht verstanden. Heute weiß ich es: Es war so eine Krise wie jetzt auch wieder, es gab plötzlich keine Arbeit mehr, das Geld war jeden Tag weniger wert, es reichte hinten und vorne nicht. In diesem Jahr ist für uns alles zusammengebrochen. Tio Mateus und seine Frau und Kinder sind weggegangen, nach Australien. Unser Vater hat auch seine Arbeit verloren, da ist es mit seinem Trinken immer schlimmer geworden. Wenn er betrunken war, hat er unsere Mutter geschlagen. Meine Schwester und mich hat er auch geschlagen, und dann hat er ...«

Nein! *Niemals.* Es ging nicht.

Sie konnte das nicht. Es war einfach zu viel.

Nach einer Weile hatte sie sich meistens wieder beruhigt, und ihre Gedanken hatten von Neuem begonnen, um ihre Aussage bei der PJ zu kreisen. Vielleicht ging es ja doch? Wenn sie das Schlimmste einfach wegließ?

Doch schon hörte sie ihren Inspektor fragen: »Wie war das für Sie, als Ihre Mutter und Ihre Schwester verschwunden sind, wie Sie sagen? Was genau ist damals passiert?«

»Ich weiß es nicht, ich habe es nicht miterlebt. Ich war ja nicht da. Es ist so, wissen Sie, ich hatte ein halbes Jahr vorher die Schule abgebrochen und war ›in Stellung‹ gegangen, als Hausmädchen bei einer Familie in

Braga. Alles nur, um da rauszukommen! Ich wollte nur noch weg von zu Hause, egal wie. Ja, ich weiß, ich habe dabei nur an mich selbst gedacht. *Ich habe meine kleine Schwester im Stich gelassen!* Obwohl ich wusste, dass unsere Mutter viel zu schwach war, um sie zu schützen. Glauben Sie mir, ich habe mir das nie verziehen. Ich habe immer darunter gelitten.«

Wenn sie dann aufgehört hatte zu weinen, hatte der Inspektor gefragt:

»Wie sind Sie überhaupt darauf gekommen, dass die beiden in Venezuela sein könnten?«

»Sie haben doch angerufen!«

»Aus Venezuela.«

»Ja! Sie haben gesagt, dass es ihnen gut geht.«

»Sie haben selbst mit ihnen gesprochen?«

»Ich nicht, nein. Jemand, den ich kenne.«

»Jemand, den Sie kennen.« Der Inspektor sah sie jetzt beinahe mitleidig an.

Sie hätte ihn anschreien mögen: »Ja! Jemand, dem ich vertraue! Dem ich immer vertraut habe, mein Leben lang!«

Dabei hatten die beiden die ganze Zeit tot in der Rua da Bainharia gelegen.

Dieser Jemand hatte sie angelogen.

Und egal, wie lange sie hin und her überlegte, es lief immer aufs Gleiche hinaus: Zuerst musste sie mit *ihm* sprechen. Nicht mit der PJ.

Aber davor hatte sie genauso viel Angst.

Sie schob es bis zum nächsten Morgen auf. Dann nahm sie all ihren Mut zusammen und rief ihn an.

Seine Stimme sagte: »Ja?«

»Es sind Nanda und Mutter, oder?«

Sie hörte ihn tief Luft holen. Es dauerte ein Weile, dann sagte er: »Ja. Sie sind es.«

»Du hast das all die Jahre gewusst?«

»Márcia, bitte. Nicht am Telefon. Lass uns in Ruhe darüber reden. Ich verspreche dir, du wirst es verstehen.«

11

Márcia betrat die Gärten des Palácio de Cristal, überquerte den weiten gepflasterten Platz vor der Kuppelhalle und ging dann rechts die Treppe hinab. Sie hatten vereinbart, sich beim Café am kleinen See zu treffen. Es war ein schöner Sonntagnachmittag, der Himmel war blau, und da die Laubbäume noch kahl waren, wurde der ganze Park umso mehr von Sonnenlicht durchflutet.

Eigentlich liebte sie diesen Park, den sie bequem zu Fuß erreichen konnte. Hoch über dem Rio Douro gelegen, bot er eine wunderbare Aussicht. Aber heute fehlte ihr der Sinn dafür. Ihr war so beklommen zumute, dass auch die zwei Beruhigungspillen nichts daran geändert hatten. Nanda und Mutter ... »Ich verspreche dir, du wirst es verstehen.«

Sie sah sich um. Er war noch nicht da. Am Rand des Sees waren die meisten Cafétische besetzt, entspannt saß man unter den Sonnenschirmen. Ein Pfau schritt bedächtig zwischen den Stühlen einher, seinen langen Federschweif hinter sich herziehend. Möwen hielten sich bereit, falls mal etwas vom Tisch fallen sollte, auf dem Wasser schwammen Enten um die kleine Insel herum, zu der eine geschwungene Brücke hinüberführte.

Dann sah Márcia ihn von der Treppe her auf sich zukommen. Cláudio da Rocha Cortez. Ihren Onkel. Den Bruder ihres Vaters.

Hochgewachsen und schlank, wie er war, trug er heute einen eleganten dunkelblauen Mantel. Mit seinen sechsundfünfzig Jahren war sein Haar noch immer voll und kräftig, die weißgrauen Schläfen standen ihm gut.

Sie hatte ihm wirklich immer vertraut. Sie hatte zu ihm aufgesehen, hatte Halt bei ihm gesucht. Für sie war er all das gewesen, was ihr Vater hätte sein können, wenn er nicht das Trinken angefangen hätte. Nur ganz selten kam es vor, dass eine Ähnlichkeit in den Gesichtszügen sie plötzlich irritierte. Früher hatten sie und Nanda sich immer gefragt: Warum kann *er* nicht unser Vater sein? Der gute der beiden Brüder. Warum haben wir den bösen abbekommen?

»Márcia«, sagte er mit ernster Miene.

Sie begrüßten sich mit Küsschen links, Küsschen rechts.

Er schaute sich gar nicht erst nach einem freien Tisch um. Das, was sie beide zu besprechen hatten, war nicht für fremde Ohren bestimmt.

Langsam nebeneinander hergehend, entfernten sie sich von dem Café.

»Márcia«, sagte er schließlich noch einmal, den Blick in die Baumkronen gerichtet. »Es tut mir unendlich leid, dass du es doch noch erfahren musstest. Ich wünschte, wir hätten das alles ruhen lassen können. Für immer. Das wäre das Beste gewesen.«

»Ich muss das überhaupt erst mal in meinen Kopf reinkriegen ... dass du mich all die Jahre angelogen hast.«

Er nickte schuldbewusst, schloss kurz die Augen. »Ja, das habe ich. Es lässt sich nicht leugnen. Aber wenn du dich damals gesehen hättest. Mit sechzehn. So ungeheuer verletzlich. Nach allem, was du durchgemacht hattest. Glaub mir, du hättest die Wahrheit nicht verkraftet.«

»Dass sie beide tot sind und da eingemauert unterm Dach liegen? Ich frage mich, wie *du* das verkraftet hast. Und wie es überhaupt ...«

»Warte, warte.«

Ein junges Paar kam ihnen entgegen.

»Márcia«, sagte Cláudio, als er wieder sprechen konnte, »du hast jedes Recht, wütend auf mich zu sein. Von mir enttäuscht zu sein. Aber damals habe ich einfach keinen anderen Weg gesehen. Und irgendwann war es zu spät.«

Sie gingen die gepflasterten Stufen hinab, die zum westlichen Aussichtspunkt führten, einem kleinen Plateau über dem Douro. In der Mitte stand ein Granitbrunnen, eingefasst von vier barockartigen Beeten.

»Sag mir, was passiert ist.«

»Das ist nicht so einfach.« Er trat an die Brüstung und sah hinaus auf den Douro. Der Fluss strebte in seiner letzten Biegung dem Meer zu, unter dem hohen Bogen der Ponte da Arrábida hindurch. Der Blick erstreckte sich bis zur Mündung und zum blauen Horizont.

»Aber eines will ich dir gleich vorweg sagen: Es war ein Unglück.«

»Ein *Unglück?*«

»Ja. Eine Verkettung von ...«

»Die Polizei sieht das offenbar anders. Der Fall wird von der Mordkommission untersucht.«

»Ja, sicher. Weil es sich um ungeklärte Todesfälle handelt.«

»Ungeklärt ist ja wohl auch, weshalb die Toten dort eingemauert waren. Und wer das getan hat.« Márcia schüttelte den Kopf. »Im Haus von Tio Mateus! Wie ist denn das möglich?«

Cláudio sah sich prüfend um, ob sie immer noch allein waren. Dann sagte er: »Márcia, du weißt, wie ich immer versucht habe, euch zu helfen. Wie ich mich mitschuldig gefühlt habe, weil es mein eigener Bruder war, unter dem ihr zu leiden hattet. Wie oft habe ich versucht, mit ihm zu reden! Wie oft hat er mir und eurer Mutter versprochen, dass nun alles anders wird! Und es ist niemals anders geworden.«

»Nein. Niemals.«

»Márcia, du kannst nichts dafür. Ich konnte es so gut verstehen, dass du die erste Gelegenheit ergriffen hast, um da rauszukommen. Es ist nur so: In der Zeit, als du in Braga warst, ist es bei euch zu Hause immer schlimmer geworden. Nanda hat sehr gelitten. Mehr, als sie ertragen konnte. Ich habe ihre Verzweiflung gesehen und versucht, ihr zu helfen. Wenn ich geahnt hätte, wie das endet ...«

»Ihr zu helfen? Und wie?«

Cláudio gab ihr ein Zeichen, still zu sein. Andere Leute kamen die Treppe herab. Sie mussten weitergehen.

Schließlich sagte er: »Ich habe ihr eine Zuflucht geboten, für die Tage, an denen es zu Hause vollkommen unerträglich war. Einen Ort, wo sie in Sicherheit war.«

»Das Haus von Tio Mateus.«

»Ja.«

»*Du* hast den Schlüssel gehabt? Und hast ihn immer noch?«

»Mateus wollte verhindern, dass mein Bruder Zugang zu dem Haus bekommt. Er hat ja damals schon zu viel getrunken, es war kein Verlass auf ihn. Und Mateus fand, dass unsere Mutter viel zu nachgiebig mit ihm war, deshalb hat er mir den Schlüssel anvertraut.«

Dem guten Bruder. Ja, das konnte Márcia verstehen. Sie hätte es genauso gemacht.

»Nanda hat das Haus geliebt. Sie hat gesagt, ihr wärt dort immer glücklich gewesen.«

»Ja, früher, als Kinder. Aber zu der Zeit stand es doch leer. Sie hat dort auch übernachtet? Hat sie denn gar keine Angst gehabt?«

»Ach, weißt du ... *Angst* hatte sie schon so viel gehabt in ihrem Leben. Viel zu viel. Aber da oben in ihrer kleinen Mansarde, die ihr als Kinder schon immer so gern mochtet, da hat sie sich sicher gefühlt. Da hat ihr niemand etwas getan.«

»Was ist dort passiert?«

Cláudio schien nicht zu wissen, wie er anfangen sollte. Sie gingen schweigend nebeneinander her. Dann sagte er, ohne Márcia anzusehen: »Du weißt doch, dass Nanda als Kind einmal diese schwere Grippe hatte. So schwer, dass es hinterher hieß, sie könnte einen dauerhaften Herzschaden davongetragen haben.«

»Ja, schon. Aber später war davon nie mehr die Rede.«

»Sie ist doch sicher noch mal untersucht worden?«

»Wahrscheinlich, ja. Aber ich kann mich nicht erinnern. Für mich war sie immer gesund.« Márcia sah ihn argwöhnisch an. »Willst du mir etwa erzählen, dass sie an Herzversagen gestorben ist oder so was? Nanda war vierzehn Jahre alt!«

»Ich war nicht dabei, und ich bin auch kein Arzt.« Cláudio starrte vor sich auf den Weg. »Ich weiß es von eurem Vater.«

»*Er* war dabei?«

»Er hat irgendwie herausgefunden, dass sie dorthin geflüchtet ist, wenn er seine schlimmsten Phasen hatte. Ich weiß nicht, wie. Kann sein, dass er Isabel mit Gewalt gezwungen hat, ihm die Wahrheit zu sagen. Er hat sich jedenfalls aufgemacht, ›seine Tochter nach Hause zu holen, wo sie hingehört‹, und Isabel muss ihm gefolgt sein, um das Schlimmste zu verhindern.«

Sie kamen an den kleinen Aussichtsturm mit den Burgzinnen. Mehrere Kinder rannten die Außenwendeltreppe hinauf und hinunter, ihre Eltern standen oben, zeigten mit den Fingern ins Weite und machten Fotos.

Es dauerte etwas, bis sie wieder außer Hörweite waren.

»Ich weiß es noch, als ob es gestern gewesen wäre. Mein Bruder hat mich angerufen, völlig aufgelöst, weinend, er hat kaum zusammenhängend reden können. ›Cláudio, Cláudio, du musst mir helfen!‹ Ich müsse sofort kommen, es sei etwas Schreckliches passiert. ›Im Haus von Tio Mateus!‹ Als er das gesagt hat, habe ich einfach den Kopf verloren. Hinterher habe ich mir endlos Vorwürfe gemacht: Du hättest sofort eine Ambulanz rufen müssen, vielleicht wären sie noch zu retten gewesen, oder eine von ihnen. Obwohl ich da schon wusste, dass es längst zu spät gewesen wäre … Ich bin so schnell wie möglich hingefahren. Er wartete hinter der Haustür. Ich hatte ihn ja schon öfter in schlechter Verfassung gesehen, aber in so einer noch nicht. Dabei war er noch nicht einmal betrunken. Er war einfach zusammengebrochen. Überhaupt nicht mehr er selbst. ›Sie sind tot‹, hat er gesagt. ›Sie sind beide tot.‹ Ich bin die Treppen hinauf. Und da lagen sie. Kein Puls mehr, gar nichts. Sie waren tatsächlich tot.«

Er sah sich um, ob auch wirklich niemand in der Nähe war.

»Ich habe dann mühevoll aus ihm herausbekommen, was passiert war. Er hat gesagt, er hätte Nanda im Mansardenzimmer überrascht. Es muss ein unglaublicher Schock für sie gewesen sein, als er dort plötzlich vor ihr stand. Immer wieder hat er gesagt: ›Ich hab ihr doch gar nichts getan! Wieso hat sie denn so eine Angst gehabt?‹ Er hatte sie wohl gepackt und sie dort rauszerren wollen – ›Du kommst jetzt mit nach Hause!‹ –, und sie hat sich gewehrt. Ganz plötzlich ist sie dann zusammengesackt, einfach ohnmächtig geworden, und hat nicht mehr geatmet. Und dann hat er gemerkt, dass ihr Herz nicht mehr schlug.«

Sie gingen an der Kirche vorbei, durch den Schatten der großen Palmen. Márcia zwang sich, ihn nicht zum Weiterreden zu drängen.

»Ja, und dann ist Isabel dazugekommen. Natürlich völlig außer sich. ›Was hast du mit ihr gemacht?‹ und ›Das ist alles nur deine Schuld!‹ Sie ist auf ihn losgegangen, er hat sie zurückgestoßen, sie ist unglücklich gefallen und hat sich den Schädel aufgeschlagen, ich glaube, an irgendeinem Dachbalken. Er hat gesagt, sie sei so schnell tot gewesen, dass er nichts mehr habe tun können.«

»Hat er es denn versucht? Wer weiß, wie schnell das

wirklich gegangen ist. Er hat nur Angst um sich selbst gehabt, oder? Deshalb hat er keinen Arzt gerufen.«

»Ich weiß es nicht. Als ich gekommen bin, war alles zu spät. ›Es war ein Unfall! Ein Unglück!‹, hat er immer wieder gesagt. ›O mein Gott, niemand wird mir das glauben!‹ Ich selbst war auch völlig durcheinander. Und je länger ich überlegte, was wir nun machen sollten, desto mehr bekam ich es mit der Angst zu tun. Die tausend Fragen, die die Polizei stellen würde: ›Wie kommt das minderjährige Mädchen hierher? Was hat es hier gemacht?‹ Ich war es, der sie dorthin gebracht hatte. Ich hatte den Schlüssel für das Haus. War ich nun mitschuldig oder nicht? Ich wusste es nicht. Und dann mein Bruder mit seiner Vorgeschichte. All eure Nachbarn wussten doch genau, dass er euch über Jahre misshandelt hat. Und dann noch die Presse! Was die daraus machen würde! Es war gar nicht auszudenken. Ich gebe zu: Auch ich habe in dem Moment vor allem an mich selbst gedacht. Für Nanda und Isabel konnte ich nichts mehr tun. Aber ich wusste genau: Wenn das rauskommt, dann hänge ich da mit drin, und dann wird es mein Leben zerstören. Obwohl ich gar nichts dafür konnte! Ich wollte doch nur helfen. Stell dir vor: Ich war gerade Vater geworden. Und dann *das*. Es *durfte* einfach nicht sein!«

»Wessen Idee war es, die beiden dort einzumauern? War es deine?«

»Nein, wo denkst du hin? Es war alles Irrsinn, ein wahnhafter Zustand. Dein Vater lief in dem leeren Haus herum. ›Wir müssen sie irgendwo vergraben! Im Keller!‹ Ich konnte auch nicht mehr klar denken. Ich habe ihm immer nur gesagt, dass er leise sein soll. Der Kellerboden war massiver Granit. Aber irgendwo weiter oben lagen Stapel von Ziegelsteinen, und er rief: ›Wir mauern sie ein. Unter dem Dach. Niemand wird je davon erfahren.‹ Ich hab ihm gesagt: ›Du bist doch verrückt!‹ Aber er blieb dabei: ›Das ist das Einzige, was wir tun können!‹«

»Und dann habt ihr es getan? Ihr beiden? Ich fasse es nicht.«

»Um Gottes willen, nein. Ich war nicht dabei. Das hat er allein getan. Ich weiß nicht, warum ich das zugelassen habe. Glaub mir, nichts in meinem Leben bereue ich so sehr wie das. Ich habe auch meine Strafe zu tragen, bis zum heutigen Tag.«

»Aber Venezuela – das war deine Idee, oder?«

»Nanda hatte davon erzählt, dass eure Mutter ihm das manchmal an den Kopf geworfen hat, wenn er sie wieder geschlagen hatte: ›Wenn das nicht aufhört, geh ich zu meiner Familie nach Venezuela! Wundere dich nicht, wenn ich eines Tages einfach weg bin!‹«

»Ja, das weiß ich auch noch. Sie hatte irgendwelche Cousins, die dorthin ausgewandert waren. Ich hab noch selbst zu ihr gesagt: ›Weshalb tun wir das nicht endlich? Lass uns drei von hier verschwinden!‹ Sie meinte immer, sie habe das Geld noch nicht zusammen, aber eines Tages ...«

»Irgendetwas mussten wir ja sagen, wo sie geblieben waren. Das mit dem angeblichen Telefongespräch tut mir leid. Aber ich war nun mal derjenige, den Isabel angerufen hätte. Ich dachte, es würde dir helfen, darüber hinwegzukommen.«

»Es würde mir *helfen?* Das hast du geglaubt? Soll ich dir sagen, worüber ich nie hinweggekommen bin? *Dass sie mich nicht mitgenommen haben nach Venezuela!* Ich dachte immer, das wäre meine Strafe dafür, dass ich Nanda im Stich gelassen habe! Ich war so verzweifelt, ich bin fast kaputtgegangen daran!«

»Vorsicht. Leise.«

Wieder wartete Cláudio, bis der Abstand zu ein paar anderen Besuchern des Parks groß genug war. Vor ihnen tat sich erneut eine weite Aussicht über den Fluss auf. Unter den Bäumen hervor traten sie an das Geländer.

»Weißt du, woran ich damals gedacht habe? An die Frage des Königs nach dem Erdbeben von Lissabon. Diese einfache Frage: ›Und jetzt?‹ Und an die Antwort des Marquês de Pombal: ›Die Toten bestatten und sich um die Lebenden kümmern.‹ Und ich habe mich um dich gekümmert, das musst du mir zugestehen.«

»Ja. Ja, natürlich.« Márcia senkte den Blick.

»Wie oft habe ich mir hinterher gesagt: Ich hätte sofort die Polizei holen müssen, ohne Wenn und Aber, auch wenn er mein eigener Bruder war. Ich hätte mich niemals in diesen Irrsinn hineinziehen lassen dürfen. Aber wenn ich das damals gemacht hätte ... wer weiß, was dann aus uns geworden wäre?« Er sah sie von der Seite an. »Márcia, ich habe für dich getan, was ich konnte, und diese eine Lüge – dass sie noch leben und dass es ihnen gut geht –, die hat leider dazugehört.«

Sie blickte über den Fluss. »Ja, du hast recht. Ich hätte *mir* die Schuld gegeben. Und ich wäre daran zugrunde gegangen. *Daran* mit Sicherheit, voll und ganz. Ich wäre vielleicht gar nicht mehr am Leben.«

Cláudio ließ ihr etwas Zeit, dann sagte er leise: »Jetzt kennst du die Wahrheit. Es war die Schuld deines Vaters, von Anfang an. Und der ist lange tot. Neun Jahre. Niemand hier auf Erden kann ihn mehr zur Rechenschaft ziehen. Es ist vorbei.«

»Die PJ ermittelt noch in dem Fall.«

»Die werden nicht weit kommen. Dafür ist es zu lange her. Wir beide, Márcia, du und ich, wir müssen absolutes Stillschweigen bewahren, das ist alles. Kein Wort darüber zu niemandem, dann kann uns auch niemand damit in Verbindung bringen.« Er sah sie eindringlich an. »Du weißt, was auf dem Spiel steht. Es geht um sehr viel mehr als nur das Leben von uns beiden. Wir werden gebraucht.«

»Ja, das weiß ich.«

Auf dem Rückweg hörten sie plötzlich ein seltsames Rauschen und wandten sich beide danach um. Es war ein Pfau, der ein Rad schlug – ein prächtiges, vollkommenes Rad. Alle Leute ringsum fingen sofort an zu fotografieren.

Cláudio lächelte ihr zu. »Es ist Frühling, Márcia. Und das Leben geht weiter.«

12

Der Montag ließ sich erst gar nicht schlecht an. In dem Fall mit dem Kofferraum war es endlich gelungen, die letzten Lücken der Beweiskette zu schließen. Fonseca saß gerade in der Kantine, als Tavares ihn anrief und die Festnahme des Hauptverdächtigen meldete. »Na, dann mal her mit ihm«, sagte Fonseca, aß in Ruhe zu Ende und trank noch einen kleinen Kaffee.

Er stand dabei, als der Wagen in die Garage einfuhr und der Täter in Handschellen ausstieg. »Ich will sofort meinen Anwalt sprechen!« Seinem Auftreten nach lebte er immer noch in dem Glauben, dass sie ihm nichts anhaben konnten.

»Anwalt ist unterwegs, keine Sorge«, sagte Fonseca. »Bringt ihn ins Vernehmungszimmer 1.«

Der Mann hatte seine getrennt lebende Ehefrau, die die Scheidung eingereicht hatte, über Wochen und Monate verfolgt und bedroht, ihr schließlich aufgelauert und sie mit sechs Messerstichen getötet. Fonseca konnte ihm nun haargenau nachweisen, welche Fehler er bei dem Versuch gemacht hatte, einen Überfall durch einen Unbekannten vorzutäuschen, indem er die Leiche im Kofferraum eines Mietwagens zu einem entfernten

Waldstück gefahren hatte. Blutspuren, Reinigungsmittel, Benzinverbrauch, Mobilfunkdaten. Es gab kein Entrinnen. Dem Anwalt blieb nichts anderes übrig, als betreten schweigend dabeizusitzen.

»Den haben wir festgenagelt!«, sagte Pinto, als der Mann abgeführt worden war.

Fonseca nickte zufrieden. »Ein Segen. So was wie *der* darf wirklich nicht davonkommen.«

An diese Worte sollte er bald zurückdenken, denn der Tag hielt noch mehr für ihn bereit.

Der Leiter der Spurensicherung hatte schon mehrfach versucht, ihn zu erreichen. Als Fonseca zurückrief, sagte der Kollege: »Es geht um den Abschlussbericht in Sachen Rua da Bainharia 32. Ich schlage vor, wir gehen die Punkte mal gemeinsam durch.« Das klang nicht gut.

Gegen Abend saßen sie zu zweit in Fonsecas Büro zusammen.

»Alles, was wir hatten, waren diese paar Fundstücke«, sagte der Leiter der Spurensicherung. »Und die zu datieren war nicht einfach. Aber Sie sehen ja, das Ergebnis ist eindeutig.«

Es war niederschmetternd.

»Und das ist jetzt schon raus an die Staatsanwaltschaft, ja?«

»Heute Nachmittag. Ich wollte es Ihnen gern persönlich mitteilen, aber Sie waren vorhin noch in der Vernehmung.«

Fonseca blätterte vor und zurück und dachte: Wie soll ich das Ana sagen?

Am nächsten Morgen rief er seine Abteilung im Besprechungsraum zusammen. Die Neuigkeit hatte offenbar schon die Runde gemacht, Fonseca blickte in fragende Gesichter.

Ana sah ihn aus großen Augen an: »Das ist doch jetzt nicht wahr, oder?«

Er seufzte und nickte schwer. »Leider doch.« Dann hob er den Kopf und verkündete es offiziell: »Die Staatsanwaltschaft stellt die Ermittlung ein. Der Fall der Rua da Bainharia wird zu den Akten gelegt.«

Sofort erhob sich lautes Stimmengewirr. »Das gibt's doch nicht!« Überall ungläubiges Kopfschütteln.

Fonseca erklärte: »Nach Auswertung sämtlicher Fundstücke, die hinter der Mauer gelegen haben, ist die Spurensicherung zu dem Schluss gekommen, dass die Tat zweiundzwanzig Jahre zurückliegt und damit verjährt ist.«

»Ich glaub's einfach nicht!« Ana war den Tränen nahe. »Gerade jetzt, wo wir so kurz davor sind ...!«

Fonseca nickte ihr zu. »Wenn ich es ändern könnte, würde ich es tun.« Er wandte sich wieder an alle. »Aber Sie wissen, wie es ist: *Mord verjährt nach fünfzehn Jahren.* Danach ist eine Strafverfolgung laut Gesetz nicht mehr möglich.«

Er sah, wie Tété Marinho eine Faust ballte, als wollte sie gleich auf den Tisch hauen.

Dinis fragte: »Zweiundzwanzig Jahre? Und woher wissen die das so genau?«

Fonseca hob kurz den Bericht in seiner Hand. »Das können Sie hier alles im Detail nachlesen.« Er schlug die Mappe auf, blätterte etwas vor. »Um es zusammenzufassen: Da sind zum einen die zwei Bierflaschen. Sie haben die Fotos gesehen. Kleine, bauchige Flaschen Super Bock. Mir kamen die auch nur noch vage bekannt vor. Die Kollegen sind damit bei der Brauerei gewesen. Vor zweiundzwanzig Jahren ist dort die gesamte Produktion erweitert und modernisiert worden, es gab eine ganz neue Abfüllanlage. Im Zuge dessen hat sich auch die Form der Flaschen geändert, und diese alte Sorte ist nicht mehr in den Handel gekommen.« Er blätterte weiter. »Dann gab es Reste von Zementsäcken, auf denen sich Chargennummern erhalten hatten. Die konnten beim Hersteller ebenfalls zurückverfolgt werden. Der Zement war sogar noch älter und ist wahrscheinlich gleichzeitig mit den Ziegelsteinen angeliefert worden. Und schließlich hat man in der Jeanstasche des Frauenskeletts eine kleine Parfümprobe gefunden, wie sie zur Markteinführung gratis verteilt werden. Diese Probe hat einen sogenannten Batch-Code, der eine eindeutige zeitliche Zuordnung erlaubt. Diese Marke ist vor genau zweiundzwanzig Jahren eingeführt worden, und nur damals wurden genau diese Proben verteilt.« Er schloss die Mappe und blickte auf. »Das alles stimmt mit den forensischen Befunden überein. Für die Staatsanwaltschaft ist das Gesamtbild damit konsistent und der Tatzeitpunkt nachgewiesen.«

»Na, wunderbar!«, sagte Pinto. »Wenn der Täter das hört, kann er eine Flasche Schampus aufmachen.«

Eine Weile wurde noch wild durcheinandergeredet. Einige schimpften lautstark – »*Puta de merda!*« –, dann wurde der Ton langsam resignierter: »Hätte ich auch nicht gedacht, dass das *so* lange her ist.« Nach und nach gingen alle zurück an die Arbeit, der Besprechungsraum leerte sich.

Ana blieb geknickt auf ihrem Stuhl sitzen, den Kopf gesenkt, das Gesicht unter den Haaren verborgen. Tété setzte sich neben sie, legte den Arm um ihre Schultern.

Fonseca – der Letzte, der sonst noch da war – trat hinzu und sagte leise: »Es tut mir leid.«

Ana blickte auf. »So etwas dürfte es doch nicht geben! Dass *Mord* verjährt ...!«

»Nein, allerdings nicht.« Tété lehnte sich zurück. »Und wenn ich daran denke, wie diese Verjährungsfristen zustande kommen, könnte ich aus der Haut fahren!«

Ana sah sie von der Seite an. »Wieso?«

»Weil das Ganze nur dem einen hehren Zweck dient, dass man Korruptionsprozesse so lange verschleppen kann, bis sie ohne Urteil eingestellt werden.« Sie schüttelte überdrüssig den Kopf. »Ich renne doch immer wieder vor dieselbe Wand. Und jetzt auch noch bei meiner ersten Mordermittlung! Es ist wirklich nicht zu fassen.«

»Stimmt«, sagte Fonseca. »Wie war das noch? Die Verjährungsfrist einer Straftat bemisst sich nach dem zu erwartenden Strafmaß ...«

»Genau«, sagte Tété. »Und da liegen wir mit Korruption ohnehin am unteren Ende, sodass die meisten Fälle nach zwei Jahren verjährt sind. Für einen gewieften Anwalt ist es da ein Leichtes, den Prozess so in die Länge zu ziehen, dass sein Mandant am Ende ungeschoren davonkommt. Er stellt einfach einen Beweisantrag nach dem anderen oder Anträge wegen Befangenheit oder Verfahrensfehlern, dann wird das schon. Nur dass die gesetzliche Regelung eben für alle Straftaten gleich sein muss. Und so ist da auch Mord mit reingerutscht. Macht ja nichts! Hauptsache, die geliebte Korruption bleibt straffrei! Wo kommen wir denn sonst hin! Manchmal weiß ich wirklich nicht mehr, was ich dazu sagen soll.«

»Ja, aber, wenn man sich das vorstellt ...«, sagte Ana. »Diese beiden Menschen sind *ermordet* worden. Ich meine, was machen wir denn hier eigentlich? Das ist ja, als ob das Ganze nur ein Spiel ist! Und wenn der Täter es gewonnen hat, dann war er eben schlauer als wir. Und der Staatsanwalt sagt: ›Herzlichen Glückwunsch, Sie haben es geschafft.‹ Wo bleibt denn da die Gerechtigkeit? So etwas geht doch nicht!«

Tété seufzte schwer. »Bei uns schon«, sagte sie. »Das siehst du ja.«

Cláudio da Rocha Cortez entdeckte die Neuigkeit schon am Nachmittag im Internet. Er schloss die Augen und dankte dem Herrgott.

Beim Abendessen tätschelte seine Frau ihm den Arm. »Na, siehst du, Cláudio, das Essen schmeckt dir ja wieder. Ich dachte schon, du wirst krank.«

»Ja, ich weiß auch nicht. Die letzte Woche ... vielleicht hatte ich mir doch was eingefangen. Irgendeinen Virus. Könnte ja sein.«

Auch seine Tochter lächelte ihm zu. »Hauptsache, es geht dir wieder gut.«

»Ja, doch, ich fühle mich deutlich besser.« Er hob sein Weinglas. »Ich denke, ich bin drüber weg. Trinken wir mal darauf!«

Márcia hatte einen anstrengenden Tag gehabt und kam erst am Abend dazu, nach neuen Meldungen zu suchen. »Fall der zwei Skelette verjährt«, »Ermittlung wird eingestellt«, »Wie die Polícia Judiciária heute bekannt gab …«. Sie las es alles von Anfang bis Ende, auch wenn es oft derselbe Wortlaut war.

Hinterher legte sie sich aufs Bett, starrte die Zimmerdecke an. Sie spürte eine innere Leere, eine Ungläubigkeit. Was, das war alles? Und jetzt ist es vorbei?

In den Berichten war auch vieles offen geblieben. Was hatte die PJ denn nun herausgefunden? Nur dass es alles zu lange her war? Sonst nichts? Hatten sie nichts mehr dazu gesagt, dass die Leichen dort eingemauert waren?

Aus dem Wohnzimmer hörte sie den Klingelton ihres Telefons. Sie ahnte, wer das war. Wollte sie jetzt wirklich mit ihm sprechen? Sie stand auf und ging hinüber.

Er war es.

»Márcia … hast du es gesehen?«

»Ja, habe ich.«

»Was sagst du?«

»Ich weiß nicht. Es ist alles so unwirklich. Was passiert denn nun mit ihnen?«

»Du meinst, mit den sterblichen Überresten? Ich denke, die werden anonym beigesetzt. Oder eingeäschert.«

Als sie stumm blieb, sagte Cláudio: »Márcia, denk nicht an so was. Denk lieber daran, dass es vorbei ist. Und daran, was dir erspart geblieben ist. Stell dir vor, du hättest die Fragen der Polizei beantworten müssen. Sie hätten alles ganz genau wissen wollen. Alles, was damals geschehen ist, alles, was ihr mit meinem Bruder durchgemacht habt, in allen Einzelheiten. Fragen über Fragen.«

Schon bei dem Gedanken krampfte Márcia sich innerlich zusammen.

»Du hast recht«, sagte sie, und das meinte sie auch so. Trotzdem dachte sie noch etwas anderes: Du hast immer recht, oder? Weil du ganz genau weißt, wo die schwachen Punkte sind.

Auch nach Dienstschluss war Ana noch so niedergeschlagen, dass sie gar keine Lust hatte, nach Hause zu fahren. Mit Mário konnte sie sowieso nicht darüber reden. Er hasste die ganze PJ. Von Anfang an war er nicht gut damit zurechtgekommen, dass es bei ihrer Arbeit Wochenenddienste und Bereitschaften gab. Inzwischen waren es einfach zu viele geplatzte Partys geworden.

Etwas Trost aber konnte sie jetzt gebrauchen. Also fuhr sie in die Innenstadt, stellte ihren Wagen im Parkhaus ab und bummelte die Rua Santa Catarina entlang, um zu sehen, ob es nicht irgendetwas Schönes gab, das sie sich mal gönnen könnte.

Doch an einem Tag wie diesem stand auch das Shoppen unter keinem guten Stern. Gleich die erste Boutique, die sie ansteuerte, hatte dichtgemacht. Das Schaufenster war von innen mit Papier abgeklebt, auf einem Schild stand: »Geschäftsräume zu vermieten« und eine Telefonnummer.

Ernüchtert ging sie weiter. Ihr fiel auf, dass hier und dort auch noch andere Geschäfte geschlossen hatten, die neulich noch da gewesen waren. Und dass in vielen Schaufenstern Schilder hingen, die »Saldos« versprachen: Sonderangebote. »25% Rabatt auf alles!« – »2 zum Preis von 1!« – »Alles reduziert!« Die Krise war nicht mehr zu übersehen.

Sie ging dann trotzdem ins Shoppingcenter Via Catarina, fuhr die Rolltreppen hinauf und hinunter, sprühte Parfüm auf Pappstreifen, probierte ein paar schicke Stiefel an, um sie dann doch nicht zu kaufen, und begnügte sich schließlich mit einem Fläschchen Nagellack.

Wenn sie wenigstens ihre Freundin Bia dabeigehabt hätte. Aber die war gerade ihrem Mann nach Luxemburg gefolgt.

So viele waren schon weggegangen. Pintos Freundin Vânia lebte jetzt in Frankreich. Er redete nicht darüber, aber sie wusste, dass er das immer noch nicht verwunden hatte.

Das Schlimme war: Vânia hatte recht gehabt. In diesem Land gab es ja wirklich keine Perspektive mehr. Und es ging sogar immer noch weiter bergab. In den ganzen drei Jahren hatte Mário keinen richtigen Job gefunden. Was nützte es ihm, Diplom-Informatiker zu sein, wenn er auf ewig der »freie Mitarbeiter« blieb, der mit einem Praktikantengehalt abgespeist wurde? Das alles hatte ständig über ihnen gehangen, von Anfang an.

Und jetzt war da auch noch diese E-Mail.

Sie hatte sie nicht gelesen, die Betreffzeile hatte gereicht. Mário war gerade nicht im Zimmer gewesen. Sie hatte nur etwas auf dem Schreibtisch gesucht, als dieser kurze Benachrichtigungston erklungen war, dem sie nie widerstehen konnte. Obwohl es sein Telefon war, hatte sie unwillkürlich die Taste gedrückt. Und da, auf dem Sperrbildschirm, hatte gestanden: »Re: Your Job Application«.

Der Absender war eine Firma, die sie später recherchiert hatte. Es war eine IT-Firma mit Sitz in London. Keine Niederlassung in Porto oder sonst wo in Portugal.

Mário hatte sich in London beworben. Und bis heute hatte er ihr nichts davon gesagt.

13

Der Fall mit dem Kofferraum war schwierig genug gewesen. Es hatte lange Phasen gegeben, in denen es nicht danach ausgesehen hatte, dass sie dem Täter den Mord nachweisen konnten. Umso erfreuter war man über den erfolgreichen Abschluss und hatte fürs gemeinsame Abendessen einen Tisch reserviert. Tété Marinho wollte sich erst nicht anschließen – »Ich hab doch gar nichts dazu beigetragen!« –, doch Fonseca entschied: »Ach was, Sie gehören jetzt zur Abteilung, und wer Zeit hat, kommt auch mit. So ist das bei uns.«

Sie gingen wieder in das Restaurant in Gaia, in dem sie schon öfter gewesen waren. Im Sommer hatten sie draußen unter den weißen Sonnenschirmen gesessen – von der Terrasse aus blickte man weit über die Dächer der Portweinkellereien und den Fluss hinweg auf die Stadt am anderen Ufer –, aber auch jetzt, wo sie drinnen saßen, boten die großen Fensterscheiben eine prächtige Aussicht auf das abendlich erleuchtete Porto.

Ganz so wie sonst war es dennoch nicht. Das Essen war gut und der Wein auch, aber die Freude über den gelösten Fall war stark getrübt durch den Abbruch der anderen Ermittlung. Sie alle, auch Fonseca, hatten so etwas zum ersten Mal erlebt. Es war eine Niederlage, die noch nicht verwunden war. Ana Cristina wirkte deutlich gedämpft, sogar Pinto war ungewohnt einsilbig. Als die Ersten anfingen, früh zu gehen, schlossen sich rasch die Nächsten an.

Fonseca und Tété blieben als Letzte übrig.

Während die Kellner die lange Tafel abräumten, blickte Fonseca in sein leeres Espressotässchen. »Hmm ... das hat uns ja ziemlich die Stimmung verhagelt. Ana hat schon recht: So etwas dürfte es einfach nicht geben.«

»Glauben Sie, dass wir den Fall gelöst hätten?«, fragte Tété.

»Schwer zu sagen. Aber die Chancen waren gerade sehr gestiegen. Diese Frau mit dem weißen Kastenwagen ... Da hätte man einhaken können.«

»Leider hat sie sich nicht gemeldet.«

»Dann hätten wir sie suchen müssen.«

»Und wie? Nur anhand der Beschreibung?«

»Nicht unbedingt.« Fonseca lehnte sich zurück, strich mit der Hand übers Kinn. »Wenn sie die Adresse dieser Maria Vareira gehabt hat, dann mit hoher Wahrscheinlichkeit auch die Telefonnummer. Ich könnte mir vorstellen, dass sie genauso vorgegangen ist wie Sie und Ana – nämlich dass sie vorher angerufen hat. Erst als sie gehört hat, dass die Nummer neu vergeben worden war, hat sie sich entschlossen, auf gut Glück nach Campanhã zu fahren. Genau wie Sie.«

Tété hob die Augenbrauen. »Ah ... ich verstehe.«

»Genau. Ich wette, ihre Mobilnummer findet sich in den Verbindungsdaten dieses Nagelstudios, und zwar an dem Tag, an dem sie in Campanhã gewesen ist, oder am

Tag davor. Wir hätten sie natürlich mühsam zwischen den Nummern der Kundinnen heraussuchen müssen, aber es wäre möglich gewesen.«

Tété seufzte. »Zu schade. Da würde man ja am liebsten ...«

Fonseca nickte ihr zu. »Ja, ja. Aber dafür bekommen wir jetzt keinen richterlichen Beschluss mehr. Die Sache ist gelaufen. Eine Schande ist das.«

»Das ist es wirklich! Die Gesetze hindern uns daran, unsere Arbeit zu machen. Die Justiz lässt uns hängen. Und sogar Mörder bleiben straffrei! Manchmal fragt man sich schon: Wofür macht man das alles?« Tétés Blick schweifte unwillkürlich hinüber zur Bar.

Fonseca lächelte. »Was meinen Sie, trinken wir noch was? Ich muss sagen, mich zieht es noch nicht so recht nach draußen. Ich finde, man sitzt hier ganz gut.«

»Ja, finde ich auch.«

»Dann setzen wir uns doch da ans Fenster, genießen noch ein bisschen die Aussicht und gönnen uns dazu einen guten Roten vom Douro.«

»Ich bin dabei.«

Fonseca gab dem Kellner ein Zeichen. »Wir hätten gern noch einmal die Weinkarte, bitte.«

Gleich darauf saßen sie am Stirnende der Tafel, Tété auf der einen, Fonseca auf der anderen Seite, ihre Stühle den Fenstern zugewandt. Eine gute Flasche Vinho Tinto auf dem Tisch, blickten sie hinaus auf die lichterfunkelnde Stadt. Die übrigen Gäste des Restaurants unterhielten sich leise, in dem offenen Kamin knisterte das Feuer.

»Mmm ...«, sagte Tété, als sie den ersten Schluck Wein probierte. »Das ist jetzt genau das Richtige.«

Fonseca hob sein Glas und schwenkte es ein wenig. »Ja, das dachte ich mir doch. Etwas Trost können wir schließlich gebrauchen.«

Einen Moment lang betrachteten sie still die leuchtende Ribeira, den angestrahlten Torre dos Clérigos, den weißen Bischofspalast, die Ponte Dom Luís.

»Tja, dort drüben, da ist es, das Bairro da Sé ...«, sagte Fonseca. »Unter einem dieser Dächer haben die beiden die ganze Zeit gelegen. Zweiundzwanzig Jahre lang. Schon ein seltsamer Gedanke.«

»Vor zweiundzwanzig Jahren, da war ich Studentin und wollte die Welt verbessern.«

»Und wie wollten Sie das tun?«

»Ich wollte selbst für Gerechtigkeit sorgen. Hineingehen in den Justizapparat. An meinem Platz etwas bewirken. Ich war ganz sicher: Auf jeden Einzelnen kommt es an. Deshalb bin ich dann auch zur PJ gegangen. ›Abteilung für Korruptionsbekämpfung‹. Ich dachte: Das ist es. Das musst du machen, wenn sich jemals etwas ändern soll.« Sie nahm einen kleinen Schluck, behielt das Glas in der Hand. »Na ja, Sie sehen ja, wie weit ich damit gekommen bin. Und wenn dann noch so was passiert – mein erster Mordfall, mittendrin zu den Akten gelegt –, dann denke ich schon mal: Dafür hast du nun dein Privatleben geopfert, bist geschieden, lebst allein. Was für ein Scherbenhaufen!«

»Ja, das verstehe ich gut. Mir geht es genauso. Meine geschiedene Frau lebt in Lyon, unser Sohn in Barcelona, es hat sich alles wieder aufgeribbelt. Nur ich bin noch hier und mache einfach so weiter mit meinen unmöglichen Arbeitszeiten.« Er schüttelte sachte den Kopf. »Meine

Frau hat mir immer vorgeworfen, ich würde mich in meine Arbeit flüchten. Vielleicht hat sie ja recht gehabt. So was wie das hier – dass alles einfach so in der Luft hängen bleibt – hat mich jedenfalls tiefer getroffen, als ich geglaubt hätte.« Er trank einen Schluck Wein, blickte nachdenklich in sein Glas. »Es ist schon so: Die Sinnlosigkeit ... Das ist etwas, womit ich mein Leben lang zu tun gehabt habe. Und ich bin nicht immer gut damit zurechtgekommen. Das schätze ich eigentlich besonders an dieser Arbeit: dass sie wenigstens zeitweise dagegen hilft. Sie wissen, was ich meine: Eine Ermittlung, das ist eine Welt für sich. Es gibt diesen klaren Fokus. Die erhöhte Aufmerksamkeit. Jede Kleinigkeit kann eine Bedeutung haben. So was lasse ich mir nicht gerne wieder wegnehmen. Schon gar nicht mit der Begründung: ›Ach, was soll dieser alte Kram, Schwamm drüber, hat sich erledigt.‹ Das entwertet einfach alles. Und dann sage ich mir: Vielleicht haben die ja recht, die solche Gesetze machen. Vielleicht ist es wirklich egal, wer da wen umgebracht hat, vor zweiundzwanzig Jahren oder wann auch immer. Wir müssen eh alle sterben, also was soll's. Wozu machen wir uns die Mühe?« Er schnaufte durch die Nase. »So betrachtet könnten wir natürlich auch gleich ganz einpacken.«

»Eben. Das ist der Punkt, nicht wahr? Genau das habe ich als Kind erlebt. Der ganze Staat packt zusammen und sagt: ›So, das war's. Macht's gut, Leute! Ab jetzt könnt ihr selbst sehen, wie ihr zurechtkommt!‹ Meine ganze Welt ist damals untergegangen. Ich habe alles verloren, was ich je gekannt und geliebt hatte. Mein Zuhause, meine Heimat. Da war ich neun Jahre alt. Das ist es, was mich geprägt hat.«

»Sie sind erst ganz zum Schluss rausgekommen? Über die Luftbrücke?«

»Ja, wirklich *ganz* zum Schluss. Noch auf dem Rollfeld in Luanda sind uns die Kugeln um die Ohren geflogen. Und das war ja nicht einfach ›der Krieg‹, wie man damals gesagt hat. Der Krieg war längst vorbei, also der Kolonialkrieg gegen die Befreiungsbewegungen. Das war ja Salazars Krieg gewesen, den hatte man gleich nach der Nelkenrevolution beendet und die Kolonien in die Unabhängigkeit entlassen. Klingt doch gut, würde man heute sagen. Nur dass es alles übers Knie gebrochen wurde und niemand in Lissabon sich Gedanken über die Folgen gemacht hat. Die wollten sich die Probleme nur noch vom Hals schaffen und das so schnell wie möglich. Vorher hatten wir in der Schule gelernt, Angola sei keine Kolonie, sondern eine ›Überseeprovinz‹ und dass wir genauso zu Portugal gehörten wie der Minho und die Algarve. Das war nun plötzlich alles nicht mehr wahr. Die portugiesische Armee ist einfach abgerückt. Da gab es nur noch ein paar Außenposten, die den ›friedlichen Übergang sichern‹ sollten. Die konnten sich nicht mal selbst sichern. Gar nichts konnten die ausrichten. Man hat uns einfach unserem Schicksal überlassen. Mitten im Bürgerkrieg, in dem die sogenannten Befreiungsbewegungen um die Vorherrschaft gekämpft haben. MPLA gegen FNLA gegen UNITA. In Wirklichkeit war es ein Stammeskrieg: Ambundos gegen Bacongos gegen Ovimbundos. Und wir saßen irgendwo zwischen den Fronten, völlig schutzlos. Dass es unser eigener Staat gewesen war, der uns das angetan hatte, war mir damals natürlich nicht klar. Das habe ich erst sehr viel später begriffen.«

»Und Sie haben es ihm nie verziehen.«

»Nein! Natürlich nicht. Am allerwenigsten dem alten Soares! Der war ja die treibende Kraft hinter dem überstürzten Abzug aus den Kolonien. Von heute auf morgen, ohne geordneten Übergang.«

»Stimmt, da gibt es doch dieses berühmte Zitat. Wie war das noch mit den Haien?«

Tété lachte kurz. »Zu der Zeit war er Außenminister der ersten Provisorischen Regierung. Jemand hat ihn gefragt: ›Und was soll nun aus den Weißen in Afrika werden?‹ Da hat er die Achseln gezuckt und gesagt: ›Werft sie den Haien vor.‹«

»Hat er das wirklich so gesagt?«

»Ich weiß es nicht. Aber ähnlich sehen würde es ihm. Mário Soares, der ›Vater der portugiesischen Demokratie‹! Ich kann Ihnen gar nicht sagen, wie mein Vater den gehasst hat. Der brauchte bloß im Fernsehen aufzutauchen, da hat er fast einen Anfall gekriegt.«

»Gibt eine Menge Leute, die Soares nicht ausstehen können.«

»Ja ... Aber mein Vater hatte schon Grund dazu.« Sie nahm einen kleinen Schluck Rotwein. »Er hat daran geglaubt, wissen Sie, dass Angola für immer zu Portugal gehören würde. Sein ganzes Leben war darauf ausgerichtet. Er war in Afrika geboren, war noch nie im ›Mutterland‹ gewesen. Er hatte ein Geschäft für Landwirtschaftsbedarf. Hat klein angefangen. Zum Schluss hat er die ganze Gegend beliefert, mit allem, was gebraucht wurde, vom Hühnerfutter bis zum Traktor. Er hatte kein Konto in Lissabon. Und dann war plötzlich unser Geld nichts mehr wert. Der angolanische Escudo hieß nur noch *dinheiro-macaco* ...« Affengeld. »... und war in Portugal nicht gültig. Wer über achtzehn war, durfte eine Summe von fünftausend Escudos umtauschen, mehr nicht. Fünf Contos! Der reine Hohn! Ansonsten hatten wir ja auch nichts mehr. Wir haben es gerade noch geschafft, im Autokonvoi aus dem Hinterland zu fliehen, sonst wären wir alle massakriert worden. Alles, was wir noch besaßen, passte in drei Koffer. Und das meine ich wörtlich. Für die Luftbrücke galten strenge Gepäckbestimmungen.«

Sie lachte wieder. »Bei unserer Flucht standen zwei von den Koffern festgezurrt auf dem Wagendach. Eines Nachts sind wir in ein Feuergefecht zwischen Guerillatruppen geraten. Wir haben alle flach auf dem Bauch im Gebüsch gelegen und gebetet, dass es aufhört. Als alles ruhig war, sind wir wieder eingestiegen, die Kolonne ist weitergefahren. Erst bei Tageslicht haben wir gesehen, dass die Koffer auf dem Dach eine volle MG-Salve abbekommen hatten. Unsere ganze Kleidung war von Kugeln durchlöchert. Nun, wir hatten dann noch reichlich Wartezeit vor uns, die meiste in Flughafenhallen. Ich sehe meine Mutter und meine Oma noch auf dem Betonboden hocken und endlos die Löcher stopfen.«

Fonseca lachte verhalten mit, sein Weinglas in der Hand.

Tété wurde wieder ernst. »So sind wir dann in Lissabon gestrandet, wo niemand auf uns gewartet hat. Wir waren auf die Hilfe von entfernten Verwandten angewiesen, die wir noch nie gesehen hatten. Sehr begeistert waren die nicht. Auch nicht von mir und meiner schwarzen Großmutter.«

»Aber letztlich haben Sie es dann doch geschafft.«

Tété blickte hinaus auf die erleuchtete Stadt. »Mein Vater nicht. Er hat nie wieder Fuß gefasst. Weder in Lissabon noch im Leben. Ich habe ihn so geliebt, aber ich konnte ihn auch nicht retten. Er ist zerbrochen an dieser ganzen Ungerechtigkeit.« Sie trank ihren letzten Schluck Wein, behielt das Glas in der Hand. »Nach drei Jahren ...« Wieder zögerte sie. »... ist er gestorben.«

Fonseca trank ebenfalls aus. Tété stellte ihr Glas auf den Tisch, er schenkte ihnen beiden nach.

»Das alles begleitet mich bis zum heutigen Tag«, sagte sie. »Die meisten Menschen, die in einem friedlichen Land wie diesem hier leben, verschwenden ja keinen Gedanken daran, was es heißt, einen Staat zu haben, der ihre Rechte schützt. Sie machen sich gar nicht bewusst, wie fundamental wichtig Recht und Gesetz für jeden Einzelnen sind. Sie ärgern sich darüber, dass sie Steuern zahlen müssen, und das ist für sie ›der Staat‹. Aber ich habe eben erlebt, wie es ist, wenn er plötzlich verschwindet. Und wie dann die ganze Zivilisation zusammenbricht.«

Sie hob ihr Glas und lächelte Fonseca zu.

»Entschuldigen Sie, jetzt rede ich hier die ganze Zeit über mich. Sie werden ja auch Ihre Gründe haben, weshalb Sie zur PJ gegangen sind.«

»Sicher ...« Auch Fonseca nahm sein Glas, trank einen kleinen Schluck. »Selbst wenn sie vergleichsweise banal waren. Beim Jurastudium ist mir nach und nach klar geworden: Hier wirst du nichts. Wenn man nicht zu einer der richtigen Familien gehört, dann hat man keine Chance, im Justizapparat jemals weiterzukommen. Das war damals so und ist heute noch so. Ich hätte mich nur in die Heerschar der kleinen Anwälte einreihen können, und das war damals ein kümmerliches Dasein. Ein Kommilitone, dem es genauso ging, ist eines Tages auf mich zugekommen: Bei der PJ könne man sich gerade für den Ausbildungskursus bewerben, ob ich nicht auch mitmachen wolle. Wir sind dann zusammen hingegangen. Er ist durchgefallen, und mich haben sie genommen. Das war der Anfang. Ich muss sagen: Der eigentliche Funke ist erst später übergesprungen. Als ich gemerkt habe, was es heißt, wirklich *einzugreifen*. Wirklich der zu sein, der dafür sorgt, dass eben *nicht* alles egal ist.«

Über sein Glas hinweg blickte er hinüber zum Bairro da Sé. »Tja, und damit sind wir wieder an unserem Ausgangspunkt angelangt.«

»Sieht so aus«, sagte Tété. »So ist das nun mal. Es *ist* nicht egal.« Sie sah ihn an. »Ist schon in Ordnung, oder? Viel schlimmer wäre doch, wenn es uns wirklich kaltlassen würde. Ich glaube, dann könnte uns nicht mal der gute Rotwein mehr trösten. Und das wäre doch schade.«

Fonseca lächelte ihr zu. »O ja, das wäre es.«

14

Márcia konnte einfach nicht aufhören. Wann immer sie Zeit hatte, suchte sie weiter im Internet nach etwas Neuem über den Fall. Gab es nicht doch noch irgendwo eine Stellungnahme der PJ oder der Staatsanwaltschaft? Irgendein Interview? Eine Reportage, die noch einmal alles aufrollte, den offenen Fragen nachging? Es konnte doch nicht sein, dass alle Welt sich einfach so damit zufriedengab.

Aber es sah sehr danach aus. Die Welt drehte sich weiter. Tagelang fand sie nur immer dieselben Artikel aus dem Archiv. Es ließ ihr trotzdem keine Ruhe.

Eines Abends dann, als sie am Esstisch vor ihrem Laptop saß, stieß sie auf das Video. Es war die Aufzeichnung einer Late Night Talkshow, »Tânia und Gäste«, es ging um das Thema: »Verjährung bei Mord – legitim oder nicht?« Auf der Gästeliste stand ein Name, den sie mittlerweile kannte: Doutora Rita Campelo. Die Rechtsmedizinerin, die die Skelette untersucht hatte.

Viel erwartete sie nicht von der Sendung. Eine Plauderrunde mit Tânia Machado. Das war Abendunterhaltung, mehr nicht. Doch dass sie das Video ansehen musste, war klar.

Sie klickte auf »Start«.

Die Erkennungsmelodie erklang, und ein Kameraschwenk aus erhöhter Position zeigte die vier Personen, die in offener Runde im Studio saßen, jede auf einem Freischwinger, neben sich ein Beistelltischchen mit einem Glas Wasser. Im Hintergrund hingen drei große Paragrafenzeichen von der Decke, ansonsten war das Studio völlig kahl. Es schien auch kein Publikum zu geben.

Tânia Machado war plötzlich von vorn im Bild. Die Kamera zoomte näher an sie heran. Sie war so perfekt geschminkt wie immer, trug einen schmal geschnittenen Blazer mit tief dekolletiertem Top darunter, enge Jeans und hochhackige Stiefeletten und hatte die Beine übereinandergeschlagen. Ihr blondes Haar leuchtete im Scheinwerferkegel.

»*Boa noite*«, sagte sie mit strahlendem Lächeln. »Ich begrüße Sie zu später Stunde. Wir wollen heute in dieser Runde über die Frage diskutieren: ›Verjährung bei Mord – legitim oder nicht?‹ Ein Thema, das ganz aktuell durch den Fall der Rua da Bainharia in Porto wieder ins Bewusstsein der Öffentlichkeit gerückt ist. Ich begrüße dazu recht herzlich Senhor Doutor Hêrnani Miranda von der Anwaltskammer, der uns den offiziellen Standpunkt erläutern wird.«

Der dickliche Herr zu ihrer Rechten nickte ihr mit wohlwollendem Lächeln zu. Er hatte einen dunklen Dreitagebart, und sein welliges, etwas ölig glänzendes Haar fiel hinten ein Stück weit über den Kragen. Er saß ungezwungen breitbeinig da, sein Jackett klaffte weit über dem runden Bauch auseinander.

»Ebenso herzlich begrüße ich Lisa Mendes, eine der profiliertesten Gerichtsreporterinnen des Landes, die sich schon öfter kritisch zu den geltenden Verjährungsfristen für Straftaten geäußert hat.«

Die Frau, die neben dem Anwalt saß, nickte knapp in die Kamera. Sie trug Stiefel, schwarze Jeans und eine Lederjacke. Ihr schwarzes Haar hatte sie streng zurückgekämmt und aufgesteckt.

Tânia Machado wandte sich an die Frau zu ihrer Linken. »Und zu guter Letzt begrüße ich Senhora Doutora Rita Campelo vom Rechtsmedizinischen Institut Porto, die im Fall der Rua da Bainharia für die Forensik zuständig war.«

Doutora Rita, mit ihrem grauen Pagenkopf und der runden Nickelbrille, nickte ebenfalls zustimmend.

»Beginnen möchte ich mit Ihnen, Senhor Doutor Miranda. Den Satz ›Mord verjährt nicht‹ hat sicher jeder von uns schon etliche Male im Fernsehen gehört.«

»Aber nur in *ausländischen* Serien«, warf die Gerichtsreporterin ein.

Tânia Machado lächelte kurz. »Das ist wahr. Denn bei uns in Portugal gilt laut Gesetz: Mord verjährt nach fünfzehn Jahren. Und das bedeutet konkret: Nach Ablauf dieser Frist, gerechnet vom Zeitpunkt der Tat, wird der Fall definitiv zu den Akten gelegt. Eine Strafverfolgung und Verurteilung ist selbst dann nicht mehr möglich, wenn die Identität des Täters zu einem späteren Zeitpunkt doch noch bekannt werden sollte. Ich frage Sie, Senhor Doutor: Ist das mit einem modernen Rechtsstaat vereinbar?«

Hêrnani Miranda blieb bequem zurückgelehnt sitzen. »Ja, in der Tat, das ist es.« Er lächelte selbstzufrieden. »Dazu müssen wir verstehen, worum es bei der

Verjährung überhaupt geht. Der Rechtsstaat dient dem friedlichen, zivilisierten Zusammenleben innerhalb der menschlichen Gemeinschaft. Unabdingbar dazu gehört auch die Rechtssicherheit.«

Lisa Mendes wurde kurz eingeblendet, die ihn misstrauisch von der Seite betrachtete.

»Die Strafverfolgung«, sagte Miranda, »die der Ermittlung des Schuldigen und seiner gerechten Bestrafung dient, unterliegt ja auch deshalb so strengen Regeln, damit der Bürger vor staatlicher Willkür geschützt ist. Jeder Bürger hat ein Anrecht auf seinen persönlichen Rechtsfrieden, weshalb sichergestellt werden muss, dass er nicht für eine unbegrenzte Zeit juristisch verfolgt werden kann. Genau dazu dienen die Verjährungsfristen.«

Tânia Machado sagte: »Wir reden hier nun ausdrücklich über Mord. Hat ein Mörder wirklich das Recht auf seinen ›persönlichen Rechtsfrieden‹, wie Sie das nennen?«

Miranda lächelte nachsichtig, als sei er solche laienhaften Fragen gewohnt. »Ich würde es umgekehrt sagen: Ein Staat, der es in fünfzehn Jahren nicht geschafft hat, ein Verbrechen aufzuklären und den Schuldigen zu überführen, hat damit auch die moralische und ethische Legitimität für dessen Bestrafung verloren.«

Tânia Machado wandte sich an die Gerichtsreporterin: »Lisa, ich möchte diese Frage an Sie weiterreichen: Hat ein Mörder das Recht darauf, irgendwann auch mal in Ruhe gelassen zu werden?«

»Senhor Doutor Miranda kennt sicher meine Meinung dazu«, sagte Lisa Mendes, ohne ihn anzusehen. »Sie lautet: Nein, hat er nicht. Schließlich hat er einen anderen Menschen getötet, und der wird auch nicht wieder lebendig. Diese Art der Gesetzgebung bagatellisiert den Straftatbestand des Mordes in unverantwortlicher Weise. Ich will es hier gar nicht polemisch formulieren. Wir alle kennen die Kommentare im Internet. Dort heißt es zum Beispiel mit schöner Regelmäßigkeit, so etwas seien ›die Gesetze einer Bananenrepublik, die von Leuten gemacht werden, die selber Dreck am Stecken haben‹.«

Hêrnani Miranda deutete ein vorwurfsvolles Kopfschütteln an und schob das Krawattenende hin und her, das auf seinem Bauch lag.

Tânia Machado wiederholte unbekümmert: »Stichwort ›Bananenrepublik‹«, und lächelte Lisa Mendes zu. »Ich weiß, Sie haben dieses Wort jetzt lediglich zitiert.« Sie blickte wieder in die Kamera. »Verjährung bei Mord – wie stehen wir damit da, im internationalen Vergleich? Gerade heutzutage werden ja in anderen Ländern, etwa in Nordeuropa oder den Vereinigten Staaten ...«

»Sagen Sie es ruhig: in *entwickelteren* Ländern!«, warf Lisa Mendes ein.

Hêrnani Miranda runzelte missbilligend die Stirn. »Aber, aber ...«

Tânia Machado ließ sich nicht beirren. »Gerade heute werden dort ja vielfach alte, ungelöste Mordfälle – die sogenannten ›Cold Cases‹ – wieder aufgenommen, da vor allem mit der DNA-Analyse eine neue Methode entwickelt wurde, die den Ermittlern damals noch nicht zur Verfügung stand. Wir hören immer wieder davon, dass es auf diese Weise gelungen ist, Verbrechen aufzuklären, die zwanzig oder dreißig Jahre zurückliegen. Und oft genug hören wir auch, dass die Täter von damals nach so langer Zeit noch verhaftet und verurteilt werden.«

Lisa Mendes sagte: »In diesen Ländern herrscht eben eine ganz andere Rechtsauffassung als bei uns. Verjährung bei Mord, das ist eine absolute Missachtung der Opfer und ihrer Angehörigen!«

»Ja, das ist sicher ein wichtiger Punkt.« Tânia Machado lächelte in die Kamera und wandte sich nach links. »Senhora Doutora, die moderne Wissenschaft gibt uns die Techniken an die Hand, mit denen wir auch lange zurückliegende Verbrechen aufklären können. Wie beurteilen Sie als Rechtsmedizinerin das Problem der Verjährung?«

Doutora Rita blickte hinüber zu der Gerichtsreporterin. »Nun, was Lisa Mendes gerade gesagt hat, ist auch aus meiner Sicht ein entscheidender Aspekt.« Sie sah wieder die Moderatorin an. »Der Täter kann sich freuen, dass er davongekommen ist, für die Angehörigen der Opfer aber ist es nie vorbei. Das gilt in besonderem Maße, wenn das Opfer nicht gefunden wurde. Wenn ein geliebter Mensch verschwunden bleibt, müssen die Angehörigen mit dieser quälenden Ungewissheit weiterleben. Nehmen wir den Fall der Rua da Bainharia. Zu unserem großen Bedauern ist es noch nicht einmal gelungen, die Identität der Toten zu klären, bevor der Fall archiviert wurde. Was nützen einem die wissenschaftlichen Methoden, wenn man sie nicht anwendet?«

»Was hätte man in diesem konkreten Fall tun können?«, fragte Tânia Machado.

»Man hätte zum Beispiel Gesichtsrekonstruktionen vornehmen und sich damit an die Öffentlichkeit wenden können. Die Eingrenzung des Tatzeitpunktes hätte dazu beitragen können, Erinnerungen wachzurufen, die Gesichter zuzuordnen. Um ganz sicher zu sein, hätte man DNA-Proben aus den Knochen extrahieren können. Aber nein, bei unserer Gesetzeslage tut man nichts von alledem. Das Bekanntwerden der Tatzeit führt zum Abbruch der Ermittlung und zu weiter nichts.«

Hêrnani Miranda rang die Hände. »Verehrte Senhora Doutora. Zweiundzwanzig Jahre! Sie müssen zugeben, das ist schon eine sehr lange Zeit.«

Lisa Mendes schaute ihn von der Seite an. »Wenn *Sie* vor zweiundzwanzig Jahren eine Tochter verloren hätten – sie wäre einfach verschwunden, und Sie hätten nie erfahren, was aus ihr geworden ist –, hätten Sie sie dann inzwischen *vergessen?*«

Miranda schüttelte unwillig den Kopf. »Was reden Sie denn da?«

Doch Lisa Mendes war noch nicht fertig. »Sie würden daran denken, wie alt sie heute wäre. Sie würden sich fragen, was sie heute machen würde, wie ihr Leben aussehen könnte. Auch ihr gemeinsames Leben. All diese Dinge.« Sie sah Doutora Rita an. »Und wer weiß, vielleicht gibt es irgendwo da draußen auch noch Menschen, die die beiden Opfer aus der Rua da Bainharia gekannt haben. Die sie geliebt haben, die sie vermissen.«

Doutora Rita nickte ihr zu. »Ganz genau. Diese Menschen hätten ein sehr viel größeres Recht darauf, zu einem Abschluss zu kommen und inneren Frieden zu finden, als ausgerechnet der Täter. Das ist jedenfalls meine Meinung. Ich kann Ihnen sagen, wir selbst – wir Rechtsmediziner und die Kollegen von der PJ – haben uns solche Gedanken gemacht. Das Mädchen, das dort ermordet worden ist, war vielleicht dreizehn, vierzehn Jahre alt und wäre heute eine junge Frau von Mitte dreißig. Es ist uns allen sehr nahe gegangen, diese Ermittlung abbrechen zu müssen. Weil es sich um ein besonders schweres Verbrechen handelt, das dort verübt worden ist.«

Tânia Machado hob leicht die Augenbrauen. »In diesem Punkt waren die Pressemitteilungen der PJ ja immer recht vage.«

»Wir alle hier wissen, wie das ist. Aber ich will es gern für die Zuschauer erklären: Während einer laufenden Ermittlung dürfen keine Details an die Öffentlichkeit gelangen, die als Täterwissen gelten. Für die Vernehmung von Tatverdächtigen ist das von entscheidender Bedeutung.«

»Jetzt ist der Fall ja definitiv archiviert. Da können Sie uns doch eigentlich etwas mehr sagen, oder nicht?«

»Rein rechtlich gesehen schon. Die Frage ist nur, ob das angemessen wäre.«

»Sie haben ja sicher gehört, was es an Spekulationen gibt. Dass es sich letztlich doch um zwei Junkies gehandelt hätte, die sich in dem leer stehenden Haus den goldenen Schuss gesetzt haben und solche Sachen.«

»Nein, nein, nein!« Doutora Rita winkte energisch ab. »Das ist alles völliger Unsinn. Ich sagte ja gerade, dass es die Schwere des Verbrechens ist, die uns allen zu schaffen gemacht hat. Diese Frau, die vermutlich in ihren Dreißigern war, und das junge Mädchen – man fängt unwillkürlich an, von ihnen als Mutter und Tochter zu denken –, die sind beide brutal ermordet worden. Daran besteht nicht der geringste Zweifel.«

Tânia Machado sagte vorsichtig: »Es hieß übereinstimmend in allen Berichten, dass von den Toten nur noch die Skelette übrig waren.«

»Das ist richtig. Aber die massive Gewalteinwirkung lässt sich auch an den Knochen noch nachweisen. So ist das junge Mädchen erwürgt oder erdrosselt worden. Wir haben das gebrochene Zungenbein gefunden. Das ist so ein kleiner Knochen, wissen Sie. Der bricht nicht einfach so. Und die Frau wurde von hinten erschlagen, mit einem kantigen Gegenstand wie einem Hammer. Schon der erste Hieb hat die Schädeldecke durchschlagen und muss zur sofortigen Bewusstlosigkeit geführt haben. Aber der Täter hat danach noch zweimal zugeschlagen, mit der gleichen Wucht, was auf eine eindeutige Tötungsabsicht schließen lässt.«

»Haben Sie eine Vermutung, wie es dazu gekommen ist? Was dort passiert sein kann?«

»Es gibt zumindest Indizien. Das Skelett der erwachsenen Frau wies noch verschiedene Kleidungsreste auf. Bei dem des Mädchens dagegen haben wir keine gefunden. Keinen einzigen Knopf, keinen Reißverschluss, gar nichts. Das Mädchen könnte also unbekleidet gewesen sein, was ein Sexualverbrechen nahelegt. Die Frau kann dann durch irgendeinen Umstand zur Zeugin geworden sein, worauf der Täter sie niedergeschlagen und vorsätzlich getötet haben könnte.« Doutora Rita lächelte flüchtig, als sie Tânia Machados leicht besorgtes Gesicht sah. »Ja, schon möglich, dass es Zuschauer gibt, die das alles etwas unerfreulich finden. Tut mir leid. Das sind nun mal die Dinge, mit denen *wir* es zu tun haben. Von hoher juristischer Warte aus bleibt das alles schön abstrakt.«

Sie warf Hêrnani Miranda einen strengen Seitenblick zu. »Aber wenn ich das Skelett eines dreizehn-, vierzehnjährigen Mädchens auf dem Tisch habe und weiß, dass dieses Mädchen mit hoher Wahrscheinlichkeit vergewaltigt und ermordet wurde, dann kann ich nur sagen: Der Gedanke, dass der Täter nichts mehr zu befürchten hat, weil unsere Gesetze auf seiner Seite sind und ihn vor Strafverfolgung schützen – dieser Gedanke empört mich zutiefst.« Sie blickte jetzt direkt in die Kamera. »Wenn Sie mich fragen, sind Politik und Gesetzgebung dringend gefordert, diesen ganzen Komplex der Verjährungsfristen neu auf die Tagesordnung zu setzen.«

Márcia hielt das Video an. Ihr Herz klopfte so schnell, dass es ihr Angst machte. Sie traute sich kaum, von ihrem Stuhl aufzustehen. Aber sie brauchte jetzt eine Tablette. Zwei, drei Tabletten. Sie stand ganz vorsichtig auf, tastete sich an der Tischkante entlang, hielt sich am Türrahmen fest. Ihr wurde übel. Sie schaffte es gerade noch, ins Badezimmer zu taumeln.

Es dauerte lange, bevor sie es wagte, an ihren Laptop zurückzukehren. Sie klickte ein Stück weiter vorn auf der Zeitleiste, dann wieder auf »Start«. Nach einigen Versuchen wusste sie, bei welcher genauen Sekundenzahl Doutora Rita sagte: »Nein, nein, nein! Das ist alles völliger Unsinn. Ich sagte ja gerade, dass es die Schwere des Verbrechens ist, die uns allen zu schaffen gemacht hat.«

Sie sah es sich viermal an, fünfmal, sechsmal.

Vergewaltigt und erwürgt. Keine Kleidungsreste.

Alles in ihr krampfte sich zusammen, wann immer sie das hörte.

Doch diesmal war es anders als an dem Abend, an dem sie Nandas Kettenanhänger auf dem Foto erkannt hatte. Diesmal war ihr Denkvermögen schneller wieder da.

Von hinten mit einem Hammer erschlagen. Eindeutige Tötungsabsicht.

Sie hörte noch seine sanfte, vertraute Stimme: »Jetzt kennst du die Wahrheit. Es war ein Unglück, ein Unfall ...«

Sie betrachtete ihr Telefon, das auf dem Tisch lag. Er hatte sie nicht angerufen. Im Fernsehen war die Sendung schon vor zwei Tagen gelaufen, spätabends. Vielleicht hatte er sie einfach nicht gesehen. Vielleicht hatte er längst aufgehört, im Internet nach dem Fall zu suchen. »Es ist vorbei ... es ist vorbei.« Wie oft hatte er das gesagt?

Wie oft in ihrem Leben hatte er so auf sie eingeredet? Der Mann, dem sie bedingungslos vertraut hatte.

Damals, als er sie in Braga besucht hatte ... Es hatte ihm nicht ausgereicht, es ihr am Telefon zu sagen. Nein, er wusste genau, wie man so etwas machte. In die Augen sehen. In den Arm nehmen. »Isabel hat mich angerufen. Aus Venezuela. Ihr und Nanda geht es gut.« Sie war machtlos dagegen gewesen, nicht nur damals mit sechzehn. Sie hatte ihm immer alles geglaubt, auf jede Frage hatte er eine Antwort gehabt.

»Wo sind sie denn? Kann ich nicht selbst mit ihnen sprechen? Bitte! Ich muss mit ihnen sprechen!«

Er hatte bedauernd den Kopf geschüttelt. »Sie wollte es mir nicht sagen, verstehst du? Keine Telefonnummer, keine Anschrift. Sie hat noch immer so viel Angst vor deinem Vater. Ich habe gehört, wie sie am Telefon geweint hat. Sie hat gesagt: ›Hier sind wir sicher. Er darf nicht wissen, wo wir sind, sonst kommt er hinter uns her. Ich weiß, dass du uns nicht verraten würdest. Aber du würdest es Márcia sagen. Und wer weiß, was dann passiert.‹«

Dann war er mit ihr hinaufgefahren nach Bom Jesus do Monte. In der Wallfahrtskirche hoch über der Stadt hatten sie Kerzen angezündet und gemeinsam gebetet. Für Mutter und Nanda, dass es ihnen in der Fremde immer gut ergehen möge.

Als Márcia daran zurückdachte, wurde ihr wieder übel. Sie versuchte, ruhig und gleichmäßig zu atmen.

Sie wusste genau, dass er auch jetzt wieder eine Antwort hätte. Sie konnte sich vorstellen, was er sagen würde, wenn sie ihm das Video mit der Rechtsmedizinerin zeigte. Und *wie* er es sagen würde: sehr ernst, den Blick gesenkt. »Márcia ... verzeih mir.« Ja, er habe ihr das ganze Ausmaß des Schrecklichen ersparen wollen ...

Nein.

Nein, nein, nein! Jetzt war Schluss.

Es stürzte nur so auf sie ein: *Wenn* ihr Vater seine Frau und Tochter umgebracht hätte, dann nur in volltrunkenem Zustand. Er wäre überhaupt nicht in der Lage gewesen, hinterher einen klaren Gedanken zu fassen. Und *dann* hätte er seinen Bruder anrufen und ihn um Hilfe bitten sollen? Den penetrant guten Bruder, zu dem er immer ein angespanntes Verhältnis gehabt hatte? Und der wäre dann gekommen und hätte ihm bereitwillig geholfen, die Leichen zu verbergen? Er hätte Beihilfe geleistet, sich mitschuldig gemacht, einen Doppelmord gedeckt? Das war doch alles Irrsinn!

Jetzt verstand sie auch das Unbehagen, das ihr neulich im Park geblieben war und das sie nie wieder losgelassen hatte. Ja, natürlich! Wenn er jemandem bei *so etwas* geholfen hätte, dann hätte er sich ja darauf verlassen müssen, dass der andere für den Rest seines Lebens den Mund hielt. Ausgerechnet ihr Vater! Ein unzurechnungsfähiger Trinker!

Nein, niemals.

Es musste alles ganz anders gewesen sein.

Aber das, was als Erklärung übrig blieb – das wagte Márcia sich gar nicht vorzustellen. Es sprengte alle Grenzen.

15

Auch im Bairro da Sé waren viele unzufrieden damit, dass die Sache nun keinen richtigen Abschluss finden sollte. Zwei Skelette, eingemauert unter dem Dach, und das in der eigenen Nachbarschaft. »Und jetzt erfahren wir noch nicht mal, wer das gewesen ist? Das gibt's ja wohl nicht!« Sogar die offizielle Begründung wurde angezweifelt. »›Verjährt‹ heißt es dann! Na, das kennt man ja. Was ›verjährt‹ nicht immer alles! Schön bequem ist das.«

Ricos Bruder Pedro war ebenfalls nicht überzeugt. »Wenn da mal nicht wieder jemand ein paar Strippen gezogen hat. Einfach so die Ermittlung einzustellen ... das kommt mir schon komisch vor.«

»Wieso?« Rico zuckte die Achseln. »Es ist halt über zwanzig Jahre her. Dann ist das so. Das stand doch überall.«

»Fragt sich nur, ob es auch stimmt.«

Beide eine Flasche Super Bock in der Hand, saßen sie am Abend bei Rico im Wohnzimmer. Eine flache runde Deckenlampe, unter deren Milchglas man die toten Fliegen sah, verbreitete ein trübes Licht. In der Ecke lief unbeachtet der Fernseher.

Ricos kleine Wohnung lag am Rande des Bairros, in

der Travessa de São Sebastião. Das Haus war ziemlich heruntergekommen, aber die Miete war günstig, und so war er hier hängen geblieben. Er hatte immer die Vorstellung, sich irgendwann mit einer Frau zusammen etwas Besseres zu suchen, doch bis jetzt hatte es nie so lange gehalten.

Sein Bruder saß weit zurückgelehnt auf dem alten Sofa, die Beine von sich gestreckt. Er war um einiges muskulöser als Rico, hatte den Kopf kahl geschoren, trug eine dicke Goldkette und große goldene Ringe. Seine klobigen Springerstiefel waren auf Hochglanz poliert. Im Bairro war Pedro kein Unbekannter. Er wusste, wie man sich Respekt verschafft. Nicht viele trauten sich, ihm bei seinen Geschäften in die Quere zu kommen.

Pedro trank einen Schluck Bier. »Auf jeden Fall wird hier im Viertel so einiges gemunkelt.«

»So? Was denn? Und von wem überhaupt.«

»Na ja ... von der alten Maria de Jesus zum Beispiel.«

»Ach, komm! Vergiss es.«

»Du, die alten Klatschtanten, die haben so ihre Kanäle, das sag ich dir. Die wissen oft besser Bescheid als wir. Maria de Jesus sagt, sie hat es von Dona Antónia, und Dona Antónia sagt, sie hat es von einer, die direkt zu der Familie gehört.«

»Zu welcher Familie?«

»Eben! Da staunst du nämlich. Zur Familie Seiner Exzellenz, Senhor Cláudio da Rocha Cortez.«

»Und was erzählen die da?«

»Dass denen das Haus in der Rua da Bainharia gehört. Und dass wahrscheinlich einer aus der Familie den Schlüssel dafür gehabt hat. Auch damals, als es passiert ist.«

»Wie kommen die darauf?«

»Senhor Cláudio hat doch diese Nichte, die auch für die Stiftung arbeitet. Die kennst du ganz gut, oder?«

»Márcia.«

»Ja, genau. Die soll eine Menge merkwürdige Fragen gestellt haben, so unter der Hand, in der Verwandtschaft. Als ob sie einen Verdacht hätte, wessen Skelette das sein könnten.«

»Na, ich weiß nicht ...«

»Aber stell dir das mal vor: Wenn nun der feine Senhor Cláudio was damit zu tun hätte. Wenn *er* das gewesen wäre, der still und leise dafür gesorgt hat, dass der Fall zu den Akten gelegt wird. Genug Beziehungen hat er ja. Das wäre doch interessant zu wissen, meinst du nicht?«

»Das schon, ja.«

Die beiden grinsten sich an.

»Dann horch diese Márcia doch mal ein bisschen aus.«

»Wie soll ich das machen?«

»Lass dir was einfallen. Ich denke, ihr versteht euch so gut?«

Márcia ging es immer schlechter. Seit sie das Video gesehen hatte, konnte sie überhaupt nur noch schlafen, wenn sie doppelt so viele Tabletten nahm wie sonst. Die Beklemmungen ließen kaum jemals nach, den halben Tag horchte sie ängstlich in sich hinein, ob sich auch nicht die nächste Angstattacke ankündigte. Sie saß in der Falle, es gab kein Entkommen.

Nach außen hin versuchte sie mühsam, den Schein zu wahren. Sie ging zur Arbeit. Sie erledigte, was zu erledigen war, ganz egal, wie es in dem Moment in ihr aussah.

Sie *durfte* sich nichts anmerken lassen. Sie hatte Angst, er könnte davon erfahren. Sie hatte Angst, mit ihm reden zu müssen. Sie traute sich das jetzt nicht zu.

Inzwischen war sie ziemlich sicher, dass Cláudio die Talkshow nicht gesehen hatte. Er hatte sie nicht angerufen.

Wann immer ihr Telefon vibrierte, zuckte sie unwillkürlich zusammen. Und atmete auf, wenn es wieder jemand anders war. Diesmal stand »Rico« auf dem Display. Es war halb neun Uhr abends, sie war zu Hause in ihrer Wohnung.

Er fragte, ob er noch vorbeikommen könne. Ihr erster Impuls war, Nein zu sagen, sich einzuigeln. Aber schon seine Stimme am Telefon zu hören tat ihr so gut, dass sie einfach sagte: »Ja, klar, gern. Wo bist du denn?«

Sie hörte ihn einmal durchatmen, dann sagte er: »Unten bei dir vorm Haus.«

Gleich darauf stand er vor ihr und schaute sie besorgt an. »Márcia. Wie geht es dir?«

»Nicht so besonders, ehrlich gesagt.« Sie lächelte schwach, und sie begrüßten sich mit Küsschen, Küsschen.

»Ich hab dich heute Morgen gesehen«, sagte er. »Du hast so niedergeschlagen gewirkt. Und da dachte ich ...«

»Komm rein.«

Sie ging voran ins Wohnzimmer, bot Rico einen Sessel an und setzte sich auf die Couch. Sie hatte das deutliche Gefühl, dass ihm etwas Bestimmtes auf dem Herzen lag. Er schien nicht recht zu wissen, wie er damit herausrücken sollte.

»Möchtest du was trinken?«

»Ein Bier wär okay.«

»Wenn du das sagst.« Sie war stets unsicher, was er trinken durfte und was nicht. Mit Diabetes kannte sie sich nicht so aus.

Sie holte ihm ein Bier aus dem Kühlschrank und für sich selbst ein Wasser. Er ignorierte das Glas, das sie ihm hingestellt hatte, und trank einen Schluck aus der Flasche.

»Márcia ... diese Sache da neulich, über die du nicht reden konntest. Du hast gesagt, du müsstest allein damit fertigwerden ...«

»Ja?« Sie sah ihn unsicher an.

Rico stellte die Bierflasche ab, zückte sein Telefon, tippte kurz darauf herum.

»Kann es sein, dass es was hiermit zu tun hat?« Er hielt ihr das Telefon hin. Es zeigte das Foto von Nandas Kettenanhänger aus dem Aufruf der PJ.

Márcia ließ den Kopf hängen und verbarg ihr Gesicht in beiden Händen. Ihr dunkelblondes Haar fiel ihr offen über die Schultern.

Behutsam sagte Rico: »Bei uns im Bairro wird darüber getuschelt, weißt du? Die alten Weiber haben irgendwie mitgekriegt, dass du einen Haufen Fragen gestellt hast. Sie meinen, du wüsstest irgendwas.«

Sie schüttelte den Kopf, ohne ihn anzusehen.

»Ich dachte nur ... Wenn es dir hilft, darüber zu reden ... Der Fall ist doch jetzt zu den Akten gelegt, die PJ ermittelt nicht mehr. Ich meine, es ist vorbei, oder? Da kannst du es mir doch sagen. Warum musst du allein damit fertigwerden?«

Márcia presste die Lippen aufeinander. Sie konnte nicht anders: Sie fing an zu weinen. »Es ist nicht vorbei. Für mich wird es nie vorbei sein!«

»He, he ...« Rico setzte sich zu ihr aufs Sofa, legte seinen Arm um ihre Schultern. »Entschuldige. Entschuldige bitte. Das habe ich nicht gewollt.«

Márcia schluchzte noch immer, lehnte sich an ihn. Dann blickte sie auf, strich sich ihr Haar aus dem Gesicht, wischte die Tränen ab. »Ich weiß, dass du es gut meinst. Aber ich hab dir neulich schon gesagt, du kannst mir nicht helfen. Und jetzt kann das niemand mehr.«

»Márcia ... *warum* denn nicht?«

»Weil es zu spät ist.«

Sie stand abrupt auf und tat zwei, drei Schritte ins Zimmer. Dort drehte sie sich um, sah ihn an. *Warum musst du allein damit fertigwerden?* Hatte er nicht recht? Sie wurde ja nicht damit fertig. Es fraß sie innerlich auf. Jeden Tag ein Stück weiter. Bald war nichts mehr von ihr übrig. Worauf kam es denn da noch an?

»Dieser Anhänger mit dem kleinen Delfin«, sagte sie, »der hat meiner Schwester gehört.«

»*Deiner* Schwester ...?«

»Ja. Sie war damals vierzehn Jahre alt. Und die zweite Tote in der Rua da Bainharia – das ist meine Mutter.«

Rico schaute sie an, als fragte er sich gerade, wie gut er sie wirklich kannte.

»Warte, ich zeig sie dir.« Sie holte das alte Foto und setzte sich wieder neben ihn.

»Hier, das ist meine Schwester Fernanda. Das ist meine Mutter. Und das bin ich, mit sechzehn.«

Rico sah ganz genau hin, hielt dann das Bild auf seinem Telefon daneben. »Das *ist* der Anhänger. Hundert Prozent.«

»Ja, das ist er. Ich habe jede Kleinigkeit verglichen, das kannst du mir glauben.«

Rico ließ das Telefon in seiner Hand sinken. »Und was bedeutet das nun?«

»Das bedeutet: Meine Mutter und meine Schwester sind beide ermordet worden.« Sie zögerte, dann legte sie das Bild auf den Glastisch. »Und ich weiß auch, von wem.«

Rico musterte sie ungläubig. »Du weißt – *von wem?*«

»Ja. Aber ich kann nichts tun. Absolut nichts!«

»Moment mal. Márcia ... du sagst, du *weißt*, wer deine ...«

»Es ist eine lange Geschichte.«

Sie redeten die halbe Nacht. Márcia hielt nichts zurück. Sie konnte nicht mehr. Es wollte jetzt alles aus ihr heraus.

Sie zeigte Rico auch das Interview mit Doutora Rita Campelo.

»Da hörst du es! Selbst wenn ich jetzt zur Polizei gehe – die könnte nichts mehr tun. Es interessiert einfach niemanden mehr.«

»Und was willst du jetzt machen?«

»Ich weiß es nicht. Ich weiß nur, dass ich so nicht weiterleben kann.«

Wieder musste sie weinen, es überkam sie einfach. »Ich fühle mich so schuldig! Wenn ich damals nicht nach Braga gegangen wäre, dann wäre das alles nicht passiert. Wenn ich noch da gewesen wäre, hätte er Nanda doch niemals in dieses Haus locken können. Wir beide, wir hätten immer zusammengehalten. Nur weil sie allein war, hat er die Chance gehabt, sie unter seine Kontrolle zu bringen.«

Sie beichtete Rico sogar, dass sie daran gedacht hatte, Schluss zu machen. »Einfach alle Tabletten auf einmal schlucken, nur damit es ein Ende hat.«

Er nahm sie in den Arm. »Márcia, bitte. An so was *darfst* du nicht denken. Du bist nicht schuld, an gar nichts! *Er* hat das getan. Und wenn die Justiz ihn nicht zur Rechenschaft zieht, dann muss das eben jemand anders tun. Wir sorgen selbst für Gerechtigkeit!«

»Und wie?«

»Das weiß ich auch noch nicht. Aber er kann doch nicht einfach so davonkommen! Nicht *damit!*«

Zwischendurch musste Rico sich einmal Insulin spritzen. Er machte nicht viel Aufhebens darum. Auf dem Sofa zurückgelehnt, zog er sein Hemd etwas hoch, hob mit den Fingern der Linken eine Hautfalte auf seinem Bauch an und setzte den Insulin-Pen mit der winzigen Nadel darauf. »Das war's schon«, sagte er. »Man gewöhnt sich dran.«

Einmal stand Márcia auf, um noch etwas zu trinken aus der Küche zu holen. Als sie zurückkam, sah sie, wie Rico das Bild auf dem Glastisch mit seinem Mobiltelefon abfotografierte. Er hielt es senkrecht, obwohl das Bild ein Querformat war. Sie konnte erkennen, welchen Ausschnitt er gewählt hatte: Nanda.

»Was machst du da?«

»Ist nur für mich.« Er lächelte ihr zu. »Damit ich morgen früh nicht denke, ich hätte das alles bloß geträumt.«

Ganz recht war ihr das nicht. »Was hast du damit vor?«

»Ich sag doch ...«

»Rico, mach keine Dummheiten, ja?« Schon bereute sie, dass sie ihm alles erzählt hatte. »Cláudio hat Macht und Einfluss. Wir können ihm gar nichts!«

»Sag das nicht. Polizei und Justiz können ihm vielleicht nichts mehr anhaben. Aber was, wenn die Sache rauskäme? Wie würde er dann dastehen, der feine Senhor? Stell dir mal vor, das Fernsehen würde darüber berichten. Tânia Machado!«

»Das würden die nie bringen. Er würde sie sofort verklagen, und für Leute wie ihn sind die Gesetze gemacht. Das weiß Tânia Machado genauso. Für so was riskiert die nicht ihren Job.«

»Trotzdem.« Rico betrachtete noch einmal das Bild auf dem Glastisch. »Irgendwie kriegen wir ihn dran.«

»Er ist gefährlich, Rico. Und er wüsste sofort, dass das von mir kommt!«

Rico sah sie an und sagte:

»Wieso? Den Anhänger kann doch auch jemand anders erkannt haben.«

16

Einige Tage später stand Cláudio da Rocha Cortez gegen halb zehn Uhr abends im Lager der Stiftung und wartete auf die Arzneimittellieferung. Er war allein. Der Hubwagen mit der leeren Europalette stand bereit, und er war auch schon nach hinten gegangen und hatte die Stahltür des Medikamentenlagers geöffnet, das sich in einem sicheren Raum mit Betonwänden befand.

Der Rest der Halle hatte etwas von einem Trödelmarkt. Alle möglichen Möbel – Kleiderschränke, Betten, Sessel, Sofas, gestapelte Stühle – standen dicht an dicht, dazwischen Stehlampen, Staubsauger, Kühlschränke, und auf den Tischen drängten sich Kochtöpfe, Küchengeräte, Blumenvasen und Tischlampen. Ein paar Leuchtstoffröhren an der Hallendecke tauchten alles in ein fahles Licht.

Der Abend war kühl und windig, immer wieder prasselten heftige Regenschauer auf das Hallendach. Cláudio hatte den Reißverschluss seiner Barbour-Jacke hochgeschlossen, als er das Tor etwas aufschob und hinaus auf den Vorplatz blickte. Hinter dem Maschendrahtzaun trieb der Regen durch die Lichtkegel der Straßenlaternen. Wieder sah er auf die Uhr. Der Wagen sollte eigentlich schon hier sein.

Zwei Scheinwerferlichter näherten sich auf der Zufahrtsstraße. Ja, er war es. Der weiße Lieferwagen bog in die offene Einfahrt. Ein kurzes Hupsignal, dann wendete er auf dem Vorplatz. Cláudio schob das Hallentor auf. Der Fahrer setzte den Wagen langsam zurück. Bei dem Wetter fuhr er ganz in die Halle hinein. Motor und Scheinwerfer gingen aus.

Cláudio schloss das Tor.

Der Fahrer stieg aus. »*Boa noite, patrão.*«

»*Boa noite*, Rico. *Tudo bem?*«

»Alles glattgegangen. Wie immer.«

Rico öffnete die Hecktüren des Transporters. Er stieg auf die Ladefläche und fing an, die gestapelten Pappkartons nach hinten durchzuschieben.

Cláudio stand daneben und sah zu.

Rico hob die ersten Kartons mit Medikamenten aus dem Wagen und stapelte sie auf die Europalette. Danach stieg er wieder hinauf und schob einige kleinere Kartons an den Rand der Ladefläche.

»Das hier ist die heutige Speziallieferung«, sagte er. »Menge wie vereinbart. Ich hab's nachgeprüft.«

»Sehr gut.«

Rico brachte dann die erste Fuhre ins Medikamentenlager. Als er durch den Mittelgang zurückkam, den Hubwagen hinter sich herziehend, hatte seine Haltung etwas Angespanntes, so als ob er im Gehen noch ein paarmal tief durchatmete, um sich Mut zu machen.

Cláudios Augen wurden sofort schmaler, als er das sah.

»*Ó patrão!*«, sagte Rico. Die Respektlosigkeit war nicht zu überhören. Er schob den Hubwagen achtlos an die

Seite. »Wo wir gerade unter uns sind. Es gibt da etwas, über das wir mal reden müssten.«

»Ach ja? Und was wäre das wohl?«

Rico zeigte auf die Pakete mit der Speziallieferung. »Zum Beispiel über meinen Anteil. Und über eine anständige Bonusprämie.«

»Was sind denn das für Töne?«

»Sie wissen doch, dass ich an der Sé wohne, oder? Bei uns im Bairro wird eine Menge geredet. In letzter Zeit auch über Ihre Familie.«

»Über meine Familie?«

»Und über ein gewisses Haus in der Rua da Bainharia. Die Nummer 32.«

Cláudio schaute ihn durchdringend an. »Was soll das heißen? Worauf willst du hinaus?«

»Warten Sie, ich zeig's Ihnen.« Rico zückte sein Telefon. »Ich muss sagen, es hat ein bisschen gedauert, bis mir die Verbindung klar geworden ist. Ich konnte es erst gar nicht glauben. Aber dann ...« Er zeigte ihm das Foto des Delfinanhängers.

Cláudio zog scharf die Luft ein.

»Wissen Sie ...«, sagte Rico. Er lächelte reichlich unverschämt. »Als ich sechzehn war, hatte ich dort im Bairro eine Freundin, die war vierzehn. Ich war wahnsinnig in sie verliebt. Sie hieß Fernanda. Alle haben sie Nanda genannt.« Er wischte das Foto beiseite, hielt das nächste hin. »Hier, das ist sie. Ist sie nicht wunderschön? Dieses Bild hat sie mir damals geschenkt. Sehen Sie die Halskette, die sie da trägt?«

»Was soll das? Wieso erzählst du mir das?«

»Ich denke, das wissen Sie sehr gut. Schließlich war sie

Ihre Nichte. Das habe ich jetzt erst erfahren. Ich bin mit ihr dort gewesen, in dem Haus. Sie hat mich mit raufgenommen in ihre kleine Mansarde. Wir haben dort Sex gehabt.«

»Jetzt reicht's aber!« Cláudio tat einen Schritt auf Rico zu, starrte ihn an.

Rico wich unwillkürlich zurück, stieß gegen eine Tischkante. Eine Blumenvase wackelte, blieb aber stehen. »Nur die Ruhe«, sagte er. »Ich bin gleich fertig. Eines Tages, im Sommer, war sie plötzlich verschwunden, das Haus war abgeschlossen. Keiner wusste, wo sie geblieben war. Ich hab bei ihr zu Hause nachgefragt. Ihr Vater hat mich angeblafft, ich solle ihn in Ruhe lassen. Seine Frau hätte ihn verlassen und Nanda mit nach Venezuela genommen. Tja, und jetzt weiß ich, dass das alles nicht stimmt. Sie und ihre Mutter wurden ermordet. Ich kann nicht beweisen, dass Sie das waren. Aber wer soll es sonst gewesen sein? Wer hatte Zugang zu dem Haus? Sie hat mir damals sogar erzählt, dass sie den Schlüssel von ihrem Onkel hatte.«

Cláudio spürte seine Halsschlagadern anschwellen und ein dumpfes Pochen in den Schläfen, das immer stärker wurde. Rico. Dieser dahergelaufene kleine Halunke. Dieser Niemand! Und das nach allem, was er für ihn getan hatte!

»Was glauben Sie, was passiert«, sagte Rico, »wenn ich damit an die Öffentlichkeit gehe? ›Die wahre Geschichte hinter dem Fall der Rua da Bainharia! Gerechtigkeit für die Opfer!‹ Die Justiz kann Sie jetzt vielleicht nicht mehr belangen, aber was wird mit Ihrem guten Ruf, Ihrer Stellung, Ihren Privilegien? Was würde Ihre Familie sagen, wenn das überall verbreitet wird?«

Rico versuchte ein überlegenes Grinsen, aber es wollte ihm nicht recht gelingen.

Cláudio trat weiter vor. Aus dem Augenwinkel suchte er den Tisch zu seiner Rechten ab. Dort stand ein schwerer vierarmiger Kerzenhalter aus Messing.

»Sie wären erledigt«, sagte Rico. »Sie könnten sich die Kugel geben. Ich finde, das sollte Ihnen schon was wert sein.«

Noch ein Schritt vor.

»Du mieses kleines Stück Dreck ...«, sagte Cláudio gefährlich leise. »Was erlaubst du dir eigentlich? Du hältst jetzt sofort den Mund.« Er langte schräg hinter sich und spürte das kalte Messing in seiner Hand. Seine Finger schlossen sich fest um den Schaft des Kerzenhalters.

»Stellen Sie sich vor, Ihre Tochter wüsste, was Sie für einer sind! Dass ihr eigener Vater ein vierzehnjähriges Mädchen ...«

»Halt den Mund, hab ich gesagt!«

Mit einem wütenden Schwung schleuderte Cláudio den Kerzenhalter herum. Rico riss die Augen auf, aber zum Ausweichen war es zu spät. Der schwere Messingfuß traf ihn mit voller Wucht am Kopf.

17

»Soso ... eine *Stiftung*«, war das Erste, was Tété Marinho sagte, als sie davon hörte. Die Meldung hatte die morgendliche Besprechung unterbrochen: ein Toter – offenkundig Fremdeinwirkung – auf dem Gelände einer »Fundação Esperança«. Rings um sie her rückten alle die Stühle zurück und standen auf. »Na, dann schauen wir doch mal, was da wieder für krumme Geschäfte dahinterstecken.«

»Wie kommst du denn auf so was?«, fragte Pinto mit gespielter Einfalt.

Tété lachte kurz. »Bei der Anti-Korruption haben wir immer gesagt: Stiftungen – die könnte man einfach so aus den Gelben Seiten fischen und sich eine nach der anderen vorknöpfen. Man würde bei jeder was finden.«

»Bei den Wohltätern der Menschheit? Jetzt erschütterst du aber mein Weltbild.«

»Geldabgreifen ist ihr Daseinszweck«, sagte Tété, während sie gemeinsam mit den anderen den Besprechungsraum verließen. »Meistens ist es so offensichtlich – die kennen wirklich gar keine Scham. Die armen Krankenschwestern und Sozialarbeiter schuften für den Mindestlohn, und der Herr Direktor fährt Mercedes S-Klasse und verbringt den Jahreswechsel traditionell im Copacabana Palace in Rio. So was denke ich mir nicht aus. Haben wir alles erlebt.«

»Na gut, wir werden ja sehen.«

Sie fuhren mit drei Wagen: Fonseca und Tavares im vordersten, Pinto und Ana Cristina im zweiten, gefolgt von Tété und Andrade.

Das Gelände der Stiftung lag in einer Art Niemandsland zwischen dem äußeren Stadtring und der Zona Industrial von Ramalde. Fern hinter Maschendrahtzäunen und weiten Brachflächen ragten Apartmentblocks empor.

Die schmale Zufahrtsstraße führte an einer alten Steinmauer entlang, die umso ländlicher wirkte, als dahinter alles von verwildertem Wein überwuchert war. Von den einstigen Laubengängen waren nur hier und da ein paar schiefe Granitstützen stehen geblieben.

Es war ein sonniger Morgen, der Himmel klar und blau. Die drei Fahrzeuge hielten vor der Einfahrt des Geländes, die mit einem Absperrband gesichert war. Außen am Maschendrahtzaun stand ein Streifenwagen, ein Schutzpolizist kam auf sie zu. Tavares ließ die Scheibe herunter und zeigte seine Dienstmarke: »*Bom dia.* PJ!«

Gleich darauf fuhren sie über den Vorplatz und hielten neben einem zweiten Streifenwagen direkt vor der Lagerhalle. Ein Stück weiter standen noch ein schwarzer Renault und ein alter Toyota Pick-up.

Sie stiegen aus.

Auf einem unscheinbaren Schild neben dem Hallentor stand: »Armazém Central – Fundação Esperança«.

Neben dem offenen Tor warteten zwei Schutzpolizisten und ein kleiner, untersetzter Mann mit roter Baseballkappe, der ihnen als Senhor Barros vorgestellt wurde.

»Senhor Barros ist Mitarbeiter der Stiftung«, erklärte einer der Polizisten. »Er ist heute Morgen als Erster hier angekommen, hat gesehen, was passiert ist, und dann gleich 112 gewählt.«

Senhor Barros blinzelte leicht irritiert, weil über ihn geredet wurde, als ob er gar nicht da wäre. Doch er nahm es so hin.

»Wir und INEM sind praktisch gleichzeitig hier gewesen. Die Ambulanz ist schon wieder weg. Der Notarzt konnte nur noch den Tod feststellen.«

Fonseca wandte sich an Senhor Barros. »Sie wissen, wer der Tote ist?«

»Ja, sicher. Das ist Rico! Einer unserer Fahrer! Jemand muss ihn überfallen haben. Ich verstehe das nicht. Hier ist noch nie was passiert!«

»Wissen Sie, was er hier gemacht hat?«

»Er hat eine Lieferung Medikamente gebracht. Die neue Bestellung. Das muss gestern Abend gewesen sein.«

»Medikamente?«

»Ja. Hinten in der Halle ist ein gesicherter Lagerraum. Normalerweise lädt er aus, bringt die Kartons da rein und fährt dann mit seinem Privatwagen nach Hause. Der schwarze Renault dort drüben. Als ich den heute Morgen hier auf dem Hof gesehen habe, war mir sofort klar, dass was nicht stimmt. Das Tor der Einfahrt war ja abgeschlossen. Als ob er gar nicht zurückgekommen wäre. Ich hab noch gedacht, hoffentlich hat er keinen Unfall gehabt.«

»Und das Hallentor? Was war damit?«

»Auch abgeschlossen, genau wie sonst. Na ja, ich bin reingegangen, und dann hab ich ihn da liegen sehen.«

Der Schutzpolizist zeigte in die Richtung. »Da drin, hinter dem Wagen.«

Sie alle traten näher und warfen einen Blick in die Halle. Ein weißer Lieferwagen mit offenen Hecktüren versperrte die Sicht. Von dem Toten war nicht mehr als eine Schuhsohle zu sehen.

»Das sieht ja eher aus wie ein Möbellager«, sagte Fonseca. Er wandte sich an Senhor Barros. »Was sind das für Sachen?«

»Das sind größtenteils Spenden. Manchmal wird die Stiftung auch bei Erbschaften bedacht, und wir übernehmen dann die Haushaltsauflösung. Das alles kommt bedürftigen Familien zugute.«

»Mm-hm.« Fonseca sah den Schutzpolizisten an. »Wer ist da jetzt schon alles drin gewesen?«

»Nur wir und die beiden Männer von der Ambulanz. Und natürlich Senhor Barros.«

»Spurensicherung ist unterwegs«, sagte Pinto.

»Gut.« Fonseca runzelte die Stirn. »Die Situation ist ja reichlich komplex. Ich glaube, ich geh da erst mal allein rein und verschaffe mir einen Überblick.«

Langsam, bei jedem Schritt darauf achtend, wo er hintrat, ging er an dem weißen Lieferwagen vorbei.

Der Tote lag im Mittelgang auf dem Rücken. Ein jüngerer Mann, schlank, nicht sehr groß, mit kurzem, lockigem Haar. Seine Augen waren geschlossen, an seiner linken Schläfe war ein Rinnsal Blut aus einer Platzwunde herabgelaufen. Direkt neben ihm stand ein Hubwagen mit einer leeren Europalette.

Fonseca sah sich um. Auf der Ladefläche des Lieferwagens lagen noch einige größere und kleinere Kartons. Aber von der Beschriftung konnte er so nichts lesen. Medikamente, dachte er. Vielleicht ist ja was Interessantes dabei gewesen.

Es nützte nichts. *Paciência*. Geduld.

So vorsichtig, wie er gekommen war, ging er wieder hinaus.

Eine knappe Stunde später sah es in der Halle schon anders aus. Mit Absperrband war ein schmaler begehbarer Weg abgeteilt, grelles Scheinwerferlicht erhellte den Tatort, und die Männer und Frauen der Spurensicherung in ihren weißen Schutzanzügen suchten akribisch die Umgebung der Leiche ab. Alles wurde fotografiert und vermessen, hier und da standen bereits gelbe Nummerntafeln.

Andrade war mit Senhor Barros zurück zur Dienststelle gefahren, um dessen Aussage aufzunehmen.

Fonseca stand auf dem Hof in der Sonne und telefonierte mit seinem Direktor. »Nein, Journalisten haben sich hier zum Glück noch nicht blicken lassen. – Ja, sicher, ich halte Sie auf dem Laufenden.«

Als Nächstes rief er Dinis an.

»Also, das Opfer heißt Ricardo Peixoto, ist achtunddreißig Jahre alt und wohnhaft in der Travessa de São Sebastião. Schauen Sie doch bitte mal nach, ob der irgendwie aktenkundig ist, auch wegen Drogendelikten. – Nur so ein Instinkt von mir. Es geht hier um eine Arzneimittellieferung. Er ist offenbar angegriffen worden, als er die Medikamente entladen hat. – Nein, dazu haben wir noch keine Angaben. Aber Sie wissen ja, wie es ist: Auf dem Schwarzmarkt wird so gut wie alles verkauft.«

Ein Stück weiter sah er Ana, Pinto und Tété beisammenstehen. Er steckte sein Telefon ein und ging zu ihnen hinüber.

»Na, was sagen Sie dazu?«

»Wir haben gerade über den möglichen Tathergang gesprochen«, sagte Ana. »Der Kopfwunde nach zu urteilen, ist der Angriff von vorn erfolgt, oder? Zumindest sieht es so aus. Ein Schlag mit einem schweren Gegenstand, ausgeführt von einem Rechtshänder.«

»Ja, den Eindruck hatte ich auch.«

»Sie könnten sich also gekannt haben. Sie haben sich gegenübergestanden, haben miteinander geredet. Vielleicht hat es Streit gegeben.«

»Ein typischer Überfall war es jedenfalls nicht«, sagte Pinto. »Den ›schweren Gegenstand‹ hat der Täter sich spontan geschnappt. Da steht ja genug Krempel herum. Das heißt, er hatte ursprünglich gar nicht die Absicht, den Fahrer anzugreifen. Sonst hätte er ja irgendwas dabeigehabt, ein Messer, was weiß ich, und ihn damit bedroht. Und dieses Messer hätte er dann sicherlich auch eingesetzt.«

»Ja, da ist was dran«, sagte Fonseca.

Tété deutete auf die schmale Straße hinter dem Maschendraht. »Und durch Zufall hat er sich bestimmt nicht hierherverirrt, so abgelegen, wie das ist. Gestern Abend hat es auch noch geregnet.«

»Also«, sagte Ana, »nehmen wir an, dass sie hier verabredet waren. Zu zweit, zu dritt, wie auch immer. Und dass es dabei um Geschäfte gegangen ist.«

»Nur dass sie sich leider nicht einig geworden sind.« Pinto lächelte. »Vielleicht war es auch einfach die alte Geschichte: Der Junkie zieht seinem Dealer eins über die Rübe und haut mit dem Stoff ab.«

Fonseca nickte. »Auf jeden Fall sind die Umstände ziemlich verdächtig. Ein Mann allein liefert Medikamente an, und das zu einer Zeit, als sonst niemand mehr hier ist.« Er sah auf die Uhr. »Mal hören, was der Präsident der Stiftung dazu sagt. Der hat sich schon angekündigt.«

Tavares kam über den Hof auf sie zu.

»Ich war eben auf der Rückseite«, sagte er. »Von dort aus kann man eine andere Halle sehen, ganz in der Nähe. Und auf dem Dach steht eine Mobilfunkantenne!«

»Sehr schön. Das ist unsere! Für das Ding machen wir eine Funkzellenabfrage, und dann sehen wir mal, wer alles hier gewesen ist.«

Wenig später kam ein großer dunkler Mercedes die Zufahrtsstraße entlang, hielt an der Einfahrt, wurde durchgelassen und rollte dann langsam über den Hof auf sie zu.

Fonseca hörte, wie Tété zu Pinto sagte: »Na gut, keine S-Klasse. Aber viel fehlt nicht, oder?«

Der Wagen kam zum Stehen, und der junge Mann, der am Steuer saß, blickte unbehaglich zu ihnen herüber. Nur der Beifahrer stieg aus, ein großer, distinguiert wirkender Herr von vielleicht Mitte fünfzig, mit vollem angegrauten Haar und weißen Schläfen. In seinem feinen Geschäftsanzug hätte er auch ein Banker sein können. Sein Mobiltelefon am Ohr, sagte er: »Ist ja gut. Ich bin jetzt vor Ort. Ich rede mit der PJ. *Até já.*«

Mit leicht gerunzelter Stirn steckte er sein Telefon ein und kam zu ihnen herüber. Dabei musterte er sie so unverhohlen, als wollte er gleich klarstellen, wer hier das Hausrecht hatte. Ana war die Einzige, die er von Kopf bis Fuß ansah.

»*Bom dia*«, sagte er, vage an alle gewandt, und wählte dann völlig selbstverständlich Fonseca als Ansprechpartner. »Cláudio da Rocha Cortez. Ich bin der Präsident der Fundação Esperança.«

»*Bom dia.* Fonseca, Chefinspektor der Mordkommission.«

»Mord. Ja …« Er zog gleich wieder die Augenbrauen zusammen. »Ich kann es noch gar nicht glauben. So was! Bei uns!« Der vorwurfsvolle Unterton war deutlich zu hören.

Fonseca ahnte auch, wem er die Schuld gab: dem Ermordeten.

Der andere schien seinen Blick bemerkt zu haben. »Ich will nur sagen, wir sind ein Institut der Nächstenliebe. Wir bemühen uns, Gutes zu tun. Auch Rico … Ricardo hat das getan. Und dann wird er *hier* auf dem Gelände überfallen! Und gleich umgebracht …« Er schüttelte den Kopf, wie über den Zustand der Welt.

»Sie haben den Toten persönlich gekannt?«

»Ja, sicher. Ich kenne jeden meiner Mitarbeiter. Wir haben vollstes Vertrauen zueinander.« Er lächelte flüchtig. »Ich werde von allen nur ›Senhor Cláudio‹ genannt. Auch von den Menschen, die wir betreuen.«

Eine Frau im weißen Schutzanzug kam aus der Halle, und er blickte auf.

»Ich habe gehört, es ist dort drin passiert?«

»Ja, das stimmt.«

An Fonseca vorbei ging er auf das Tor zu und blieb dort stehen. Im Licht der Scheinwerfer war immer noch die eine Schuhsohle des Toten zu sehen.

»Was denn ... er liegt noch so da, wie er gefunden wurde?«

»Ja, so schnell geht das nicht bei uns«, sagte Fonseca. »Aber keine Sorge, er wird bald abgeholt.«

»Darf ich kurz zu ihm?«

»Nein, tut mir leid. Das ist ein abgesperrter Tatort.«

»Ich möchte ihn sehen. Bitte.«

»Na gut. Fragen wir mal die Spurensicherung, wie nahe Sie randürfen.«

Sie alle schauten dabei zu, wie der Präsident der Stiftung langsam den abgesperrten Zugangsweg entlangschritt. Ein Mann im weißen Schutzanzug gab das Handzeichen: »Bis hierher und nicht weiter.«

Senhor Cláudio blieb stehen, senkte seinen Blick auf den Toten und bekreuzigte sich. Die Hände vor sich gefaltet, schien er ein stilles Gebet zu sprechen.

Der Mann von der Spurensicherung behielt ihn vorsichtshalber im Auge.

Fonseca betrachtete seine Leute von der Seite. Ana hatte ziemlich schmale Augen, und auch Tété wirkte eher misstrauisch.

Senhor Cláudio bekreuzigte sich ein weiteres Mal, wandte sich um und kam zu ihnen zurück.

»Der arme Kerl«, sagte er. »Haben Sie schon irgendeinen Anhaltspunkt?«

»Wir müssten erst mal wissen, ob ein Teil der Ladung gestohlen wurde«, sagte Fonseca. »Und wenn ja, welcher. Wenn Sie uns jemanden herholen würden, der die genaue Übersicht hat und das nachprüfen kann ... das wäre sehr hilfreich.«

»Selbstverständlich. Ich werde das sofort veranlassen.«

»Was sind das für Medikamente, die Sie hier einlagern?«

»›Zwischenlagern‹ trifft es eher. Sie werden von hier aus weiterverteilt. Sie wissen vielleicht schon, dass unsere Tätigkeiten recht breit gefächert sind. Die Stiftung unterhält ein kleines Altenheim, wir versorgen Alte und Kranke bei sich zu Hause, wir helfen Drogenabhängigen beim Entzug. Insofern ist bei den Arzneimitteln alles dabei, vom einfachen Blutdrucksenker bis zum Methadon.«

»Woher stammt diese Lieferung?«

»Aus Vigo. Wir arbeiten mit einem spanischen Importeur zusammen.«

»War es immer Ricardo, der diese Transporte durchgeführt hat?«

»Ja, schon seit einiger Zeit. So was spielt sich halt ein. Er kannte den Weg. Und er war auch ein guter Mann. Immer zuverlässig.«

»Wissen Sie, wann er gestern hier angekommen ist?«

»Nein. Es war auch nicht üblich, dass er sich zurückmeldet. Ich bin davon ausgegangen, dass alles in Ordnung ist.«

»Ist es öfter so spät geworden, dass er hier ganz allein ausladen musste?«

»Ja, manchmal hat sich das so ergeben. Tagsüber war meist so viel anderes zu tun, dass er erst am Nachmittag losgekommen ist. Zwei Stunden hin, zwei Stunden zurück, dazwischen das Einladen und der Papierkram. Dann war er abends wieder da. Die Überstunden wurden natürlich bezahlt. Er hat das nicht ungern gemacht.«

»*Tá bem* ...« Fonseca sah sich um und zeigte dann auf die kleinen Kameras über dem Hallentor und an der Hofeinfahrt. »Wie schaut es mit Ihrer Videoüberwachung aus? Ist die in Betrieb?«

»Ach Gott, ja. Jetzt könnte man sie natürlich gebrauchen. Das ist so ein veraltetes System, wissen Sie, mit Videokassetten, die man gar nicht mehr nachkaufen kann. Wir haben das damals so übernommen. Wir wollten es längst umstellen, haben auch schon Angebote eingeholt, aber irgendwie ist dann nie etwas daraus geworden.«

»Das heißt ...?«

»Das heißt leider, dass es hier aktuell keine Aufzeichnungen gibt. Im Moment dienen die Kameras mehr der Abschreckung. Normalerweise reicht es ja, wenn da ein kleines rotes Licht brennt. Bis jetzt hat es jedenfalls immer gereicht.«

»Tja, da kann man nichts machen. Wär ja auch zu schön gewesen.«

»Tut mir leid. Unser Versäumnis.« Senhor Cláudio zückte sein Telefon. »Ich sage Bescheid, dass sofort jemand kommt, der die Ladung und die Bestände prüft.«

»Ja, danke.«

»Brauchen Sie mich hier noch?«

»Nein, im Moment nicht. Wir melden uns.«

Sie alle blickten dem großen Mercedes nach, wie er über den Hof fuhr, kurz bei den Polizisten an der Einfahrt hielt und dann in die Zufahrtsstraße abbog.

»Tja«, sagte Fonseca, »das war also der Herr Präsident.«

»Und was sollte nun die Show mit dem Gebet?«, fragte Pinto.

Ana wandte sich ab. »Die hätte er sich von mir aus schenken können.«

»Von mir aus auch«, sagte Tété.

In der Jackentasche des Toten hatte man eine Rolle Traubenzuckerpastillen gefunden und in dem Lieferwagen eine Insulinspritze.

»Diabetiker, hm?«, brummte Fonseca.

Es klang so missbilligend, dass Pinto fragte: »Ja und? Ist was damit?«

»Nein, nein. Mein Arzt sagt mir bloß ständig, ich soll ›ein bisschen mit dem Zucker aufpassen‹. Ich weiß überhaupt nicht, wieso. Meine Werte sind völlig normal.«

Was sich hingegen nirgendwo finden ließ, war Ricos Mobiltelefon.

»Dann muss der Täter es mitgenommen haben. Ruft mal bei der Stiftung an und lasst euch die Nummer geben.«

Als Nächstes telefonierte Fonseca mit der Untersuchungsrichterin. »Hier gibt es weit und breit keine Zeugen. Aber eine schöne Mobilfunkantenne. Ich würde da gern eine Funkzellenabfrage beantragen. – Ja, sehr gut. Je schneller, desto besser.«

Auch nach dem Mittag blieben sie noch am Tatort. Der Tote war inzwischen ins Rechtsmedizinische Institut gebracht worden. Zwei Mitarbeiter der Stiftung hatten die Medikamentenbestände überprüft, und tatsächlich fehlten einige Kartons mit Methadon.

»Das passt nicht zusammen, oder?«, sagte Tété. »Wenn dieser Rico hier irgendwas nebenbei laufen hatte, dann bestimmt nicht mit dem Methadon, das regulär auf dem Lieferschein stand. Das wär doch gleich aufgefallen, und er selbst wäre der einzige Verdächtige gewesen.«

»Sehe ich auch so«, sagte Pinto. »Kann sein, dass sich der Täter gesagt hat: ›Wenn's schon mal da ist, nehm ich das auch mit.‹ Oder er hat es bewusst getan, um einen gewöhnlichen Raubüberfall vorzutäuschen.«

Fonseca war gerade in der Halle, als Dinis anrief.

Er hatte bereits versucht, Ricos Telefon orten zu lassen. »Bis jetzt erfolglos. Das muss ausgeschaltet sein. Aber inzwischen habe ich hier seine Akte auf dem Schirm. Sie hatten recht: Der Mann ist kein unbeschriebenes Blatt. Hat sich sogar mal eine Bewährungsstrafe wegen Drogenhandels eingefangen. Bis vor vier Jahren hat er anscheinend zur Szene im Bairro da Sé gehört. Ist dort jedenfalls mehrfach aufgegriffen worden. Heroinabhängig scheint er aber nicht gewesen zu sein. Jedenfalls haben wir nichts darüber gefunden, dass er an einem Entzugsprogramm teilgenommen hätte.«

»Gut, danke. Dann schicken Sie uns doch mal einen Drogenspürhund vorbei. Einen mit besonders feiner Nase. Es geht hier bestenfalls um Rückstände. Ich vermute, von Ecstasy und solchem Zeug.«

»Alles klar, gebe ich weiter.«

»Na, ich dachte schon, jetzt kommt wieder Benny«, sagte Tété leise zu Ana, die direkt neben ihr stand.

Ana verzog keine Miene und sagte ganz ernsthaft: »Nein, Benny ist ja noch in der Ausbildung.«

Sie lachten leise, als sie sich ansahen.

Der Schäferhund fing in der Halle an, lief schnüffelnd zwischen den Möbeln auf und ab und näherte sich dann recht schnell dem Lieferwagen, der noch unverändert mit offenen Hecktüren dastand. Mit einem Satz sprang er auf die Ladefläche, schnüffelte weiter, die Nase dicht über dem Boden, verharrte dann plötzlich, setzte sich hin und gab durch kurzes Bellen das Signal.

Fonseca und der Hundeführer traten näher.

»Zu sehen ist ja absolut nichts«, sagte Fonseca.

»Nein, aber Zoe kann es riechen. Die Stelle ist ja auch typisch: Bei der Übergabe wird die Ware noch mal kontrolliert, die Kartons und ein paar Probetüten werden geöffnet, und das macht man natürlich genau hier, am Rand der Ladefläche. Das bisschen Staub, das dabei anfällt, reicht schon. Hier sind ganz sicher synthetische Drogen verladen worden.«

»Gut«, sagte Fonseca, »dann gehen wir jetzt noch mal nach draußen.«

Dort stand Ricos schwarzer Renault, alle Türen und die Heckklappe weit geöffnet. Der ganze Wagen war recht schmuddelig, voller Krümel, doch mit dem Innenraum hielt der Hund sich nicht lange auf. Die Vorderpfoten auf dem Rand des Kofferraums, schnüffelte er äußerst interessiert hinein und schlug dann wieder durch ein kurzes Bellen an.

»Sehr gut, Zoe«, sagte Fonseca. »Hast du fein gemacht!«

»So war es dann wohl eigentlich geplant«, sagte Pinto, als sie wieder unter sich waren. »Der Fahrer lädt hier ungestört aus und nimmt dann den illegalen Teil der Lieferung in seinem Privatwagen mit.«

»Ja, das scheint der übliche Ablauf gewesen zu sein«, sagte Fonseca. »Es war also nicht so, dass *der andere*, der Täter, hier die Drogen übernehmen sollte. Das heißt, er war nicht der alleinige Verbindungsmann nach außen, der zum Beispiel den Weiterverkauf organisiert hat. Rico und er könnten das Ganze gemeinsam aufgezogen haben. Der Täter könnte ebenfalls ein Mitarbeiter der Stiftung sein.«

»Dann nehmen wir das mal alles unter die Lupe«, sagte Pinto. »Diesen spanischen Importeur ...«

Tété lächelte. »... und die ganze schöne Fundação Esperança.«

Ricos Obduktion fand am folgenden Tag statt, Tavares war für die PJ dabei.

Hinterher rief er Fonseca an. »Chef? Sind Sie noch im Untersuchungsgericht?«

»Ja, bin ich. Wir sind hier gleich fertig.«

»Dann wäre es gut, wenn Sie noch schnell vorbeikommen könnten. Hier hat sich gerade etwas Neues ergeben. Der Schlag gegen den Kopf war nicht die Todesursache.«

Eine Viertelstunde später betrat Fonseca das Rechtsmedizinische Institut. Tavares saß auf einer Bank im Korridor, eine Assistentin holte Doktor Xavier aus dem Obduktionssaal.

Zu dritt gingen sie in dessen Büro, und der Doktor erklärte noch einmal den Befund.

»Also, dieser Ricardo ist an einer Hypoglykämie gestorben«, sagte er mit seinem sanften brasilianischen Akzent.

»Einer *was?*«

»Einer Unterzuckerung. Sie wissen ja, dass er Diabetiker war. Der Schlag gegen den Kopf hat zur Bewusstlosigkeit geführt, und die hat so lange angehalten, dass die Glukosekonzentration in seinem Blut einen kritischen Wert unterschritten hat.«

»Sie meinen, den Schlag selbst hätte er überlebt?«

»Das denke ich schon. Ich würde sagen, er hat ihn kommen sehen und noch versucht auszuweichen. Seinen Schädelverletzungen nach hätte er sicher eine starke Gehirnerschütterung gehabt. Aber letztlich war es die fortschreitende Unterzuckerung, die verhindert hat, dass er wieder zu sich gekommen ist. Er ist in ein hypoglykämisches Koma gefallen und gestorben.«

»Hmm ...« Fonseca fuhr sich nachdenklich übers Kinn. »Das wirft ja einige Fragen auf. Könnte der Täter am Ende mit Totschlag oder fahrlässiger Tötung davonkommen?«

»Das kann ich Ihnen nicht sagen. Aber ein Strafverteidiger würde sicher versuchen, das so auszulegen. Es gibt allerdings noch einen anderen Punkt. Ich habe vorhin schon mit Ihrem Kollegen darüber gesprochen.« Doktor Xavier sah kurz Tavares an. »Die Blutglukosekonzentration war so extrem niedrig, dass ich mich frage, ob sie wirklich auf das reine Absinken des Zuckerspiegels zurückgehen kann. Ich denke, ich sollte noch einmal mit dem behandelnden Arzt klären, wie schwer Ricardos Diabetes tatsächlich gewesen ist.«

»Moment«, sagte Fonseca. »Gibt es noch eine andere Möglichkeit, wie es zu diesem niedrigen Wert kommen kann?«

Xavier nickte. »Ja. Das wäre eine Überdosis Insulin.«

Fonseca zögerte kurz. »Sie meinen eine *absichtliche* Überdosis? Die ihm jemand anders injiziert haben müsste, während er bewusstlos war?«

»Ja.« Doktor Xavier lächelte milde. »Das wäre dann wieder Mord. Und so behandeln wir das hier natürlich auch, keine Sorge.«

Am frühen Abend kam man im Besprechungsraum zusammen, wo Fonseca seine Leute auf den neuesten Stand brachte.

»Und wie sind Sie dann mit dem Doktor verblieben?«, fragte Pinto.

»Er sucht die Leiche jetzt noch mal gezielt nach Einstichstellen ab, die sich von Ricos eigenen unterscheiden. Und dann schauen wir weiter.«

An der Pinnwand hing inzwischen auch ein Foto, das einen der Tische in der Lagerhalle zeigte. Es war eine Aufnahme von oben, und an der Staubschicht war deutlich zu erkennen, dass zwischen den Blumenvasen und Tischlampen ein kreisrunder Gegenstand fehlte. Senhor Barros war heute noch einmal vor Ort befragt worden und meinte sich zu erinnern, dass dort ein Kerzenhalter aus Messing gestanden hatte. Er war nirgends gefunden worden.

Zum Schluss sagte Fonseca: »Ich denke, ich muss hier nicht extra darauf hinweisen, dass die Todesursache Unterzuckerung dem Justizgeheimnis unterliegt. Ich erwarte, dass nichts davon nach außen dringt. *Tá bem?*«

Alle nickten pflichtschuldig. »*Tá, tá.*«

Das Fazit des Tages war dasselbe wie gestern: Mit diesem Überfall auf den Fahrer stimmte etwas ganz und gar nicht.

18

Die Fundação Esperança hatte ihren Sitz am oberen Ende der Rua de Nossa Senhora de Fátima, einer der langen Hauptstraßen, die sternförmig auf die Rotunda da Boavista zuführten. Das Stiftungsgebäude war eine schmucke alte Stadtvilla mit spitzen Giebeln und Gauben, einem Erker mit Sprossenfenstern und einem kleinen Balkon mit Balustrade. Eine prächtige Yucca ragte hoch über die Gartenmauer, und durch das alte Granitportal fuhr man nach hinten auf den Hof, wo es eine Reihe überdachter Stellplätze gab. Im Moment stand dort nur ein einziger weißer Transporter, alle anderen Fahrzeuge waren unterwegs.

Es war Donnerstag, der einunddreißigste März, und die Polícia Judiciária hatte am Vormittag mit der Befragung der Mitarbeiter begonnen. Senhor Cláudio hatte sich noch nicht blicken lassen, aber eine resolute Senhora hatte den Leuten von der PJ kurzerhand zwei kleine Räume im Erdgeschoss zugewiesen: das Pausenzimmer und einen Raum mit Aktenschränken und praktischerweise einem Fotokopierer.

Auch Ana Cristina und Tété Marinho waren dabei und hatten mittlerweile mit drei Frauen gesprochen, die in der Verwaltung der Stiftung beschäftigt waren. Sie hatten die Personalien aufgenommen, sich den täglichen Betrieb erklären lassen und dann zum Schluss noch die unvermeidliche Frage gestellt, wo sie am Abend des achtundzwanzigsten März und in der Nacht auf den neunundzwanzigsten gewesen seien und ob das jemand bezeugen könne. Über Ricardo hatten sie von keiner der Frauen etwas Neues erfahren. Er sei allgemein beliebt gewesen und von allen nur Rico genannt worden. Alle drei hatten gewusst, dass er Diabetiker gewesen war.

Jetzt war erst mal Mittagspause. Sie standen auf, Ana klappte ihren Laptop zu und klemmte ihn unter den Arm.

Als sie gerade aus der Hintertür traten, hörten sie, wie ein Fahrzeug durch die Einfahrt kam. Unwillkürlich blieben sie stehen.

Der Wagen bog auf den Hof ein.

Es war ein kleiner weißer Kastenwagen, wie ihn die Krankenschwestern fuhren, um damit Essen und Medikamente auszuliefern. Am Steuer saß eine junge Frau, das dunkelblonde Haar zum Pferdeschwanz gebunden.

Der Wagen hielt an und setzte zurück auf einen Stellplatz. Die Frau stieg aus. Sie war ungefähr Mitte dreißig, schmal und schlank, fast schon etwas mager. Die Röhrenjeans betonten noch, wie dünn ihre Beine waren.

Tété fragte ganz leise: »Siehst du das, was ich sehe?«

»Ja, das tue ich …«, sagte Ana, ohne den Blick von der Frau zu wenden.

»Ich denke, wir verschieben unsere Mittagspause, oder?«

»Das denke ich auch.«

Die Frau schloss die Wagentür und sah zu ihnen herüber, als wüsste sie genau, wer sie waren. Es schien sie einige Überwindung zu kosten, doch dann gab sie sich einen Ruck und kam über den kleinen Hof auf sie zu.

Ana flüsterte Tété noch zu: »Ganz vorsichtig. Die dürfen wir jetzt nicht verschrecken.«

Dann zog sie ihre Dienstmarke und sagte: »*Bom dia. Polícia Judiciária.* Sie haben vielleicht schon gehört, dass wir hier sind.«

»Ja, natürlich. *Bom dia.*«

»Wir würden Ihnen gern ein paar Fragen stellen.«

Sie gingen zurück in den Raum mit dem Fotokopierer, setzten sich an den kleinen Tisch, und Ana fuhr ihren Laptop wieder hoch. Zuerst nahmen sie die Personalien auf.

Márcia Luísa Freitas de Oliveira, achtunddreißig Jahre alt, wohnhaft in der Rua de Adolfo Casais Monteiro.

»Dann bräuchten wir noch Ihre Telefonnummern«, sagte Ana. »Bitte alle, unter denen Sie zu erreichen sind.«

»Ich habe nur ein Telefon. Dieses hier.«

Ana tippte die Nummer in den Computer ein. Sie wusste, dass Tété jetzt gerade dasselbe dachte wie sie. Aber sie sahen sich nicht an.

Ganz vorsichtig.

Während sie ihre Routinefragen abhakten, musterte Ana diese Márcia so unauffällig wie möglich. Sie hörte noch förmlich die Worte von Dona Magda in Campanhã: »Eigentlich sah sie ganz gut aus, aber, na ja, so besonders schien es ihr gerade nicht zu gehen.« Das war jetzt vier Wochen her. Was immer es war, das ihr auf der Seele lag – es schien nicht besser geworden zu sein. Ihre Augen waren gerötet, als hätte sie vor Kurzem geweint. Wegen Rico?

»Gut, Sie sind also Sozialarbeiterin«, sagte Tété. »Was genau machen Sie da?«

»Ich arbeite mit Drogenabhängigen. Unterstütze sie beim Entzug.«

»Keine leichte Aufgabe. Da muss man bestimmt eine Menge Rückschläge einstecken, oder?«

»Ja, immer wieder. Umso mehr freut man sich über jeden Erfolg.«

»Ist Ihnen bekannt, dass Ricardo ... Rico eine Vorgeschichte mit Drogen hatte?«

Márcia senkte den Blick und nickte kurz. »Ja, sicher. Das weiß hier jeder. Aber ...«

»Ja?«

Sie blickte auf. »Er war schon seit Jahren clean. Ich habe ihn kennengelernt, weil er jemand anderem helfen wollte, von dem Zeug loszukommen. Dabei hat er gesehen, dass die Stiftung gerade einen Fahrer gesucht hat, und sich beworben. Ich bin ganz sicher, dass er nichts mehr mit der Szene zu tun hatte.«

»Wie gut haben Sie sich gekannt?«, fragte Ana.

Ein deutliches Zögern. »Nur so als Kollegen.«

»Aber Sie haben ihn gemocht?«

Márcia wandte sich ab, ihre Lippen zuckten. Sie schien kurz davor, in Tränen auszubrechen. »Ja. Er war so ein netter Kerl. Er hat doch niemandem was getan! Warum mussten sie ihn denn gleich umbringen?«

Ana und Tété sahen sie nur abwartend an.

Márcia wischte sich über die Augen, schüttelte kurz den Kopf. »Sie glauben also auch, dass er selbst schuld ist, oder?«

»Wie kommen Sie darauf?«, fragte Tété.

»Das denkt hier doch jeder. Sie sagen es vielleicht nicht, aber ich merke es genau. Er mit seiner Vergangenheit. Und dann sollen auch noch Medikamente verschwunden sein. Das reicht für die meisten.«

Tété lehnte sich auf ihrem Stuhl zurück. »Ich kann Ihnen versichern: Für uns reicht es nicht. Das hier ist eine Mordermittlung.« Sie wartete einen Moment. »Und wenn Sie irgendetwas wissen, das uns weiterhelfen könnte, dann sollten Sie das sagen.«

Márcia schüttelte wieder den Kopf. »Ich weiß nichts.«

Zum Schluss stellten sie noch die Frage nach dem Alibi. Zur Tatzeit sei sie zu Hause in ihrer Wohnung gewesen. Allein.

»Gut, dann war's das fürs Erste.« Ana klappte ihren Laptop zu und stand auf.

Als sie gleich darauf in ihrem Dienstwagen saßen, ließ Ana den Motor an, fuhr aber noch nicht los. Sie blickte hinüber zum Stiftungsgebäude und sagte: »Ich weiß nicht …« Sie war plötzlich wieder unsicher. »Ist sie das wirklich?«

»Natürlich ist sie das«, sagte Tété. »Glaubst du, es gibt zwei davon?«

Pinto parkte hinter dem Mercado de São Sebastião, am Fuß der hohen alten Mauer, durch deren Torbogen man das Bairro da Sé betrat. Er und Tavares stiegen aus. Sie waren auf dem Weg zu Ricos Wohnung.

Vor ihnen führte die lange, geschwungene Treppe zur Kathedrale empor, die mit ihren Burgzinnen und mächtigen Türmen wie eine Festung in den blauen Himmel ragte. Daneben stand das Reiterdenkmal des Ritters und

Heerführers Vímara Peres, der die Stadt im neunten Jahrhundert von den Mauren befreit hatte. Siegreich reckte er seine Lanze in die Luft.

Hier unten aber sah man deutlich, dass die Zeiten nicht immer so glorreich gewesen waren. Die Travessa de São Sebastião begann gleich mit einer Baulücke, und die angrenzenden Häuser waren mit schrägen Stahlträgern abgestützt. Über das Kopfsteinpflaster gingen Pinto und Tavares die schmale Sackgasse hinauf, rechter Hand die leere Markthalle, links die heruntergekommenen alten Fassaden. Die Hälfte der Häuser war unbewohnt, Fenster und Eingänge waren verbrettert oder zugemauert. Dazwischen aber standen noch Topfpflanzen auf den Balkonen, und Wäsche hing herab.

Vor Ricos Eingang blieben sie stehen. Pinto deutete auf ein Nachbarhaus, das ebenfalls leer stand und verrammelt war. »Ist es nicht ein Jammer? Die gute alte Casa Osvaldo ...«

»Wie lange ist es her, dass sie dichtgemacht hat?«

»Schon über drei Jahre.«

»Tja, von den Fußballfans allein konnte auch Alberto nicht leben, was?«

»Nein. Ich gebe ja zu, wir sind da auch immer nur nach dem Spiel eingekehrt, wenn es mal wieder einen Sieg zu feiern gab. Dann ging's da richtig hoch her.«

Er sah sie noch vor sich, die legendäre Kneipe der FC-Porto-Fans, bis unter die Decke voller blau-weißer Fahnen und Wimpel und glänzender Pokale, an den Wänden dicht an dicht die gerahmten Mannschaftsbilder, viele davon aus den Zeiten, in denen die Spieler noch Schnurrbärte getragen hatten. Sogar die zwei Kühlschränke waren blau-weiß gestreift gewesen. Alberto hatte sie nach berühmten Spielern benannt – den kleineren nach Deco und den großen nach dem Torwart Baía – und die Namen in blauer Farbe aufgemalt. Dreißig Jahre lang hatte er hinter dem Tresen gestanden, zum Schluss immer mit einem Zettel über der Registrierkasse: »Augentropfen nicht vergessen«.

»Aber die Tageskundschaft hat er halt auch gebraucht. Und wir wissen ja, wer da am Ende noch übrig war. Nur die Dealer und ihre Klienten.«

»Und die haben wir dann auch noch verscheucht«, sagte Tavares.

Pinto seufzte. »Ja, wir sind schuld.«

Er probierte Ricos Schlüssel aus. Gleich der erste war der richtige. Er öffnete die Haustür, und sie stiegen die steile, schmale Treppe hinauf. Im Treppenhaus roch es nach Kohl und Zwiebeln, als hätte gerade jemand eine Caldo verde gekocht.

Vor der Tür im zweiten Stock zogen sie Latexhandschuhe an, und Pinto schloss auf.

Drinnen war es dunkel und muffig. Sie öffneten erst mal die Fensterläden und ließen dabei etwas frische Luft herein. Ricos Wohnung war winzig klein. Es gab keine richtige Küche, nur eine gekachelte Nische mit einem rostigen Gaskocher, der ebenso lebensgefährlich aussah wie der Boiler neben der klapprigen Duschkabine. Schmutziges Geschirr und leere Bierflaschen standen herum. Die Möbel waren alle alt und angestoßen. Von einem der Garderobenhaken hing ein langer FC-Porto-Schal. »Sieht man, dass der Typ hier allein gehaust hat«, sagte Tavares.

Pinto ging ins Wohnzimmer voraus. Sie öffneten Schranktüren, zogen Schubladen auf.

Tavares sah sich stirnrunzelnd um. »Na, reich geworden ist er mit dem Drogenhandel aber nicht.«

»Vielleicht liegt sein Geld ja auf der Bank. Weil er für ein schönes Apartment mit Meerblick gespart hat.«

Das Ergebnis der Durchsuchung war recht mager. Tavares packte ein paar medizinische Unterlagen ein. »Vielleicht kann Xavier was damit anfangen.« Auffällig war, dass sich nirgendwo ein Computer gefunden hatte.

»Das war's wohl, oder?«

»Mehr ist hier nicht zu holen.«

Als Pinto die Wohnung wieder abschloss, hörte er von unten das Knarren einer Tür. Rasch warf er einen Blick die Treppe hinab und sah gerade noch einen Streifen Tageslicht verschwinden.

»Hat da etwa jemand gelauscht?«, fragte Tavares.

»Die werten Nachbarn. Was meinst du – sollen wir noch kurz Guten Tag sagen?«

»Ja, warum nicht.«

Auf der Treppe zogen sie ihre Latexhandschuhe aus, klopften dann an der Tür im ersten Stock.

»*Boa tarde!*«, rief Pinto. »Polícia Judiciária! Wir haben nur ein, zwei Fragen!«

Nichts rührte sich.

Er klopfte noch einmal. »Ich sagte: Polícia Judiciária! Machen Sie bitte auf! Wir wissen, dass Sie da sind!«

Immer noch nichts.

»Sonst müssen wir noch mal wiederkommen! Das kostet dann ein Bußgeld!«

Tavares grinste.

Prompt wurde die Tür geöffnet. Eine alte Frau in Kittelschürze und mit grauem Haarknoten sah sie grimmig an. Der Kochdunst drang aus ihrer Wohnung. »Immer mit der Ruhe, junger Mann! So schnell bin ich nicht mehr. Was gibt's denn?«

Pinto zeigte ihr seine Dienstmarke. »Es geht um Ihren Nachbarn von oben. Ich nehme an, Sie haben gehört, dass er ...«

»Ja, ja, natürlich hab ich das. Ein Jammer, in dem Alter. Rico war ein guter Junge. Egal, was die Leute reden.«

»Sie haben ihn also gekannt?«

»Ach Gott, ›gekannt‹! Wir sind uns mal auf der Treppe begegnet. Aber zu mir war er immer sehr freundlich.«

»Wissen Sie zufällig, ob in den letzten drei Tagen noch jemand in seiner Wohnung gewesen ist? Seit Dienstag?«

Die Frage kam gar nicht gut an. »Nein, weiß ich nicht.« Die alte Frau wollte schnell die Tür zumachen, doch Tavares drückte mit der flachen Hand dagegen.

»Einen Moment«, sagte er. »*Wer* ist in Ricos Wohnung gewesen?«

»Niemand! Und jetzt lassen Sie mich in Ruhe.«

»Das tun wir ja gleich«, sagte Pinto. »Also – wer war es?«

»Was weiß ich? Seine Angehörigen, nehme ich an. Wie das so ist, wenn einer gestorben ist.«

»Haben Sie mit denen gesprochen? Wissen Sie, wie sie heißen?«

Die alte Frau sah sie abwechselnd an. Offenbar fühlte sie sich in die Enge getrieben.

»Hören Sie, ich lebe seit sechsundsiebzig Jahren in

diesem Bairro. Ich habe hier fünf Kinder großgezogen, davon leben noch zwei, und die sind beide arbeitslos. Ich kriege eine Rente, mit der ich gerade so am Hungertod entlangschramme. Ich bin ganz auf mich allein gestellt. Und jetzt kommen Sie und wollen mich hier in irgendwas hineinziehen, was mit diesen verdammten Drogen zu tun hat!«

Pinto hob beide Hände. »Aber, aber! Wir wollen Sie in gar nichts ...«

»Ach, hören Sie doch auf!« Sie zeigte mit dem Finger auf ihn. »Dieser Manduca braucht nicht zu wissen, dass ich hier mit der PJ über seinen Bruder quatsche. Sonst rückt *der* mir nämlich auf die Pelle! Das fehlte gerade noch!«

»Manduca? Sie meinen – Pedro Manduca?«

»Na, wen denn sonst?«

»Pedro Manduca ist Ricos Bruder?«

»Das wisst ihr nicht, oder was? Dann macht mal schön eure Hausaufgaben. Aber nicht hier bei mir! Ich bin nicht eure Mutter!«

Damit knallte sie die Tür endgültig zu. Sie konnten hören, wie sie energisch abschloss.

Als sie unten aus dem Haus traten, fragte Tavares: »Und wieso steht so was nicht in der Akte?«

Pinto zuckte die Achseln. »Wahrscheinlich aus Datenschutzgründen.«

»Na, großartig. Das ist ja auch bloß *der* Dealer, der am meisten davon profitiert hat, dass wir alle anderen verjagt haben. Schon komisch, wie der immer durch die Maschen schlüpft.«

***

»Die Frau mit dem weißen Kastenwagen ...«, sagte Fonseca. »Das ist ja ein Ding.« Sein Telefon am Ohr, lehnte er sich auf dem Schreibtischstuhl zurück. Er saß allein in seinem Büro.

»Das kann natürlich Zufall sein«, sagte Ana am anderen Ende der Leitung.

»Sicher, das kann es ...« Fonseca blickte zur Zimmerdecke empor. »Andererseits ist es ja so: Sie haben sie jetzt nicht einfach auf dem Supermarktparkplatz entdeckt. Sondern sie ist im Zusammenhang mit einem Mordfall wieder aufgetaucht. Keine vier Wochen später. Und das Opfer kommt sogar aus dem Bairro da Sé.«

»Ja, das haben wir uns auch gesagt. Also wenn, dann ist es schon ein merkwürdiger Zufall.«

»Grund genug, der Sache nachzugehen. Geben Sie mir mal die Nummer von dieser Márcia. Als Erstes müssen wir wissen, ob sie das wirklich ist.«

Pintos Anruf kam kurz danach. Im Hintergrund hörte Fonseca das Stimmengewirr eines Restaurants und das Zischen der Espressomaschine.

»Pedro Manduca ... Wie klein doch die Welt ist.« Er notierte den Namen und malte ein großes Ausrufezeichen daneben. »Da haben wir ja schon mal die ganze Lieferkette, was?«

»Es sieht sehr danach aus«, sagte Pinto.

Am späten Nachmittag rief Doktor Xavier an.

»Wir haben tatsächlich zwei Einstichstellen gefunden, die nicht von Ricardos Insulin-Pen herrühren. Vermutlich hat jemand eine gewöhnliche Injektionsnadel benutzt. Beide Einstichstellen sind am Unterarm und waren äußerst schwer zu entdecken. Die Spritze wurde offenbar mit Absicht in den dunkelsten Partien der Armtätowierungen angesetzt.«

»Können Sie feststellen, ob ihm wirklich Insulin gespritzt wurde?«

»Anhand der Einstiche nicht, nein. Dazu braucht es weitere Analysen. Ich kann Ihnen gleich sagen, dass der Nachweis nicht einfach wird. Ich muss einen Spezialisten hinzuziehen, und das kann dauern.«

»Tja, aber gemacht werden muss es ja nun.«

Ein kurzes Schweigen entstand.

Dann sagte Xavier: »Gut, ich teile dem Staatsanwalt also mit, dass er den Leichnam freigeben kann.«

»Freigeben? Jetzt schon?«

Fonseca hörte, wie der Doktor in sich hineinlachte.

»Keine Sorge, wir haben alle relevanten Proben als Asservate gesichert.«

»Ja, ja, schon gut!« Fonseca schüttelte leicht den Kopf. »Ich habe auch nicht daran gezweifelt.«

»*Tudo bem*. Ich melde mich, sobald ich etwas Neues weiß«, sagte Xavier.

Hinterher rief Fonseca noch einen spanischen Kollegen an, Inspektor Anxo Morán vom Kommissariat in Vigo, mit dem er schon öfter bei grenzüberschreitenden Fällen zusammengearbeitet hatte. Natürlich war das auch immer eine Gelegenheit gewesen, sich ein paar leckere Tapas und Meeresfrüchte schmecken zu lassen.

Auch heute sagte sein Kollege gut gelaunt: »Zé Manel, du hättest zum Mittag herkommen sollen, es ist so ein herrliches Wetter. Wir hätten schön draußen sitzen können, ein paar Austern schlürfen, einen guten Albariño dazu ...«

Fonseca seufzte bei dem Gedanken. »Heute war leider gar keine Zeit. Aber wir holen das nach.«

»Unbedingt!«

Inspektor Morán kam dann zur Sache.

»Ja, also, diese Importfirma Xustofarma ist hier tatsächlich schon mal aufgefallen. Ihr Hauptgeschäft ist die Einfuhr von Generika, unter anderem aus Tschechien. Und da ist man natürlich direkt an der Quelle. Vor drei Jahren sind sie mal mit Ecstasy und Crystal Meth erwischt worden. Die Firmenleitung hat es geschafft, sich komplett herauszuwinden, und der Lkw-Fahrer ist mit einer Bewährungsstrafe davongekommen. Das hat also niemandem wehgetan. Aber du sagst ja auch, dass sie sich nicht gebessert haben.«

»Nein, so richtig wohl nicht. Das scheint hier alles gut eingespielt zu sein. Wenn wir noch irgendwas rausfinden, das für euch interessant ist, melde ich mich.«

»Wunderbar. Das besprechen wir dann in aller Ruhe. In der Austerngasse!«

»Abgemacht!«

19

Die Daten der Funkzellenabfrage trafen am Freitagmorgen ein. Dinis machte sich gleich an die Auswertung. Es war wie immer eine ellenlange Nummernliste – schließlich war jedes einzelne Telefon erfasst worden, das Kontakt zu der Antenne aufgenommen hatte, auch aus vorbeifahrenden Autos heraus –, doch durch die örtliche und zeitliche Eingrenzung wurde die Sache schnell übersichtlicher.

Noch vor dem Mittag schaute Dinis bei Fonseca zur Tür herein: »Am Montagabend waren *zwei* Telefone auf dem Gelände der Stiftung. Wollen Sie sich das mal ansehen?«

»Hier, das ist Ricos Nummer«, zeigte Dinis, als sie gleich darauf vor seinem Monitor saßen. »Und das hier ist die andere.« Er räusperte sich vielsagend.

Fonseca sah ihn von der Seite an. »Etwa schon wieder so ein anonymes Telefon mit Prepaid-Karte?«

»Klar, was sonst? Aber sehen Sie mal hier: Dieses Telefon ist schon *vor* Rico auf dem Gelände gewesen. Um 21:14 Uhr. Rico kam erst um 21:38 Uhr hinzu.«

»Aha …? Dann hat der andere also die Einfahrt und die Halle aufgeschlossen.«

»Ja. Ich denke, wir haben da schon ganz richtiggelegen: Das ist kein Außenstehender, sondern ein Mitarbeiter der Stiftung.«

»Gut«, entschied Fonseca, »dann brauchen wir von diesen beiden Nummern jetzt die Vorratsdaten.«

Dinis nickte gelassen. »Habe ich schon angefordert.«

Am Montag, dem vierten April, war der Innendienst den halben Tag damit beschäftigt, die neuen Daten zu sichten und Bewegungsprofile von Rico und dem anonymen Telefon zu erstellen.

Die Ergebnisse lagen am späten Nachmittag vor. Man versammelte sich im Besprechungsraum. Dinis nahm vorn neben Fonseca Platz und machte den Anfang.

»Wir haben jetzt ein klar erkennbares Muster. Im letzten Jahr hat es alle zwei bis drei Monate eine Arzneimittellieferung an die Fundação Esperança gegeben. Der Ablauf ist jedes Mal der gleiche. Die Sache findet am Abend statt, wenn sonst niemand mehr auf dem Gelände ist. Das anonyme Telefon ist immer zuerst vor Ort. Es wird auch erst dort eingeschaltet. Die unbekannte Person stellt offenbar sicher, dass die Luft wirklich rein ist, dann kommt Rico mit dem Lieferwagen. Danach vergehen ungefähr zwanzig bis dreißig Minuten, in denen aus- und umgeladen wird. Rico fährt hinterher weg – mit seinem Privatwagen, wie wir gehört haben. Das anonyme Telefon wird ausgeschaltet und verschwindet damit wieder vom Radar.«

Dinis blickte kurz in die Runde. Bis hierhin schien es keine Fragen zu geben.

»Rico fährt direkt ins Bairro da Sé. Aber dort geht er nicht nach Hause, sondern ist noch bis spätnachts unterwegs. Auch das folgt einem bestimmten Muster, mit längeren Aufenthalten an immer denselben Orten. Die Drogen werden anscheinend gleich weiterverteilt und zwischengelagert.«

»Und den Straßenverkauf übernehmen dann Pedro Manducas Leute.« So, wie Pinto das sagte, war es keine Frage, sondern eine Feststellung.

Fonseca nickte zustimmend. »Davon können wir wohl ausgehen. An Pedro vorbei ist da bestimmt nichts gelaufen, dafür hätte er schon gesorgt.«

Er nahm ein Papier zur Hand, überflog noch einmal die ersten Zeilen.

»Damit kommen wir zur Tatnacht«, sagte er. »Zunächst läuft alles ab wie gewohnt. Der Unbekannte ist vorher da, hat sein Telefon eingeschaltet, dann kommt Rico. Es regnet an dem Abend, er setzt den Transporter zurück in die Halle. Das Ausladen beginnt. Rico bringt noch die ersten Kartons ins Medikamentenlager. Und direkt danach muss es passiert sein. Aber *was?* Und wieso?«

Alle sahen ihn nur abwartend an.

»Natürlich kann in dem Moment ein Dritter hinzugekommen sein. Einer, der keine Telefondaten hinterlassen hat. Aber wie wahrscheinlich ist das?«

Hier und da schüttelte jemand stumm den Kopf.

»Wenn wir das einmal ausklammern«, fuhr Fonseca fort, »stellt sich die Frage: Was kann der Auslöser gewesen sein? Warum haben die beiden nicht einfach weitergemacht wie bisher? Die naheliegende Antwort: Sie haben sich gestritten, wie das unter Komplizen halt vorkommt. Einer will aussteigen oder mehr Geld haben, ein

Wort gibt das andere, schon kommt es zu Handgreiflichkeiten. Aber so richtig sieht es nicht danach aus, oder?«

Er deutete auf das Foto an der Pinnwand: die Tischplatte von oben.

»Der Täter greift sich einen schweren Gegenstand und schlägt Rico damit nieder. Es ist ein spontaner Gewaltausbruch, von einer Sekunde zur nächsten. Wir sehen es hier ganz deutlich: Die übrigen Sachen stehen noch genauso da wie vorher. Nicht eine Blumenvase ist zu Bruch gegangen. Ich denke, wenn es ein Gerangel, einen Kampf gegeben hätte, dann wäre das Bild ein anderes. Der Täter muss ganz plötzlich bis zum Äußersten gereizt gewesen sein.« Er sah Ana an. »Wie haben Sie das noch genannt?«

»›Genannt‹ ist übertrieben. Es war nur so ein Eindruck.« Ana wirkte etwas unbehaglich. »Das Verhalten wäre typisch für eine narzisstische Kränkung. Rico könnte einfach einen Nerv getroffen haben. Vielleicht ohne es zu ahnen.«

»Und bei dem Täter brennt prompt die Sicherung durch«, sagte Pinto.

»Ja, so in der Art.«

»Gut«, nahm Fonseca seinen Faden wieder auf. »Rico liegt also bewusstlos im Mittelgang. Der Täter sieht, dass er noch lebt. Seine plötzliche Wut ist verflogen. Aber eins steht offenbar fest: *Rico darf nicht wieder aufwachen.* Was tun? Noch einmal zuschlagen? Das wäre das Einfachste. Und dann? Die Leiche wegschaffen. Am besten mit dem Transporter. Aus der Stadt rausfahren und es so aussehen lassen, als wäre Rico an irgendeinem einsamen Rastplatz überfallen worden. Doch wie kommt er da wieder weg? Das geht also nicht. Rico muss liegen bleiben, wo er liegt. Er überlegt weiter: Gibt es nicht irgendeine andere Möglichkeit, noch aus der Sache herauszukommen?«

»Er muss enorm unter Druck gestanden haben«, sagte Pinto. »Stellt euch das vor: Die Drogenlieferung wird ja erwartet. Pedro Manduca fragt sich langsam, wo sein Bruder bleibt.«

Fonseca nickte bedächtig. »Ganz genau. Und Pedro weiß wahrscheinlich, *wer er ist*. Kein schöner Gedanke. Trotzdem kalkuliert er jetzt kühl seine Chancen. Ricos Diabetes fällt ihm ein. Und die Idee fängt an, Gestalt anzunehmen: Bewusstlosigkeit, Unterzuckerung, die Gefahr eines Komas. Wenn es so aussehen würde, als wäre Rico gar nicht vorsätzlich getötet worden ... als hätte ihn bloß jemand niedergeschlagen, um an die Drogen heranzukommen, und ihn dann nichts ahnend liegen gelassen. Jemand von außen. Unter den Umständen scheint ihm das noch die beste Option zu sein. Um genau 22:04 Uhr und dreizehn Sekunden schaltet er sein Telefon aus. Vermutlich, um hinterher sagen zu können: ›Ich war nicht mehr dort, als es passiert ist.‹«

Fonseca lehnte sich zurück, tippte leicht mit dem Kugelschreiber auf die Tischplatte.

»Für das, was jetzt folgt, haben wir noch keine Beweise. Aber die Einstichstellen, die Doktor Xavier gefunden hat, sind ein starkes Indiz. Unser Täter muss sicherstellen, dass Rico auch wirklich an Unterzuckerung stirbt und nicht wieder zu sich kommt. Auf Ricos Insulin-Pen befanden sich nur seine eigenen Fingerabdrücke, genauso sauber und unverwischt wie auf dem Handgriff des Hubwagens. Den hat der Täter also nicht angefasst. Das Insulin und die Spritze müssen aus dem Medikamentenlager stammen.«

»Die Bestände sind doch überprüft worden«, sagte Tété. »Und es hieß, da hätte nur Methadon gefehlt und sonst nichts.«

»Das ist richtig. Fragt sich nur, wie genau die Lagerbestände tatsächlich erfasst sind. Ich stand ja daneben, als sie das kontrolliert haben. Die neue Ladung wurde exakt mit den Lieferpapieren verglichen und Karton für Karton abgehakt. Mit den Packungen in den Regalen waren sie deutlich schneller fertig. Wenn da wirklich eine Schachtel mit Ampullen gefehlt hätte ... Wer weiß, ob ihnen das überhaupt aufgefallen wäre.«

Fonseca blickte prüfend in die Runde.

»Nachfragen können wir da jetzt nicht. Ich denke, das ist jedem hier klar. Auf dieser ganzen Unterzuckerungsgeschichte halten wir schön den Deckel drauf. Zumindest, bis wir die Bestätigung haben, dass Rico tatsächlich Insulin injiziert wurde. Und ich hoffe, dass wir bis dahin einen konkreten Verdacht haben. Im Moment können wir immerhin Folgendes sagen: Der Täter hat die Schlüssel für das Tor und die Halle und auch für das Medikamentenlager. Er kennt sich dort aus. Und er hat das nötige medizinische Basiswissen. Mit anderen Worten, er ist im Umkreis der Stiftung zu suchen. Was wir jetzt klären müssen, ist: Wie viele dieser Schlüssel gibt es? Wo werden sie aufbewahrt? Wer hat Zugang dazu?«

Alle nickten zustimmend.

Dinis blätterte in seinen Unterlagen, legte ein anderes Papier obenauf.

»Zwei Punkte noch«, sagte er, »die sich ebenfalls aus den Verbindungsdaten ergeben haben. Zum einen hatte dieses anonyme Telefon auch noch regelmäßig Kontakt zu einer Mobilnummer, die wir so schnell nicht zuordnen konnten. Da bleiben wir dran. Und zum anderen hat diese Márcia uns die Unwahrheit gesagt, was ihr Verhältnis zu Rico angeht. Eine Woche vor seinem Tod hat er fast die ganze Nacht bei ihr in der Wohnung verbracht, bis halb sechs Uhr morgens. Vorher hat er sie auch schon besucht, aber immer tagsüber, und er ist auch nie so lange geblieben.«

»Aha?«, sagte Pinto. »Vielleicht hat die ihm ja den Kerzenhalter über den Schädel gehauen. Weil sie sauer war, dass er seine Vertrauensstellung für Drogengeschäfte missbraucht hat.«

Fonseca schnaufte kurz durch die Nase. »Möglich ist alles.« Er wandte sich an Ana und Tété. »Auf jeden Fall hat sie im Nagelstudio angerufen. An dem Tag, an dem sie in Campanhã gewesen ist.«

Tété ballte die Faust. »Ich hab's doch gewusst.«

Ana lächelte. »*Und* sie ist Senhor Cláudios Nichte. Was sie uns gegenüber mit keinem Wort erwähnt hat.«

»Ja, auf diese Márcia werden wir mal ein Auge haben«, sagte Fonseca. »Wie auch auf ein paar andere Leute. Und das gleich morgen, bei Ricos Beerdigung ... Apropos.« Er schob seinen Stuhl zurück, stand auf und trat an die weiße Schreibtafel. »Es gibt da eine Frage, die mir nicht aus dem Kopf geht. Sie klingt eigentlich ganz einfach. Ich bin sicher: Wenn wir die Antwort hätten, wäre der Fall so gut wie gelöst.«

Mit einem dicken schwarzen Filzstift schrieb er an die Tafel:

Warum musste Rico sterben?

20

»Ich glaube, da kommt er«, sagte Andrade, der auf der Rückbank saß, und hob seine Kamera mit dem Teleobjektiv. Das dumpfe Dröhnen schwerer Motorräder lag in der Luft und wurde rasch immer lauter.

Auch Ana hinter dem Lenkrad und Tété auf dem Beifahrersitz wandten die Köpfe. Ihr Dienstwagen stand auf dem Largo Baltasar Guedes, unweit des großen Granitportals mit dem Schriftzug »Cemitério Prado do Repouso«. Der gepflasterte Platz war beinahe komplett von Friedhofsbesuchern zugeparkt. Ein Stück weiter, im Schatten der Bäume, standen auch schon Senhor Cláudios dunkler Mercedes und zwei weiße Kastenwagen der Fundação Esperança.

»Ja ... das wird er wohl sein«, sagte Ana.

Ricos Bruder Pedro.

Ein großer schwarzer BMW mit getönten Scheiben kam von der Seite auf den Platz gefahren, und sechs Motorräder fuhren in Doppelreihe hinter ihm her wie die Eskorte bei einem Staatsbesuch. Nur dass die Fahrer eher so aussahen, als gehörten sie zu einer Rockergang, mit schwarzen Sonnenbrillen und viel schwarzem Leder.

Nach einer Ehrenrunde um den Platz hielt der Wagen

direkt vor dem Friedhofstor. Als die schweren Maschinen hinter ihm zum Stehen kamen, ließen die Fahrer ihre Motoren noch ein paarmal im Leerlauf aufheulen, als wollten sie jedem klarmachen, dass sie hier tun und lassen konnten, was sie wollten, Friedhofsruhe hin oder her.

Ein junger Mann mit Dreitagebart und Lederjacke stieg aus dem BMW, ging nach hinten und öffnete in respektvoller Haltung die Tür.

Tété lachte spöttisch in sich hinein. »Ganz die hohen Herrschaften, was?«

Andrades Kamera klickte und klickte, als erst Pedro Manduca ausstieg und dann eine junge Frau, die offenbar zu ihm gehörte. Ihr blondes Haar war mit einem schwarzen Spitzenschleier bedeckt.

Während der Wagen etwas abseits im Schatten geparkt wurde und die Motorradfahrer ihre Maschinen an der Friedhofsmauer aufreihten – genau vor dem Halteverbotsschild –, sah Pedro Manduca sich betont gelassen auf dem Platz um. Einmal schien er sie direkt anzustarren, durch seine verspiegelte Sonnenbrille, als wollte er sagen: »Glaubt bloß nicht, dass ich euch nicht bemerkt habe.«

Anschließend ging er voran, die blonde Frau an seiner Seite, und die Motorradfahrer folgten ihm. Nur der Fahrer des BMW blieb zurück.

Ana sah ihnen nach, bis sie durch das Friedhofstor verschwunden waren, dann warf sie einen Blick auf die Uhr. »Kurz nach halb elf. Die Messe hätte eigentlich schon anfangen sollen.«

»Okay«, sagte Andrade, »warten wir noch einen Moment. Dann rücken wir vor auf Position zwei.«

Tété schien sich zu fragen, ob er so etwas eigentlich ernst meinte, aber sie sagte nur: »Und ich dachte, wir hätten noch Zeit für einen kleinen Kaffee.«

Bei der Einsatzbesprechung hatten sie sich dagegen entschieden, mit in die Kapelle zu gehen. Es brachte nichts, in der Messe zu sitzen und sich die Predigt anzuhören. Stattdessen hatten sie sich von der Friedhofsverwaltung die Parzellennummer und einen Lageplan geben lassen und gingen jetzt schon mal voraus zu Ricos Grabstelle oder, wie Andrade es nannte, Position zwei.

Es war ein sonniger Vormittag, Vögel zwitscherten in den Bäumen. Unter dem strahlend blauen Himmel lag der Friedhof da wie eine weitläufige Totenstadt. Es gab Hauptstraßen und Nebenstraßen, von Zypressen gesäumt, und überall standen die Häuser der Toten. Die meisten waren aus dem neunzehnten Jahrhundert und sahen aus wie kleine gotische Kapellen, mit steinernen Kreuzen auf den spitzen Giebeln, mit Eckspitzen, weinenden Putten und trauernden Engeln. Jedes einzelne war die Grabstätte einer ganzen Familie, und wer einen Blick durch die Gitterpforte warf, konnte die Särge in den seitlichen Wandnischen stehen sehen.

Als Teenager hatte Ana sich davor ziemlich gegruselt, und im Stillen fand sie immer noch, dass es aussah, als ob sich um Mitternacht knarrend die Sargdeckel öffneten und die Vampire herausstiegen.

Also genoss sie lieber den Sonnenschein und den Anblick der prächtig blühenden Magnolien. Auch andere Besucher schienen den Friedhof einfach als Park zu betrachten, spazierten allein oder zu zweit die Wege entlang. Auf einer Bank saß eine junge Frau und las ein Buch.

»Da vorne müssen wir nach rechts«, sagte Andrade.
Vor ihnen erstreckte sich ein flaches Gräberfeld. Position zwei war leicht zu finden. Der Haufen frisch ausgehobener Erde war im Moment der einzige.
Andrade schaute auf die Uhr. »Gut, ich geb's zu. Es hätte noch für einen Kaffee gereicht.«
Tété lächelte. »Nächstes Mal dann.«

Sie hielten sich so weit am Rand, dass sie die Zeremonie nicht störten – Ana und Tété auf der einen Seite, Andrade mit seiner Kamera auf der anderen. Über die Grabsteine hinweg richtete er sein Teleobjektiv auf die Trauergäste. Senhor Cláudio war offensichtlich der Einzige, der sich davon belästigt fühlte. Seine Blicke sagten deutlich genug: »Muss das jetzt sein?«
Ricos Eltern schienen gar nicht zu bemerken, dass sie fotografiert wurden. Den Priester an ihrer Seite, standen sie vor dem offenen Grab, ein bieder wirkendes Ehepaar in den Sechzigern. Beide klein von Statur, starrten sie eingefallen und gebeugt vor sich hin.
Neben seiner Mutter stand Pedro Manduca, breit und kraftstrotzend, mit seinem kahl geschorenen Kopf, der verspiegelten Sonnenbrille und den dicken goldenen Ringen an den Fingern. Sein dunkelgrüner Anzug glänzte, als sei er aus Seide, und auch an seiner Krawatte blinkte und blitzte noch etwas Goldenes im Sonnenlicht.
»Das soll wirklich ihr Sohn sein?«, flüsterte Tété.
Ana zog nur die Augenbrauen hoch und zuckte die Schultern.
Neben Pedro stand die junge Frau mit dem schwarzen Spitzenschleier über dem blondierten Haar. Auch

ihre Bluse bestand überwiegend aus schwarzer Spitze, mit reichlich Durchblick auf den hochgepushten Busen. Dazu passend trug sie einen kurzen schwarzen Lederrock, Netzstrümpfe und High Heels.

Hinter diesem Paar hatten sich die sechs Männer der Leibgarde aufgebaut, jeweils zu dritt hintereinander, in ihren Motorradstiefeln und schwarzen Ledermonturen voller glänzender Nieten. Die Hände vor sich verschränkt, standen sie breitbeinig da und verzogen keine Miene.

Auf der anderen Seite des Grabes stand die Abordnung der Fundação Esperança. Zunächst Senhor Cláudio, im schwarzen Anzug und mit schwarzer Krawatte, daneben Márcia, in Stiefeletten, Jeans und dunklem Blazer, ihr Haar hochgesteckt. Senhor Barros war in Alltagskleidung erschienen und hielt seine rote Baseballkappe in den Händen. Die beiden Frauen neben ihm waren Doutora Patrícia aus dem Vorstand und die Chefsekretärin Assunção.

Als der Sarg in die Grube hinabgelassen wurde, drückte sich Ricos Mutter ein Taschentuch an die Augen. Ana konnte sie weinen hören. Senhor Cláudio faltete die Hände wie zum stillen Gebet. Márcia schlug die Augen nieder und presste die Lippen aufeinander. Der Priester sprach seinen letzten Segen.

Dann wandte sich Senhor Cláudio an Ricos Eltern, gab ihnen nacheinander die Hand und richtete ein paar leise Worte an sie. Er ging einen Schritt weiter, um auch dem Bruder sein Beileid auszusprechen – aber Pedro Manduca ergriff seine Hand nicht, sondern starrte nur reglos durch ihn hindurch.

Ana und Tété tauschten einen raschen Seitenblick.

Senhor Cláudio zog irritiert seine Hand zurück und wandte sich Pedros Begleitung zu. Die schien nicht recht zu wissen, was sie tun sollte. Pedro starrte immer noch geradeaus, durch seine verspiegelte Sonnenbrille.

Cláudio entschied offenbar, dass er genug hatte, und wollte an der jungen Frau vorbei die Grabstelle verlassen. Aber der Haufen ausgehobener Erde versperrte ihm den Weg, und über die Blumengestecke konnte er auch schlecht hinwegsteigen. Wenn er nicht umkehren wollte, blieb ihm nur eine Möglichkeit: Er musste zwischen den sechs Motorradfahrern hindurch, und die machten keinen sehr freundlichen Eindruck.

Ana konnte sehen, wie er die Zähne zusammenbiss und einmal tief Luft holte. Er war sichtlich empört über die Zumutung und schritt dann erhobenen Hauptes durch das enge Spalier. Keiner der Männer wich auch nur einen Millimeter zurück.

Währenddessen hatte Márcia den Eltern kondoliert und trat nun ihrerseits vor Pedro hin, um ihm die Hand zu reichen.

Ana schaute aus schmalen Augen zu.

Pedro ergriff die Hand nicht nur – er hielt sie sogar länger fest, als es eigentlich üblich war. Dabei nahm er seine Sonnenbrille ab und sah Márcia in die Augen.

Ihre Haltung blieb aufrecht und ruhig. Es war deutlich zu erkennen, dass sie seinem Blick standhielt.

Pedro nickte ihr einmal zu, setzte seine Sonnenbrille wieder auf und ließ ihre Hand los.

Márcia ging einen Schritt weiter, und auch die junge Frau erwiderte bereitwillig ihren Händedruck. Wie auf ein Zeichen traten dann alle sechs Männer einen Schritt zurück. Márcia ging unbehelligt zwischen ihnen hindurch.

Senhor Cláudio hatte nicht auf sie gewartet, und Márcia schien auch nicht vorzuhaben, ihn einzuholen.

Ana und Tété sahen sich an.

»Was war *das* denn?«, fragte Tété.

Auf der Dienststelle setzten sie sich gleich mit Fonseca zusammen. Pinto kam auch noch hinzu, zog sich einen Stuhl heran. Zu fünft saßen sie vor dem Monitor.

Andrade hatte die Hand auf der Maus und klickte die Fotos durch. »So, und an der Stelle habe ich auf Video umgeschaltet.«

»Ah, das ist gut.« Fonseca beugte sich etwas vor.

Andrade klickte auf »Start«. Der Sarg war bereits in der Erde, und man sah, wie Senhor Cláudio sich Ricos Eltern zuwandte.

Sie ließen das Video erst einmal ganz durchlaufen. Zum Schluss war Márcia im Bild, wie sie allein den Weg zwischen den Gräbern entlangging, ohne sich noch einmal umzudrehen.

»Hmm ...« Fonseca strich sich übers Kinn. »Den Handschlag verweigern ... Und das vor allen Leuten. Er hat doch gewusst, dass wir zusehen.«

»Vielleicht kann er ihn einfach nicht ausstehen«, sagte Pinto. Dann hob er beide Hände. »Okay, ich weiß. Es sieht so aus, als ob er Cláudio für den Tod seines Bruders verantwortlich macht.«

Fonseca gab Andrade ein Zeichen. »Spielen wir das noch mal ab.« Diesmal sagte er mehrmals »Stopp!« und

»Ein kleines Stück weiter. Ja ... stopp!« Immer noch zweifelnd, schüttelte er den Kopf. »Tja, Leute. Was meint ihr? Beschuldigt er ihn direkt?«

»Schwer zu sagen.« Andrade ließ das Video kurz weiterlaufen, hielt es wieder an. »Hier kann man schön sehen, wie sauer der gute Cláudio ist. Ich nehme an, weil dieser Vollidiot Pedro uns damit verraten hat, dass sie sich überhaupt kennen und irgendwas miteinander zu tun haben.«

»Na, darauf wären wir zur Not auch noch selbst gekommen«, sagte Tété. »Wenn da Drogengeschäfte über die Stiftung laufen, ist es doch klar, dass der Herr Präsident daran mitverdient. Sonst hab ich da auch noch keinen gesehen, der einen dicken Wagen fährt.«

»Aber ist Cláudio selbst in der Halle gewesen?«, fragte Fonseca. »Ist er derjenige mit dem anonymen Telefon? Oder kassiert er bloß seinen Anteil?«

Senhor Cláudio hatte ausgesagt, an dem fraglichen Abend noch bis elf Uhr in seinem Büro in der Stiftung gewesen zu sein, wo er Papierkram erledigt habe, der tagsüber liegen geblieben sei. Danach sei er nach Hause gefahren.

Tété sagte: »Wir gehen doch davon aus, dass Pedro weiß, mit wem sich sein Bruder in der Lagerhalle getroffen hat. Warum laden wir ihn nicht vor und vernehmen ihn?«

Pinto seufzte. »Weil wir ihn kennen. Aus dem kriegst du kein Wort raus. Schon gar nicht, wenn er in dieser Drogensache mit drinhängt.«

Fonseca zeigte auf den Monitor. »Und das mit dieser Márcia? Was hat das zu bedeuten?«

Sie schauten es sich noch einmal an.

»In gewisser Weise zollt er ihr Respekt, oder? Seine Männer haben das auch so gesehen.«

Tété nickte. »Wahrscheinlich weiß er, dass sie seinem Bruder nahegestanden hat.«

»Ja, das wohl schon«, sagte Ana. »Aber es könnte auch noch mehr sein.« Ihr nachdenklicher Ton ließ die anderen aufhorchen. »Wie er ihre Hand hält und sie ansieht. Und dass er für sie sogar seine Sonnenbrille abnimmt. Vielleicht kommt es mir nur so vor, aber ...«

»Ja?«

»Es könnte ein stummes Versprechen sein, dass der Schuldige bestraft wird.«

»Hmm ...« Fonseca ließ das erst mal auf sich wirken. Dann sagte er: »Gut klingt das nicht.«

21

Senhor Cláudios Privathaus stand in einer der ruhigen Wohnstraßen hinter der Avenida Marechal Gomes da Costa. Es war ein schönes weißes Stadthaus mit Granitsäulen und Rundbögen vor dem Eingang und einer berankten Pergola an der Seite, von der zu dieser Jahreszeit die langen, vollen Blütentrauben der Glyzinien herabhingen. Ringsum, hinter Hecken und Mauern, standen die stattlichen Nachbarhäuser mit ihren gepflegten Gärten. Man musste es sich leisten können, in dieser Gegend zu wohnen, mit den weitläufigen Grünanlagen des Serralves-Parks vor der Haustür und den Atlantikstränden in unmittelbarer Nähe.

Auch an diesem Morgen war der Himmel klar und wolkenlos, es versprach ein schöner Tag zu werden. Cláudios Tochter Cíntia trat auf die hintere Veranda hinaus, blieb an der Balustrade stehen und atmete tief durch. Ein feiner Duft von Orangenblüten lag in der Luft, und sie bedauerte es fast, dass sie den Tag in der Klinik verbringen musste, in dem kalten Neonlicht und dem Geruch nach Desinfektionsmittel. Aber so war das nun mal, wenn man Ärztin werden wollte.

»Na, was meinst du?«, rief ihre Mutter von drinnen. »Wird es so warm, wie sie angesagt haben?«

»Ja, wird es! Ganz wunderbar!« Cíntia winkte lächelnd dem Gärtner Tozé zu, der schon damit beschäftigt war, die Buchsbaumhecken zu schneiden, und ging wieder hinein, wo ihre Eltern noch am Frühstückstisch saßen. Sie verteilte rasch ihre Abschiedsküsschen, dann musste sie wirklich los.

Im Flur schnappte sie sich ihre Tasche, schloss die Haustür auf und rief über die Schulter hinweg: »*Adeus! Até logo!*«

Sie wollte gerade die Tür hinter sich zuziehen, da stutzte sie und blieb stehen.

Mitten auf den Eingangsstufen lag etwas, eingewickelt in Zeitungspapier.

Ihr erster Gedanke war, dass ihre Mutter vielleicht eine Bestellung aufgegeben hatte. Ihre Haushaltshilfe brachte ab und zu ein geschlachtetes Huhn oder Kaninchen mit. Aber wenn, dann wurde das natürlich in der Küche ausgepackt und nicht vor der Haustür abgelegt.

Mit gerunzelter Stirn stieg Cíntia die Stufen hinab. Sie bückte sich, faltete das Zeitungspapier auseinander.

Und zuckte zurück.

Vor ihr lag eine tote Ratte. Eine dicke, fette Ratte mit entblößten Nagezähnen und einem äußerst unschönen langen, nackten Schwanz.

Als Medizinstudentin war sie einiges gewohnt und stieß jetzt nicht gleich einen spitzen Schrei aus. Aber eines war ihr sofort klar: Das hier war alles andere als harmlos. Mit einem mulmigen Gefühl richtete sie sich auf und sah sich um.

Sie war die Erste, die heute das Haus verließ. Zur Straße hin war noch alles abgeschlossen, Tozé kam immer hinten durch die Gartenpforte. Jemand musste über die Mauer gestiegen sein. Wahrscheinlich in der Nacht.

Alles wirkte so friedlich. Die Blütenkaskaden der Glyzinien leuchteten hell lilafarben in der Morgensonne.

Aber vor ihr lag die tote Ratte.

Cíntia blickte zur Haustür hinauf, die halb offen stand, und rief: »*Pai?* Kannst du mal kommen?«

Es dauerte einen Moment, dann erschien ihr Vater in der Tür. »Ja? Ist noch was?«

»Sieh dir *das* mal an!«

Er kam zu ihr herab, schüttelte angewidert den Kopf. »Geh da nicht so nah ran, Liebes.«

Die Augenbrauen zusammengezogen, beugte er sich vor und schaute genauer hin. Seine Miene bekam etwas Starres. Cíntia konnte sehen, wie er die Lippen aufeinanderpresste.

Sie wartete, dass er endlich etwas sagte. Dann verlor sie die Geduld und sprach es selbst aus: »Das ist eine Drohung. Das ist dir doch klar, oder?«

»Was?« Er lächelte etwas gezwungen. »Was denn für eine ›Drohung‹?«

»Du musst es der PJ melden. Diesem Chefinspektor.«

»Cíntia, bitte, du übertreibst. Das ist ein Dumme-Jungen-Streich, weiter nichts.«

»*Pai!* Einer deiner Mitarbeiter ist letzte Woche ermordet worden! Gestern warst du auf seiner Beerdigung. Und heute liegt diese tote Ratte vor unserer Tür!«

»Also, die PJ hat im Moment wirklich anderes zu tun. Ich kann die jetzt nicht mit so einem Kleinkram behelligen.«

Cíntia sah ihn besorgt an. »Ich finde, du solltest das nicht auf die leichte Schulter nehmen.«

»Cíntia, Liebes ... Fahr einfach los, ja? Und mach dir keine Gedanken. Ich sage Tozé, dass er das wegräumen soll, und dann vergessen wir es einfach, hm?« Er fasste sie noch einmal beim Oberarm, nickte ihr aufmunternd zu. »Fahr schon, sonst kommst du noch zu spät!«

»Ja, ist gut.«

»Bis heute Abend!« Damit wandte er sich ab und ging den Weg am Haus entlang, der nach hinten in den Garten führte.

Cíntia wartete, bis er um die Ecke verschwunden war, dann zückte sie ihr Mobiltelefon und machte noch schnell ein paar Fotos. Erst die Ratte in Nahaufnahme und dann aus etwas größerem Abstand mit der ganzen Zeitung. Sie überprüfte, ob die Bilder auch nicht verwackelt waren. Gut, dachte sie, dann habe ich das wenigstens dokumentiert. Für alle Fälle.

Sie steckte ihr Telefon ein und ging zur Garage.

Der Zeitung selbst hatte sie keine Beachtung geschenkt. Sie ging davon aus, dass sie nur zum Einwickeln gedient hatte, mehr nicht. Deshalb war ihr auch die Anzeige nicht aufgefallen, die oben auf der Seite stand, auf der die Ratte lag:

»Erkennen Sie diesen Kettenanhänger wieder? Wissen Sie, wem er einmal gehört hat?«

Sérgio hatte sich gerade am Schalter der Methadonausgabe ablösen lassen und kam jetzt mit ausgebreiteten Armen auf sie zu.

»Márcia! Komm mal her!«

Sie war tatsächlich für jeden Trost dankbar und ließ sich bereitwillig an seinen runden Bauch drücken. Mit seinen dicken Armen umschloss er sie wie ein gutmütiger Bär. Sie schmiegte sich an seine Schulter.

»Ich hab gehört, du warst auf der Beerdigung?«

»Ja«, sagte Márcia leise, »das war ich ihm schuldig.«

»Wir haben ihn alle gerngehabt, das weißt du ja.« Er schnaufte einmal, dicht an ihrem Ohr. »Aber mit euch beiden, das war was Besonderes, hm? War ja nicht zu übersehen. Er hat immer so leuchtende Augen gekriegt, wenn du da warst.« Er tätschelte ihr den Rücken. »Ach, Márcia, es tut mir so leid.«

Er ließ sie behutsam los, sah ihr ins Gesicht. »Du liest doch diesen Kram nicht, den die Zeitungen schreiben, oder?«

Sie wischte sich rasch mit der Hand die Tränen weg.

Sérgio schüttelte bedauernd den Kopf. »Ich weiß nicht, von wem die das haben, dass er mal mit der Drogenszene zu tun hatte. Von mir jedenfalls nicht. Aber wenn es erst mal in Umlauf ist ...«

»Warum schreiben die nicht einfach: ›Ach, so einer war das. Na, dann ist es ja kein Wunder.‹ Das ist es doch, was sie sagen wollen.«

»Es ist so ungerecht.«

»Ja, das ist es.«

»Márcia, wenn ich irgendwas für dich tun kann ...«

Sie lächelte tapfer. »Das hat er auch immer gesagt.«

Gleich darauf saß sie wieder in ihrem weißen Kastenwagen, neben sich auf dem Beifahrersitz eine kleine Pappschachtel.

Sérgio hatte sich nicht davon abbringen lassen, ihr

noch ein Stück Bolo de chocolate mitzugeben. »Schokolade tut immer gut, glaub mir das.«

Schokolade! Wenn es so einfach wäre. Ihr hatten ja nicht mal mehr die Tabletten geholfen. All die Beruhigungsmittel und Angstlöser, die sie in der Woche nach Ricos Tod geschluckt hatte. Nichts war dadurch besser geworden. *Du musst irgendwie diese Beerdigung überstehen.* Das war ihre Ausrede vor sich selbst gewesen. Für noch mehr Tabletten.

Die ganze Woche lang hatten sich ihre Gedanken im Kreis gedreht. Rico … Er musste irgendeine Dummheit begangen haben. Was hatte er nur getan? Sie wusste es nicht. Sie wusste nur eins: *Sie war schuld daran.* Wenn sie sich ihm nicht anvertraut hätte, dann wäre er noch am Leben.

Es war kaum zu ertragen gewesen.

Aber jetzt war sie vorbei, die Beerdigung. Überstanden. Es gab keine Ausrede mehr. Jetzt musste sie ganz dringend aufwachen. Dieses Dumpfe und Wattige aus ihrem Kopf herauskriegen. Sie musste klar denken können.

Eines war seltsam: Seit der Beerdigung konnte sie Rico wieder ganz deutlich vor sich sehen, in der Nacht, als er bei ihr gewesen war. Und sie hörte ihn sagen:

»Márcia … Du bist nicht schuld, an gar nichts! *Er* hat das getan.«

22

Senhor Cláudios Vernehmung war für fünfzehn Uhr angesetzt, aber um Viertel nach war er immer noch nicht da. Tété schaute auf dem Korridor nach. Nicht dass er irgendwo auf einer Bank saß und wartete.

Er war nirgends zu sehen. Tété stand gerade am Kaffeeautomaten, als er aus Richtung Fahrstuhl auf sie zukam. Einen Moment lang konnte sie ihn unbemerkt beobachten.

Eins musste man ihm lassen: Was sicheres Auftreten anging, machte ihm so schnell keiner was vor. Sie wusste, dass er zum ersten Mal bei der PJ war. Er war allein. Und trotzdem ging er so selbstverständlich den Flur entlang, in seinem dunklen Geschäftsanzug, als wäre er hier der leitende Direktor.

»Ah, da sind Sie ja.« Sie nahm ihren Espresso aus der Klappe. »*Boa tarde.*«

»*Boa tarde.*« Er klang fast etwas enttäuscht. Vielleicht hatte er mit der jungen hübschen Inspektorin gerechnet.

Tja, dachte Tété, heute müssen Sie schon mit mir vorliebnehmen.

»Hier entlang, bitte.«

Sie ließ ihm den Vortritt ins Vernehmungszimmer 1 und schloss hinter sich die Tür.

Fonseca blickte von seiner Akte auf, grüßte brummig. »Bitte, setzen Sie sich.«

Senhor Cláudio zog den Stuhl zurück, runzelte kurz die Stirn, als er die harte Sitzfläche sah, nahm aber klaglos Platz. »Ich bitte die Verspätung zu entschuldigen«, sagte er, ohne den Grund zu nennen. Er warf noch einen Blick auf sein Telefon, legte es vor sich auf den Tisch und wartete, bis auch Tété sich gesetzt hatte. Dann räusperte er sich, als wollte er die Sitzung jetzt eröffnen. Und tatsächlich ergriff er das Wort.

»Ich begrüße es, dass wir hier heute zusammenkommen. Es gibt nämlich etwas, worüber wir dringend reden müssen. Ihre Informationspolitik wird langsam zu einem Problem für uns.«

»Aha? Inwiefern?«, fragte Fonseca gelassen.

»Der Ruf der Stiftung leidet zunehmend unter den verleumderischen Gerüchten, die in den Medien verbreitet werden. Da ist von ›illegalem Medikamentenhandel‹ die Rede, als ob *wir* den betreiben würden! Und das eigentliche Opfer wird regelmäßig als ›früherer Drogenabhängiger und Kleindealer‹ bezeichnet. Was praktisch einer Beschuldigung gleichkommt, Ricardo hätte selbst etwas damit zu tun gehabt! Das ist doch ein Unding! Ihre Presseerklärungen vermitteln offenbar einen völlig falschen Eindruck.«

»So, meinen Sie«, sagte Fonseca und lehnte sich auf seinem Stuhl zurück. »Haben Sie vielleicht einen Vorschlag, wie wir es besser machen könnten?«

Tété hatte Mühe, sich ein Grinsen zu verkneifen.

Doch Senhor Cláudio ließ sich nicht beirren. »Ich denke, es ist höchste Zeit, einmal öffentlich klarzustellen, dass es sich um einen Überfall von außen gehandelt hat. Und zwar ohne Wenn und Aber.« Er sah sie beide abwechselnd an. »Als Präsident der Stiftung bin ich gern bereit, meinen Teil dazu beizutragen. Wir könnten zum Beispiel eine gemeinsame Pressekonferenz abhalten. *Sie* hätten dabei die Gelegenheit, die Dinge ins rechte Licht zu rücken, und *ich* würde im Namen der Stiftung eine Belohnung für sachdienliche Hinweise aussetzen, die zur Ergreifung des Täters führen.«

»Eine Belohnung?« Fonseca hob leicht die Augenbrauen. »Und wie hoch soll die ausfallen?«

»Über die genaue Summe müssten wir noch im Vorstand beraten. Aber das wäre doch eine Möglichkeit, oder nicht? Was halten Sie davon?«

»Hmm ...« Fonseca sah erst Tété an, dann wieder sein Gegenüber. »Ich fürchte, ich muss Sie enttäuschen. Es ist nämlich so: Wir sind keineswegs überzeugt, dass es sich um einen gewöhnlichen Raubüberfall gehandelt hat.«

»Wie bitte? Um was denn sonst?«

»Es könnte auch sein, dass jemand versucht hat, *es so aussehen zu lassen*. Das kommt durchaus vor. Wir hatten vor Kurzem erst so einen Fall. Da hat der Täter seine eigene Ehefrau umgebracht und hinterher sehr viel Mühe darauf verwendet, einen Überfall durch einen Fremden vorzutäuschen. In der Praxis ist das allerdings äußerst schwierig. Ein paar Ungereimtheiten bleiben immer. Meist sind es Kleinigkeiten, die übersehen werden. Und für die haben wir halt einen Blick.«

Senhor Cláudio sah ihn argwöhnisch an. »Aber wenn

es kein Fremder gewesen ist – wer denn dann? Sie verdächtigen doch nicht etwa einen meiner Mitarbeiter?«

Fonseca lächelte nachsichtig. »Wie ich neulich schon sagte: So schnell geht das nicht bei uns. Beim jetzigen Stand der Ermittlung kommt es vor allem darauf an, alle Möglichkeiten zu prüfen. Sich nicht vorschnell festzulegen. Geduldig weiter Daten zu sammeln. Dazu gehört auch, möglichst viel über das Opfer herauszufinden.«

»Wir haben Ihnen die Personalakte doch ausgehändigt, oder nicht?«

»Ja, sicher, das schon. Aber wir interessieren uns eben auch für die sonstigen Lebensumstände, den persönlichen Hintergrund ...«

Das war Tétés Stichwort. Sie stellte ihre erste Frage: »Kennen Sie Ricos Bruder? Pedro Manduca?«

Senhor Cláudio warf ihr einen kühlen Blick zu. »Bis gestern hatte ich noch nicht das Vergnügen. Aber nach dem Eindruck, den ich auf der Beerdigung von ihm gewonnen habe, nehme ich an, dass *Sie* ihn kennen.«

Fonseca lächelte kurz. »Sagen wir mal so: Wir wissen, wer er ist.«

»Er hat Sie ja regelrecht brüskiert«, sagte Tété. »Als ob er schlecht auf Sie zu sprechen wäre. Können Sie uns den Grund nennen?«

»Ich sagte doch, ich habe diesen Mann vorher noch nie gesehen. Keine Ahnung, was in solchen Leuten vorgeht. Manieren haben sie jedenfalls keine.«

»Sie müssen sich doch auch gefragt haben, was das wohl sollte.«

»Ich denke, es ist klar genug, dass wir auf verschiedenen Seiten stehen. Ich habe Rico die Möglichkeit geboten, ein ehrliches Leben zu führen. Das hat seinem Bruder vielleicht nicht gepasst.«

Tété sah Fonseca an und nickte knapp, was so viel hieß wie: »Keine weiteren Fragen.«

Scheinbar ganz beiläufig sagte Fonseca: »Ihre Nichte war ja auch mit auf der Beerdigung.«

»Márcia. Ja.«

»Sie haben uns neulich gar nicht gesagt, dass sie Ihre Nichte ist.«

»Habe ich nicht?« Senhor Cláudio zuckte die Achseln, lächelte dann. »Vielleicht habe ich es ja unbewusst verschwiegen. Weil ich weiß, was Sie denken, wenn ich jemanden aus der Familie beschäftige. Aber ich kann Ihnen versichern, das geht alles korrekt zu. Márcia hat keinerlei Privilegien und bezieht ein normales Gehalt.«

»Ist sie auf eigenen Wunsch mit zur Beerdigung gegangen?«, fragte Tété.

»Das denke ich schon, ja. Ich habe sie jedenfalls nicht darum gebeten.«

»Wie war ihr Verhältnis zu Rico? Können Sie uns dazu etwas sagen?«

»Nicht viel, aber soweit ich weiß, sind die beiden gut miteinander ausgekommen.«

»Würden Sie sagen, dass sie befreundet waren?«

»Privat, meinen Sie? Das glaube ich eher nicht.«

»Wieso nicht?«

Senhor Cláudio runzelte die Stirn. Er schien kurz davor, etwas zu sagen wie: »Warum fragen Sie sie nicht selbst?« Doch er entschied sich dagegen.

»Rico war ein sehr umgänglicher Typ, wissen Sie?

Immer locker und entspannt. Ich glaube, das hat ihr einfach gutgetan.«

»Sie selbst ist deutlich anders gelagert, oder?«

Er atmete hörbar tief durch, blickte ernst vor sich hin. »Ja, das ist leider so. Márcia ... wie soll ich sagen ... Sie hat es nicht leicht gehabt. Ist in zerrütteten Verhältnissen aufgewachsen. Ihr Vater ...« Es kostete ihn sichtlich Überwindung, es auszusprechen. »... mein Bruder ... war schwerer Alkoholiker. Gewalttätig. Sie kennen ja sicher genug solche Fälle. Márcia hat bis heute an den Folgen zu leiden. Als junges Mädchen war es sehr schlimm für sie. Eine Zeit lang war sie magersüchtig, dann hat sie angefangen, sich selbst zu verletzen. Das, was man ›Ritzen‹ nennt. Sie hat sich Schnittwunden an Armen und Beinen beigebracht. Sie war mehrfach in Psychotherapie und wurde einmal auch stationär wegen Depressionen und Angststörungen behandelt.« Er fuhr sich über die Augen, schüttelte den Kopf. »Wieso erzähle ich Ihnen das alles? Das sollte ich eigentlich nicht tun.«

»Wir haben festgestellt, dass sie schon sehr lange für die Stiftung arbeitet. Praktisch ihr ganzes Berufsleben.«

»Ja, es war damals so ... dass ich es gar nicht mit ansehen konnte. Auf eine Art habe ich mich für sie verantwortlich gefühlt. Ich habe getan, was ich konnte, um ihr zu helfen. Sie hatte die Schule abgebrochen, um von zu Hause wegzukommen. Ich habe ihr hinterher unter die Arme gegriffen, und sie hat die Ausbildung zur Sozialarbeiterin geschafft. Seitdem arbeitet sie für die Fundação Esperança. Und ich kann Ihnen sagen, dass sie zu unseren Besten gehört. Gerade die Arbeit mit Drogenabhängigen ist ja unendlich schwierig. Aber Márcia findet einen

Draht zu diesen Menschen. Vielleicht merken die, dass sie selbst mal ganz unten war und weiß, wie das ist.«

»*Pronto*«, sagte Fonseca und blätterte kurz in seinen Papieren. »Dann noch mal etwas anderes. Dieser spanische Importeur, die Firma Xustofarma ... Wie ist diese Verbindung zustande gekommen?«

Senhor Cláudio lehnte sich kaum merklich auf seinem Stuhl zurück. »Wenn ich mich recht erinnere, ist die Firma von sich aus an uns herangetreten. Auf dem Gebiet herrscht ja ein unerbittlicher Konkurrenzkampf. Der erste Kontakt war per Mail, glaube ich, und irgendwann war dann auch ein Vertreter bei uns. Aber da müsste ich nachsehen.«

Tété beobachtete ihn sehr genau, auch bei den folgenden Fragen. Und sie war sicher: Was ihn am meisten beunruhigte, war ihr Interesse an Márcia.

»Nun, was sagen Sie?«, fragte Fonseca. Senhor Cláudio war gerade gegangen, und sie saßen noch im Vernehmungszimmer.

Tété lächelte. »Schuldig oder nicht schuldig, meinen Sie?«

»Wenn Sie da schon eine Meinung haben – immer raus damit.«

»Tja, ich weiß nicht. Irgendwie schwer vorstellbar, dass so jemand wirklich selbst zuschlägt, finden Sie nicht?«

»Kommt drauf an.« Fonseca klappte seine Aktenmappe zu. »Wir müssen bedenken: Wenn er jemanden beauftragt hätte, wäre die Tat geplant gewesen. Und alles weist darauf hin, dass sie das nicht war.«

»Unter Druck steht er auf jeden Fall, würde ich sagen.

Dass er versucht hat, uns derart in eine Richtung zu drängen ...«

Fonseca lachte kurz auf, schüttelte den Kopf. »Eine gemeinsame Pressekonferenz! Das hat mir auch noch keiner vorgeschlagen.«

»Netter Versuch, nicht? Damit hätten wir ihm öffentlich bescheinigt, dass er über jeden Verdacht erhaben ist.«

»Ja, so hat er sich das wohl vorgestellt. Er sitzt da schön mit uns auf dem Podium, und wir verkünden ganz offiziell: ›Es war ein Raubüberfall, der Täter ist von außen gekommen. Der Herr Präsident und seine Stiftung haben mit alldem nichts zu tun.‹«

»Warum ist das so wichtig für ihn? Wen muss er dringend davon überzeugen? Ich denke, Pedro Manduca, oder? Der macht ihm zurzeit bestimmt größere Sorgen als unsere Ermittlung.«

»Das ist gut möglich. Der Druck dürfte ziemlich gestiegen sein. Auch weil wir noch nicht mal die Todesursache bestätigt haben. Nicht so, wie er sich das erhofft hat: ›Rico ist gar nicht ermordet worden, er wurde nur niedergeschlagen. Gestorben ist er an Unterzuckerung.‹ Auch das war ja wohl eine Botschaft, die nicht zuletzt für Pedro bestimmt war. Und jetzt kommt sie einfach nicht! Das muss ihn doch wahnsinnig machen.«

»Ja, seine Selbstbeherrschung ist schon bemerkenswert. *Falls* er denn selbst zugeschlagen hat, dann nur, weil Rico wirklich einen Nerv getroffen hat.«

»Aber welchen?« Fonseca seufzte und schob seinen Stuhl zurück.

Auch Tété stand auf. »Rico hat eine Nacht bei Márcia

verbracht. Und über Márcia zu reden war ihm gar nicht recht.«

»Ja, das ist mir auch aufgefallen.«

»Aber dann hat er umgeschaltet. Als er gemerkt hat, dass wir nicht lockerlassen. Plötzlich macht er auf Mitgefühl und vertraut uns an, dass die Ärmste schon ihr halbes Leben unter psychischen Problemen leidet. Sagen Sie selbst – besser kann man die Glaubwürdigkeit eines Menschen doch kaum untergraben.«

»Ja, er denkt, er kann alle und jeden manipulieren. Da unterschätzt er aber, wie stur wir sein können.«

»Das tut er. Und zwar ganz gewaltig.«

Fonseca öffnete die Tür. »Wie wär's mit einem Kaffee und einer schönen Pastel de Nata? Haben Sie die schon probiert, hier in der Kantine?«

»Ja, klar. Die sind unwiderstehlich.«

23

Wann immer Márcia jetzt auf den Hof der Stiftung fuhr, warf sie als Erstes einen Blick hinüber zu dem Stellplatz, der für Cláudio reserviert war. Wenn der Platz leer war, atmete sie auf.

Sie ging ihm aus dem Weg, wo sie nur konnte. Aber sie musste eben auch weitermachen wie bisher: zur Arbeit gehen, sich nichts anmerken lassen.

Heute jedoch stand der große dunkle Mercedes auf seinem Platz.

Márcia hielt an, setzte den weißen Kastenwagen bis nahe an die Mauer zurück, schaltete den Motor aus. Auf dem Hof war niemand zu sehen. Trotzdem hatte sie das Gefühl, beobachtet zu werden.

Sie nahm ihre Unterlagen vom Beifahrersitz und stieg aus. Sie hatte gerade die Wagentür zugeklappt, als jemand aus dem Schatten der Überdachung hervortrat.

Cláudio.

Er kam näher und sagte: »Márcia. Auf ein Wort.«

»In deinem Büro?«

Er schien nicht vorzuhaben, sie mit Küsschen zu begrüßen.

»Nein, gleich hier.«

Er sah sie lange prüfend an. Sie versuchte, ruhig zu bleiben. Jedenfalls nach außen hin.

»Márcia, ich erwarte eine ehrliche Antwort von dir. Hast du mit irgendjemandem darüber gesprochen?«

»Du meinst ... über Nanda und Mutter? Nein. Mit niemandem.«

»Wir hatten absolutes Stillschweigen vereinbart. Du hast doch verstanden, wie wichtig das ist?«

»Ja, sicher. Und ich hab mich daran gehalten, glaub mir.«

»Ich habe dir neulich die Wahrheit gesagt, weil du ein Recht darauf hattest, sie zu erfahren. Ich habe dir sehr viel Vertrauen entgegengebracht.« Er sah sie an, als ob er das inzwischen bereute. »Ich muss mich jetzt auf dich verlassen können, weißt du?«

»Das kannst du auch. Voll und ganz.«

Er zögerte kurz. »Ich war heute Nachmittag bei der PJ. Dieser Chefinspektor Fonseca hat überhaupt keine Linie in seiner Ermittlung. Er lässt einfach jeden Stein umdrehen und schaut, was darunter ist. Wenn das so weitergeht, bleibt die PJ uns noch eine Weile erhalten. Es ist möglich, dass sie dich auch wieder vernehmen.«

»Mich? Warum sollten sie? Ich hab ihnen doch schon gesagt, dass ich nichts weiß.«

»Dann bleib auch dabei. Diese Leute neigen dazu, ihre Nase in Dinge zu stecken, die sie nichts angehen ... Márcia, versteh mich nicht falsch. Ich muss nur sichergehen, dass wir uns vollkommen einig sind. Kein Wort darüber zu niemandem.«

Márcia nahm all ihren Mut zusammen und sah ihm direkt ins Gesicht. »Das hat doch auch gar nichts mit Rico zu tun.«

»Nein, das hat es nicht. Aber aufpassen müssen wir trotzdem. Es sind dieselben Beamten, die auch den Fall der Rua da Bainharia bearbeitet haben. Wir können gar nicht vorsichtig genug sein.«

Sekundenlang schauten sie sich wortlos an.

»Und eines lass dir noch gesagt sein. Ich werde es niemals zulassen, dass diese alte Sache mein Leben zerstört. Wenn du jemals darüber aussagen solltest – und sei es durch Unachtsamkeit –, werde ich rigoros alles abstreiten, hörst du? Ich werde alle Hebel in Bewegung setzen. Ich werde die besten Anwälte haben, und wenn die mit dir fertig sind, wird man dich nur noch als einen traurigen Fall betrachten – als eine psychisch labile Tablettensüchtige, die an Wahnvorstellungen leidet. Bei deinen Patientenakten könntest du froh sein, wenn du nicht eingewiesen wirst.«

Márcia sagte nichts. Sie stand da wie erstarrt.

Cláudio lächelte flüchtig. »Entschuldige bitte. Das ist nur dieser Stress.« Er fuhr sich müde über die Augen. »Da sagt man plötzlich Dinge, die man gar nicht so meint. Ich denke, wir verstehen uns, ja?«

Márcia nickte ihm zu. »Ja«, sagte sie. »Ja, ich habe verstanden.«

Sein Jackett über die Schulter gehängt, schlenderte Pinto den Uferweg am Rio Douro entlang. Die Ponte da Arrábida war hier so nahe, dass er die Autos darauf entlangfahren sah. Der Fluss glitzerte in der Sonne des späten Nachmittags.

Ein Stück voraus, im Schatten der Platanen, saß ein Angler auf einem Klappstuhl. Er hatte eine große und eine kleinere Rute ausgelegt und blickte reglos auf den Fluss hinaus.

Pinto trat neben ihm an die niedrige Brüstung und schaute ebenfalls aufs Wasser. Er ließ sich Zeit, betrachtete scheinbar müßig das gegenüberliegende Ufer, die alten Lagerhäuser und neuen Apartmentblocks von Gaia. Dann erst sah er den anderen von der Seite an.

»Na, beißen sie?«

Der Angler trug eine blaue FC-Porto-Mütze, den Schirm tief ins Gesicht gezogen. Im ersten Moment deutete nichts darauf hin, dass er die Frage gehört hatte.

Nach einer Weile hustete er und fing leise an zu reden.

»Pedro Manduca soll total unter Strom stehen. Macht seine eigenen Leute nervös. ›Der ist wie eine tickende Zeitbombe‹, sagen sie. Die ganze Woche soll er da auf und ab gegangen sein und vor sich hin geflucht haben. ›Ich mach das Schwein kalt!‹ und solche Sachen. Und bei Pedro weiß man nie. Kann gut sein, dass er das ernst meint. Ich möchte jedenfalls nicht der Typ sein, den er im Auge hat.«

Pinto blickte wieder über den Fluss. Eine Ausflugsbarkasse fuhr Richtung Mündung. Die bunten Wimpel flatterten in der Brise, die vom Meer kam.

»Und wen hat er im Auge?«

»Das habt ihr ja wohl selbst gesehen, auf der Beerdigung. Oder nicht?«

»Was hat Pedro jetzt vor?«

»Keine Ahnung. Das wird nur noch im innersten Kreis besprochen, da dringt nichts mehr nach außen. Dafür sorgt schon sein Conselheiro, Ti Sereno. Vor dem haben die anderen genauso viel Schiss wie vor Pedro.«

»Meinst du, die planen was Konkretes?«

»Das Letzte, was ich gehört habe, war, dass sie irgendwas suchen, womit sie diesen Cláudio drankriegen können. Pedro hat gesagt, er will ihn ganz und gar in der Hand haben. Und dann will er ihn zerquetschen.«

»Nett.« Pinto sah ein paar Möwen zu, die sich mühelos im Wind hin und her gleiten ließen. Es schien ihnen Spaß zu machen. »Und du hast keine Vermutung, wonach sie da suchen?«

»Nein. Ich sag ja, die haben völlig dichtgemacht.«

»Alles, was sie über Cláudio herausfinden, wäre natürlich auch für uns von Interesse.«

»Ja, ja, schon klar.«

»Ach, und wenn Pedro irgendwelche Schritte unternimmt, dann müssen wir das ebenfalls wissen. Und zwar rechtzeitig.«

»Ich kann nur die Ohren offen halten, mehr nicht.«

»Ja, gut, mach das.«

Pinto wandte sich ab, als hätte er genug von der Aussicht, und ging langsam weiter.

24

Am späten Donnerstagnachmittag kam Dinis in Fonsecas Büro, ein paar Ausdrucke mit langen Nummernlisten in der Hand. Der Innendienst hatte weitere Vorratsdaten ausgewertet.

»So, wir sind so weit.«

»Ah ja, dann lassen Sie mal sehen.«

Eins war ihnen allen bewusst: Ganz gleich, wer der Täter war – wenn sie ihm den Mord an Rico nachweisen wollten, dann mussten sie ihm auch das anonyme Mobiltelefon zuordnen können, das an dem Abend in der Lagerhalle gewesen war.

Das Telefon selbst war vermutlich längst vernichtet worden, jedenfalls gab es nach dem achtundzwanzigsten März keine Verbindungsdaten mehr. Auffällig war, dass es außer zu Ricos Nummer nur noch zu einer einzigen weiteren in Kontakt gestanden hatte. Und das regelmäßig einmal pro Monat, mitunter auch öfter. Vor einem Vierteljahr war es drüben in Gaia sogar zu einem Treffen gekommen, laut Bewegungsprofil in einem der großen Apartmenthäuser, die hinter den Portweinkellereien emporragten.

Auf diese Mobilnummer setzten sie einige Hoffnung.

»Auch die gehört zu einem anonymen Telefon mit Prepaid-Karte«, sagte Dinis. »Aber, und das ist die gute Nachricht: Es ist noch aktiv. Wir konnten es orten.«

»Aha? Und wo genau?«

»Es ist tatsächlich die meiste Zeit drüben in Gaia. Oft in dem Haus, in dem das Treffen stattgefunden hat, aber auch noch in zwei anderen Apartmentblocks. Zwischen diesen dreien bewegt es sich beinahe täglich hin und her. In dem einen kommt es dann abends zur Ruhe und bleibt über Nacht.«

»Das ist sehr schön.«

»Ja, hier ist richtig was zu holen. Das Telefon in der Lagerhalle wurde ja immer nur eingeschaltet, wenn es gebraucht wurde. Dies hier ist die ganze Zeit in Betrieb und auch viel unterwegs. Es ist öfter am Flughafen, im normalen Passagierbereich. Es bleibt aber immer am Boden, und hinterher geht's dann zurück nach Gaia. Manchmal wird es auch mit nach Lissabon genommen, auf der A1. Dort ist es dasselbe: Es taucht am Flughafen auf, fliegt aber nicht weg.«

»Jemanden abholen, jemanden hinbringen.«

»Ja, sieht so aus. Es hat auch jede Menge Kontakte, darunter auffallend viele mit Vorwahlnummern aus der Ukraine, aus Russland, Rumänien und Bulgarien.«

Fonseca überlegte kurz. »Dieses Apartmenthaus mit der Ruheposition ... Schaut nach, wer da alles wohnt. Und wenn ein Igor oder Vladimir dabei ist, dann sehen wir uns den mal näher an.«

Tété saß gerade an ihrem Computer und schrieb einen Bericht, als sie draußen auf dem Korridor ein ganz bestimmtes Klacken von Absätzen hörte, das rasch näher kam. Es klang so munter, dass sie unwillkürlich lächelte. Ana war wieder da.

Schon kam sie zur Tür herein, strahlte und hielt ihr Telefon hoch. »Volltreffer!«

»Ehrlich?«

»Ja! Es hat Stunden gedauert! Aber ein sehr netter Standesbeamter hat mir die ganze Zeit geholfen. Sonst hätte ich da überhaupt nichts gefunden.«

Ana hatte den Nachmittag im Archiv des Registo Civil verbracht. Es war sommerlich warm, sie trug eine ärmellose weiße Bluse und zu ihren engen Jeans heute Riemchensandalen mit hohen Korksohlen. Ihre Finger- und Zehennägel hatte sie in demselben Rot lackiert, ihr langes dunkles Haar war offen. Tété konnte sich mühelos vorstellen, wie die Beamten sich in Zuvorkommenheit überboten hatten.

»Und hier ist es!« Ana zog sich einen Stuhl heran, setzte sich an Tétés Seite. »Moment ...« Sie tippte kurz auf dem Display. Ein abfotografiertes Dokument erschien. Sie drehte das Telefon auf die Seite, vergrößerte eine Zeile mit zwei Fingern. »Hier.«

Es war ein Name, für den man das Querformat wirklich gebrauchen konnte:

»Zulmira Diamantina da Rocha Figueiredo Rodrigues dos Anjos«.

»Wer ist das?«

»Senhor Cláudios Mutter! Sie hat eine Schwester namens Paula und einen verstorbenen Bruder. Und dieser Bruder ...« Ana lächelte triumphierend. »... hieß Mateus!« Sie wischte das Bild ein Stück weiter.

Tété las die neue Zeile. »Das ist tatsächlich *der* Mateus?«
»Der und kein anderer. Vor achtundzwanzig Jahren mit Frau und drei Söhnen nach Australien ausgewandert. Das Haus in der Rua da Bainharia hat Senhor Cláudios Onkel gehört.«
Ana sah sie erwartungsvoll an.
Tété nickte anerkennend. »Ich muss schon sagen – die Zufälle werden immer merkwürdiger.«

Fonseca ahnte, was der Grund war, als er am nächsten Vormittag zum Direktor gerufen wurde.
»Ja, ja, kommen Sie rein. *Bom dia*. Bitte setzen Sie sich.« Der Direktor wirkte fahrig und beunruhigt. Sein halber Schreibtisch lag voller Papiere. Er kam sofort zur Sache.
»Sagen Sie mal, in welche Richtung läuft das hier eigentlich? Ihre neuesten Berichte lesen sich ja, als ob Sie den Präsidenten der Stiftung verdächtigen. Ich habe eben mit der Untersuchungsrichterin gesprochen. Die klang auch schon ganz besorgt.« Er sah Fonseca an, als hoffte er, dass sich das Missverständnis noch irgendwie aufklären ließ.
Fonseca zuckte die Schultern. »Wir machen nur unsere Arbeit.«
»Cláudio da Rocha Cortez ist ein hoch angesehener Bürger unserer Stadt. Er hat Freunde im Rathaus, in den Parteien, in der Kirche. Das können Sie doch nicht einfach außer Acht lassen!«
»Tut mir leid. Mit den Arzneimittelimporten seiner Stiftung kommen regelmäßig illegale Drogen ins Land. Das kann ich auch nicht außer Acht lassen.«

»Ja, aber das kann dieser Fahrer doch mit jemand ganz anderem organisiert haben. Wie kommen Sie denn darauf, dass der Präsident selbst daran beteiligt war?«

»Noch haben wir ihn mit keinem Wort beschuldigt. Wir haben ihn noch nicht mal darauf angesprochen, dass wir Spuren von synthetischen Drogen gefunden haben. Wobei ich zugeben muss, dass das eine taktische Überlegung war. Im Augenblick halten wir es für das Beste, ihn so weit wie möglich im Unklaren zu lassen. Umso eher macht er vielleicht einen Fehler.«

»Sehen Sie, das sage ich doch! Wenn das keine Vorverurteilung ist!« Der Direktor fing an, etwas in seinen Papieren zu suchen. »Irgendwo steht hier doch, dass er sogar ein Alibi für die Tatzeit hat. Und dass die Bilder der Überwachungskameras das bestätigen.«

»Das ist richtig. Die am Sitz der Stiftung funktionieren immerhin. Aber es sind halt nur zwei. Eine vorn, eine hinten. Da gibt es jede Menge tote Winkel. Jemand, der weiß, wohin die Kameras gerichtet sind, kann trotzdem unbemerkt ein und aus gehen. Es stimmt, man sieht ihn um kurz nach elf zu seinem Mercedes gehen und wegfahren. Aber war er vorher wirklich in seinem Büro?«

»Seine Telefondaten belegen das doch.«

»Das schon. Aber die zeigen eben nur, dass sein Telefon im Büro war. Nicht er selbst. Er hat in der fraglichen Zeit zwei Anrufe erhalten und beide nicht angenommen.«

Der Direktor schüttelte überdrüssig den Kopf. »Mein Gott, wenn *Sie* sich in irgendwas verbissen haben. Hier steht doch auch irgendwo, dass es drei Satz Schlüssel für die Lagerhalle und das Gelände gibt und dass einer davon im Sekretariat liegt und ungenügend gesichert ist.

Jeder, der Zugang hat, hätte die Schlüssel an sich nehmen können.«

»Die meisten Mitarbeiter der Stiftung haben ein sehr viel besseres Alibi als Rocha Cortez. Und auch von denen, die übrig bleiben, kommt kaum einer ernsthaft als Täter infrage. Es gibt in dem Fall praktisch keine Verdächtigen.«

»Aber wenn ich das richtig sehe, können Sie Rocha Cortez doch nicht das Allergeringste nachweisen. Geschweige denn seine Anwesenheit am Tatort.«

»Das ist wahr«, gab Fonseca zu. »Bis jetzt haben wir nichts in der Hand.«

»Wenn Sie das mal einsehen ...« Der Direktor atmete schnaufend aus. »Augenmaß, mein lieber Fonseca. Darauf kommt es jetzt an. Augenmaß!«

»Wir bemühen uns«, sagte Fonseca. Er war froh, dass in den Berichten noch nichts von Anas neuesten Recherchen stand.

25

Der riesige schwarze Jeep stand im Mittelgang der Tiefgarage. Motor und Scheinwerfer waren ausgeschaltet, die Seitenscheiben heruntergelassen. Drei Männer saßen darin und warteten. Sonst war niemand zu sehen. Ringsumher standen die geparkten Autos zwischen den Betonpfeilern, in dem schwachen Licht weniger Neonröhren. Es war Samstagnachmittag um halb fünf.

Ti Sereno saß auf dem Beifahrersitz. Er war eher klein und schmächtig, hatte schmale Augen, noch schmalere Lippen und den passenden dünnen Schnurrbart dazu. Am Steuer saß Murdock, breit und stiernackig, und hinter ihnen, fast zwei Sitzplätze einnehmend, ein noch größeres Muskelpaket namens Roupeiro.

Aus einer Ecke der Tiefgarage hörte man von Zeit zu Zeit schwache, erstickte Hilferufe und ein dumpfes Klopfen.

»Der Typ nervt«, sagte Murdock, ohne in die Richtung zu blicken.

Ti Sereno drehte sich halb nach hinten um. »Sorg mal dafür, dass das aufhört. Sie müsste gleich kommen.«

Ein zustimmendes Grunzen war die Antwort. Selbst in dem schweren Jeep war zu spüren, wie Roupeiro an die

Seite rutschte und ausstieg. Sein Spitzname – »der Kleiderschrank« – war vielleicht nicht sehr originell, aber treffend.

Die beiden anderen sahen zu, wie er auf seinen kurzen Beinen den Mittelgang entlangmarschierte, dann zwischen die geparkten Autos abbog und zu einem alten, schäbigen Toyota Corolla hinüberging.

Dort beugte er sich zu dem Stufenheck hinab, brüllte: »Wir sind noch hier, du Idiot!«, und schlug einmal krachend mit der Faust auf die Kofferraumhaube. »Also gib Ruhe!«

Mit zufriedenem Grinsen kam er zurück und stieg wieder ein.

Sie warteten weiter. Jetzt war alles still.

Ti Sereno sah auf die Uhr. »Wo bleibt die denn?«

Murdock hob eine Hand ans Ohr. »Ich glaube, da tut sich was.«

Am anderen Ende der Tiefgarage öffneten sich die Türen des Fahrstuhls, und eine einzelne Frau trat heraus. Ihr mittelblondes Haar war aufgesteckt, sie trug ein graues Business-Kostüm und hatte eine Aktenmappe unterm Arm. Das Klacken ihrer High Heels hallte laut zu ihnen herüber. Energischen Schrittes kam sie näher. Den Jeep schien sie gar nicht zu bemerken. Noch im Gehen drückte sie auf ihren Autoschlüssel. Ein dunkelblauer Alfa Romeo ließ zur Begrüßung seine Lichter aufblinken.

Sie warteten, bis die Frau eingestiegen war, dann startete Murdock den Motor. Der mächtige schwarze Jeep rollte den Mittelgang entlang und kam direkt vor dem Alfa Romeo zum Stehen.

Alle drei starrten von oben auf die Frau hinab. Durch

die Windschutzscheibe ihres Sportcoupés starrte sie zurück. Ihr Blick war wütend und empört. Sie traute sich tatsächlich, zweimal lang anhaltend zu hupen.

Die drei Männer stiegen aus. Ti Sereno ging um den Jeep herum, die beiden anderen hielten sich links und rechts hinter ihm.

Auch die Frau stieg aus, blieb aber hinter der Fahrertür in Deckung. »Was wollen *Sie* denn schon wieder?«, fragte sie mit ihrem harten osteuropäischen Akzent. »Wie kommen Sie überhaupt hier rein? Die Garage ist nur für Hausbewohner.«

»Tja, da muss uns wohl jemand reingelassen haben.« Ti Sereno lächelte dünn. »*Boa tarde*, Milena.«

»Ich habe keine Zeit, ich muss zum Flughafen. Sagen Sie Pedro, wir können später telefonieren. Und jetzt machen Sie den Weg frei!«

»Immer langsam. Erst müssen wir uns mal unterhalten. Murdock, stell bitte den Motor ab.« Ti Sereno zückte sein Telefon, rief ein Foto auf. »Sie erinnern sich, Milena ... Dieses Bild hier habe ich Ihnen vorgestern schon einmal gezeigt. Sie haben gesagt, Sie kennen den Mann nicht. Aber das war gelogen, das habe ich gleich gemerkt. Was sollte ich machen? Ich musste es Pedro berichten. ›Es tut mir leid‹, habe ich gesagt, ›aber ich habe genau gesehen, dass sie ihn sofort erkannt hat. Er gehört ganz sicher zu ihren Klienten.‹ Pedro war schwer enttäuscht, wissen Sie? ›Milena hat dich angelogen?‹ Er konnte es erst kaum glauben. Ich muss auch sagen, ich verstehe es nicht. Wir machen seit Jahren gute Geschäfte. Wir liefern gleichbleibend Topqualität, und das zu fairen Preisen. Wir haben gedacht, wir vertrauen einander.«

Milena sah gereizt auf ihre schmale goldene Armbanduhr. »Können wir das vielleicht irgendwie abkürzen? Dieser Mann gehört nicht zu meinen Klienten. Ich weiß nicht, wer das ist.«

»Nicht doch, nicht doch. Deswegen sind wir ja gerade hier. Pedro gibt Ihnen die Chance, Ihren Fehler zu korrigieren. Hinterher ist alles wieder gut. Das ist doch sehr großzügig von ihm, finden Sie nicht?«

Murdock und Roupeiro nickten beide, als könnten sie das nur bestätigen: sehr großzügig, wirklich.

Ti Sereno hob erneut sein Telefon. »Also sehen Sie sich das Foto noch mal an. Ein richtig feiner Senhor, nicht wahr? Aber der Eindruck täuscht. Dieser Mann kann sehr gewalttätig werden. Ganz plötzlich, ohne Vorwarnung. So jemand wollen Sie bestimmt nicht unter Ihren Kunden haben. Sie sollten uns dankbar sein, dass wir uns darum kümmern.« Er trat etwas näher und sagte leise: »Er hat einmal ein junges Mädchen umgebracht.«

Milena blickte argwöhnisch von einem zum anderen, aus ihren klaren blauen Augen.

»Na, sehen Sie?« Ti Sereno lächelte wieder. »Das ist das Letzte, was Sie gebrauchen können, nicht wahr?«

»Was wollen Sie eigentlich von mir?«

»Ich habe etwas mitgebracht. Moment.« Er steckte das Telefon ein, kramte kurz in seiner Jackentasche und hielt einen USB-Stick in die Höhe. »Hier. Der ist neu und ganz leer. Wir wollen alles, was Sie über den bewussten Kunden gespeichert haben. Und wenn ich ›alles‹ sage, meine ich alles.«

»›Gespeichert‹? Wovon reden Sie denn?«

»Ach, Milena ... Sie wissen, wovon ich rede. Von dem

belastenden Material, das Sie zu Ihrer eigenen Sicherheit aufbewahren. In Ihrer Branche macht das jeder. Was ja verständlich ist. Schließlich können Sie im Streitfall nicht vor Gericht gehen, oder?«

»Ich kann mich nur wiederholen: Ich kenne den Mann nicht. Und jetzt machen Sie endlich den Weg frei. Ich muss los.«

Ti Sereno schüttelte seufzend den Kopf. »Milena, Milena ... Was seid ihr Russen nur für Dickschädel.«

Sie warf ihm einen eisigen Blick zu. Er wusste genau, dass sie Ukrainerin war.

»Ein Vorschlag zur Güte«, sagte Ti Sereno. »Wir beide fahren jetzt rauf in Ihr Apartment, Sie werfen kurz Ihren Computer an, und in zehn Minuten ist alles vorbei.«

Roupeiro fing an, mit den Fingergelenken zu knacken. Bei ihm klang das besonders scheußlich. Vielleicht lag es daran, dass er so große Finger hatte.

Milena konnte nicht anders, als bei jedem Knacken leicht das Gesicht zu verziehen.

»Na, kommen Sie«, sagte Ti Sereno. »Es ist letztlich eine Kosten-Nutzen-Rechnung. Diesen Kunden können Sie eh abschreiben. An dem verdienen Sie gar nichts mehr. Halten Sie Ihre Verluste dagegen, wenn Sie selbst wochenlang ausfallen. Zum Beispiel, weil Sie im Krankenhaus liegen. Dann ist es doch eine einfache Entscheidung.«

Milena zischte etwas Unverständliches durch die Zähne, knallte die Fahrertür zu und verriegelte den Wagen. Wieder sah sie rasch auf die Uhr. »Dann aber schnell! Die Maschine landet in zehn Minuten.«

»Schnell ist mir recht«, sagte Ti Sereno.

Es dauerte dann doch eine halbe Stunde. Milena durfte zwischendurch einmal telefonieren, allerdings nur auf Englisch.

Als sie im Fahrstuhl wieder hinunterfuhren, sagte Ti Sereno: »Ach, das hätte ich fast vergessen. Wenn Sie keinen Ärger mit der Verwaltung wollen, sollten Sie lieber noch kurz den Hausmeister befreien.« Er reichte ihr einen Autoschlüssel. »Er liegt im Kofferraum seines Privatwagens. Ich zeige Ihnen gleich, wo. So ein alter Toyota, hinten in der Ecke.«

Pedro Manduca ließ an diesem Abend die Korken knallen. Es war echter französischer Champagner. »Schweineteuer, das Zeug«, wie er mehrfach betonte. Niemand aus seinem innersten Kreis mochte »das Zeug«, aber alle taten natürlich so, als ob.

Schon bei der ersten Durchsicht des Materials hatte Pedro immer wieder »*Caralho!*« geschrien und: »Dieser *filho da puta!*« Den halben Abend lang klopfte er allen auf die Schulter: »Wir *haben* ihn, Leute, wir *haben* ihn!«

Ti Sereno lächelte bescheiden.

»Und wisst ihr was?« Pedros Augen hatten dieses gewisse Funkeln. »Jetzt kriegt er schon mal einen kleinen Vorgeschmack!«

26

Am Montagabend um kurz nach zehn raste ein Feuerwehrwagen mit Blaulicht und heulender Sirene die Rua de Nossa Senhora de Fátima hinab.

An der Einfahrt der Fundação Esperança wartete schon ein Streifenwagen der Schutzpolizei. Hinter dem Stiftungsgebäude zuckte der Widerschein eines Feuers an den umliegenden Hauswänden, mächtige schwarze Rauchwolken stiegen auf.

Die Polizisten mussten erst dafür sorgen, dass die Schaulustigen aus dem Weg gingen, bevor der Feuerwehrwagen in das Portal einbiegen und nach hinten auf den Hof fahren konnte.

Das brennende Fahrzeug stand auf einem überdachten Stellplatz. Es war ein großer Mercedes.

Aus den zerborstenen Seitenfenstern und der Motorhaube loderten die Flammen meterhoch empor, der dichte schwarze Rauch quoll unter der Überdachung hervor.

Einer der Feuerwehrmänner sagte sofort: »Was ist denn *hier* los? Den hat doch einer abgefackelt!«

* * *

»*Was?* Wieso erfahren wir das jetzt erst?« Fonseca schob seinen Schreibtischstuhl zurück. Es war Dienstagmorgen, zwanzig vor neun.

Pinto stand noch in der Tür. »An uns hat bei der Aufregung wohl keiner gedacht.«

»Also, manchmal fragt man sich wirklich ...« Kopfschüttelnd kam Fonseca aus seinem Stuhl hoch, nahm sein Jackett. »Gut, dann sehen wir uns den Schaden mal an.«

Pinto am Steuer, fuhren sie zum Sitz der Stiftung. Es dauerte nur eine Viertelstunde, schon bogen sie auf den Hof ein. Pinto musste sofort bremsen und anhalten, so viele Leute drängten sich an dem blau-weißen Absperrband der Schutzpolizei. Kinder waren dabei und ein altes Ehepaar mit Hund.

»Na, das hat ja die halbe Nachbarschaft angelockt«, sagte Fonseca.

Sie stiegen aus und zückten ihre Dienstmarken. »PJ. Wenn Sie uns bitte durchlassen würden.«

Senhor Barros stand innerhalb der Absperrung, den Kopf gesenkt und seine rote Baseballkappe in den Händen, genau wie auf dem Video von der Beerdigung. Es sah aus, als hielte er die Totenwache für den Mercedes.

»Der schöne Wagen ...«, sagte er mitfühlend.

Das Fahrzeug war vollkommen ausgebrannt, es roch nach verschmortem Gummi und Kunststoff. Auch ein Teil der Überdachung war eingestürzt, rußgeschwärztes Blech hing verbogen herab.

Pinto machte ein paar Fotos mit seinem Mobiltelefon.

»Weiß man, wie es passiert ist?«, fragte Fonseca.

»Ja, zwei vermummte Gestalten haben den Wagen in Brand gesetzt.«

»Hat das jemand gesehen?«

»Nein. Aber die Kamera hat es aufgezeichnet.«

»Tatsächlich? Na, das ist doch mal was. Ist Senhor Cláudio im Haus?«

»Ja, er ist hier.«

Sie gingen hinein. Aus dem Sekretariat drang ein Durcheinander von Frauenstimmen. »Was sind das nur für Zeiten! Man ist ja seines Lebens nicht mehr sicher!«

»Versuchen wir's mal oben«, sagte Pinto.

Sie fanden Senhor Cláudio in seinem Büro im Obergeschoss, das nach vorn auf die Straße hinausging. Der Balkon mit der Balustrade gehörte dazu. Fonseca war zum ersten Mal hier und sah sich kurz um. Weißer Deckenstuck hob sich von den altrosa Wänden ab, an denen goldgerahmte Fotografien hingen, die meisten davon Gruppenbilder in Schwarz-Weiß. Wahrscheinlich der Herr Präsident an der Seite bedeutender Persönlichkeiten. Das gediegene Mobiliar hatte etwas klassisch Englisches. Ein schöner alter Perserteppich lag auf dem Parkett und dämpfte die Schritte.

Senhor Cláudio stand auf und kam um den Schreibtisch herum. Er wirkte verärgert und angespannt. »*Bom dia.* Hätten Sie nicht etwas früher kommen können? Wenn hier ein derartiger Anschlag ...«

»Moment!« Fonseca hob die Hand. »Warum haben *Sie* uns denn nicht angerufen?«

»Wieso? Die Polizei war doch hier!«

Pinto lächelte. »Ja, aber das war die Schutzpolizei. Die erzählen uns nicht immer alles.«

»Woher soll *ich* das wissen? Ich dachte natürlich ...«

»Schon gut«, sagte Fonseca. »Ich nehme an, Sie waren hier, als es passiert ist?«

»Ja, sicher. Ich habe hier an meinem Schreibtisch gesessen.«

»War sonst noch jemand im Haus?«

»Nein, ich war allein.«

»Genau wie am achtundzwanzigsten März«, sagte Pinto.

»Bitte?«

»An dem Abend, als Rico ermordet wurde. Da haben Sie auch hier allein gesessen und noch gearbeitet.«

»Ja, das stimmt. Das ist so eine Gewohnheit von mir. Ich habe halt eine Menge Termine, die ich wahrnehmen muss. Und schon ist der Tag wieder um. Ab und zu bleibe ich dann abends noch länger. Das hat auch den Vorteil, dass man wirklich seine Ruhe hat und nicht dauernd gestört wird. Meine Familie kennt das schon. So oft kommt es ja auch nicht vor.«

»Und gestern Abend?«, fragte Fonseca. »Haben Sie da gar nichts gehört?«

»Nein, anfangs nicht. Was hinten auf dem Hof vorgeht, davon kriegt man hier praktisch nichts mit. Irgendwann habe ich plötzlich Geschrei gehört, aus den Fenstern der Nachbarhäuser. Und unten fingen mehrere Telefone zu klingeln an. Da bin ich dann nachsehen gegangen. Ich konnte es erst gar nicht fassen.«

»Was denken Sie, wer das getan hat?«

»Auf dem Überwachungsvideo sieht man zwei junge Männer. Beide maskiert.«

»Das war nicht meine Frage.«

»Wenn Sie meinen, ob ich weiß, wer dahintersteckt

oder aus welchem Grund jemand so etwas tun könnte – tut mir leid. Ich habe keine Vorstellung. Die Fundação Esperança ...«

»... ist ein Institut der Nächstenliebe«, sagte Pinto. »Das wissen wir bereits. Sie sehen also keinen Zusammenhang mit dem Mord in der Lagerhalle? Der war gestern auf den Tag genau zwei Wochen her. Die ungewöhnlichen Vorkommnisse häufen sich etwas, finden Sie nicht?«

»Ich kann nur sagen, dass ich Ihren Unterton wenig angebracht finde. *Ich* bin hier der Geschädigte. Und ich hätte mir gewünscht, dass Sie mit der Fahndung nach den Brandstiftern etwas früher beginnen.«

Fonseca sah ihn gleichmütig an. »Sie vergessen, wir sind von der Mordkommission. Wenn es so ist, wie Sie sagen – wenn das alles nichts miteinander zu tun hat –, dann sind wir gar nicht zuständig.« Er lächelte kurz. »Keine Sorge, die Kassette der Überwachungskamera können Sie uns trotzdem gerne mitgeben. Die leiten wir dann unverzüglich weiter.«

27

Im Besprechungsraum war gerade alles vorbereitet, um das Video abzuspielen, als Dinis hereinschaute.

»Chef? Unten am Empfang steht eine Studentin, die Sie dringend sprechen möchte. Sie sagt, sie ist Senhor Cláudios Tochter.«

»Aha? Na, dann hören wir doch mal, was sie auf dem Herzen hat.« Fonseca stand auf und nickte den anderen zu. »Seht euch das ruhig schon an.« Zu Ana sagte er: »Kommen Sie mit?« Und zu Dinis: »Schicken Sie sie in mein Büro, ja?«

Gleich darauf wusste er auch, wieso Dinis »eine Studentin« gesagt hatte.

Die junge Frau, die zur Tür hereinkam, trug die volle Traje Académico, die schwarze Studententracht. Das lange schwarze Cape schwang elegant um sie herum. Sie war schlank und hochgewachsen, ihr braunes Haar trug sie offen. Auch die strenge weiße Bluse mit der schwarzen Krawatte, der schwarze Blazer und der knielange Rock standen ihr ausgesprochen gut. Schon an der Art, wie sie »*Bom dia*« sagte und sich vorstellte, erkannte man die Tochter aus gutem Hause, die es gelernt hatte, selbstsicher aufzutreten und ihrem

Gegenüber direkt in die Augen zu sehen. Das war also Cíntia.

»Ich möchte eine Aussage machen.«

»Bitte, gern«, sagte Fonseca mit einer einladenden Handbewegung.

Ana nahm ihr lächelnd das Cape ab und legte es sorgsam über eine Stuhllehne. Dann setzten sie sich an den Tisch beim Fenster.

»Es geht natürlich um meinen Vater.« Cíntia holte tief Luft. »Er hat keine Ahnung, dass ich hier bin. Aber nach dem Vorfall gestern Abend kann ich einfach nicht länger zusehen. Wer weiß, was als Nächstes passiert? Und er selbst ...« Sie verdrehte die Augen. »Ich liebe ihn, wissen Sie? Er ist wirklich der beste Vater der Welt. Aber er ist nun mal hoffnungslos ›alte Schule‹. Alles muss immer perfekt sein. Er kann einfach nicht zugeben, dass er mal irgendwas nicht im Griff hat.« Sie sah Ana an, als wollte sie sagen: »Das kennen Sie ja sicher von Ihrem eigenen Vater.«

Ana lächelte ihr zu.

»Gestern Abend war es ganz schlimm«, fuhr Cíntia fort. »Ich habe geredet und geredet. Ich hab ihm gesagt: ›Jetzt ruf endlich die PJ an, sonst mach ich das!‹ Aber nein, er wollte nicht hören. Er hat mich fast angeschrien: ›Ich kümmere mich schon um alles! Halt du dich da raus!‹ Irgendwann hab ich einfach die Tür zugeknallt. Ich habe die halbe Nacht nicht geschlafen. Und heute Morgen, da dachte ich: Nein, so geht's wirklich nicht weiter. Na ja, und hier bin ich.«

Fonseca und Ana schauten sie nur auffordernd an.

Cíntia zückte ihr Telefon. »Das gestern Abend war

nicht die erste Drohung, die mein Vater erhalten hat. Letzte Woche, am Mittwoch, habe ich das hier gefunden. Morgens vor unserem Haus.« Sie rief ein Foto auf, schob das Telefon über den Tisch.

Fonseca sah es sich stirnrunzelnd an. »Eine tote Ratte.«

»Eingewickelt in Zeitungspapier. So lag sie bei uns auf den Eingangsstufen.«

»Am letzten Mittwoch, sagen Sie?«

»Ja. Am Tag zuvor war mein Vater auf der Beerdigung gewesen. Ein Mitarbeiter der Stiftung – ermordet! Das sollte einem doch wirklich zu denken geben. Aber nein, mein Vater spielt das alles herunter. Ich verstehe es nicht. Was geht hier eigentlich vor? Wer bedroht ihn denn? Und warum?«

Ana streckte die Hand nach dem Telefon aus. »Darf ich?«

Cíntia nickte. »Bitte.«

Ana lehnte sich zurück, sah sich das Bild etwas genauer an. »Gibt es noch mehr Fotos?«

»Ja, ich habe gleich vier oder fünf gemacht.«

Ana wischte das Foto zur Seite, nahm sich das nächste vor.

Fonseca sah, wie sie stutzte. Sie vergrößerte das Bild mit zwei Fingern, verschob es, betrachtete eine obere Ecke. Er hatte den Eindruck, dass sie die Luft anhielt.

Cíntia bemerkte es ebenfalls. »Ist was damit?«

»Nein, nein.« Ana verkleinerte schnell das Bild, atmete einmal tief durch. »Es ist gut, dass Sie hergekommen sind. Wir sollten die Fotos dann gleich übertragen.«

»Ja, natürlich.« Cíntia zögerte. »Was ich noch fragen

wollte ... Ich habe solche Angst um meinen Vater. Könnte er nicht Polizeischutz bekommen?«

Fonseca und Ana vermieden es, sich anzusehen.

»Ich fürchte, den müsste er selbst beantragen«, sagte Fonseca. Es war das Beste, was ihm gerade einfiel. Er mochte diese junge Frau, und die ehrliche Antwort hätte gelautet: »Ach, wissen Sie, so was gibt's nur im Fernsehen. Wir haben hier gar nicht das Geld dafür.«

Sie übertrugen die Fotos auf einen Laptop, dankten nochmals und sahen dann zu, wie Cíntia den Korridor entlangging, mit ihrem langen schwarzen, schwingenden Cape.

»Nettes Mädchen«, sagte Fonseca.

Ana seufzte leise.

Er schaute sie an. »Was ist? Sie haben doch kein schlechtes Gewissen?«

»Ich weiß nicht. ›Der beste Vater der Welt‹ ... Sie wird uns hassen, oder?«

»Was haben Sie denn nun auf dem Foto entdeckt?«

»Ich zeig's Ihnen.«

»Was ist los? Freust du dich gar nicht?«, fragte Tété, als sie zu viert um den Laptop herumstanden. Auf dem Bildschirm war groß und deutlich der Ausschnitt zu sehen: die Anzeige mit dem Delfinanhänger. »Ana! Das ist *unser* Fall. Wir sind wieder im Rennen!«

»Ich weiß. Das *wollte* ich ja auch.« Ana blickte auf, strich sich ihr Haar hinters Ohr. »Es ist nur etwas anderes, wenn mir die Tochter dabei gegenübersitzt.«

Fonseca nickte. »Ja, das ist immer so: Die Unschuldigen müssen mitleiden.«

»Wir sollten überlegen, wie wir jetzt weiter vorgehen«, sagte Pinto. »Ich denke, die Zeit wird langsam knapp. Die tote Ratte mit der Anzeige bedeutet: ›Wir wissen, was du getan hast.‹ Der abgefackelte Wagen dagegen: ›Wir kriegen dich, wann und wo wir es wollen.‹ Das ist eine neue Eskalationsstufe.«

»Allerdings. Und die Frage ist: Wie verhindern wir die nächste?« Fonseca wandte sich ab. »Ich würde gerne noch mal kurz das Video sehen.«

Gemeinsam gingen sie zurück in den Besprechungsraum, setzten sich vor den Monitor. Pinto startete das Video der Überwachungskamera. Inzwischen wusste er, ab welcher Minute es interessant wurde.

Das Schwarz-Weiß-Bild war streifig und etwas unscharf. Zuerst sah man nur Senhor Cláudios großen Mercedes unter der Überdachung stehen, in dem fahlen Licht einer Hoflaterne. Die Kamera war genau auf ihn ausgerichtet.

Dann bewegte sich etwas im Schatten hinter dem Wagen.

»Die müssen übers Nachbargrundstück gekommen sein«, sagte Pinto.

Zu beiden Seiten des Wagens tauchte eine dunkle Gestalt auf. Junge Männer mit schwarzen Sturmhauben und Eisenstangen in den Händen. Sie traten ins Licht, sahen sich vorsichtig um. Dann fingen sie unvermittelt an, auf die Seitenscheiben des Mercedes einzudreschen. Das Glas war offenbar stabiler, als sie gedacht hatten. Man konnte sehen, wie sie wütend wurden. Als es endlich geschafft war, verschwanden sie kurz und kehrten dann mit Kanistern zurück. Von beiden Seiten ließen sie das Benzin ins Wageninnere laufen, verteilten den Rest über Motor- und Kofferraumhaube und zogen sich wieder zurück. Ein paar Sekunden lang tat sich gar nichts, dann kam aus der Dunkelheit etwas Kleines, Brennendes geflogen, das vom Wagendach abprallte. Aber es reichte aus. Es gab eine grelle Verpuffung, und im Nu stand der Wagen in Flammen.

»*Tá bem*«, sagte Fonseca. »Ein Stück zurück, bitte. Ich will mir die Typen noch mal ansehen.«

Auch nach dem zweiten Durchgang war er sich sicher. »Das sind Junkies, oder?«

»Klar«, sagte Pinto. »Allein die dünnen Beine. Ich frage mich immer, wo die eigentlich die Jeans in diesen Größen herkriegen. Ob's dafür spezielle Junkie-Läden gibt?«

»Und dieser Pedro Manduca kann die einfach so losschicken?«, fragte Tété.

»Das kann er. Für ihren Stoff tun die alles. Bleibt ihnen nichts anderes übrig.« Pinto wandte sich ihr zu. »Das ist die Art, wie Pedro es macht. Nur dadurch hat er so lange in dem Geschäft überlebt. Er lässt grundsätzlich alles von anderen erledigen. Und wenn dann irgendwas passiert ist, hat er selbst garantiert das perfekte Alibi, mit einer halben Stadionkurve von FC-Porto-Fans als Zeugen.«

Fonseca atmete schnaufend aus. »Tja ... Polizeischutz könnte er schon gebrauchen, der gute Cláudio. Leider können wir ihm den nur bieten, wenn wir ihn festnehmen. Und dafür reicht es hinten und vorne nicht.«

An der weißen Tafel stand noch immer die Frage: *Warum musste Rico sterben?*

Fonseca zeigte mit dem Finger darauf. »Wir wissen jetzt, dass es drei Personen gibt, die die Antwort kennen.

Zwei davon brauchen wir gar nicht erst zu fragen. Also bleibt nur die dritte: Márcia.«

Ana sah ihn an. »Dafür müssen wir ihr Vertrauen gewinnen. Das wird nicht einfach.«

»Rufen Sie sie an. Sie soll heute Nachmittag zur Vernehmung kommen.« Fonseca warf einen Blick auf die Uhr. »Sagen wir, um vier. Ich bin zum Mittagessen verabredet, das kann etwas dauern.«

28

Bei Sonne und Seewind ging Fonseca die Rua Heróis de França in Matosinhos entlang. Vom Fischereihafen drang das schrille Kreischen der Möwen herüber, der Duft von gegrillten Sardinen lag in der Luft. Hier reihte sich ein Fischrestaurant an das nächste. Jedes hatte seinen offenen Holzkohlengrill vor der Tür stehen, vereinzelt zogen Rauchschwaden über die Straße. Viele Gäste saßen unter großen Sonnenschirmen, bei manchen Restaurants auch windgeschützt hinter Glas oder Klarsichtplanen.

Frischeren Fisch als hier gab es nirgends. Fonseca betrachtete im Vorbeigehen die Sardinen, die noch so in ihren Styroporkisten lagen, wie sie vom Schiff gekommen waren. Ein Mann mit Piratenkopftuch machte gerade einen Wolfsbarsch grillfertig, indem er mit scharfem Messer die Mittelgräte entfernte.

Fonseca hätte sich auch lieber draußen hingesetzt, aber er war ja in »geheimer Mission« unterwegs, wie er es spöttisch nannte. Als einer der Kellner einladend auf einen freien Tisch zeigte, sagte er: »Danke, ich würde gern reingehen.«

Bei dem schönen Wetter war drinnen alles leer.

Fonseca wählte einen hinteren Ecktisch. »Zwei Personen, bitte«, sagte er.

Die zweite Person musste er erst noch anrufen. Er gab den Namen des Restaurants durch und stellte sich darauf ein, eine Weile zu warten.

Nach einer Viertelstunde kam ein Mann herein, der etwa in seinem Alter war und auch ebenso angegraut und nicht mehr der Schlankste. Sein Name war Jorge Gouveia. Er war ein höherer Beamter der Schutzpolizei: Subintendente bei der Divisão Policial de Gaia. Erst im Lokal nahm er seine Sonnenbrille ab. Er entdeckte Fonseca in seiner blau-weiß gekachelten Ecke, nickte ihm zu und kam herüber.

»*Bom dia*«, sagte er, als er den Stuhl zurückzog. »Schneller ging's leider nicht.« Wahrscheinlich war er noch dreimal um den Block gefahren, um Verfolger abzuschütteln.

Sie hatten am Vortag telefoniert. Fonseca hatte sich eigentlich nur erkundigen wollen, ob eine gewisse Milena Grigorjeva, wohnhaft in Gaia, der dortigen Schutzpolizei bekannt war. Kaum hatte er den Namen genannt, war am anderen Ende nur noch Herumgedruckse zu hören gewesen. Nach einigem Hin und Her hatten sie immerhin dieses Treffen vereinbart. Matosinhos war offenbar weit genug von seinem Revier entfernt, dass Gouveia es wagte, dort unter der Hand ein paar Informationen mit der PJ auszutauschen. So sah sie aus, die Zusammenarbeit der Polizeikräfte. Fonseca kannte es nicht anders.

Sie bestellten beide gegrillten Robalo – Wolfsbarsch – und teilten sich eine Flasche weißen Vinho Verde. Die Zeit, erst in Ruhe zu essen und hinterher zur Sache zu kommen, hatten sie heute allerdings nicht. Das Gespräch wandte sich schon sehr bald der bewussten Geschäftsfrau zu: Milena Grigorjeva, geboren in Odessa, Ukraine, siebenundvierzig Jahre alt, seit sechs Jahren im Land.

Fonseca schenkte ihnen beiden etwas Wein nach. »Die Frau betreibt also angeblich diese Modelagentur, ›Western Promise‹. Was hat es denn damit auf sich? Wir haben praktisch gar nichts gefunden.«

»Das ist auch kein Wunder.« Gouveia sah sich kurz um und beugte sich über den Tisch. »Die Agentur existiert nur im Internet. Die ist reine Fassade.«

»Mal ganz simpel gefragt: Ist es das, wonach es sich anhört?«

»Klar, was sonst? Das ist ein Prostitutionsring, nichts anderes. Wir beobachten das Ganze schon länger.«

Ach, tatsächlich, dachte Fonseca. »Dann ist der Vorgang ja aktenkundig, oder?«

»Ja, natürlich. Nur dass die Akte unter Verschluss ist. Die Sache ist heikel, verstehen Sie? Eine komplexe Operation, von langer Hand vorbereitet. Die darf nicht gefährdet werden.«

»Ja, verstehe. Und was meinen Sie – wann sind Sie so weit? Wann wollen Sie den Laden hochgehen lassen?«

»Wenn ich das sagen könnte. Im Moment ist sicher nicht der richtige Zeitpunkt. Es sind V-Leute daran beteiligt, die wir nicht von heute auf morgen abziehen können. Sie wissen ja, wie das ist.« Gouveia aß sein letztes Stück Grillfisch. »Was ich noch fragen wollte ... Da ist doch nichts passiert, oder? Das wüsste ich doch. Wieso interessiert sich die Mordkommission plötzlich dafür?«

Fonseca wiegelte ab. »Nein, nein, da war nichts. Es hat mit einem anderen Fall zu tun. Nehmen wir noch einen Nachtisch? Der Pudim Flan sieht ganz ordentlich aus.«

Als er allein zu seinem Wagen zurückging, sah er hinauf in den blauen Himmel, zu den kreischenden Möwen, und dachte: Na, wenigstens gut gegessen.

29

Ana Cristina war so unruhig, dass sie schon um kurz vor vier in die Eingangshalle hinunterfuhr. Sie hoffte, dass Márcia überhaupt zur Vernehmung erschien. Vorhin am Telefon hatte sie sich gar nicht gut angehört: fahrig und nervös, beinahe verängstigt. Sie persönlich in Empfang zu nehmen konnte auf jeden Fall helfen, schon mal etwas Stress abzubauen.

Immer wieder auf die Uhr sehend, stand Ana neben den Yuccas in der kühlen Halle, grüßte ab und zu einen Kollegen, blickte hinaus auf den Vorplatz. Sie war erleichtert, als sie um fünf nach vier eine schmale Gestalt auf die Glastüren zukommen sah, in Jeans und T-Shirt und kurzer Jeansjacke, das dunkelblonde Haar zum Pferdeschwanz gebunden.

Márcia kam herein, sah sich unsicher um.

Ana winkte ihr kurz zu. »*Olá, boa tarde!*«

Márcia nickte nur wortlos, zeigte dann ihren Ausweis vor und passierte die Sicherheitsschleuse.

»*Boa tarde.* Ich dachte, Sie wären jetzt mit diesem Brandanschlag beschäftigt. Ich weiß gar nicht, was Sie noch von mir wollen.«

Ana lächelte. »Das ist bei jeder Ermittlung so, wissen Sie? Bis zuletzt ergeben sich immer noch neue Fragen.«

Sie nahmen den Fahrstuhl, gingen oben den Korridor entlang. Tété kam ihnen wie zufällig entgegen. »*Boa tarde, como está?*«

Márcia lächelte immerhin zurück.

Es war abgesprochen, dass Tété sich jetzt ins Nebenzimmer setzte, um die Vernehmung per Video mitzuverfolgen.

»Hier, bitte.« Ana öffnete die Tür. »Nehmen Sie schon mal Platz. Der Chef kommt gleich. Möchten Sie einen Kaffee?«

»Nein, nein, danke.«

Fonseca kam hinzu, reichte Márcia über den Tisch hinweg die Hand. Dann setzte er sich an Anas Seite und sortierte seine Papiere.

Ana beugte sich etwas vor und sprach in das kleine Tischmikrofon: »Zeugenvernehmung in der Mordsache Ricardo Peixoto. Die Vernehmung wird durchgeführt von Chefinspektor José Manuel Fonseca und Inspektorin Ana Cristina Santos. Vernommen wird die Zeugin Márcia Luísa Freitas de Oliveira. Beginn 16:14 Uhr.«

»Gut ...« Fonseca blickte auf. »Sie werden sich sicher gefragt haben, weshalb wir Sie heute hergebeten haben. Das hängt natürlich schon mit dem Vorfall von gestern Abend zusammen. Es sind neue Indizien aufgetaucht. Deshalb müssen wir alles noch einmal durchgehen und einiges neu überprüfen.« Er lächelte kurz. »Das soll jetzt nicht heißen, dass wir Ihre vorigen Aussagen in Zweifel ziehen.«

Márcia saß sehr gerade und steif auf ihrem Stuhl und sah ihn misstrauisch an.

»Als Erstes müssen wir noch einmal über Ihr Verhältnis zu Ricardo Peixoto sprechen. Fürs Protokoll: Ricardo wird im folgenden Rico genannt. Sie selbst haben Ihr Verhältnis als gut, aber rein kollegial bezeichnet. Bei unseren Gesprächen in der Stiftung haben wir den Eindruck gewonnen, dass da ein bisschen mehr gewesen sein könnte, zumindest auf Ricos Seite, und dass das allgemein bekannt war. Wie Sie sich denken können, haben wir Ricos Telefondaten ausgewertet. Und dabei sind wir auf Folgendes gestoßen.«

Fonseca nahm das oberste Papier zur Hand.

»Knapp eine Woche vor seinem Tod, am Dienstag, dem zweiundzwanzigsten März, hat Rico Sie abends in Ihrer Wohnung besucht und ist fast die ganze Nacht bei Ihnen geblieben. Bis halb sechs Uhr morgens. Würden Sie uns erklären, wie es dazu gekommen ist?«

Márcia schien sich noch mehr zu verkrampfen. Sie hielt ihre Knie fest zusammen, rang die Hände in ihrem Schoß.

»Wenn Sie es unbedingt wissen wollen. Ja, es war so. Wir hatten Sex.«

»Mm-hm. War es das erste Mal?«

Ihr Blick sagte deutlich genug: »Was geht Sie das an?« Aber sie nahm sich zusammen.

»Ja, das war es. An dem Abend ... ist es halt einfach passiert.«

»Ihr Verhältnis hatte sich also verändert, kann man das sagen? Vom freundschaftlich-kollegialen ...«

»*Meu Deus!* Ich mochte ihn, und wir sind miteinander im Bett gelandet. So was kommt schon mal vor, oder? Deshalb ist es nicht gleich eine große Sache.«

Sie sah Ana an, als hoffte sie, dass sie ihr beistand.

Aber Ana glaubte ihr gerade kein Wort. Statt ihr zuzulächeln, sagte sie: »Das war ein ziemliches Risiko, finden Sie nicht? Er war ein Arbeitskollege, Sie hätten weiter mit ihm zurechtkommen müssen. Und Sie wussten ja sicher, was er für Sie empfunden hat. Wenn es für ihn nun ›eine große Sache‹ gewesen wäre – was dann?«

»So war es aber nicht«, sagte Márcia.

»Das denke ich auch.«

Ana sah sie an. Márcia hatte genau verstanden, wie sie das meinte.

»Immerhin haben Sie dann so viel Anteil genommen«, sagte Fonseca, »dass Sie zu seiner Beerdigung gegangen sind. Aus freien Stücken, wie wir gehört haben. Bei der offiziellen Abordnung der Stiftung hätten Sie nicht unbedingt dabei sein müssen. Stimmt das?«

»Ja, das stimmt. Ich wollte einfach hingehen. Auch wenn es mir nicht leichtgefallen ist.«

»Kannten Sie Ricos Bruder schon vorher?«

»Nein, ich habe ihn da zum ersten Mal gesehen. Dem Namen nach kannte ich ihn natürlich, das können Sie sich ja denken.«

»Haben Sie gewusst, dass er Ricos Bruder ist?«

»Pedro Manduca? Nein, davon hat Rico nie was gesagt. Er wusste ja, was ich von Dealern halte.«

»Sie arbeiten mit Drogenabhängigen«, sagte Ana. »Sie sehen das Elend jeden Tag. Wir wissen, welche Arbeit Sie leisten, wie engagiert Sie dabei sind. Sie haben Rico geglaubt, dass er nichts mehr mit der Szene zu tun hatte, oder?«

»Ja, das habe ich.«

»Es muss sehr enttäuschend für Sie sein, dass er in diese Schwarzmarktgeschäfte verwickelt war.«

»Was macht das noch für einen Unterschied? Er ist tot. Und jeder weiß, worauf das jetzt hinausläuft: Es war ein Mord im Drogenmilieu und fertig. Nächste Woche haben Sie die Sache abgehakt. Ist doch so, oder?«

»Nein, das ist nicht so«, sagte Fonseca. »Und deshalb sind Sie heute hier. Ich erwähnte ja anfangs die neuen Indizien. Die werfen genau diese Fragen auf: Ging es wirklich um die Arzneimittellieferung? Oder um etwas ganz anderes? Was ist tatsächlich passiert an diesem Abend in der Lagerhalle? Und mit wem ist Rico dort gewesen?«

Márcia saß schon ganz vorn auf der Stuhlkante. Sie ahnte offenbar nichts Gutes.

»Auf der Beerdigung haben Sie deutlich gesehen, wem Pedro Manduca die Schuld am Tod seines Bruders gibt. Das muss auch für Sie überraschend gewesen sein, oder nicht? Was haben Sie in dem Moment gedacht?«

»Ich kann mich nicht erinnern. Ich hatte so viel Beruhigungsmittel genommen, ich glaube, ich war gar nicht ganz da.«

»Wir haben auch gesehen, wie Pedro sich *Ihnen* gegenüber verhalten hat. Haben Sie eine Erklärung dafür? Wenn Sie sich vorher gar nicht gekannt haben?«

»Ich weiß ja nicht, was Rico ihm erzählt hat. Vielleicht hat er behauptet, wir wären zusammen.«

»Wegen dieser einen Nacht? Ja, das wäre denkbar.« Fonseca suchte etwas in seinen Unterlagen. »Die Sache ist die: Wir wissen inzwischen, was Rico ihm sonst noch erzählt hat. Und wir fragen uns, woher Rico das wissen konnte – *wenn nicht von Ihnen.*«

Márcia wurde ganz starr, als er das sagte.

»Der ausgebrannte Mercedes war schon die zweite Drohung, die Ihr Onkel seit der Beerdigung erhalten hat. Die erste war diese hier.« Fonseca schob ihr ein Foto der Ratte über den Tisch.

Sie fasste es nicht an, sondern warf nur aus sicherer Entfernung einen Blick darauf.

»Wie Sie sehen, war die Ratte in Zeitungspapier gewickelt. Aber es war nicht irgendeine Zeitung. Sie war schon vier Wochen alt und Teil der Botschaft. Es war das Jornal de Notícias vom Samstag, dem fünften März, und zwar die Seite mit der Anzeige, die wir aufgegeben hatten. Sie wissen, von welcher Anzeige ich spreche, nicht wahr? In den Online-Ausgaben mehrerer Tageszeitungen war sie schon am Freitag erschienen.«

Er schob ein zweites Foto neben das erste.

Márcia wurde blass. Ihre Hände krampften sich ineinander.

»Nein«, sagte sie. »Nein. Ich ... hab das noch nie gesehen. Ich weiß nicht, was das ist.«

»Auch am Samstag, dem fünften März, ist Rico bei Ihnen in der Wohnung gewesen. Am Vormittag. Aber er ist nicht lange geblieben, nicht einmal eine Stunde.«

Ana sagte behutsam: »Es ging Ihnen nicht gut an diesem Tag, oder? Sie hatten die Anzeige schon gesehen.«

Márcia schüttelte verzweifelt den Kopf. »Nein! Ich weiß überhaupt nicht, wovon Sie reden!«

Fonseca wartete einen Moment, zog ein weiteres Papier hervor.

»Kennen Sie das Kosmetik- und Nagelstudio ›Filomena Esteticista‹ in Gondomar?«

»Was …? Nein. Wieso?«

»Sie haben dort angerufen. Am Donnerstag, dem dritten März. Sie wollten allerdings jemand anders sprechen, eine alte Frau, die im Bairro da Sé als Maria Vareira bekannt war. Die Nummer war neu vergeben worden. Daraufhin sind sie nach Campanhã gefahren und haben dort mit ihrer Schwiegertochter gesprochen, einer Frau namens Magda Pedrosa, die Ihnen leider nicht weiterhelfen konnte.«

»Das ist nicht wahr. Ich habe nirgendwo angerufen. Ich bin nirgendwo hingefahren.«

»Ersparen Sie uns den Aufwand einer Gegenüberstellung. Ihre Telefondaten belegen es sowieso.«

»Im Bairro da Sé«, sagte Ana, »galt Maria Vareira als die Frau, die jeden gekannt und alles gewusst hat. Wir hätten selbst gern mit ihr gesprochen. Was genau war es, wonach Sie sie fragen wollten?«

»Ich habe diesen Namen noch nie gehört!«

»Dann will ich es Ihnen sagen. Sie wollten sie nach einem Haus in ihrer alten Nachbarschaft fragen, nach der Rua da Bainharia Nummer 32. Sie haben gehofft, sie wüsste vielleicht noch, *wer früher den Schlüssel gehabt hat*. War es nicht so?«

»Nein. Nein! Ich sage doch, Sie irren sich.«

»Magda Pedrosa hat ausgesagt, Sie hätten auch an diesem Tag schon bedrückt und angespannt gewirkt. Am nächsten haben Sie dann unsere Anzeige gesehen. Das hat alles noch schlimmer gemacht, nicht wahr? Weil Sie plötzlich Gewissheit hatten.«

Márcia sagte kein Wort.

Ana beugte sich vor, zeigte auf das Foto der Anzeige.

»Márcia ... Wem hat dieser Kettenanhänger gehört?«

Márcia presste die Lippen aufeinander, kniff die Augen zu, schüttelte den Kopf.

Ana lehnte sich wieder zurück. Sie wartete, doch es kam keine Antwort.

»Rico wollte Ihnen helfen, oder? ›Er war so ein netter Kerl‹, haben Sie gesagt. Er hat gemerkt, dass es Ihnen nicht gut ging. An diesem Samstag, dem fünften März, als er vormittags bei Ihnen war ... Er hat Sie gefragt, ob er nicht irgendwas für Sie tun könnte. Aber Sie konnten ja nicht darüber reden.«

Márcia schob das Foto der Anzeige so weit wie möglich von sich weg.

Ana sah Fonseca an. Er nickte ihr zu. Sie wandte sich wieder an Márcia.

»Aber Rico hat Sie geliebt. Er hat nicht lockergelassen, habe ich recht? In der Nacht vom zweiundzwanzigsten auf den dreiundzwanzigsten März – da haben Sie nicht mit ihm geschlafen. Sie haben sich alles von der Seele geredet, was Sie seit Wochen belastet hat. Sie haben ihm gesagt, wem dieser Kettenanhänger einmal gehört hat. Und Sie haben ihm gesagt, *wessen Skelette es waren*, die all die Jahre in dem Haus in der Rua da Bainharia gelegen hatten.«

Márcia ließ den Kopf hängen, ihre Schultern zuckten. Sie fing an zu weinen.

Ana wäre am liebsten aufgestanden und hätte sie in den Arm genommen. Aber das ging jetzt nicht.

»Márcia? Glauben Sie mir, ich verstehe genau, wie schwer das für Sie ist. Ich kann mir vorstellen, was für ein Schock es gewesen sein muss, von Ricos Tod zu erfahren.

Dass er *ermordet* wurde! Aber das ist nicht Ihre Schuld, hören Sie?«

Márcia sah sie nicht an. Sie schluchzte nur, wischte sich die Tränen ab.

»Ich bin sicher, Sie haben es sofort bereut, dass Sie ihm alles anvertraut hatten. Spätestens am nächsten Morgen. Sie wussten ja, Rico war nicht der Typ, der etwas für sich behalten konnte. Und er hat es dann auch dem Falschen erzählt: seinem Bruder.«

»Wir wissen nicht, was Rico vorhatte«, fügte Fonseca ruhig hinzu. »Ob es ein Erpressungsversuch war oder was auch immer. Aber glauben Sie mir: Wir denken nicht, dass Sie daran beteiligt waren. Von uns haben Sie nichts zu befürchten.«

Ana beugte sich vor. »Vertrauen Sie uns. Sagen Sie uns alles, was Sie wissen.«

Márcia schüttelte den Kopf, die Augen fest zugekniffen. »Ich weiß nichts! Ich kann Ihnen nichts sagen.«

»Doch, das können Sie!«

Fonseca gab Ana ein Zeichen: »Ganz ruhig.«

»Ihr Onkel«, sagte er, »hat uns das mit der Ratte natürlich verschwiegen. Wir haben auf anderem Weg davon erfahren. Ich kann Ihnen versichern: *Er weiß noch nicht*, dass wir es wissen.«

»Und wir werden es ihm auch nicht sagen. *Noch* nicht.« Ana sah sie flehentlich an. »Márcia ... bitte! Helfen Sie uns, damit wir ihm weiter einen Schritt voraus sind!«

»Nein! Ich kann nicht!«

Und dabei blieb sie.

»Ich möchte jetzt gehen. Kann ich bitte gehen?«

»Ja, es steht Ihnen frei zu gehen«, sagte Fonseca. »Ich kann Sie nur bitten, es nicht zu tun.«

Aber Márcia stand sofort auf. Ohne sie noch einmal anzuschauen, ging sie an ihnen vorbei und verließ den Raum.

Ana schlug mit der flachen Hand auf den Tisch. »Das darf doch nicht wahr sein!« Sie blickte zur Tür. »Ah, am liebsten würde ich ...«

Fonseca sah sie an. »Versuchen Sie es.«

»Meinen Sie wirklich?«

»Ja. Jetzt.«

Ana sprang auf, hastete den Korridor entlang. »Márcia, warten Sie!«

Márcia ging einfach weiter. Ana holte sie ein.

»Bitte überlegen Sie es sich noch mal. Sie wollen doch auch nicht, dass er ungestraft davonkommt, oder? Machen Sie Ihre Aussage und arbeiten Sie mit uns zusammen.«

»Ich *kann* nicht! Lassen Sie mich!«

»Warum vertrauen Sie uns nicht?«

Márcia blieb tatsächlich stehen. »Ich glaube Ihnen ja, dass Sie es gut meinen. Aber was nützt mir das? Wenn ich da reingerate, bin ich verloren. Ich kann mir keinen teuren Anwalt leisten.«

»Jetzt geht es erst mal darum, ihn zu überführen. Sonst wird er gar nicht erst angeklagt. Und dafür brauchen wir Sie, Márcia.«

»Ja, ja. Und hinterher? Da brauchen Sie mich nicht mehr. Dann bin ich wieder allein.« Sie ging weiter. »Es gibt Schlimmeres, als umgebracht zu werden, wissen Sie?«

»Wie meinen Sie das?«

Aber Márcia presste nur wieder die Lippen zusammen, wandte sich ab.

Als sie den Fahrstuhl erreichten, drückte Márcia rasch den Knopf und starrte auf die geschlossenen Türen.

Ana stand seitlich hinter ihr. Einen Versuch hatte sie noch. Sie zögerte erst, aber dann sagte sie: »Ich bin im Registo Civil gewesen. Sie haben eine Schwester, die zwei Jahre jünger ist. Fernanda. Sie hat nicht geheiratet, sie hat keine Kinder. Es gibt keinen einzigen weiteren Eintrag über sie. Wo ist sie? Wie geht es ihr?«

Márcia starrte weiter geradeaus.

»Und wie geht es Ihrer Mutter?«

Es machte »Ping«, und die Türen schoben sich auf. Der Fahrstuhl war leer, Márcia trat ein.

Ana folgte ihr nicht. Die Kabine war zu eng, sie wollte sie nicht zu sehr bedrängen.

»Hier, nehmen Sie meine Karte. Sie können mich jederzeit anrufen.«

Márcia blickte stumm zu Boden.

»Nun nehmen Sie schon!«, sagte Ana.

Doch in dem Moment schlossen sich die Fahrstuhltüren.

Tété und Fonseca standen am Kaffeeautomaten und schauten sie fragend an.

Ana schüttelte noch im Gehen den Kopf. »Ich komme nicht an sie ran! Sie blockt alles ab.«

Sie nahm sich auch einen Espresso, dann gingen sie zu dritt in Fonsecas Büro.

Die Nachbesprechung war kurz und das Fazit ernüchternd. Fonseca warf seinen Kugelschreiber hin. »Im Moment ist aber auch alles festgefahren!«

»Sie hat einfach Angst«, sagte Tété, »und ich kann es ihr nicht verdenken. Sie sagt, sie kann sich keinen teuren Anwalt leisten. Bei der Zwei-Klassen-Justiz, die wir haben, ist das genau der Punkt.«

»Aber sie steckt doch schon mittendrin«, sagte Ana. »Sie *kann* sich nicht einfach heraushalten. Was soll das bringen?«

Tété sah sie an. »Es ist wirklich ungerecht, oder? Immer kommen Leute wie Márcia unter die Räder. Die paar Anständigen, die den Laden am Laufen halten. Während die Oberen, Senhor Cláudio und Konsorten, nie was anderes tun, als abzugreifen. Ich bin es so leid! Wenn wir die ganze Stiftung mal auf den Kopf stellen würden, dann wüsste ich schon, wie die Bilanz aussieht: Von all den Spenden und staatlichen Beihilfen kommen höchstens zehn Prozent bei den Bedürftigen an, der Rest fließt in die eigene Tasche. Und das reicht dann immer noch nicht. Dann muss man noch tschechisches Ecstasy importieren und von hiesigen Dealern in Umlauf bringen lassen. Manche Leute kriegen eben nie den Hals voll.«

Fonseca lächelte ihr zu. »Abwarten«, sagte er. »Vielleicht ist es ja das, was ihn letztlich zu Fall bringt.«

30

In dieser Nacht konnte Márcia überhaupt nicht mehr schlafen. Sie traute sich nicht, ihre Tabletten zu nehmen. Schon die Vorstellung, so betäubt und wehrlos dazuliegen, machte ihr Angst.

Also lag sie die ganze Zeit wach, starrte ins Dunkle, spürte ihr Herz klopfen. Sie brauchte nur ein Auto zu hören, das unten vorm Haus hielt, oder Schritte im Treppenhaus, schon saß sie wieder auf der Bettkante, mit hochgezogenen Schultern, die Oberarme mit beiden Händen umklammert.

Ihr Kopf war wie eine Echokammer, die nie zur Ruhe kam.

Bei deinen Patientenakten könntest du froh sein, wenn du nicht eingewiesen wirst.

Er kann doch nicht einfach so davonkommen!

Sie haben eine Schwester, die zwei Jahre jünger ist. Fernanda. Wo ist sie?

Eines war sicher: Cláudio wusste, wovon er redete. Sie durfte auf keinen Fall in die Mühlen der Justiz geraten, sonst wurde sie irgendwann wirklich in der geschlossenen Psychiatrie weggesperrt.

Erneut stand sie auf, ging ins Wohnzimmer, ohne

Licht zu machen. Durch einen Spalt der Jalousie blickte sie hinab auf die Straße. Unten war niemand zu sehen. Es war nach drei Uhr nachts.

Und jetzt?

Sie hatte es alles schon hundertmal hin und her gewälzt. Keine Sekunde lang glaubte sie, dass die PJ ihm etwas nachweisen konnte. Irgendwann wurde auch diese Ermittlung ergebnislos eingestellt, und dann war sie mit ihm allein. Rico war tot. Und sie war die Mitwisserin, die noch lebte. Die Mitwisserin eines Mordes, der *nicht* verjährt war.

Sie wandte sich vom Fenster ab, schaltete eine Stehlampe ein. Es half nichts, sich hier im Dunkeln zu verkriechen. Wie oft hatte sie das zu anderen gesagt: »Du musst auch leben *wollen*, verstehst du? Du musst etwas dafür *tun*, und zwar sofort. Wenn du so weitermachst, bist du in vier Wochen tot.«

Auf dem Glastisch lagen noch die Tablettenschachteln, die sie unschlüssig in der Hand gehabt hatte. Schlafmittel, Angstlöser, Antidepressiva. Immer wenn es ihr unangenehm war, den Arzt schon wieder um ein Rezept zu bitten, war ihr guter Onkel Cláudio für sie da. »Brauchst du noch etwas? Sag es mir einfach. Ich schreib's dann woanders mit auf, kein Problem.«

Sie sah sich um. Es war eine schöne Wohnung, in einer schönen ruhigen Straße. Ein bisschen teuer für eine Sozialarbeiterin. Aber der Eigentümer war ja die Fundação Esperança. Auch ihr Privatwagen lief über die Stiftung. Ihr ganzes Leben lief über die Stiftung.

Ja, er hatte sich um sie gekümmert, das musste sie ihm lassen. Und er kümmerte sich sicher auch weiter um sie.

Blieb nur abzuwarten, in welcher Form. Hatte sie irgendwann einen seltsamen Unfall? Oder starb sie an einer Überdosis Tabletten? Ein »trauriger Fall«?

Nein, verdammt! So einfach nicht!

Mit einer einzigen Handbewegung fegte sie die Tablettenschachteln vom Tisch.

Sie ließ sich auf das Sofa fallen, auf dem sie mit Rico gesessen hatte, und lehnte sich weit zurück.

Wie hatte Rico gesagt? »Warum musst du allein damit fertigwerden?«

Ja, warum eigentlich?

Plötzlich dachte sie an den ausgebrannten Mercedes. Cláudio stand selbst mit dem Rücken zur Wand.

Denn da war noch jemand.

Jemand, der seine verspiegelte Sonnenbrille abgenommen und ihr tief in die Augen geblickt hatte.

Am nächsten Morgen kam es ihr völlig verrückt vor, an so etwas auch nur zu denken. Unter der Dusche schloss sie die Augen, hielt ihr Gesicht in den sprühenden Wasserstrahl, als ob sie sich reinwaschen wollte von der Versuchung.

Aber das schaffte sie nicht.

Der Gedanke war da, und sie wurde ihn nicht wieder los.

31

Auch abends um zehn war Márcia noch immer hin- und hergerissen. Nervös ging sie am Rande des Bairros auf und ab und traute sich nicht hinein.

Noch konnte sie es sich anders überlegen. Noch war sie in Sicherheit, auf der breiten Rua de Mouzinho da Silveira, im Licht der Straßenlaternen, mitten zwischen den Passanten. Mal ging sie ein Stück hinauf Richtung Bahnhof São Bento, dann wieder hinunter in Richtung Ribeira. Immer wenn sie an der Rampe vorbeikam, die zur Rua do Souto hinaufführte, stockte ihr Schritt. Manchmal blieb sie sogar stehen, aber dann wandte sie sich wieder ab und ging weiter. Allein und im Dunkeln das Bairro da Sé zu betreten ... Was für eine Idee! Sie musste wirklich verrückt geworden sein.

Endlos konnte sie hier nicht auf und ab gehen, das war klar. Nicht alle Menschen auf der Straße waren in Bewegung, es gab auch welche, die in den Ecken beisammenstanden oder am Brunnen auf den Stufen saßen. Sie spürte, dass sie langsam auffiel. Sie trug eine kurze schwarze Lederjacke, enge schwarze Jeans und Stiefeletten. Die Männer musterten schon ihre Beine. Es konnte nicht mehr lange dauern, bis der erste sie ansprach.

Sie musste sich entscheiden: Tu es oder lass es. Wenn, dann tu es jetzt.

Einer der Männer am Brunnen hob die Hand: »He, du, warte doch mal!«

Márcia tat so, als hätte sie nichts gehört, beschleunigte ihre Schritte und ging die Rampe hoch. Vor ihr lag die schmale und düstere Rua do Souto. Alles in ihr sträubte sich, dort hineinzugehen. Aber sie musste jetzt etwas tun. Für Nanda, für Rico, für sich selbst.

Sie hatte nur ein leichtes Beruhigungsmittel genommen. Mit der Angst musste sie irgendwie anders fertigwerden. Flach und angespannt atmend, ging sie die ansteigende Straße hinauf.

Nur vereinzelte Laternen an den Hauswänden spendeten etwas Licht, dazwischen lag alles in Dunkelheit. Es war niemand zu sehen, aber Márcia wusste nur zu genau, dass sie hier nicht allein war. Das Klacken ihrer Absätze auf dem Kopfsteinpflaster kam ihr unnatürlich laut vor.

Schon beugte sich eine Gestalt aus einem dunklen Hauseingang, das Gesicht vom Schatten der Kapuze verborgen. »*Branquinha? Queres branquinha?*«

»Ich will nichts kaufen.« Márcia zögerte ein letztes Mal. Dann sprach sie es aus: »Ich muss mit Pedro Manduca reden. Kannst du mich zu ihm bringen?«

Der junge Mann lachte kurz auf. Er klang überrascht und verunsichert. »Hier gibt's keinen, der so heißt.« Er wich in seine dunkle Ecke zurück. »Besser, du verpisst dich. Nun mach schon!«

»Hör zu. Ich weiß nicht, wie ich ihn erreichen kann. Es ist wichtig.«

»Wichtig ist, dass ich genug verkauft kriege, sonst gar nichts. Also verschwinde!«

»Kannst du nicht jemanden anrufen, der den Kontakt herstellt?«

»Scheiße, was soll das? Wieso ich?« Er schien plötzlich den Tränen nahe. »Ich hab genug Probleme!«

»Das weiß ich. Ruf einfach jemanden an, ja? Sag ihm, Ricos Freundin ist hier.«

»*Wer ...?*«

»Du hast schon richtig gehört. Ich war die Freundin von Pedros Bruder.« Sie sagte absichtlich »*die* Freundin«, nicht »*eine* Freundin« – *namorada*, nicht *amiga*. Sie war sicher, Rico hätte nichts dagegen gehabt.

»Woher weiß ich, dass du mir keinen Scheiß erzählst?«

»Ruf einfach an. Dann kann sich jemand anders darum kümmern.«

Márcia kannte ihre Junkies. Probleme auf andere abwälzen – das war genau ihr Ding. Auch dieser ließ sich die Chance nicht entgehen. Ein kleines Mobiltelefon leuchtete auf, dann hörte sie ihn hektisch vor sich hin flüstern.

Als er fertig war, sagte er: »Es kommt gleich jemand. Aber hier kannst du nicht stehen bleiben, ich hab zu tun. Warte da hinten.«

»Okay, danke.«

Márcia ging langsam weiter. Halb im Lichtschein einer Laterne blieb sie stehen, auch wenn sie ahnte, wie das aussah.

Wann immer sie nach links oder rechts blickte, lag die enge Straße da wie menschenleer. Sie hörte das Rauschen der Stadt, ab und zu hupte irgendwo ein Auto. Sie betete, dass sie hier nicht so lange warten musste. Und dass nicht die falschen Typen vorbeikamen. Sie hatte genug Mädchen und Frauen getroffen, die durch ihre Sucht auf dem Straßenstrich gelandet waren. Mehr als eine von ihnen hatte sie im Krankenhaus besucht. Es war ihr immer ganz unvorstellbar erschienen, sich so auszusetzen. Und jetzt stand sie hier allein auf der Rua do Souto.

Sie hörte eine Stimme. Es klang, als ob jemand im Gehen telefonierte. Aus Richtung Sé kam ein Mann auf sie zu, ein kräftiger Kerl mit Glatze und dunklem Vollbart, den Blick auf sein Smartphone gesenkt, das Gesicht von unten angeleuchtet. Er schien zu skypen. Zwischendurch hob er den Kopf und sah sie an.

Das Erste, was sie verstehen konnte, war: »Ja, könnte sein. Warte, guck sie dir mal an.«

Als er bei ihr war, sagte er: »*Boa noite*. Sie wollen zu Pedro?«

Márcia nickte nur.

»Kommen Sie mal etwas mehr ins Licht. So, ja ...« Der Mann hob sein Telefon, hielt es ihr vors Gesicht.

Auf dem Bildschirm war eine blonde junge Frau zu sehen. Sie war stark geschminkt und kaute Kaugummi. »*Olá, boa noite*. Sagen Sie mir noch mal Ihren Namen?«

»Márcia.«

Die junge Frau blickte zur Seite. »Ja, das ist sie! Die auf der Beerdigung war.« Jemand murmelte etwas, sie kaute weiter ihren Kaugummi. »Dann ist das okay, oder was?« Noch mehr Gemurmel. Sie wandte sich wieder Márcia zu. »Ja, alles klar.«

Der Mann drehte sein Telefon um. »Gut, dann bis

gleich.« Und zu Márcia sagte er: »Kommen Sie, ich bringe Sie hin.«

Sie folgte ihm in die Richtung, aus der er gekommen war. Schweigend gingen sie durch eine weitere dunkle Gasse und bogen dann in einen Durchgang, der so schmal war, dass man links und rechts die Hauswände berühren konnte. Ein kleines Tier huschte ganz nahe an ihnen vorbei. Márcia war ziemlich sicher, worum es sich handelte.

In der Gasse am anderen Ende sagte der Mann: »So, da sind wir schon.« Er stieg ein paar rund getretene Eingangsstufen hinauf, die wohl noch aus dem Mittelalter stammten, und klopfte an der massiven Holztür. Die Tür und die Sprossenfenster darüber hatten breite Granitumrahmungen, und neben dem Eingang wölbte sich ein Stück unbehauener Felsen hervor.

Erst beim Eintreten sah man, dass das Haus bereits aufwendig restauriert war. Die Wand gegenüber, eine Trockenmauer aus schweren Granitblöcken und zahllosen kleineren Steinen, war indirekt angeleuchtet wie in einem Museum. Eine grazile Edelstahltreppe führte nach oben.

Der Mann, der sie eingelassen hatte, schloss die Tür hinter ihnen. Er war kleiner als der andere und eher schmächtig, mit schmalen, misstrauischen Augen und einem dünnen Schnurrbart. »Na denn, Márcia ...«, sagte er, als bezweifelte er, dass das ihr richtiger Name sei. Er streckte die flache Hand aus. »Ihr Telefon, bitte.«

Sie gab es ihm.

Er steckte es ein. »Sonst noch was in den Taschen, wovon ich wissen sollte?« Er gab ihr ein Zeichen, die Arme zu heben, und klopfte ihre Lederjacke ab.

Die Stirn gerunzelt, ging er halb um sie herum. Er fasste ihr ins Haar, ließ ihren Pferdeschwanz durch seine Hand gleiten. Was das sollte, erklärte er nicht. Aber er kam zu dem Schluss: »Gut ... in Ordnung«, und deutete mit dem Kopf auf die Treppe. »Ganz nach oben. Und da klopfen.«

Márcia spürte, wie ihr die Blicke der beiden Männer folgten. Sie war froh, als sie den ersten Treppenabsatz erreicht hatte und von unten nicht mehr zu sehen war. Sie stieg weiter hinauf, bis unter das Dach.

Vor der Tür atmete sie noch einmal tief durch, dann klopfte sie.

Die Tür wurde sofort geöffnet, und die blonde junge Frau von eben stand vor ihr, immer noch Kaugummi kauend. Sie trug ein blassrosa Top, schwarz-weiß gestreifte Leggings, und sie war barfuß. »Ah«, sagte sie. »Kommen Sie rein.« Sie wich von der Tür zurück.

Márcia trat ein. Und blieb sofort wieder stehen. Auch das Dachgeschoss war neu ausgebaut, zu einem lang gestreckten Raum, in dem nur wenige indirekte Wandleuchten und kleine Deckenstrahler brannten. Die gegenüberliegende Seite bestand komplett aus Glas – aus einer Reihe hoher Atelierfenster –, und die Aussicht war atemberaubend. Über die Dächer der Altstadt hinweg fiel der Blick direkt auf den angestrahlten Torre dos Clérigos, der machtvoll aus dem Häusergewirr emporragte. Möwen segelten um den Turm herum, leuchteten in den Scheinwerferstrahlen auf und verschwanden wieder am Nachthimmel.

Pedro Manduca saß zurückgelehnt und ausgestreckt auf dem breiten, kantigen Ledersofa, das der Fensterfront gegenüberstand. Er trug ein dunkles Seidenhemd, das über der Brust weit offen war, eine schwarze Hose, die glänzte, als sei sie aus Leder, und spiegelblank polierte Stiefel. Seine dicke Goldkette und die goldenen Ringe schimmerten in dem ungewissen Licht. Über die Schulter blickte er zu ihr herüber und lächelte leise.

Márcia konnte sich noch gar nicht von der Aussicht losreißen.

Pedro stand auf und kam auf sie zu.

»Márcia ... Ich muss sagen, ich staune. Mit Ihnen hätte ich nun wirklich nicht gerechnet.«

Sie lächelte schwach. »Ich staune selbst, dass ich hier bin.«

»Ich höre, Sie und Rico waren zusammen? Das wusste ich gar nicht. Nur dass er Sie sehr gernhatte.«

Márcia senkte den Blick, biss sich kurz auf die Lippe. »Ja, es war ... noch ganz am Anfang mit uns beiden.«

Pedro sagte ruhig und beiläufig: »Gina, lässt du uns bitte allein?«

»Was?« Die junge Frau sah ihn verblüfft an.

»Lässt du uns bitte allein, Gina?« Sein Ton war so ruhig wie beim ersten Mal. Es reichte, dass er sich wiederholte.

Wortlos klaubte Gina ihre hochhackigen Sandaletten vom Boden auf. Márcia erwartete, dass sie sie anzog, doch sie behielt sie einfach, am Riemen baumelnd, in der Hand, nahm noch ihre Coladose vom Couchtisch und ging barfuß hinaus.

Pedro wartete, bis sie die Tür hinter sich zugezogen hatte.

»Was führt Sie zu mir, Márcia?« Plötzlich lächelte er. »Vielleicht sollten wir uns duzen, was meinen Sie? Vielleicht wären Sie ja noch meine Schwägerin geworden. Stellen Sie sich das vor: wir beide auf Ricos Hochzeit statt auf seiner Beerdigung. Ich als Trauzeuge, Sie als die Braut ... *du* als die Braut.«

Márcia drehte den Kopf weg. Sie wollte nicht, dass er ihr ansah, wie absurd ihr dieser Gedanke vorkam.

»Entschuldigung«, sagte er, »das war jetzt nicht sehr passend ... Wir haben beide einen großen Verlust erlitten. Mein Bruder und ich haben uns sehr nahegestanden, wissen Sie?«

Márcia lächelte ihm zu. »Wir können gerne Du sagen.«

»Okay.« Er strich sich über den kahl rasierten Schädel, ließ die Hand auf seinem muskulösen Nacken ruhen. »Rico war mein kleiner Bruder. Drei Jahre jünger als ich. Und dann hat sich auch noch herausgestellt, dass er nicht ganz gesund war.« Er ließ die Hand sinken. »Du weißt, wie das ist, oder? Irgendwie fühlt man sich immer verantwortlich. Ich für Rico, du für deine Schwester Nanda.«

Márcia holte tief Luft.

Pedro sah ihr in die Augen. »Sie sind beide ermordet worden. Und wir wissen, von wem.« Er wartete einen Moment. »Deshalb bist du hier. Und das ist gut so.«

»Ich weiß selbst nicht ...«

»Doch, das weißt du. ›Der Feind meines Feindes ist mein Freund.‹ Arabisches Sprichwort. Glaub mir, ich weiß es zu schätzen, dass du gekommen bist. Rico hat ein bisschen von dir erzählt. Ich kann mir schon vorstellen, was du im Grunde von mir hältst.« Er lächelte. »Als du eben hier reingekommen bist, habe ich dir angesehen, was du gedacht hast. Es hat dir sofort gefallen, was wir aus der alten Mansarde gemacht haben. Und da hast du gedacht: Du weißt zwar, wie das finanziert ist, aber schön ist es trotzdem. Hab ich recht?«

Márcia lachte verlegen. »Ja, das stimmt schon. Etwas in der Richtung.«

»Du bist hier. Das ist das Einzige, was zählt. Du bist über deinen Schatten gesprungen.«

Er merkte, dass er sie nur noch mehr in Verlegenheit brachte, und schlug ihr vor, sich zu setzen. »Komm, gib mir deine Jacke. Möchtest du was trinken?«

Er überließ ihr das Sofa und nahm selbst in dem schweren Ledersessel Platz, der an der Seite stand. Beide eine Flasche Super Bock in der Hand, fingen sie an, über die ganze Sache zu reden.

»Hat Rico dir *alles* erzählt?«, fragte Márcia.

Pedro nickte. »Ja, gleich am anderen Tag. Er war tief beeindruckt. Und so empört über die Ungerechtigkeit. Es hat ihn gar nicht mehr losgelassen.« Aber was Rico vorgehabt hätte, das wüsste er auch nicht. »Sicher ist nur: Er hat nicht gründlich nachgedacht. Und er hat die Gefahr völlig falsch eingeschätzt.«

Es lag vielleicht auch an dem Blick über die Dächer, auf den leuchtenden Torre dos Clérigos, dass es Márcia immer noch unwirklich vorkam, hier mit Pedro Manduca zu sitzen und über ihr Leben zu sprechen. Manchmal war es, als ob sie sich selbst beim Reden zuhörte. Sie hielt nichts zurück. Sie erzählte ihm auch von Cláudios Drohung.

»All meine Probleme sind doch nur dadurch entstanden, *dass* er das damals getan hat! Und daraus will er mir jetzt einen Strick drehen. Das ist einfach zu viel! Das nehme ich nicht hin!«

»Das sollst du auch nicht.« Pedro stellte seine leere Bierflasche auf den Couchtisch. »Wir müssen nur gut überlegen. Besser, als Rico es getan hat.«

»Ja, das müssen wir.« Márcia trank ebenfalls aus. »Ich weiß nur eins: Ich will nicht sein nächstes Opfer werden. Und ganz allein werde ich das. Auf die eine Art oder die andere …«

Pedro lehnte sich in seinem Sessel zurück und schaute sie nachdenklich an.

So lange, dass sie schon wieder nervös wurde.

»Gut«, sagte er schließlich. »Dann werden wir jetzt als Erstes verhindern, *dass er dir jemals etwas antun kann.*«

Er stand auf, ging in eine hintere Ecke und nahm dort mit beiden Händen etwas aus dem Regal. Erst als er damit zurückkam, sah Márcia, was es war. Ein Laptop.

Er legte ihn auf den Couchtisch, ohne ihn aufzuklappen, und setzte sich wieder.

»Ich habe hier etwas, von dem er nicht ahnt, dass es überhaupt existiert. Damit können wir ihn zwingen, genau das zu tun, was wir wollen.«

Márcia sah ihn nur ungläubig an.

Pedro lächelte flüchtig. »Weißt du … mir ist dauernd im Kopf herumgegangen, was Rico mir erzählt hat. Über euer Gespräch in dieser Nacht. Über Cláudio und deine Schwester Nanda. Wie Cláudio sie damals in das Haus gelockt hat, um sie ganz für sich zu haben. Ich hab ja ihr Foto gesehen. Ein sehr schönes Mädchen, wirklich. Wie ein Engel, mit diesen langen lockigen Haaren. Er muss völlig von ihr besessen gewesen sein, oder? Wenn man die Risiken bedenkt, die er eingegangen ist … Er hat das einfach nicht stoppen können. Bis es zur Katastrophe gekommen ist.«

Márcia sagte nichts. Er schien das auch nicht zu erwarten.

»Und da dachte ich mir: So jemand ändert sich nie. Das sitzt einfach in ihm drin. Also was macht so ein feiner Senhor, wenn er auf minderjährige Mädchen steht? Wenn es ab und zu einfach mal sein muss? Es darf ja ruhig etwas kosten, er kann es sich leisten.«

Pedro beugte sich vor, klappte den Laptop auf und schaltete ihn ein.

»Ich habe mich umgehört. So groß ist unsere Stadt ja nicht. Und siehe da, es gibt tatsächlich eine kleine Agentur, die auf sehr junge Mädchen spezialisiert ist. Die sind alle so dreizehn, vierzehn, kommen aus Osteuropa und träumen von einer Modelkarriere im Westen. Man kann sie anhand ihres Profils aussuchen und vorbestellen. Sie werden eingeflogen, den Klienten zugeführt und wieder ausgeflogen. Alles reibungslos organisiert. Jeder, der Ärger machen könnte, ist geschmiert, die Polizei inklusive.«

Er tippte das Passwort ein.

Márcia spürte, wie sich etwas in ihr zusammenkrampfte. Doch gleichzeitig dachte sie: Gut, wenn es so sein soll ... dann auch die ganze Wahrheit. Hier und jetzt.

Pedro sah sie prüfend an. »Es hat etwas Überredungskunst gebraucht, um an Cláudios Daten zu kommen. Aber wir haben es geschafft. Es sind Stunden an Videomaterial. Die Apartments werden mit versteckten Minikameras überwacht. Die Agentur muss sich schließlich den Rücken freihalten, falls da mal was aus dem Ruder läuft und ihr Geschäftsmodell gefährdet. Er ist mit verschiedenen Mädchen zu sehen. Du kannst dir denken, welchen Typ er bevorzugt, oder?«

Márcia war kurz davor, etwas zu sagen wie: »Ich weiß nicht, ob ich das sehen will.« Stattdessen nickte sie ihm zu.

Er schien eine bestimmte Datei zu suchen. »Warte. Moment ... Die eine hier, die musst du dir ansehen ...« Er klickte auf »Start« und drehte den Laptop zu ihr um.

Das Video war auf Vollbild gestellt.

Cláudio saß zurückgelehnt auf einem Sofa. Márcia konnte sich nicht erinnern, ihn schon mal in Polohemd, Bluejeans und Turnschuhen gesehen zu haben. Mein Gott, dachte sie, er hat ernsthaft versucht, sich jünger zu machen.

Das Mädchen war nur von hinten zu sehen. Sie saß halb auf der Lehne eines Sessels, seitlich auf einen Arm gestützt, eins ihrer langen nackten Beine von sich gestreckt. Sie trug Hotpants, die so knapp waren, dass man den Ansatz der Pobacken sah, und ein bauchfreies Top.

Pedro sagte: »Ich habe den Ton ausgeschaltet. Glaub mir, du willst die Scheiße nicht hören: ›You are very beautiful.‹ – ›Thank you, sir.‹«

Nein, das wollte Márcia wirklich nicht hören. Die Bilder reichten ihr vollkommen.

Das Mädchen hatte wunderschönes Haar: lange dunkelblonde Locken, die bei jeder Kopfbewegung hin und her schwangen. Sie brauchte sich gar nicht umzudrehen, Márcia wusste auch so, wie sie von vorn aussah. Wie hatte Pedro gesagt? »Man kann sie anhand ihres Profils aussuchen und vorbestellen.«

Cláudio starrte das Mädchen an wie gebannt. Er sagte etwas und gab ein Handzeichen: »Komm her zu mir.«

Márcia fühlte die Übelkeit in sich aufsteigen. Eine andere Stimme fing an, in ihrem Kopf nachzuhallen.

Vergewaltigt und erwürgt. Keine Kleidungsreste.

Aus dem Augenwinkel bemerkte sie, dass Pedro sie beobachtete, so als fragte er sich: »Na, wie lange hält sie das aus?«

Márcia zwang sich, weiter hinzusehen. Sie wollte sich aufladen mit dieser Wut. Es war genau die Energie, die sie brauchte. Die Energie, um sich endlich zu wehren. Sich zu *befreien.*

Erst als das Mädchen die Arme kreuzte, den Saum des Tops ergriff und es sich über den Kopf zog, drehte sie den Laptop von sich weg.

Pedro klappte ihn zu.

»Nun, was sagst du?«

Márcia atmete heftig. Sie brauchte einen Moment.

»Gib mir eine Waffe, und ich erschieße ihn.«

Pedro neigte den Kopf, schaute sie abwägend an.

»Ich hätte nichts dagegen«, sagte er. »Es darf nur nicht so enden, dass du seinetwegen in den Knast gehst. Das ist er nicht wert. Das ist keine Gerechtigkeit. Rico hätte das niemals gewollt.«

Márcia senkte den Blick. »Und was hätte er gewollt?« Sie deutete auf den Laptop. »Was willst *du* damit anfangen?«

»Das weiß ich noch nicht. Ich habe das Video erst ein paar Tage. Und jetzt bist du gekommen. Wahrscheinlich sollte es so sein. Meinst du nicht?«

»Doch, ja. Langsam glaube ich das auch.«

Pedro beugte sich vor. »Hiermit haben wir ihn in der Hand. Also was verlangen wir von ihm?«

Márcia blickte hinaus über die Dächer. »Er soll alles gestehen, was er getan hat. Alles. Ich muss es wissen.«

Pedro nickte bedächtig. »Ja, das ist gut ... Und zwar soll er es *dir* gestehen. Darauf hast du ein Recht. Wir nehmen alles auf, was er sagt. Dann kann er dir nichts mehr anhaben. Das ist der erste Schritt.«

Márcia sah ihn an. »Und der zweite?«

Pedro erwiderte ihren Blick. »Das entscheiden wir, wenn die Zeit reif ist. Er wird die Strafe bekommen, die er verdient hat.«

32

Die Alarmmeldung kam am folgenden Nachmittag. Pinto erhielt eine SMS:

»Super-Sonderangebote in der Via Catarina! Jetzt zugreifen!«

Es war der Code für: »Dringende Neuigkeiten. Sofort.«

Pinto verlor keine Zeit. Eine Viertelstunde später war er in der Innenstadt und fuhr die Rampe zum Parkhaus des Einkaufszentrums Via Catarina hinauf. Oben angelangt, schickte er eine SMS zurück, die nur aus der Nummer des Parkdecks bestand. Dann wartete er.

Es dauerte nicht lange, und ein junger Mann mit Dreitagebart und Lederjacke kam aus Richtung der Fahrstühle, eine »Sport Zone«-Tüte in der Hand. Als er Pinto in seinem schwarzen Audi entdeckt hatte, ging er an den Wagen rechts daneben, als ob es sein eigener wäre. Über die Autodächer hinweg blickte er kurz zurück, dann öffnete er Pintos Beifahrertür und stieg ein.

»*Olá, boa tarde.*« Er hatte etwas Gehetztes. »Hör mal, da braut sich was zusammen, das ist ein paar Nummern zu groß für mich. Ich sag dir jetzt, was ich gehört hab, und dann bin ich raus, klar? Bis diese Scheiße vorbei ist, kommt von mir gar nichts mehr.«

»Nun mal ganz ruhig«, sagte Pinto. »Was ist denn los?« Als er zu Ende gehört hatte, war er genauso besorgt wie der junge Mann. Er sah ihn an. »Okay. Ist vielleicht wirklich besser, wenn du dich erst mal zurückhältst. Pass auf dich auf, ja? Ach, und … danke.«

Die Abteilung versammelte sich im Besprechungsraum, Pinto nahm vorn neben Fonseca Platz.

»Also, Leute, es geht los. Ich habe eben mit einem meiner besten Informanten gesprochen. Er sagt, die Sache wird ihm zu heiß. Und ich kann ihn verstehen.« Pinto blickte in die Runde. »Gestern Abend hat Pedro Manduca überraschend Besuch bekommen. Und jetzt ratet mal, von wem. Von unserer Márcia!«

Geraune erhob sich. Tété und Ana sahen sich an.

»Die beiden sollen stundenlang miteinander geredet haben. Worüber, konnte mein Informant leider nicht sagen. Er hat überhaupt nur davon erfahren, weil Pedro seine Freundin Gina vor die Tür geschickt hat. Die soll richtig eifersüchtig gewesen sein. Hat jedenfalls ein paar Wodka Orange in sich hineingeschüttet und den anderen ihr Leid geklagt. Márcia hat wohl auch wirklich die volle VIP-Behandlung genossen. Ti Sereno persönlich soll sie mitten in der Nacht nach Hause gefahren haben.«

Einige kamen aus dem Kopfschütteln gar nicht mehr heraus.

»Pedro soll nach dem Gespräch ganz aufgekratzt gewesen sein. Überhaupt sagt man, dass seine Laune sich in den letzten Tagen entscheidend gebessert hat. Mein Informant glaubt sogar, dass der abgefackelte Mercedes eine Art Freudenfeuer gewesen ist.«

»Also *hat* er was über Cláudio herausgefunden«, sagte Ana.

Tété nickte grimmig. »›Western Promise‹. Jede Wette. Wenn ich den Namen schon höre!«

Pinto nickte ebenfalls. »Gut möglich, ja. Fragt sich, wie Pedro sein Druckmittel einsetzen will.« Er machte eine Pause, die nichts Gutes verhieß. »Ich weiß nur noch eins. Das ist nämlich der Punkt, an dem mein Informant beschlossen hat auszusteigen. Pedro hat Anordnung gegeben, eine *saubere Waffe* zu besorgen. Und zwar bis morgen, Freitag.«

Sofort redeten alle laut durcheinander.

Fonseca verschaffte sich schließlich Gehör: »Nicht alle gleichzeitig! So kommen wir nicht weiter!«

»Müssten wir Senhor Cláudio nicht wenigstens warnen?«, gab Dinis zu bedenken.

»Der sollte langsam genug gewarnt sein«, sagte Pinto. »Dafür kann ich nicht meinen Informanten gefährden.«

Fonseca schüttelte auch den Kopf. »Ich denke, das bringt nichts. Er kooperiert ja nicht. Wir könnten ihn höchstens observieren. Das käme dem Polizeischutz, den sich die Tochter gewünscht hat, noch am nächsten.«

»Na, großartig«, seufzte Tavares. »Und die anderen observieren wir auch, was? Márcia. Pedro Manduca.«

»Ja, nun ...« Tété zuckte die Schultern. »Bei unserer Rechtsprechung ist es wirklich kein Wunder, wenn die Leute auf die Idee kommen, Selbstjustiz zu üben. Aber zulassen können wir das trotzdem nicht.«

»Allerdings nicht.« Fonseca runzelte die Stirn. »Also, was unternehmen wir dagegen?«

»Ich reiß mich ja auch nicht ums Observieren«, sagte

Pinto, »aber ganz ohne wird es nicht abgehen. Wir können es uns einfach nicht leisten, jetzt außen vor zu bleiben. Pedro hat die Waffe bis morgen geordert. Für mich klingt das so, als ob er das kommende Wochenende im Auge hat. Wenn ich einen Tipp abgeben sollte, würde ich sagen: Er hat die Sache für Sonntagabend geplant.«

Alle sahen ihn fragend an.

Pinto lächelte. »Da hat er nämlich sein perfektes Alibi. Der FC Porto spielt am Abend gegen Sporting. Pedro ist natürlich im Stadion und zieht hinterher mit den Fans um die Häuser. Hundert Leute können das bezeugen, tausend Fotos und Videos gibt es auch. Und schon ist er wieder aus dem Schneider.«

»Würde ihm ähnlich sehen«, sagte Fonseca. Er blickte sorgenvoll in die Runde. »Aber was soll um diese Zeit woanders passieren?«

Ein paar von ihnen standen hinterher am Kaffeeautomaten zusammen.

Es war Andrade, der trocken feststellte: »Also, im Bairro da Sé können wir niemanden observieren, Pedro Manduca schon gar nicht. Da werden *wir* observiert, das ist alles.«

»Sicher, ja.« Fonseca trank vorsichtig einen ersten Schluck von dem heißen Espresso. »Das ist es ja eben, was grundlegend falsch läuft. Es geht einfach nicht, dass dieser Kerl hier die Regeln bestimmt. Pedro Manduca macht, was er will, und uns sind die Hände gebunden! Ihr hättet die Untersuchungsrichterin hören sollen, als ich gewagt habe, eine Razzia bei dieser Ukrainerin vorzuschlagen!«

»Ich finde auch, so geht es nicht weiter«, sagte Tavares. »Man müsste das ganze Spiel drehen. Die Kontrolle gewinnen ...«

»Das wäre nicht schlecht. Aber wie?« Fonseca blickte in seinen Plastikbecher, schüttelte leicht den Kopf. »Zum Beispiel die Sache, die Pedro jetzt über Cláudio in der Hand hat ... Wieso kommt *er* an so was ran und wir nicht? Wer weiß, was der Kerl damit macht, und für uns wäre es vielleicht der Beweis, der noch fehlt.«

»Das meine ich ja«, sagte Tavares. »Wenn der Gegner im Ballbesitz ist, dann muss man ihm den Ball eben abjagen. Und das möglichst, bevor er ein Tor schießt.«

33

Der Brief traf am Freitagmorgen ein. Es war ein gepolsterter Umschlag, adressiert an die Fundação Esperança, »ao cuidado de Exmo Sr. Presidente, Cláudio da Rocha Cortez«. Als Absender war eine Drogaria Nunes angegeben. Die Chefsekretärin Assunção legte ihn zusammen mit vier anderen Briefen in Senhor Cláudios Eingangskorb.

Cláudio selbst kam um Viertel nach elf. Der Leihwagen, den er jetzt fuhr, war das gleiche Modell wie sein alter Mercedes – ein Zeichen, das er mit voller Absicht gesetzt hatte. Er parkte ein Stück weiter vorn als sonst, wechselte ein paar Worte mit den Handwerkern, die den eingestürzten Teil der Überdachung ersetzten, und ging dann über den Hof.

Mürrisch und gereizt, wie er in diesen Tagen war, warf er nur einen kurzen Blick ins Sekretariat, wünschte allgemein »*Bom dia*« und ging dann gleich die Treppe hinauf in sein Büro. Er war froh, dass er einfach die Tür hinter sich zumachen konnte.

Als Erstes trat er an die Balkontür und blickte hinaus. Auf der Straße fuhren die Autos hin und her, er sah eine Frau mit Kinderwagen und Einkaufstüten, einen alten Mann mit Hund. Das Leben ging seinen gewohnten Gang. Nur für ihn war nichts mehr wie vorher. Das alles verfolgte ihn Tag und Nacht. Wenn es sich irgendwie aus der Welt schaffen ließe! Und sei es mit Geld. Das Schlimmste war diese Ungewissheit.

Mehr um sich abzulenken, setzte er sich an den Schreibtisch und ging die Post durch. Das meiste waren Rechnungen. Und dann ein dickerer brauner Umschlag. Drogaria Nunes? Das sagte ihm gar nichts. Vielleicht hatte er irgendwas online bestellt und inzwischen vergessen. Es fühlte sich an, als ob eine kleine Schachtel darin wäre. Wahrscheinlich einfach Werbung, eine Probe. Er riss den Umschlag auf, griff hinein.

Es war ein Mobiltelefon. Ein ganz einfaches, billiges, wie es aussah.

Was sollte das denn? Irritiert zog er das Anschreiben aus dem Umschlag.

Ein kleiner Stapel Fotos rutschte mit heraus. Zwei, drei davon lagen plötzlich vor ihm.

Er starrte sie an.

Sekundenlang blieb er völlig reglos, er atmete nicht mehr.

Etwas in ihm weigerte sich einfach, es zu glauben. Das war doch nicht möglich. Das *konnte* nicht sein!

Mit zitternden Fingern schob er den Stapel auseinander, verteilte die Aufnahmen auf seinem Schreibtisch.

Er und die kleine Olesya. In diesem Apartment in Gaia.

Erst jetzt kam es wirklich bei ihm an. Ihm wurde schwindelig, der Boden schien unter ihm wegzusacken. Es war, als ginge alles von vorn los. Als wäre er zurück in jenem Moment, in dem er vom Fund der Skelette erfahren hatte.

O mein Gott, dachte er. Niemand darf das sehen. Niemand!

Schwankend stand er auf und schloss rasch die Tür ab. Dann kehrte er zögernd an seinen Schreibtisch zurück, setzte sich wieder.

Er traute sich kaum, den beigelegten Brief anzufassen.

Es nützte nichts, es musste sein. Er nahm das Blatt in die Hand, faltete es auseinander. Der Brief war ganz normal auf einem Computer getippt und ausgedruckt. Es gab keine Anrede.

»Wie gefallen Ihnen die Fotos? Sicher, die Qualität könnte besser sein. Es sind eben nur Standbilder aus einem Video. Aber das Mädchen ist schon etwas Besonderes, das muss man sagen. Schön wie ein Engel. Die Kleine erinnert uns an jemanden. Geht Ihnen das auch so?

Wir sind im Besitz des gesamten Videos sowie mehrerer anderer. Im Moment sind sie in sicherer Verwahrung, aber das kann sich ändern. Es hängt ganz von Ihrem Verhalten ab. Wir werden Sie über das beigefügte Telefon kontaktieren und Ihnen unsere Bedingungen nennen.«

Dann kam die Drohung.

»Falls Sie so dumm sein sollten, uns Schwierigkeiten zu machen, werden wir die Videos als Erstes an die folgende Adresse senden. Sie dürfte Ihnen bekannt sein.«

Cláudio hatte mit allem gerechnet, aber nicht damit. Die E-Mail-Adresse lautete:

cindy@aefmup.pt

Es war die seiner Tochter an der Medizinischen Fakultät.

34

Auch am Freitag und am Samstag kam die PJ nicht wirklich weiter. Es gab einfach nichts, wo man einhaken konnte. Sämtliche Informanten schienen abgetaucht zu sein, im Bairro da Sé herrschte tiefes Schweigen. Pinto nutzte seine Kontakte unter den FC-Porto-Fans und fand so immerhin heraus, dass Pedro Manduca tatsächlich Karten für das Spiel am Sonntag hatte. Aber das war auch schon alles.

Dinis ließ Márcias und Cláudios Telefone orten und behielt ihre Positionen auf dem Schirm. Die Observationsteams blieben ebenfalls an den beiden dran, saßen aber die meiste Zeit gelangweilt in ihren Dienstwagen und starrten auf die immer gleichen Straßen.

Bei Fonseca wuchs das Unbehagen. Er war es, der letztlich die Entscheidungen treffen musste, und er kannte diese Situation nur zu gut: genau zu wissen, dass da irgendetwas vor sich ging, und keine Möglichkeit zum Eingreifen zu haben.

Am Samstagabend herrschte Hochbetrieb in Dona Amélias Restaurant. In der Küche brutzelte und klapperte es ununterbrochen, und das laute, angeregte Stimmengewirr hörte nicht eine Sekunde lang auf. Mit dem Essen für die Belegschaft wurde es später als sonst. Erst als der größte Andrang bewältigt war, konnte man daran denken, sich gemeinsam an den langen Tisch zu setzen.

Für sie alle – für die Kellnerin Sandra und die zwei Marias aus der Küche, für Dona Amélia und ihren Mann Artur – war es ein anstrengender Abend gewesen, aber als sie dann ihren Bacalhau vor sich stehen hatten und die letzten gegrillten Doraden des Abends, waren sie so munter wie immer. Es wurde geplaudert und gelacht und der gute Vinho Verde in den blau-weißen Porzellankannen herumgereicht.

Erst nach einer Weile fiel Dona Amélia auf, dass Tété heute ungewöhnlich still war.

»Alles in Ordnung, meine Liebe?«

»Danke, mir geht es gut. Und es schmeckt ausgezeichnet!« Tété lächelte schwach. »Es ist nur meine Arbeit, wissen Sie. Da erlebt man manchmal Dinge, die schleppt man dann doch mit sich herum.«

Gleich wurde es ruhiger am Tisch.

Sandra beugte sich vor. »Haben Sie etwas *so* Schreckliches sehen müssen?«

Dass Tété bei der Mordkommission war, hatte sie von Anfang an fasziniert.

»Nein, das nicht.« Tété zögerte. »Ich weiß von einer Frau, die kurz davor ist, eine Riesendummheit zu begehen. Es tut mir einfach in der Seele weh. Sie ist so verletzt, sie hat so viel Unrecht erlitten ... Sie hätte wirklich etwas Besseres verdient, als sich auf die Art ihr Leben zu ruinieren. Aber ich weiß nicht, wie ich sie davon abhalten soll.«

»Reden Sie mit ihr!«, sagte Dona Amélia.

»Sie vertraut uns nicht. Sie hat den Glauben an Recht und Gesetz verloren. Was kann ich ihr sagen? Ich weiß es wirklich nicht.«

»*Ihnen* vertraut sie auch nicht?«, fragte die eine der beiden Marias ehrlich erstaunt.

Tété lächelte ihr zu. »Nein, mir auch nicht.«

Dona Amélia schüttelte den Kopf über so viel Unverstand. »Dann kennt sie Sie auch nicht. Reden Sie doch mal richtig mit ihr. Im Café und nicht bei der PJ.«

»Ja, genau!«, sagte die andere Maria mit leuchtenden Augen. »Erzählen Sie ihr einfach, was Sie uns erzählt haben. Wie Sie geworden sind, was Sie sind. Wie Sie nicht aufgegeben haben, obwohl es alles so schwierig gewesen ist. Ich bin sicher, dann wird sie auch auf Sie hören.«

Tété seufzte leise. »Ja, mal sehen …«

»Nein, so machen Sie das«, entschied Dona Amélia und schenkte ihr noch etwas Vinho Verde nach. »Darüber reden ist das Einzige, was hilft.«

35

Márcias Privatwagen war ein kleiner silberner Peugeot und entsprechend schwirig zu observieren. Im Stadtverkehr gab es jede Menge Autos, die so ähnlich aussahen.

»Mist! Sie ist weg«, sagte Tavares, der am Steuer saß. »Siehst du sie noch irgendwo?«

Tété spähte angestrengt durch die Windschutzscheibe. »Nein. Ich ruf Dinis an.«

Sie redeten über die Freisprechanlage.

»Wir sind jetzt auf der Ponte da Arrábida«, rief Tavares, um den Lärm zu übertönen. Gerade zog ein Sattelschlepper mit einem Container an ihnen vorbei. »Sie kann schon fast drüben sein!«

»Ja, ich hab sie hier.« Dinis klang ganz gelassen. »Sie hat gerade die Ausfahrt Afurada genommen.«

»Ah, gut! Bitte noch dranbleiben. Mal sehen, was sie vorhat.«

Die Telefonortung zeigte, dass Márcia Richtung Douro-Mündung fuhr und dann die Küstenstraße nahm.

Wieder kam Dinis' Stimme aus dem Lautsprecher: »Achtung, sie hat angehalten. Avenida Beira Mar, Ecke Rua de Salgueiros.«

»Vielleicht will sie ja zum Strand.«

»Kann schon sein. Moment ... Ja, das Telefon entfernt sich von der Straße Richtung Meer.«

»Gut, dann schauen wir mal.«

Sie fuhren jetzt ebenfalls die Avenida da Beira Mar entlang Richtung Süden, rechter Hand den Strand und den blauen Atlantik, links eine lose Folge niedriger Apartmenthäuser und unbebauter Flächen voller Kiefern und Pampasgras. Es war Sonntagnachmittag, aber hier in Gaia war alles so weitläufig, dass sich auch die Spaziergänger und Radfahrer in der flachen Küstenlandschaft verloren. Wer Ruhe und Abgeschiedenheit suchte, konnte sie hier finden. Tété ahnte, dass Márcia deshalb hierhergekommen war.

»Langsam«, sagte sie. »Das da müsste die Ecke sein.«

Tavares bremste ab und blinkte, als suchte er einen freien Platz auf dem Parkstreifen. Auf der linken Seite war ein Café mit roten Sonnenschirmen, das von einer hohen Palme überragt wurde, gegenüber an der Strandpromenade stand ein Restaurantpavillon. Im Schritttempo fuhren sie an den geparkten Autos entlang.

Márcias Peugeot stand ein Stück weiter. Sie selbst war nirgends zu sehen.

Tavares fuhr langsam an ihrem Wagen vorbei und hielt dahinter an.

»Sie ist bestimmt am Strand.« Tété nahm das Fernglas aus dem Seitenfach. »Ich geh mal ein bisschen die Seevögel beobachten.«

»Ja, mach das. Mit etwas Glück siehst du sogar eine Meerjungfrau. Der Strand hier heißt ›Praia da Sereia‹.«

Von der Promenade führte ein Holzplankenweg durch

die grün bewachsene Düne an den Strand. Tété ging ihn ein Stück hinab, blieb dann stehen und sah sich um. Das glitzernde Meer blendete so sehr, dass sie die Augen zusammenkniff. Der Himmel war etwas dunstig, der Horizont verschwand in silbrigen Schleiern. Es war Flut, die auslaufenden Wellen kamen weit auf den Sand herauf. Weiter links jedoch, hinter ein paar großen runden Felsen – auf denen man sich gut eine Meerjungfrau vorstellen konnte –, war der Strand sehr viel breiter. Hier und da spazierte jemand am Saum der Brandung entlang. Das meiste waren Paare. Tété musterte diejenigen, die allein waren, suchte sich eine schmale Gestalt heraus und hob ihr Fernglas.

Sie war es. Tété sah sie von hinten, aber es gab keinen Zweifel. Ihr dunkelblonder Pferdeschwanz wehte leicht zur Seite.

Márcia ...

Tété beobachtete, wie sie ab und zu den Kopf hob und aufs Meer hinausblickte. Wie sie kurz stehen blieb, zögerte und dann langsam weiterging. Sie wirkte nachdenklich, in sich gekehrt. Die letzten Stunden davor ...

Was war, wenn sie noch mit sich haderte? Wenn noch nicht alles zu spät war?

Tété ließ das Fernglas sinken, wandte sich ab und ging kurz entschlossen zum Wagen zurück.

»Ja, sie ist da. Ich ruf den Chef an. Was nützt es, wenn wir nur zuschauen?«

Sie war froh, dass sie Fonseca sofort erreichte. »Es ist vielleicht die letzte Chance. Ich würde es einfach gern versuchen.«

Er überlegte nicht lange. »Einverstanden. Tun Sie das.«

»Fahren wir noch ein Stück vor«, sagte sie zu Tavares. »Ich will nicht hinter ihr herlaufen.«

Den Blick auf den Strand gerichtet, versuchte sie abzuschätzen, wie weit Márcia wohl inzwischen gekommen war. »Da vorne, das müsste reichen.«

Tavares fuhr rechts ran. »Okay, ich warte hier. Ich drück dir die Daumen.«

»Wenn's keinen Zweck hat, bin ich gleich wieder da.«

Bevor sie die Stufen vom Holzplankenweg in den Sand hinabstieg, blickte Tété aus schmalen Augen über den weiten Strand. Sie entdeckte Márcia und beschloss, erst einmal geradeaus ans Wasser zu gehen.

Obwohl die Brise vom Meer recht kühl war, kam sie an zwei jungen Frauen vorbei, die im Bikini in der Sonne lagen, wenn auch hinter einer Windschutzplane.

Tété hielt die Aufschläge ihres Blazers zusammen. Was man als warm empfand und was nicht, entschied sich vermutlich in der Kindheit. Für jemand aus Afrika war dies hier eindeutig nicht warm. In ihren Stiefeletten stapfte sie durch den feinen hellen Sand.

Erst als sie den festeren, feuchten Sand erreicht hatte und sich nach rechts wandte, wurde ihr plötzlich bewusst, dass sie keine Ahnung hatte, was sie sagen sollte. Und wenn schon, dachte sie. Kommt sowieso drauf an, wie sie reagiert.

Márcia schien sie noch nicht bemerkt zu haben. Den Kopf gesenkt, ging sie vor sich hin, als wäre sie allein auf der Welt. Übermäßig warm fand sie es offenbar auch nicht, der Reißverschluss ihrer Lederjacke war hochgeschlossen. Sie trug Jeans und Turnschuhe.

Als sie sich immer näher kamen, blickte Márcia unwillkürlich auf. Und erkannte Tété sofort.

Sie gingen weiter aufeinander zu.

Márcia sah sie misstrauisch an. »Folgen Sie mir etwa?«

»Nein, ich komme Ihnen entgegen, das sehen Sie ja.« Tété lächelte kurz. »Na gut, ein Zufall ist es nicht direkt.«

»Was wollen Sie von mir?«

Tété blieb stehen. »Darf ich Sie ein Stück begleiten?«

»Habe ich eine Wahl?«

Márcia ging einfach weiter, Tété wandte sich um und blieb dann an ihrer linken Seite. Einen Moment lang sagten beide kein Wort. Zu ihrer Rechten rauschte die Brandung, manchmal kamen die auslaufenden Wellen fast bis zu ihnen heran.

»Weiß Ihr Chef, dass Sie hier sind?«, fragte Márcia, ohne Tété dabei anzusehen.

»Ja. Ich habe es ihm gerade gesagt. Er ist einverstanden.«

»Einverstanden womit?«

»Dass ich noch einmal versuche, mit Ihnen zu reden.«

»Aha? Und das ganz offen und ehrlich, was?« Márcia warf ihr einen Seitenblick zu. »In der Drogentherapie machen wir das genauso, wissen Sie. Ehrlichkeit zeigen, Vertrauen aufbauen. Dem anderen das Gefühl geben, dass man ihm auf Augenhöhe begegnet.«

»Und? Haben Sie ein schlechtes Gewissen, wenn Sie das tun?«

Márcia gab keine Antwort, blickte vor sich in den Sand.

»Haben Sie nicht«, sagte Tété. »Weil die Absicht, die dahintersteht, eine gute ist. Sie wollen dem anderen ja wirklich helfen und ihm nicht bloß etwas vormachen.«

Márcia sagte immer noch nichts.

»Ich will Ihnen auch nichts vormachen.«

»Sondern mir helfen? Danke, nicht nötig.«

Tété sah an der Linie der Brandung entlang. Bis in die Ferne leuchtete die weiße Gischt in der Sonne.

»Ich verstehe vollkommen, dass Sie kein Vertrauen in die Justiz haben. Das habe ich auch nicht. Das kann man auch nicht haben. Es stimmt ja alles, was gesagt wird: Es gibt eine Justiz für die Reichen und eine für die Armen. Das ist einfach so, es lässt sich nicht leugnen. Jeden Tag kann man sehen, dass die Reichen und Mächtigen straffrei bleiben. Dass unsere Justiz die Korruption schützt, weil sie selbst korrupt ist.«

»Wenn Sie wirklich so denken, was machen Sie dann bei der Polícia Judiciária?«

»Das kann ich Ihnen sagen: Ich mache meine Arbeit. Und zwar so gut wie möglich. Das ist halt ein Widerspruch, mit dem ich leben muss.«

Márcia war nicht anzumerken, ob ihr diese Antwort genügte.

Tété wartete kurz und setzte dann nach: »Wie oft haben *Sie* sich schon gefragt: ›Wozu mache ich das eigentlich alles?‹ Wenn wieder jemand einen Rückfall hatte oder an einer Überdosis gestorben ist. Und Sie haben trotzdem nie aufgegeben, oder?«

»Was wissen Sie schon davon.«

»Genug, um Respekt davor zu haben. Wir haben ja mit Ihren Kollegen geredet. Sérgio spricht in den höchsten Tönen von Ihnen. Wie sehr Sie sich einsetzen, gerade wenn es um Mädchen und junge Frauen geht, die an der Nadel hängen. Wie Sie buchstäblich alles tun, um sie zu retten. Er meinte, er kennt mehr als eine, die ihr Leben nur Ihnen verdankt.«

Márcia lächelte zum ersten Mal. »Sérgio ... Ja, das sieht ihm ähnlich.«

»Er bewundert Sie dafür. Und das zu Recht.«

»Kommen Sie, lassen Sie das. Wenn Sie so aufrichtig sind, dann sagen Sie doch einfach, was Sie von mir wollen.«

»Ich will, dass Sie das Richtige tun, das ist alles ... Heute ist der Tag, oder? Wahrscheinlich bleiben nur noch ein paar Stunden. Weshalb sind Sie hierhergekommen? Nur um durchzuatmen? Oder um noch mal darüber nachzudenken?«

»Tut mir leid, ich weiß nicht, wovon Sie reden.«

»Márcia ... Sie wissen genau, was richtig und was falsch ist. Glauben Sie mir, wir sind auf Ihrer Seite. Aber dafür müssen Sie auch auf der richtigen Seite bleiben.«

»Ich sage ja, ich weiß nicht, was Sie meinen.«

»Ihr neuer Freund hat sich für heute Abend schon ein Alibi zurechtgelegt. Er hat Karten für das Spiel im Estádio do Dragão. Egal, was passiert, er wäscht seine Hände in Unschuld. Sie können die Sache allein ausbaden, so viel ist schon mal sicher.«

Márcia blickte aufs Meer hinaus, als wollte sie sagen: »So, das reicht jetzt. Das Gespräch ist beendet.«

Aber Tété gab sich noch nicht geschlagen.

»Gut, ich will Ihnen sagen, weshalb ich für ein Justizsystem arbeite, das ich für schlecht halte. Weil es immer noch besser ist, als gar keins zu haben. Ohne Recht und Gesetz sind wir vollkommen schutzlos. Und ich weiß, wie das ist. Ich habe es selbst erlebt.«

Márcia ließ nicht erkennen, ob sie überhaupt zuhörte.

»Ich bin in Angola geboren, wissen Sie. Vor der Unabhängigkeit. Vom Kolonialkrieg haben wir nie etwas mitbekommen, der war weit weg, irgendwo im Busch. Wir haben uns nichts weiter dabei gedacht, bei uns zu Hause war es ja friedlich. Bis zur Nelkenrevolution. Da ist von einem Tag zum anderen unsere ganze Welt zusammengebrochen. Auf einmal gab es keinerlei staatliche Ordnung mehr, keine Armee, die uns beschützt hätte, keine Polizei, gar nichts. Es gab nur noch uns, die Zivilbevölkerung – Männer, Frauen, Kinder, alle hilflos und verängstigt – und die schwer bewaffneten Guerillatruppen, die mordend und plündernd durchs Land gezogen sind. Ich war da erst neun Jahre alt, aber ich habe nichts davon je wieder vergessen.«

Bis hierhin waren ihre Worte in den Wind gesprochen. Márcia tat einfach so, als wäre Tété gar nicht da.

»Wissen Sie, wie es ist, in einem Land zu leben, in dem nur noch das Gesetz des Dschungels gilt? In dem jeder, der eine Waffe hat, sich einfach nehmen kann, was er will? Es fing damit an, dass ein Cousin von mir plötzlich verschwunden war, dabei hatte er nur in den Nachbarort fahren wollen. Ein paar Tage später sah man seinen Wagen wieder auf der Straße. Der Mann am Steuer war sehr wahrscheinlich der, der ihn auch überfallen hatte. Er hatte sich noch nicht einmal die Mühe gemacht, die Nummernschilder auszutauschen. Er wusste ja, dass er nichts zu befürchten hatte.«

Ein paar Schritte ging sie schweigend neben Márcia her.

»Die Eltern meines Cousins, mein Onkel Francisco

und Tante Mafalda, hatten eine kleine Farm bei uns in der Gegend. Mein Vater hat sie immer mit Dünger und Tierfutter beliefert. Das hat er bis ganz zum Schluss getan. Er wollte lange nicht wahrhaben, dass alles vorbei war und nur noch die Flucht blieb. An dem Tag saß ich zufällig bei ihm im Wagen. Ab und zu hat er mich mal mitgenommen. Die Rauchwolke haben wir schon von Weitem gesehen. Mein Vater ist trotzdem hingefahren. Es waren ja sein Bruder und seine Schwägerin, und sie hatten auch noch zwei weitere Kinder. Sie waren alle erschossen worden, ihre Leichen lagen auf dem Hof verstreut. Ich sollte das natürlich nicht sehen. Aber der Anblick hat sich mir eingebrannt, bis heute. Das war das Ende. Wir sind dann geflohen, mit unserer ganzen Ortschaft zusammen in einem einzigen langen Autokonvoi. Immer wieder gab es Straßensperren, und die Guerrilheiros haben sich einen Spaß daraus gemacht, mit ihren Kalaschnikows auf uns zu zielen und so zu tun, als ob sie uns erschießen wollten. Viele von ihnen waren betrunken, und völlig unberechenbar waren sie alle. Während der Fahrt haben wir immer wieder Leichen am Straßenrand liegen sehen. Von Weißen und von Schwarzen, das war völlig egal. Es konnte jeden treffen. Jederzeit.«

Márcia presste die Lippen zusammen, senkte den Blick. Dann sah sie Tété an. »Neun Jahre alt waren Sie da? Stimmt ... das ist ein Alter ... daran kann ich mich auch gut erinnern.«

»Ja, es ist alles noch da. Wir haben dann Wochen um Wochen in Flughäfen zugebracht, erst in Nova Lisboa, dann in Luanda, wir haben in den kahlen Hallen auf dem Fußboden geschlafen, inmitten von Tausenden anderer Flüchtlinge, es gab kaum was zu essen und zu trinken, keine Möglichkeit, sich zu waschen. Und immer die Angst, ob man noch rechtzeitig rauskommt. Wir hörten schon die Einschläge der Artillerie und das Rattern der MGs. Dann waren wir endlich an der Reihe und wurden nach Lissabon ausgeflogen. Und was sehen wir da, als wir aussteigen? Das gleiche riesige Flüchtlingslager, im ganzen Flughafen verteilt. Das gleiche Chaos, das gleiche Elend. Wir mussten wieder auf dem Betonboden schlafen, nur dass es da Ende Oktober auch noch furchtbar kalt war. Wir hatten keine warmen Sachen, wir hatten nichts, wo wir hinkonnten, wir hatten kein Geld, wir haben gehungert und gefroren. Irgendwann wurden wir übergangsweise in einem Hotel einquartiert, und meine Mutter hat mit viel Mühe ein paar entfernte Verwandte gefunden, an die wir uns wenden konnten. Mein Vater ist nie darüber hinweggekommen, dass er andere um Hilfe bitten musste. Er war sein eigener Herr gewesen, er hatte sein Geschäft aufgebaut und Erfolg gehabt. Er war portugiesischer Staatsbürger wie die Leute in Lissabon, er hatte immer seine Steuern bezahlt. Er konnte sich nicht damit abfinden, dass er plötzlich ein Mensch zweiter Klasse war, mit dem niemand etwas zu tun haben wollte. Ein *Retornado*.« Ein Rückkehrer. »Mein Vater hat immer gesagt: ›Ich bin nicht zurückgekehrt. Ich bin noch nie hier gewesen!‹ Aber genützt hat das auch nichts. Dem ganzen Land ging es schlecht in den Jahren nach der Nelkenrevolution, da konnte man keine Leute gebrauchen, die auch alle Arbeit gesucht haben. Und wir Portugiesen aus Afrika waren ja gleich eine halbe Million. Kein Wunder, dass wir nicht sehr beliebt waren.«

Márcia sagte nichts, aber ihr Blick war nicht mehr so abweisend.

Vor ihnen wurde der Strand jetzt schmaler, die Wellen kamen sehr weit herauf.

»Sollen wir umdrehen?«, fragte Tété.

»Ja.«

Nach ein paar Schritten sah Márcia sie von der Seite an. »Was ist aus Ihrem Vater geworden?«

Tété holte tief Luft. »Er ist an alldem kaputtgegangen. Es wurde nie wieder besser mit ihm. Meine Mutter hat ihn gefunden. Er hatte sich aufgehängt. Da war ich zwölf Jahre alt.«

»Zwölf.«

»Ja. Und ich wusste genau, was ihn umgebracht hat. All diese Ungerechtigkeit.«

»Sie meinen ...«

»Ja, daher habe ich das wohl. Meinen Dickkopf zumindest. Ich kann Ungerechtigkeit nicht ertragen.«

Márcia blickte wieder aufs Meer hinaus. »Das alles ändert nur nichts daran, dass die Justiz so ist, wie sie ist.«

»Nein, das ist wahr«, sagte Tété. »Aber ich glaube bis heute, dass es auf jeden Einzelnen ankommt. Dass sich nur etwas ändern wird, wenn man seinen Teil dazu beiträgt. Und dass man nicht aufgeben darf. Wir haben viel zu viel zu verlieren, um einfach hinzuschmeißen.« Sie folgte Márcias Blick. Einige Möwen zogen ihre Kreise über dem glitzernden Wasser. »Deshalb mache ich meine Arbeit so gut, wie ich kann. Und das tun wir alle: mein Chef und Ana und die anderen auch. Wir wissen genau: Nur von uns hängt es ab, ob ein Täter tatsächlich verurteilt wird. Sein Verteidiger wird bedenkenlos alles ausnutzen, was er finden kann, jeden noch so kleinen Ermittlungsfehler, um seinen Klienten freizubekommen. Unsere Beweiskette muss absolut lückenlos sein. Sonst wird es auch keine Gerechtigkeit geben.«

Márcia schien etwas sagen zu wollen. Doch dann schüttelte sie nur leicht den Kopf.

Tété sah sie an. »Wissen Sie, wir alle haben die Skelette in der Rua da Bainharia mit eigenen Augen gesehen. Sie können mir glauben, wir haben alles darangesetzt, um diesen Täter doch noch zu fassen. Und dann teilt uns der Staatsanwalt offiziell mit, dass wir ihn laufen lassen müssen. Sie hätten Ana sehen sollen in diesem Moment. Sie war völlig fertig. Und so empört wie wir alle. Aber wir konnten nichts tun. Und dann, drei Wochen später, kommen *Sie* da plötzlich auf den Hof der Stiftung gefahren. Die Frau mit dem weißen Kastenwagen, die in Campanhã gewesen war. Die Beschreibung passte zu hundert Prozent. Es konnte kein Zufall sein, und es war auch keiner. Und jetzt sind wir ganz knapp davor, dem Täter von damals einen weiteren Mord nachzuweisen. Den Mord an einem Mitwisser, zu dem ihn die Umstände gezwungen haben und der sein entscheidender Fehler gewesen ist. Sie *dürfen* das nicht kaputtmachen, hören Sie?«

Márcia blickte nach vorn, über den Strand und die Brandung. »Was wollen Sie jetzt tun?«

»Das wollte ich *Sie* fragen. Sagen Sie mir, was heute Abend passieren soll. Und dann schauen wir gemeinsam, welchen Ausweg wir finden.«

Tété wartete.

Schweigend gingen sie nebeneinander her.

Márcia sagte leise: »Ich *kann* einfach nicht mehr, verstehen Sie? Ich muss es heute zum Abschluss bringen.«

»Wie soll er aussehen, dieser Abschluss?«

»Ich weiß es nicht. Aber wir werden uns heute treffen. Und dann soll er mir alles sagen. Ich *muss* endlich wissen, was er mit meiner Schwester gemacht hat.«

Tété zog leicht die Augenbrauen hoch. Doch sie fragte jetzt lieber nicht nach der Mutter.

»Sagen Sie mir, wann und wo Sie ihn treffen.«

Márcia schüttelte entschieden den Kopf. »Sie werden mich nicht mehr davon abbringen. Dann müssen Sie mich schon festnehmen.«

»Ich will Sie nicht festnehmen. Ich will verhindern, dass Sie sich unglücklich machen.«

»Das können Sie nicht. Unglücklich bin ich schon.«

»Oh, das sagen Sie so. Im Gefängnis würde Sie jeder darum beneiden, dass Sie hier am Strand spazieren gehen können.«

Ein paar Schritte gingen sie noch weiter, dann blieb Márcia stehen.

»Geben Sie mir Bedenkzeit.«

»Wie lange?«

»Ich weiß nicht. Vielleicht ... bis es dunkel wird.«

Tété atmete einmal tief durch. Ah, nein, dachte sie. Auch das noch!

Aber was sollte sie machen. »Hier, meine Karte. Warten Sie nicht zu lange.«

Márcia steckte die Karte ein, wandte sich wortlos ab und ging allein weiter.

Tété blickte ihr nach. Dann seufzte sie, drehte dem

Meer den Rücken zu und stapfte durch den Sand Richtung Straße.

»Na, wie war's?«, fragte Tavares, als sie zu ihm ins Auto stieg.

Tété zog die Wagentür hinter sich zu. »Ich hatte sie schon fast so weit! In letzter Minute hat sie einen Rückzieher gemacht. Will Bedenkzeit bis heute Abend.«

Noch vom Straßenrand aus riefen sie Fonseca an. Eine Weile hörte er nur zu, dann fragte er: »Und insgesamt? Was für einen Eindruck hat sie gemacht?«

»Sie ist sehr verschlossen. Ich kann nicht wirklich beurteilen, was in ihr vorgeht. Oder wozu sie fähig wäre. Wir sollten besser auf alles gefasst sein.«

»*Tá bem*. Dann auf jeden Fall erst mal dranbleiben. Moment, ich stelle euch zu Dinis durch.«

Es dauerte fast eine halbe Stunde, bis Márcias Telefonsignal sich wieder in Bewegung setzte.

Tété sah auf die Uhr. »Na gut. Sie scheint ja wenigstens noch überlegt zu haben. Hoffen wir mal, dass sie zu dem richtigen Schluss gekommen ist.«

Tavares blinkte und fuhr los.

36

Pünktlich um Viertel nach acht wurde im Estádio do Dragão – dem »Drachenstadion« – das Spiel FC Porto gegen Sporting angepfiffen.

Pedro Manduca und seine Freundin Gina hatten ihre Plätze in der Südkurve, was es für die PJ nicht gerade leichter machte, ein Auge auf sie zu haben. Es war die Tribüne der Super Dragões, des fanatischsten, raubeinigsten Fanklubs des FC Porto. Immer wieder verschwanden die beiden zwischen den aufspringenden, brüllenden Fans, die riesige Fahnen mit dem blauen Drachenkopf schwenkten oder ihre blau-weißen Schals in die Höhe reckten.

Pinto, Andrade und zwei weitere Kollegen, alle ebenfalls mit blau-weißen Schals, rückten Stück für Stück ins Gedränge des Fanblocks vor und erreichten schließlich Positionen, die wenigstens zwischendurch einen Kontrollblick erlaubten. Nicht dass die Gefahr bestand, Pedro könnte plötzlich verschwinden: Dies hier war schließlich sein Alibi. Aber wenn das Signal zum Handeln kam, mussten sie ihn auch schnell erreichen können.

Den bisher ruhigsten Moment hatte es nach der elften Minute gegeben, in der das erste Tor gefallen war –

für Sporting. Das blanke Entsetzen hatte die Porto-Fans kurzzeitig gelähmt. Die Lissaboner in Führung! In *ihrem* Stadion!

Pinto hatte die Gelegenheit genutzt, seine Zielpersonen unauffällig von der Seite zu mustern. Wobei sein Blick eher an Gina hängen geblieben war, in ihrem bauchfreien Cheerleader-Outfit. Nur die blaue Perücke war nicht so ganz nach seinem Geschmack.

Pedro jedenfalls schien an nichts anderes zu denken als das Spiel. Auch jetzt, in der einundzwanzigsten Minute, sprang er mit allen anderen auf und pfiff den Schiedsrichter aus, der es gewagt hatte, Maicon die Gelbe Karte zu zeigen.

Tété und Tavares hatten sich am frühen Abend kurz ablösen lassen, um in einem Café in der Nähe einen Happen zu essen. Seitdem saßen sie wieder in ihrem Dienstwagen und blickten gelegentlich hinauf zu den geschlossenen Jalousien hinter Márcias Fenstern.

Sie standen auf der gegenüberliegenden Straßenseite. Die Rua de Adolfo Casais Monteiro war eine Einbahnstraße, und es gab nur diesen einen Parkstreifen. »Das macht nichts, im Gegenteil«, hatte Fonseca am Telefon gesagt. »Die gute Márcia soll Sie ruhig sehen. Die braucht nicht zu glauben, dass sie hier tun und lassen kann, was sie will.«

Erst waren die Straßenlaternen angegangen, dann hatte die Dämmerung eingesetzt, inzwischen war es fast dunkel. Tété hielt ihr Telefon in der Hand. »Nun mach schon. Ruf endlich an.«

Tavares schlug vor, die Innenraumbeleuchtung einzuschalten. »Irgendwann schaut die bestimmt mal runter. Spätestens dann muss sie uns sehen.«

»Ja, gut. Versuchen wir's.«

Márcia meldete sich um kurz nach halb neun. Alles, was sie sagte, war: »Also gut. Kommen Sie rauf.«

Seit dem Ausgleichstor in der sechsundzwanzigsten Minute war der Fanblock wieder in Hochform und feuerte seine Mannschaft mit Schlachtgesängen und unaufhörlichem Fahnenschwenken an. Das Spiel hatte deutlich an Fahrt aufgenommen, und Pinto fiel es zunehmend schwer, sich vom Geschehen auf dem Rasen loszureißen. Von seinen Zielpersonen war ohnehin nicht viel zu erkennen. Ab und zu leuchtete Ginas blaue Perücke in der Menge auf, das war alles.

Der Lärm hatte gerade einen neuen Höhepunkt erreicht – Gelbe Karte für Álvaro Pereira, Lautsprecherdurchsage, Pfeifkonzert –, als das Telefon in seiner Hand zu vibrieren begann.

»Tavares«.

Trotz Stöpsel im Ohr konnte er kaum etwas verstehen. »Was? Wiederhol das noch mal!« Zum Schluss schrie er aus nächster Nähe ins Telefon: »*Tá bem, tá bem!* Hier ist gleich Halbzeit! Wir schnappen ihn uns in der Pause! Ich melde mich!«

Er tippte rasch eine SMS – »Zugriff Halbzeit« – und verschickte sie an Andrade und die beiden anderen. Sie bestätigten sofort.

Keine fünf Minuten später ertönte der Pausenpfiff. Eine laute, hallende Durchsage verkündete, was alle wussten: Der Spielstand war eins zu eins. Pinto drängte

Richtung Ausgang, reckte den Hals, aber in dem Gewühl und dem blendenden Flutlicht konnte er weder seine Kollegen noch Pedro und Gina entdecken.

Andrade wartete bereits am Tribünenausgang. Als er Pinto sah, gab er ihm ein Zeichen: »Hier entlang!« Sie verzichteten darauf, sich groß etwas ins Ohr zu brüllen. Im zähen Strom der Fans schoben sie sich durch den Gang. Dahinter verteilte sich die Menge. Andrade zeigte auf das nächste leuchtende »Super Bock«-Schild. Im Gedränge vor dem Bierstand war auch schon wieder die blaue Perücke zu sehen. Die beiden anderen Inspektoren nickten ihnen zu.

Pedro Manduca war von ein paar kräftigen Kerlen umgeben, wobei nicht sicher war, ob es sich um seine eigenen Leute handelte oder um Super Dragões. Sie konnten auch beides sein: Der Fanklub war dafür bekannt, dass seine Grenzen zur Halb- und Unterwelt eher fließend waren.

Pinto strich noch einmal seinen FC-Porto-Schal glatt, dann trat er näher. »*Boa noite*, Senhor Manduca. Wenn Sie einen Moment Zeit hätten, würden wir uns gern mit Ihnen unterhalten.«

Pedro sah ihn aus schmalen Augen an. »Sie kenne ich doch irgendwoher.«

»Dann haben Sie ein gutes Gedächtnis.« Pinto lächelte freundlich. »Tja, wer schlau ist, der verkauft das Zeug nur, statt sich selber die Gehirnzellen damit wegzuballern.« Er zeigte ihm seine Dienstmarke. Zu den Umstehenden sagte er: »Kein Grund zur Aufregung, Jungs. Trinkt einfach schön euer Bierchen.« Er lächelte Gina zu, die ihn ungläubig ansah, und wandte sich wieder an

Pedro: »Senhor Manduca, gehen wir doch kurz da rüber. Was wir besprechen müssen, ist streng vertraulich.«

Pedro ahnte offenbar, worum es ging, jedenfalls gab er seinen Leuten ein Zeichen, ruhig zu bleiben. Sie traten ein paar Schritte beiseite. Andrade und die anderen schirmten sie ab und behielten die Umgebung im Auge.

»Wenn wir uns beeilen, können wir vielleicht noch das Spiel zu Ende schauen«, sagte Pinto. »Also kommen wir zur Sache. Wir machen Ihnen ein Angebot. Sie können sich einen Riesenhaufen Ärger ersparen, wenn Sie uns in zwei Punkten entgegenkommen. Der erste: Wir brauchen das Material, das Sie über Senhor Cláudio beschafft haben. Stichwort ›Western Promise‹. Und zwar nicht nur die schönsten Stellen, sondern den gesamten Datenträger. Er sollte zeitnah an uns übergeben werden.«

Pinto wartete, um zu sehen, wie sein Gegenüber reagierte. Johlende, singende Fans zogen an ihnen vorbei, lautes Tröten hallte durch die Gänge.

Pedro Manduca verzog keine Miene. »Und was wäre der zweite Punkt?«, fragte er.

37

Gegen halb elf parkte Cláudio seinen Leihwagen in einer Seitenstraße hinter der Kathedrale. Er stellte den Motor ab, blieb aber noch sitzen.

Er war immer noch fassungslos, wie weit es mit ihm gekommen war. Dass er wirklich gezwungen sein sollte, etwas wie *das* hier auf sich zu nehmen. *Er*, Cláudio da Rocha Cortez ...

Im Innenspiegel überprüfte er den Sitz seines Krawattenknotens. Er trug noch immer den guten Anzug, mit dem er heute Morgen in der Messe und danach im Restaurant gewesen war. Er hatte beschlossen, sich nicht kleinzumachen, sondern auch diesen Gang erhobenen Hauptes anzutreten. Es war eine Frage der Selbstachtung.

Tagsüber war er ganz froh gewesen, dass Cíntia etwas anderes vorgehabt hatte. An der Universität begannen morgen die Osterferien, und sie hatte sich an den Vorbereitungen der Studentenparty beteiligt, die vermutlich gerade anfing. Cíntia hätte sofort gemerkt, dass ihm etwas auf der Seele lag. Seine Frau hingegen machte sich sehr viel weniger Gedanken. Sie war zufrieden, wenn alles seinen gewohnten Gang ging. Heute war ihm das nur recht gewesen.

Er stieg aus, machte die Tür zu, schloss den Wagen ab. Er musste das jetzt durchstehen, es gab kein Zurück mehr.

Am Ende der Straße überquerte er die Avenida da Ponte. Gruppen von jungen Leuten bummelten in beide Richtungen, er hörte ihr Lachen, ihre Zurufe, die laute Musik aus den vorbeifahrenden Autos. Er ging weiter geradeaus. Vor ihm erhoben sich die beiden angestrahlten Türme der Sé.

Das Erstaunlichste war, dass es ausgerechnet dieser Pedro gewesen war, der ihm gestern am Telefon ein wenig Hoffnung gemacht hatte.

»Ich tue das für Márcia, weil mein Bruder es so gewollt hätte. Márcia muss aus der Sache raus. Sie braucht Sicherheit. Und sie braucht endlich Gewissheit, sonst kann sie nie damit abschließen. Das beides müssen Sie ihr geben, daran führt kein Weg mehr vorbei. Hinterher sehen wir weiter. Es wird Sie noch etwas kosten, das muss Ihnen klar sein. Aber irgendwie werden wir uns schon arrangieren, und dann leben wir alle weiter unser Leben.«

Der versöhnliche Ton war ihm gleich verdächtig vorgekommen. Was konnte Pedro damit bezwecken? Auf jeden Fall war da noch eine Frage gewesen, die sich nicht vermeiden ließ:

»Weiß Márcia das ... das mit Milena und den Mädchen?«

Pedro hatte merklich gezögert. »Nein, das weiß sie nicht. Ich will Ihnen sagen, wie ich so etwas handhabe: Jeder erfährt genau das, was er wissen muss, und mehr nicht. Damit bin ich immer am besten gefahren.«

Fragte sich nur, was diese schönen Worte wert waren. Die Worte eines Drogendealers und Erpressers.

Cláudio ging am Reiterdenkmal des Ritters mit der Lanze vorbei. Es blieb ihm nichts anderes übrig, als Pedros Anweisungen zu folgen. »Sie nehmen die Treppe hinter der Casa da Câmara. Unten wird Sie jemand erwarten.«

Auch der weite Platz vor der Kathedrale war hell erleuchtet und belebt. Touristen standen in Gruppen beisammen, Paare schlenderten Händchen haltend dahin, das Lachen spielender Kinder drang herüber. Auf der langen Treppe hinunter ins Bairro aber war Cláudio ganz allein. Dort unten brannten nur wenige Laternen. Wie ausgestorben lag das Viertel im Mondschein.

Am Fuß der Treppe sah er sich um und horchte.

Jemand trat neben ihm aus dem Schatten. Ein junger Mann mit Kapuze. »*Boa noite*. Folgen Sie mir.«

Sie gingen an der ersten Häuserreihe entlang. Vor ihnen zeichneten sich die Burgzinnen des Torre da Cidade gegen den klaren Nachthimmel ab.

Der Mann mit der Kapuze bog in die Rua da Pena Ventosa. Die Straße führte stetig bergab und war so schmal, dass kein Mondlicht bis zu ihnen herabfiel. In dem Schein der wenigen Laternen musste man aufpassen, wo man hintrat: Das alte Steinpflaster war schon holprig genug, aber alle paar Meter folgte auch noch eine Stufe, die kaum zu erkennen war, wenn man von oben kam. Cláudio achtete auf die Schritte des Mannes, der vor ihm ging.

Er dachte daran, was für ein Fehler es gewesen war, Márcia zu drohen. Er hatte sich nur dazu hinreißen lassen, weil er so unter Druck gestanden hatte. Er hätte es besser wissen müssen. In die Enge getrieben, war sie umso gefährlicher geworden. Trotzdem hätte er nie für möglich gehalten, dass ausgerechnet sie sich mit einem Dealer aus dem Bairro zusammentun könnte.

Jetzt hieß es: Retten, was zu retten war. Es ging um alles, um sein ganzes Leben. Um Cíntia, die von alldem nichts ahnte. Und die nie etwas davon erfahren durfte.

Kurz bevor die Straße auf den Largo da Pena Ventosa führte – einen kleinen, verwinkelten Platz –, blieb der Mann mit der Kapuze stehen und klopfte an der Tür eines schmalen Hauses auf der rechten Seite. Wie bei den Nachbarhäusern standen Blumentöpfe neben den Eingangsstufen, und über der Graniteinfassung hingen die gleichen verworrenen Strom- und Telefonkabel.

Die Tür wurde geöffnet. Ein breiter, kräftiger Mann mit Glatze und Vollbart winkte Cláudio herein, nickte dem anderen zu, der draußen blieb, und schloss die Tür hinter ihnen.

»Da lang«, sagte er.

Cláudio ging voran, durch einen engen Flur, der stark nach Schimmel roch und nur von einer kahlen Glühbirne erhellt wurde. An seinem Ende lag die Küche. Schwarze Flecken hatten sich in den Ecken ausgebreitet, Kacheln waren von den feuchten Wänden abgefallen, der alte Gasherd war völlig verrostet.

Hier wartete ein weiterer Mann auf sie, kleiner und schmächtiger, mit schmalen Augen, schmalen Lippen, einem dünnen Schnurrbart.

»*Boa noite*, Senhor Cláudio. Bevor es weitergeht, muss ich Sie kurz durchsuchen. Ich hoffe, Sie haben nichts dagegen.«

Cláudio ließ auch das über sich ergehen, händigte sein

Telefon aus. Er fragte sich, wo Márcia sein mochte und wieso Pedro Manduca nicht hier war.

»Gut, dann kommen Sie.« Der Mann mit dem dünnen Schnurrbart ging zur Hintertür. Als er sie öffnete, fiel das Licht auf zwei alte, verbeulte Mülltonnen und ein Stück Maschendrahtzaun.

»Moment. Wo wollen Sie hin?« Cláudio machte keine Anstalten mitzugehen.

»Das werden Sie gleich sehen. Kommen Sie einfach.«

Widerwillig folgte Cláudio ihm auf den engen, düsteren Hinterhof. In einem kleinen Beet hinter der Küche wuchs etwas hochstämmiger Kohl. Rings um sie her ragten die dunklen Rückseiten der Häuser empor, nur hier und da schimmerte ein Lichtschein durch die Fensterläden.

Ein paar Schritte weiter blieb Cláudio stehen. Plötzlich wusste er, wo er war.

Der Mann drehte sich nach ihm um. »Haben Sie's endlich erkannt?« Er lachte in sich hinein. »Lange nicht mehr hier gewesen, was?«

Argwöhnisch ließ Cláudio seinen Blick nach oben wandern. Hinter dem kleinen Mansardenfenster brannte Licht.

»Ja, Sie sehen ganz richtig. Genau dort will sie mit Ihnen sprechen. Wo alles angefangen hat.«

»Davon war nie die Rede!« Cláudio war davon ausgegangen, dass das Treffen bei Pedro stattfinden sollte. Auf neutralem Boden. »Keinen Fuß setze ich in dieses Haus!«

»Ich fürchte, es wird Ihnen nichts anderes übrig bleiben.«

Der Mann ging gelassen hinüber zur Hintertür. Er öffnete sie und drehte sich um. Der Flur, der ins Treppenhaus führte, war hell erleuchtet.

»Sie sehen, es ist alles vorbereitet. Lassen Sie Márcia besser nicht warten.«

Cláudio zögerte, aber dann ging er weiter. Zum ersten Mal seit vielen Jahren betrat er das Haus in der Rua da Bainharia.

Der Bildschirm war viergeteilt, über jedem Einzelbild war die Nummer der Kamera eingeblendet. Nummer eins war die Videokamera, die offen auf ihrem Stativ im Mansardenzimmer stand. Ihr Ausschnitt zeigte bislang nur ein Stück Wand und den Türrahmen. Nummer zwei bis vier dienten der Kontrolle und Sicherheit. Es waren Minikameras, die verdeckt im Gebälk angebracht waren und den Raum aus verschiedenen Blickwinkeln erfassten.

Die wartende Márcia war von drei Seiten zu sehen. Es war ihr anzumerken, dass sie sich der Kameras bewusst war. Sie stand reglos da, den Kopf erhoben, ihre Arme vor der Brust verschränkt. Ihre Lederjacke war dieselbe wie am Nachmittag, aber sie trug jetzt schwarze Jeans und Stiefeletten. Ihr Haar war so streng hochgesteckt wie auf der Beerdigung.

Tété starrte angespannt auf den Monitor, genau wie Fonseca, der neben ihr saß. Ana und Tavares standen hinter ihnen. Es war sehr beengt in Dona Cândidas Wohnzimmer, man erstickte fast zwischen all den Heiligenfiguren und Häkeldeckchen, gerahmten Familienfotos und eingestaubten Plastikblumen. Fonseca hatte schon mehrfach sein Asthmaspray benutzt und hüstelte immer noch vor sich hin.

Dona Cândida war die alleinstehende alte Frau, die hier zur Miete wohnte. Pedro Manduca hatte ihr angeblich »ein paar Euro zugesteckt«, damit sie das Wochenende bei ihrer Tochter verbrachte. Wenn sie geahnt hätte, was hier los war, hätte sie sicherlich mehr verlangt.

Die Tür zum Schlafzimmer stand offen, zwei Männer mit schusssicheren Westen saßen auf der Bettkante, beide die Köpfe gesenkt. Ihre Telefone leuchteten im Halbdunkel.

Als sich Schritte näherten, horchten sie auf.

Ti Sereno kam ins Wohnzimmer. »Na, ist er schon oben?«

»Nein, noch nicht«, sagte Fonseca.

»Wird schon gleich auftauchen. Haben Sie noch Fragen? Oder kann ich jetzt gehen?«

»Gehen Sie ruhig. Mein Kollege bringt Sie raus.«

Ti Sereno warf noch einen Blick auf den Monitor. Sein dünnes Lächeln hatte etwas Schadenfrohes. »Dann viel Spaß dabei«, sagte er.

38

Cláudio bog in den letzten Treppenlauf und hielt kurz inne. Schwer atmend schaute er nach oben. Dann stieg er weiter die Stufen hinauf. Das Treppenhaus war von einzelnen Baulampen erleuchtet, es roch nach altem Staub und Moder und auch noch deutlich nach dem Brand.

Als er den obersten Absatz erreicht hatte, blieb er erneut stehen. Wie hatte dieser Kerl mit dem Schnurrbart gesagt? »Es ist alles vorbereitet.« Alles, um ihn kleinzukriegen, hatte er wohl gemeint. Hier oben hing eine Lampe direkt unter der Dachschräge. In dem fahlen gelben Licht sah er die Mauerreste der abgebrochenen Wand. Ein Stück blau-weißes Absperrband mit dem Wort »Polícia« lag noch herum.

Er schnaufte kurz durch die Nase. *So* einfach nicht! Entschlossen wandte er sich ab.

Die Tür zum Mansardenzimmer stand einladend offen, Licht fiel heraus.

Es war so weit. Cláudio straffte seine Haltung und trat ein.

Márcia stand mit verschränkten Armen da und sah ihn an. Sie sagte kein Wort. Neben ihr stand ein Stativ, das ihr bis zu den Schultern reichte. Er blickte direkt in die Kamera.

Statt einen guten Abend zu wünschen, sagte er: »Márcia ... musste das sein?«

»Dass wir uns hier treffen? Ja, das musste sein.«

Er sah sich um. Das alte Bett mit dem Lattenrost. Der kleine Schrank. Das Gaubenfenster.

»Was versprichst du dir davon?«

»Das weißt du genau. Ich will jetzt die Wahrheit hören.«

»... und nichts als die Wahrheit, hm?« Er lächelte flüchtig. »Und was bist *du*? Meine Anklägerin?«

Er machte einen Schritt auf sie zu, um zu sehen, wie sie reagierte. Sie behielt den Kopf oben und sah ihn genauso kühl an wie vorher.

»Ich bin Nandas Schwester. Und Isabels Tochter. Ich habe ein Recht darauf zu erfahren, was mit ihnen geschehen ist. Hier in diesem Zimmer, vor zweiundzwanzig Jahren.«

»Läuft die Kamera schon?«

»Ja, die läuft schon. Es wird alles aufgezeichnet.«

Er wartete einen Moment, dann sagte er: »Was ist es, das du von mir hören willst? Eine Wahrheit, die schon feststeht, bevor ich den Mund aufmache? Soll ich zu Kreuze kriechen? Geht es dir darum?«

»Ich will keine Ausflüchte und keine Lügen mehr hören. Als du mir das letzte Mal die ›Wahrheit‹ gesagt hast, hast du meinem Vater die Schuld in die Schuhe geschoben. Deinem eigenen Bruder.«

Cláudio seufzte. Sein Bedauern war ehrlich. »Und? Sag doch selbst: Wäre es nicht das Beste gewesen, wenn wir es dabei belassen hätten? Auf eine Art war mein Bruder doch wirklich der Schuldige. Ohne ihn wäre das alles nie passiert.«

Márcias Augen wurden schmaler. »Mein Vater ist nie hier gewesen, oder? Er hat niemanden umgebracht, und er hat auch nicht die Leichen eingemauert. *Du* hast das alles getan.«

»Márcia ... Das ist eben die Frage: Bist du wirklich bereit, mich anzuhören? Oder wird das hier dein persönlicher Schauprozess, bei dem das Urteil schon vorher gefällt ist? Mit der Wahrheit ist es so eine Sache. Sie kann ganz anders aussehen als das, was man sicher zu wissen glaubt. Man muss die Wahrheit auch aushalten können. Man muss sich ihr stellen. Bist du bereit dazu?«

»Sag mir einfach, was hier passiert ist. Und rede nicht länger darum herum.«

»Gut.« Cláudio trat einen Schritt zurück, schloss die Tür und wandte sich wieder Márcia und der Kamera zu. »Angefangen hat es tatsächlich mit eurem Vater, das weißt du besser als ich. Wenn er nicht zum Trinker geworden wäre, der seine Familie verprügelt hat, dann wäre es niemals so weit gekommen. Dann hättest du nicht die Schule abgebrochen und wärst nicht nach Braga gegangen. Dann wäre Nanda nicht so allein und verzweifelt gewesen. Ich hätte ihr nie diese Zuflucht anbieten müssen. Die kleine Mansarde aus euren Kindertagen ...«

Er senkte den Blick und atmete einmal tief durch.

»Und dann hätte sich Nanda auch niemals in mich verliebt.«

* * *

Tété verdrehte die Augen, als sie das hörte. »Ja, klar! Das kleine frühreife Luder hat ihn verführt, den armen Mann. Wie hätte es auch anders sein können.«

Ana wandte ihren Blick nicht vom Monitor. »Wenn der so weitermacht, können wir wirklich nur hoffen, dass sie nicht irgendwo eine Waffe hat.«

»Wenigstens ist die Tür endlich zu«, sagte Fonseca. »Ich dachte schon, das wird nichts mehr.«

Die beiden Männer mit den schusssicheren Westen luden ihre Dienstwaffen durch und verschwanden lautlos im Flur. Sie bezogen jetzt drüben im Haus ihre Positionen, um im Notfall gleich eingreifen zu können.

Fonseca war nicht ganz wohl bei der Sache, und er wusste, den anderen ging es genauso. Die Zeit war einfach zu knapp gewesen.

Ana hatte Márcia zwar noch auf Waffen abgeklopft, aber für eine gründliche Durchsuchung der Mansarde hatte es nicht mehr gereicht. Schon war die Meldung gekommen, Senhor Cláudio sei auf dem Weg und könne in wenigen Minuten eintreffen. Ob sie wollten oder nicht, sie hatten Márcia im Dachgeschoss allein lassen müssen. Wenn dort wirklich eine Waffe deponiert war, hatte sie Gelegenheit genug gehabt, sie unbemerkt an sich zu nehmen. Das war das Restrisiko. Fonseca hatte es akzeptieren müssen, sonst hätte er die Operation nur noch abbrechen können.

Also hieß es jetzt: Nerven bewahren und ganz genau aufpassen.

Alle Telefone waren auf Vibration gestellt. Fonseca hielt seins in der Hand. Er wartete auch noch auf Neuigkeiten von Dinis.

Andrade hatte draußen vor dem Stadion einen USB-Stick von Pedros Leuten entgegengenommen und sofort in die Rua Assis Vaz gebracht. Die Auswertung des Materials war seit über einer Stunde im Gange. Fonseca wusste, dass er nicht nachzufragen brauchte. Wenn Dinis sich nicht meldete, dann lag auch noch kein Ergebnis vor.

Einen Moment lang war Márcia sprachlos. Dann fragte sie argwöhnisch: »In dich *verliebt?* Was soll das heißen?«

»Das, was es heißt.« Cláudio sah sie an. »Ich hatte ihr geholfen, ich wollte sie beschützen. Dadurch sind wir uns plötzlich sehr nahegekommen. Hier oben unter dem Dach, nur wir zwei allein.« Er hob entschuldigend die Hände. »Ich weiß, ich weiß! Du brauchst es gar nicht zu sagen. Sie war erst vierzehn Jahre alt. Und ich war vierunddreißig. Cíntia war gerade geboren worden.« Er schüttelte leicht den Kopf. »Nanda war meine Nichte. Ich weiß es alles. Und trotzdem, gegen die Liebe ist man machtlos.«

»Du hast sie also auch geliebt«, stellte Márcia kühl fest.

»Ja, das habe ich. Verurteile mich ruhig dafür. Ich weiß, dass ich der Erwachsene war, der das nie hätte zulassen dürfen. Aber du weißt doch auch noch, wie sie war. Sie war so schön, so lebendig, sie war … wie ein Wunder!«

»Sie könnte auch heute noch schön und lebendig sein. Wenn du sie nicht umgebracht hättest.«

»Márcia, glaub mir … Auch das ist ein Punkt, in dem ich dich nicht angelogen habe. Es war ein Unglück. Das größte Unglück meines Lebens.«

»Ah ja. Dann würde ich gern hören, wie es wirklich abgelaufen ist, dieses – Unglück.«

»Isabel hat es ausgelöst. Sie muss Nanda gefolgt sein, oder sie hat etwas geahnt und wollte sich vergewissern. Und wir ... Nanda und ich ... wie soll ich sagen, wir waren etwas leichtsinnig geworden. Wir haben uns hier oben so sicher gefühlt. Wir haben manchmal einfach vergessen, unten die Haustür abzuschließen. Ja, und an diesem Tag ... da stand plötzlich Isabel in der Tür. Wir hatten sie nicht kommen hören, sie hat uns völlig überrascht.«

Márcia neigte den Kopf etwas zur Seite. »In diesem Bett hier?«

»Nein ... nicht, was du denkst. Aber, nun ja ... die ganze Situation ...«

»Nanda war nackt, oder?«

»Was? Wie kommst du darauf?«

»Bei dem kleineren Skelett wurden keinerlei Kleidungsreste gefunden.«

»Wirklich? Stand das irgendwo?«

»Egal. Weiter.«

»Nun, es war Hochsommer, es wurde sehr warm unter dem Dach. Nanda hatte nur einen Slip an und ein Trägerhemdchen. Ich selbst war vollständig bekleidet, aber ... sie hat halt auf meinem Schoß gesessen, die Arme um meinen Hals gelegt. Es war schon recht eindeutig und nicht zu leugnen. Isabel fing sofort an, mich anzuschreien. Was ich hier mit ihrer Tochter machen würde und dass ich auch nicht besser sei als mein Bruder. Sie hat Nanda von mir weggerissen und weiter auf mich eingeschrien: ›Das wirst du mir teuer bezahlen! Sonst gehe ich hin und erzähle es deiner Frau!‹ Sie wollte Geld von mir, viel Geld. In den Gedanken hat sie sich richtig hineingesteigert. ›Und dann nehme ich meine Töchter, und wir gehen nach Venezuela!‹ Das hat sie mir ins Gesicht geschrien.« Cláudio blickte auf. »Sie wollte dich mitnehmen, Márcia.«

»Was du nicht sagst.«

»Glaub mir, es war so. Aber Nanda hat laut geweint und geschrien, sie solle aufhören. Sie werde nirgendwo mit ihr hingehen, sie wolle hier bei mir bleiben. Isabel hat sie gepackt und geschüttelt. Ich glaube, Nanda hat sie dann gekratzt oder gebissen. Jedenfalls hat Isabel plötzlich angefangen, sie zu beschimpfen, als ›kleines Miststück‹, das sich ›endlich was anziehen‹ sollte. Nanda hat zurückgeschrien, dann hat Isabel sie links und rechts geohrfeigt, und ich weiß nicht, ich muss irgendwas genommen haben, das dort herumlag …«

»Es war ein Hammer.«

»Ein Hammer? Woher willst du das wissen?«

»Die Gerichtsmedizin hat das festgestellt. An Mutters Schädel.«

»Ja, gut, kann schon sein. Es ging alles so schnell! Isabel ist einfach zusammengebrochen und liegen geblieben. Ihre Kopfwunde hat stark geblutet. Wir standen da wie erstarrt. Es war plötzlich so still. Und dann fing Nanda an zu schreien. Gellend laut zu schreien, viel lauter als vorher. Sie konnte einfach nicht aufhören. Ich wollte sie noch beruhigen, sie in den Arm nehmen, aber sie hat mich weggestoßen und weitergeschrien. Ich hatte Angst, das ganze Bairro könnte sie hören. Ich habe ihr dann den Mund zugehalten. Sie hat sich gewehrt. Ich muss irgendwie fester zugepackt haben, ich weiß nicht, wie lange. Ich weiß nur, dass sie auf einmal ohnmächtig geworden ist. Ich war entsetzt. Das hatte ich doch nicht gewollt! Ich hab sie ganz vorsichtig aufs Bett gelegt. Sie atmete nicht mehr. Und dann hab ich gemerkt, dass sie auch keinen Puls mehr hatte. Es *muss* ihr schwaches Herz gewesen sein! Es gibt keine andere Erklärung.«

»O doch, die gibt es«, sagte Márcia. »Du hast ihr nicht den Mund zugehalten, *du hast sie erwürgt.*«

Sein Telefon am Ohr, stand Fonseca in der offenen Haustür. Dinis hatte ihn gerade angerufen. Er war kurz in den Flur hinausgetreten, aber der Schimmelgeruch hatte ihn an die frische Luft getrieben.

Dinis berichtete knapp und präzise, Fonseca sagte kaum mehr als: »*Tá bem. – Tá bem.*« Vor ihm lag der kleine Platz, dessen Steinpflaster schräg den Hang hinablief. Der Vollmond stand mittlerweile hoch am Himmel, sein bleiches Licht fiel auf die schmalen alten Häuser. Alles wirkte vollkommen menschenleer.

»Danke. Wir melden uns dann.« Fonseca beendete das Gespräch und atmete noch einmal durch. Aus der Ferne hörte er das Hupkonzert eines Autokorsos. Der FC Porto hatte drei zu zwei gewonnen.

Er wandte sich zurück ins Haus. Ana kam ihm entgegen und sah ihn aus großen Augen an.

»Chef? Kommen Sie, schnell! Das klingt alles gar nicht gut.«

»Márcia, was redest du da? Ich habe Nanda geliebt!«

»Du hast noch niemals jemanden geliebt. Du weißt noch nicht mal, was das ist. Die ganze Welt dreht sich doch nur um dich, dich, dich! Du bist so krank, du glaubst wahrscheinlich deine eigenen Lügen. Aber ich bin über diesen Punkt hinaus, verstehst du? Mir machst du nichts mehr vor!«

»Márcia, bitte. Lass uns nicht in diesem Ton ...«

»Nein, jetzt ist Schluss! Die Mauer hier nebenan haben sie eingerissen, aber *die Mauer in deinem Kopf*, die ist noch da. Und du glaubst auch noch, dass sie stehen bleiben kann. Dass alles schön weiter dahinter versteckt bleibt, wie all diese Jahre. Ich sage dir: nein! Ich bin hier, um sie einzuschlagen. Jetzt gleich! Damit endlich die ganze Wahrheit ans Licht kommt – die hässliche, blutige Wahrheit, die du so gerne vergessen würdest.«

»Jetzt reicht's aber! Ich bin nicht hier, um mich von dir beleidigen zu lassen.«

»Ich weiß. Du bist hier, um deine Haut zu retten.« Márcia lächelte. Ihre Augen lächelten nicht mit. »Wie muss das für dich gewesen sein, als der Fall zu den Akten gelegt wurde? Einfach verjährt. Überstanden. Ganz unglaublich, oder? Diese Erleichterung! Und damit war die Sache für dich erledigt. Bloß nicht mehr daran denken. Einfach so weiterleben wie bisher. Das ist dir leichtgefallen, nicht wahr? Aber du hast dabei etwas verpasst. Die Gerichtsmedizinerin, die die Skelette untersucht hatte, hat noch ein Fernsehinterview gegeben. Ich weiß nicht, wie oft ich es angesehen habe. Dutzende Male. Ich kann es fast auswendig, was sie gesagt hat. Sie hat von ›massiver Gewalteinwirkung‹ gesprochen, die sich auch an den Knochen noch feststellen ließ. Das sind Fakten, verstehst du? Die lassen sich nicht so einfach verdrehen und verbiegen, wie du es gewohnt bist. Sie sind hart und eindeutig. Nanda ist erwürgt worden. Es gibt da einen kleinen Knochen im Hals, das Zungenbein. Und ihres war gebrochen. Das hast *du* getan, mit deinen eigenen Händen!«

»Márcia, das ist nicht wahr! Ärzte irren sich dauernd, das weißt du doch selbst. Und Knochen, die so lange gelegen haben, können durch sonst was beschädigt sein. Noch bei dem Brand ist doch das halbe Dach darauf herabgestürzt!« Cláudio schüttelte schwer den Kopf. »Und ich *habe* Nanda geliebt, auch wenn du mir das nicht glauben willst.«

»Du hast sie *begehrt*, das glaube ich dir gern. Für dich ist das vielleicht dasselbe, für mich nicht. Du wolltest sie unbedingt haben. Nur dafür hast du ihr diese ›Zuflucht geboten‹, wie du das nennst. Du hast ihre Notlage skrupellos ausgenutzt. Du wolltest sie ganz unter deine Kontrolle bringen, sie sollte nur dir gehören. Meine vierzehnjährige Schwester! Nach allem, was sie schon durchgemacht hatte! Sie hat dir vertraut. Sie hat dir *geglaubt*, dass du ihr helfen wolltest. Du warst doch der gute Bruder! Wir beide haben das damals geglaubt. Aber das warst du nicht. Du warst nur der Intelligentere, der Perfidere, das war der einzige Unterschied. Vielleicht hast du dir wirklich eingebildet, Nanda wäre in dich verliebt. Zuzutrauen wäre es dir. Aber als du sie dann bedrängt hast, da wollte sie plötzlich nicht. Sie hat sich sogar gewehrt. Ich kann dir genau sagen, was sie in deinem Gesicht gesehen hat: die Ähnlichkeit mit unserem Vater. *Das* war der Moment, in dem sie angefangen hat zu schreien, nicht wahr? Zu schreien und zu schreien. Und du hast es nicht bloß mit der Angst bekommen, du warst auch noch wütend auf sie. Was, sie *will* nicht? Sie weist dich zurück? *Da* hast du zugedrückt, zugedrückt und nicht mehr losgelassen. Und irgendwann wusstest du auch, dass du jetzt nicht mehr aufhören konntest. Es dauert entsetzlich lange, jemanden zu erwürgen, ist es nicht so?«

»Hör sofort auf damit! Wie kommst du dazu, mir solche Dinge an den Kopf zu werfen!«

»Ich *weiß*, dass es so war! Ich habe dir auch ins Gesicht gesehen und unseren Vater darin erblickt. Gestern erst, in diesem Video aus Gaia. Ich habe die blanke Gier in deinen Augen gesehen, als du dich über das arme Mädchen hergemacht hast.«

»*Was?* Was sagst du da ...?«

»Ich wollte es mir erst nicht anschauen, aber dann habe ich es doch noch getan. Das ganze Video, auf dem zu sehen ist, wie du dieses junge Mädchen missbrauchst – diese Olesya, die du nur ausgesucht hast, weil sie Nanda so ähnlich sah. Du warst besessen von Nanda, nicht wahr? Du musstet es unbedingt noch mal ausleben. Und dann benutzt du eben so ein hilfloses Mädchen dafür. Wie alt war sie? Auch gerade vierzehn? Mein Gott, es war alles so deutlich zu sehen, ihre ganze Verzweiflung. Ihre Angst, etwas falsch zu machen. Wahrscheinlich ist ihre ganze Familie in Not und hofft auf das Geld, das sie als Model im Westen verdienen soll. Sie hat sich so geschämt, sie hat geweint und dich angefleht, aber du warst vollkommen blind für das alles. Für dich war sie nur das Objekt deiner Begierde und weiter nichts. Und Nanda war auch nichts anderes, gib es doch zu! Wie war es denn damals? Hast du es noch geschafft, sie zu vergewaltigen, wie die kleine Olesya? Oder hat Nanda sich zu heftig gewehrt? Sag es mir! Ich will es wissen!«

»Sei endlich still!«

»Und was war dann? War Nanda schon tot, als Mutter hereingekommen ist?«

»Márcia, ich warne dich! Noch ein Wort und ...«

»Sie war also tot. Das dachte ich mir. Mutter hat sich über sie gebeugt, und da hast du zugeschlagen. Mit dem Hammer. Dreimal hintereinander, um ganz sicherzugehen.«

»Es reicht, verdammt! *Du hältst jetzt den Mund!*«

Kamera 1 zeigte Cláudios wutverzerrtes Gesicht. In den drei anderen Ausschnitten sah man auch seine suchende Handbewegung.

Ana rief: »Schnell! Abbrechen! Bevor er sie angreift!«

Márcias Stimme kam aus dem Lautsprecher: »So ein Pech, was? Kein Hammer zur Hand. Nicht mal ein Kerzenleuchter.« Sie klang erstaunlich kaltblütig. »Und jetzt? Willst du mich mit der Faust erschlagen? Oder gehst du mir an die Gurgel?«

Cláudio starrte sie wortlos an, hochrot im Gesicht.

Fonseca hatte sein Telefon am Ohr. »Moment noch. Zugriff, wenn ich es sage.«

»Aber du weißt ja, auch davon gibt's dann ein Video«, sagte Márcia. »Du bist erledigt, so oder so.«

»Du verdammte ...«

»*Keinen* Schritt weiter!«

Sie alle hatten nur auf Cláudio geachtet. Jetzt erst sahen sie die Pistole, die Márcia auf ihn gerichtet hielt. Es war eine kleine, handliche Waffe.

»Die ist geladen und entsichert. Ich brauche nur noch abzudrücken.«

Cláudio sah sie ungläubig an. »Márcia ...«

»Das war es, was ich eigentlich vorhatte, weißt du. Und zwar genau so ...« Sie hob die Pistole am ausgestreckten Arm, ließ ihn direkt in die Mündung sehen. »So wollte ich die Welt von dir befreien. Eine Kugel zwischen die Augen.« Sie blickte zur Seite in Kamera 2. »Gönnen Sie mir noch diesen Moment, ja? Er soll einfach begreifen, wie knapp es für ihn gewesen ist.«

Fonseca atmete schnaufend aus. »Kein Zugriff. Sie hat eine Schusswaffe auf ihn gerichtet. Wir warten noch ab.«

»Márcia ... Nimm die Waffe runter.«

»Ich denke nicht, dass ich das tun sollte. Du hast meine Mutter erschlagen. Und du hast Rico erschlagen. Beide waren einfach zu unvorsichtig.«

»Mit wem hast du da eben gesprochen?«

»Mit der PJ. Wenn du möchtest, zeige ich dir die Inspektorin, der du dein Leben verdankst.« Márcia blickte wieder in Kamera 2: »Gut, kommen Sie rein. Er gehört Ihnen.«

Als Fonseca den obersten Treppenabsatz erreichte, musste er erst mal stehen bleiben, um zu Atem zu kommen. »Sekunde. Geht gleich wieder.«

Tété sah ihn etwas besorgt an.

Ana und Tavares waren längst im Mansardenzimmer verschwunden. Senhor Cláudios Stimme war zu hören: »Das ist doch nicht zu fassen! Sie sehen einfach zu, während ich hier von Kriminellen bedroht werde? Das wird ein Nachspiel haben, das verspreche ich Ihnen.«

Tété sagte leise: »Wird Zeit, dass dem mal jemand einen Dämpfer verpasst.«

Fonseca nickte grimmig. »Ich weiß auch schon, wer. Kommen Sie.«

Es wurde eng in der kleinen Mansarde. Die zwei Kollegen mit den schusssicheren Westen hatten sich links und rechts der Tür postiert, ihre Dienstwaffen noch in den Händen. Ana und Tavares standen bei Márcia am Fenster.

Senhor Cláudio drehte sich um, als sie hereinkamen. »Was denn, Sie sind selbst hier? Sie als Chefinspektor dulden so ein ungesetzliches Vorgehen? Hören Sie gut zu: Alle meine Aussagen sind unter Zwang erfolgt. Ich verlange, sofort meinen Anwalt zu sprechen!«

»Sie können ihn gern anrufen«, sagte Fonseca. »Wenn Sie meinen, dass er um diese Uhrzeit erreichbar ist ...«

»Ich werde mich bei Ihrem Vorgesetzten über Sie beschweren!«

»Tun Sie das. Aber jetzt hören Sie *mir* mal zu.« Fonseca trat vor ihn hin und sah ihn an. »Senhor Rocha Cortez, hiermit nehme ich Sie vorläufig fest, wegen hinreichenden Tatverdachts in der Mordsache Ricardo Peixoto.«

»*Was?* Dazu haben Sie kein Recht!«

»Und ob ich das habe. Inzwischen ist es uns gelungen, das anonyme Telefon zuzuordnen, das sich zur Tatzeit in der Lagerhalle der Stiftung befand. Aus Ihren Kundendaten bei ›Western Promise‹ geht zweifelsfrei hervor, dass die Nummer Ihnen gehört. Damit ist Ihre Anwesenheit am Tatort bewiesen.« Fonseca gab den Männern an der Tür ein Zeichen. »Handschellen anlegen und abführen.«

Senhor Cláudio sah ihn empört an. »Das wird Sie noch teuer zu stehen kommen!«

Fonseca nickte ihm gelassen zu. »Heute Nacht in der Zelle sollten Sie schon mal darüber nachdenken, was Sie Ihrem Anwalt sagen wollen. Ich wüsste da einiges, das nicht so leicht zu erklären ist.«

39

Am Montagmorgen wurde Fonseca sofort zum Direktor gerufen. Er hatte nichts anderes erwartet.

»*Meu Deus*, wie konnten Sie so ein Risiko eingehen? Der Mann hätte erschossen werden können. Und was haben Sie jetzt gewonnen? Nichts davon ist gerichtsverwertbar. Das muss Ihnen doch auch klar sein!«

Fonseca ließ sich nicht aus der Ruhe bringen.

»Das ist richtig«, sagte er, »oder es *wäre* richtig, wenn wir ihm damit die Morde in der Rua da Bainharia nachweisen wollten. Darum geht es aber nicht. Es geht um den Mord an Rico. Wie Sie wissen, hatten wir nichts in der Hand. Wir *konnten* uns diese Gelegenheit nicht entgehen lassen. Außerdem – wenn wir dort gestern nicht die Regie übernommen hätten, wäre Rocha Cortez vielleicht wirklich erschossen worden. Und dann wäre eine Frau im Gefängnis gelandet, die das nicht verdient hat.«

Der Direktor schüttelte seufzend den Kopf. »Meinen Sie denn, dass das reicht, mit diesem Telefon? ›Anwesenheit am Tatort‹, gut und schön. Aber wenn sein Verteidiger das auseinanderpflückt – wie stehen wir dann da? Ich darf gar nicht daran denken, wie Sie das Beweismaterial beschafft haben, sonst kriege ich noch einen Infarkt.«

»Wir bemühen uns, das nachträglich zu legalisieren.«

»Ach, und Sie meinen, das beruhigt mich, ja?«

Fonseca erhob sich von seinem Stuhl. Er hatte genug Zeit vergeudet. »Ich gebe zu, ausgestanden ist es noch nicht. Aber wir haben ihn jetzt da, wo wir ihn haben wollen: Er ist endlich abgestürzt aus den höheren Sphären. Und hier unten am Boden – hier kriegen wir ihn. Vertrauen Sie mir einfach.«

»Die gute Nachricht zuerst«, sagte Pinto, als er in den Besprechungsraum kam. Er war am Morgen gleich direkt zur Untersuchungsrichterin gefahren. »Den Haftbefehl habe ich dabei.« Er hob kurz die Aktenmappe in seiner Hand. »Nur was den Durchsuchungsbeschluss angeht, da wollte sie nicht mit sich reden lassen.«

»Den brauchen wir aber«, sagte Fonseca. »Und zwar heute noch!«

»Sie kann das nicht verantworten, sagt sie. Die Operation der Polizei Gaia hat Priorität.«

»›Operation‹, also ehrlich! Ich hoffe, die redet jetzt nicht mit denen. Sonst wird diese Milena auch noch vorgewarnt.«

»Es kann doch nicht sein, dass das jetzt alles so weiterläuft!« Ana blickte von einem zum anderen. »Irgendwer *muss* noch mal mit der Richterin sprechen.«

Fonseca nickte ihr zu. »Ja, sicher. Ich bin bloß neulich erst mit ihr aneinandergeraten. Wegen der gleichen Sache.«

»Soll ich es vielleicht mal versuchen?«, fragte Tété. »Mit solchen Leuten kann ich eigentlich umgehen.«

»Ja, gut, wenn Sie meinen.«

Tété ging zum Telefonieren in ihr Büro, die anderen warteten am Kaffeeautomaten. Die Bürotür stand etwas offen, doch zu Beginn war nichts zu verstehen. Tétés Stimme klang leise und höflich. Dann auf einmal wurde sie lauter: »Nein, wir wollen *nicht* an die Hintermänner herankommen, die sitzen sowieso in der Ukraine. Wir wollen, dass das *aufhört*, und zwar sofort!«

Fonseca und Pinto sahen sich an. Pinto grinste.

»Drücke ich mich irgendwie unklar aus? Wir wollen, dass da *kein einziges weiteres Mädchen missbraucht wird!* Sonst mache ich Sie persönlich dafür verantwortlich! Also tun Sie jetzt, was zu tun ist!«

Als Tété in der Tür erschien, lächelte sie zufrieden. »Der Durchsuchungsbeschluss wird gleich ausgestellt.«

Ana fiel ihr strahlend um den Hals. »Wunderbar! Ganz große Klasse!«

Tété lachte und sagte: »Ja, manchmal ist so ein Lissaboner Akzent eben doch zu was nutze. Die hat gedacht, ich wäre irgendein hohes Tier.«

Fonseca war noch etwas verblüfft. »Aber Sie haben doch gesagt, wer Sie sind, oder nicht?«

»Ich hab zumindest nicht die Unwahrheit gesagt. ›Teresa Marinho. Ich bin hier bei der Mordkommission.‹ In meinem schönsten offiziellen Tonfall. Da überlegt die erst mal, ob ihr auch nicht der Kopf abgerissen wird, wenn sie nicht weiß, wer ich bin. Bürokraten eben, die ticken alle gleich.«

Sie lachten gemeinsam.

Fonseca wandte sich an Andrade: »Na denn! Schnappen Sie sich so viele Leute, wie Sie brauchen, und auf geht's! ›Western Promise‹ hat seine letzten falschen Versprechungen gemacht, dafür sorgen wir jetzt.«

Milena Grigorjeva war schon früh am Morgen nach Lissabon gefahren. Dinis konnte das Signal ihres Telefons bis zum Flughafen verfolgen, bevor es unvermittelt vom Monitor verschwand. Offenbar hatte sie einen Anruf erhalten. Es war wohl nicht damit zu rechnen, dass sie sich je wieder in Gaia blicken ließ.

In ihrem Apartment konnten ein Laptop und verschiedene Datenträger sichergestellt werden. Fonseca machte drei Kreuze, als endlich feststand, dass das Material über Senhor Cláudio noch darauf gespeichert war. Erst der Durchsuchungsbeschluss hatte die ganze Beweiserhebung aus der rechtlichen Grauzone geholt. Und das gerade noch rechtzeitig.

Am späten Nachmittag fand er auf seinem Schreibtisch einen Zettel von Dinis, auf dem nur »Sr. Cláudios Anwalt« stand. Mit einer Büroklammer war die Visitenkarte angeheftet.

Als er den Namen seines Gegenspielers las, stieß Fonseca ein leises, anerkennendes Pfeifen aus. Es war kein Geringerer als Emídio Leite Sobral von »Mesquita, Sobral & Associados, Sociedade de Advogados«, einer der teuersten Kanzleien der Stadt.

Senhor Cláudio schien entschlossen zu kämpfen. Koste es, was es wolle.

40

Es folgte ein Nervenkrieg, der leider nicht zu vermeiden war. Emídio Leite Sobral zog so kühl sein Programm durch, als ob die Ermittlungsergebnisse der PJ ihn nur beiläufig interessierten. In den ersten Tagen schien seine größte Sorge zu sein, dass sein Mandant die Ostertage in Untersuchungshaft verbringen sollte.

Ein Aussetzen der Haft gegen Kaution wurde schließlich wegen Fluchtgefahr abgelehnt. Erst danach wandte der Anwalt sich den Einzelheiten des Falles zu, immer auf der Suche nach Schwachstellen. Noch am Gründonnerstag fing er an, Senhor Cláudios Anwesenheit am Tatort in Zweifel zu ziehen.

Fonseca war darauf vorbereitet. »Nein, nein«, sagte er, als sie sich im Vernehmungsraum gegenübersaßen, »so einfach ist das nicht. Dieses Telefon ist regelmäßig zu konspirativen Zwecken benutzt worden. Sehen Sie sich die Verbindungsdaten an. Und das hier ist ein Ausdruck der Kundendatei von ›Western Promise‹.« Er wandte sich an Senhor Cláudio. »Für gewöhnlich haben Sie das Telefon ausgeschaltet, bevor Sie rüber nach Gaia gefahren sind. Nur an dem Abend nicht, an dem Sie die kleine Olesya gebucht hatten. Was war da los? Gab es eine Verzögerung? Ist Milena mit ihr im Stau stecken geblieben? Sie haben jedenfalls noch mehrfach mit Milena telefoniert.«

»Sie brauchen diese Fragen nicht zu beantworten«, sagte Leite Sobral. Er war ein kleiner, korpulenter Herr um die fünfzig, mit einem sauber getrimmten weißgrauen Vollbart und einer randlosen Brille. Wie immer trug er einen dunklen Anzug mit Weste.

Senhor Cláudio hatte den Blick auf die Tischplatte gesenkt. Er sagte kein Wort.

»Aber genau dieses Mädchen«, fuhr Fonseca fort, »wollten Sie unbedingt haben, nicht wahr? Sie haben gewartet, bis endlich die Bestätigung kam, dass das Treffen doch noch stattfinden konnte. Zu diesem Zeitpunkt waren Sie bereits an dem Apartmenthaus in Gaia. Und dieses eine Mal haben Sie dann vergessen, das Telefon auszuschalten. Die Videokameras, die Sie und Olesya gefilmt haben, waren per WLAN mit einem Computer verbunden. Es gibt genaue Uhrzeiten und Standortdaten, die sich zu hundert Prozent mit denen des Telefons decken. Das alles ist beweiskräftig dokumentiert.«

»Wir werden das prüfen«, sagte Leite Sobral völlig ungerührt und nahm die Ausdrucke an sich. »Und nach Ostern sehen wir dann weiter.«

Die Hängepartie über die Feiertage war für sie alle besonders bitter. Am Donnerstagabend umarmten sich Ana und Tété zum Abschied.

»Mein Gott«, sagte Tété, »um ein Haar hätten sie den Kerl über Ostern schon wieder rausgelassen. Stell dir vor, Márcia wäre ihm begegnet …«

»Das stelle ich mir lieber nicht vor.«

»Ich hoffe nur, dass alles gut geht.«

Ana wirkte so unglücklich, dass Fonseca schon ein schlechtes Gewissen hatte. Aber das Einzige, was er ihr hätte sagen können, musste er jetzt für sich behalten. Um jeden Preis.

Nach Ostern beriet sich der Anwalt erneut ausführlich mit seinem Mandanten. Je länger es dauerte, desto sicherer war Fonseca, dass sich ein Strategiewechsel in der Verteidigung anbahnte.

Er sollte recht behalten. In einem Vieraugengespräch eröffnete ihm Leite Sobral, dass er seinem Mandanten geraten habe, bestimmte unhaltbare Positionen aufzugeben und zur Schadensbegrenzung überzugehen.

Senhor Cláudio räume nunmehr ein, zur Tatzeit mit Rico allein in der Lagerhalle gewesen zu sein. Er habe Rico dort wegen der verschwundenen Medikamente zur Rede gestellt, es sei zum Streit gekommen, in dessen Verlauf Rico ihn tätlich angegriffen habe. Senhor Cláudio habe ihn daraufhin in Notwehr niedergeschlagen. Todesursache sei laut Obduktionsbefund aber nicht dieser Schlag gegen den Kopf gewesen, sondern eine Unterzuckerung, die auf die Vorerkrankung des Geschädigten, sprich dessen Diabetes, zurückzuführen sei.

Eine Mordanklage gegen seinen Mandanten, so der Anwalt weiter, könne daher nicht erhoben werden. Auch beim Vorwurf der Körperverletzung mit Todesfolge müsse die klare Notwehrsituation berücksichtigt werden.

»*Pronto*«, sagte Fonseca. »Dann wissen wir ja, woran wir sind. Ich schlage vor, dass wir für morgen Vormittag eine Vernehmung zur Sache ansetzen.«

Als Leite Sobral gegangen war, griff er zum Telefon.
»Es geht los«, sagte er. »Schicken Sie's rüber. Datum von heute.«

Im Besprechungsraum gab es einen Aufschrei. Alle redeten durcheinander.
»Das darf doch nicht wahr sein!«
»Wenn dieser *filho da puta* auf Notwehr plädiert, kann er sogar einen Freispruch erreichen!«
»Bei ›Körperverletzung mit Todesfolge‹ ist dieser Cláudio doch auch nach einem Jahr wieder draußen!«
Es war wie beim Abbruch der ersten Ermittlung. Ana standen die Tränen in den Augen, Tété sah aus, als wollte sie am liebsten etwas gegen die Wand werfen. Das Kopfschütteln nahm kein Ende.
Fonseca sah es schweren Herzens mit an. »Da müssen wir nun durch«, sagte er. Mehr hatte er leider nicht anzubieten.

41

Die erneute Beschuldigtenvernehmung von Cláudio da Rocha Cortez wurde per Videoschaltung in den Nebenraum übertragen.

Ana und Técé waren die Ersten, die ihre Drehstühle vor den Monitor rollten. Sie redeten nicht viel an diesem Morgen. Die Blicke, die sie tauschten, sagten alles. Sie hatten Márcia viel versprochen, und auf einmal war wieder völlig offen, ob sie es halten konnten.

Kurz bevor es losging, kam noch Tavares hinzu und zog sich ebenfalls einen Stuhl heran. »Ich sage euch eins: Der Chef hat noch irgendein Ass im Ärmel. Ich kenne ihn doch.«

Ana seufzte. »Ich hoffe, das stimmt.«

Auch Tété war die Art aufgefallen, wie Fonseca ihnen zugenickt hatte. So, als wollte er sagen: »Nur Mut. Das wird schon.«

Aber alles Spekulieren half jetzt nicht weiter. Sie konnten nicht mehr tun als zusehen.

Die Kamera war etwas erhöht an der Wand montiert und erfasste das ganze Vernehmungszimmer. Der Tisch mit dem Mikrofon war von der Seite zu sehen. Links nahmen Pinto und Fonseca Platz, rechts Senhor Cláudio und Emídio Leite Sobral.

Fonseca schlug die Aktenmappe auf und legte seine Unterlagen zurecht. Der Anwalt tat es ihm gleich.

Senhor Cláudio sah etwas ungewohnt aus in dem hellgrauen Trainingsanzug, in dem er aus dem Gefängnis hergebracht worden war. Doch er bewahrte auch jetzt seine Haltung. Während Pinto die Belehrung vorlas, zog er die Augenbrauen zusammen, als hätte er eigentlich keine Zeit, sich solchen überflüssigen Kram anzuhören.

Als Erstes forderte Fonseca ihn auf, seine eigene Sicht der Dinge darzulegen.

Senhor Cláudio tat das bereitwillig, ruhig und gefasst. Es war ganz klar, dass alles, was er sagte, mit seinem Anwalt abgestimmt war. Trotzdem klang es nicht einfach auswendig gelernt. Tété jedenfalls hatte schon eine Menge Beschuldigte erlebt, die schlechtere Schauspieler waren.

Auch als Fonseca und Pinto im Anschluss ihre Fragen stellten, blieb er strikt bei der abgesprochenen Fassung. Sein größter Fehler sei es gewesen, dass er Rico zu lange vertraut habe. Erst als die Anzeichen unübersehbar wurden, habe er sich entschieden, ihn auf das verschwundene Methadon anzusprechen. Nein, von irgendwelchen anderen Drogen wisse er nichts. Trotz seiner Anwesenheit bei den Lieferungen habe er nie etwas von einer zusätzlichen Ladung bemerkt. Er hätte Rico schärfer kontrollieren müssen, das sei gar keine Frage. Er bedaure es außerordentlich, einem Kriminellen aufgesessen zu sein. Dieser Missbrauch seines Vertrauens habe ihn tief getroffen. Schließlich sei er es gewesen, der Rico eine Chance gegeben habe. Die Konfrontation in der Lagerhalle habe sich wohl auch deshalb so rasch zugespitzt.

Rico sei ausfallend geworden, habe ihn angerempelt und auf ihn eingeschlagen. Worauf er sich notgedrungen zur Wehr gesetzt habe.

»*Tá bem*«, sagte Fonseca. »Wir halten also fest: *Sie* und kein anderer haben Rico niedergeschlagen. Ist das richtig?«

»Das ist die Aussage, die mein Mandant soeben gemacht hat«, sagte Leite Sobral. »Aus freien Stücken.«

Fonseca sah Senhor Cláudio an. »Rico lag dann bewusstlos am Boden. Wie ging es weiter?«

»Ich war erst mal froh, dass er außer Gefecht war. Er war ja um einiges jünger und agiler als ich. Ich habe dann vorsichtig nach ihm gesehen. Er atmete gleichmäßig. Ich hatte den Eindruck, er könnte jeden Moment wieder zu sich kommen. Das war meine größere Sorge. Um sein Wohlergehen habe ich mir keine Gedanken gemacht, das gebe ich zu.«

»Was haben Sie als Nächstes getan?«

»Ich war sehr aufgebracht, wie Sie sich denken können. Ich wollte ihn anzeigen. Aber der Schreck saß mir noch in den Gliedern. Auf eine erneute Auseinandersetzung wollte ich es lieber nicht ankommen lassen. Ich bin also hinausgegangen und habe das Hallentor hinter mir zugemacht. Ich hatte vor, die Polizei zu rufen und im Wagen auf sie zu warten.«

»Meine Frage war, was Sie getan haben. Nicht, was Sie eigentlich tun wollten.«

»Dazu komme ich ja gerade. Wie Sie wissen, hat es an dem Abend geregnet. Auf dem Weg über den Hof bin ich in einen heftigen Schauer geraten. Nun ja, und dann saß ich da im Wagen. Ich war nass geworden, es war kalt. Und dann die Aussicht auf das ganze Theater mit der Polizei. Ich muss sagen, für den Abend war ich einfach bedient. Ich dachte: Was hast du davon? Hinterher steht in der Zeitung: ›Unregelmäßigkeiten in der Fundação Esperança, Medikamente auf dem Schwarzmarkt verkauft‹. Und dann ärgerst du dich erst recht. Mir fiel ein, dass Rico ja auch einen Schlüssel für das Hallentor hatte. Und da dachte ich: Ach, lass ihn selbst sehen, wie er zurechtkommt. Morgen werfe ich ihn raus, und damit hat sich's. Dann bin ich weggefahren.« Senhor Cláudio schüttelte den Kopf, als wünschte er, er könnte das Geschehene rückgängig machen. »An Ricos Diabetes habe ich natürlich nicht gedacht. Ich bin kein Arzt. Ich war völlig fassungslos, als ich am nächsten Tag gehört habe, dass er dort in der Nacht gestorben war.«

Pinto sah Fonseca von der Seite an. Tété konnte sich vorstellen, was er dachte. Cláudios Geschichte hatte so viele Löcher, dass man gar nicht wusste, wo man anfangen sollte.

Aber Fonseca ging jetzt nicht darauf ein.

»Sie sind vielleicht kein Arzt«, sagte er, »aber Sie haben durchaus medizinische Grundkenntnisse. Einfach durch Ihre langjährige Tätigkeit für die Stiftung.«

»Ich kann nicht erkennen, inwiefern das relevant ist«, sagte Leite Sobral.

»Das ist sogar sehr relevant.«

Fonsecas Ton ließ sofort alle aufhorchen.

»Es ist richtig, dass Rico an Unterzuckerung gestorben ist. Aber seine Blutwerte waren so extrem niedrig, dass es den Rechtsmedizinern bei der Obduktion aufgefallen ist. Wir haben daraufhin weitere Untersuchungen vornehmen lassen. Dabei sind zunächst zwei frische Einstichstellen an Ricos Unterarm entdeckt worden.«

»Rico hat sich täglich Insulin gespritzt«, sagte Cláudio, »das wissen Sie doch.«

»Ja, das wissen wir. Und Sie wussten es auch. Vermutlich haben Sie sogar kurz daran gedacht, seinen eigenen Insulin-Pen zu verwenden. Das erschien Ihnen dann aber nicht sicher genug.«

»Moment, Moment«, unterbrach der Anwalt. »›Verwenden‹ wozu?«

Fonseca sah ihn an. »Um dem bewusstlosen Rico eine tödliche Überdosis zu injizieren. So ist er nämlich ermordet worden.«

»*Wie* bitte?«

»Wissen Sie, was Sie da sagen?«

Senhor Cláudio und sein Anwalt redeten gleichzeitig. Es war kaum noch ein Wort zu verstehen.

Tété und Ana warfen sich einen Seitenblick zu. Ana biss sich auf die Unterlippe.

Fonseca wartete, bis wieder Ruhe eingekehrt war. Dann wandte er sich an Cláudio.

»*Das* ist es, was Sie getan haben. Sie sind ins Medikamentenlager gegangen, haben sich eine Spritze und Insulinampullen geholt und Rico zwei Injektionen gegeben. Dann haben Sie sein Telefon an sich genommen, auf dem das Foto von Nanda gespeichert war. Sie haben auch das übrige belastende Material – den Kerzenhalter und die Kartons mit den Drogen – zu Ihrem Wagen gebracht und dann das Hallentor abgeschlossen. Sie mussten ja sichergehen, dass Rico auch wirklich dort drinnen stirbt und nicht durch Zufall noch gerettet wird. Ihre Sorge galt natürlich auch Pedro Manduca. Er hätte ja noch vorbeikommen können, um nachzuschauen, was aus seinem Bruder geworden war. Sie haben auch das Tor der Einfahrt hinter sich zugemacht. Von außen wirkte es so, als wäre Rico nie aus Vigo zurückgekehrt. Dann sind Sie weggefahren und haben die Beweise beseitigt.«

Senhor Cláudio schien etwas sagen zu wollen, aber Leite Sobral kam ihm zuvor.

»Dazu müssen Sie sich nicht äußern.« Er sah Fonseca an. »Ich muss schon sagen ... Wie kommen Sie dazu, meinen Mandanten mit solchen haltlosen ...«

»Weil ich den Mord endlich beweisen kann!«

Ein, zwei Sekunden lang herrschte völlige Stille.

Pinto war sichtlich bemüht, sich nichts anmerken zu lassen. Also hatte er auch keine Ahnung.

Fonseca zog einen Schnellhefter aus seinen Unterlagen, legte ihn obenauf.

»Die erwähnten Zusatzuntersuchungen der Rechtsmedizin waren sehr aufwendig. Aber die Ergebnisse liegen jetzt vor. Dies ist das Gutachten dazu.«

»Von einem zweiten Gutachten ist mir nichts bekannt«, sagte Leite Sobral.

»Natürlich nicht. Es ist heute Morgen erst bei uns eingegangen.«

»Ist das da mein Exemplar? Dann würde ich sagen, wir brechen hier ab, und ich prüfe das erst einmal.«

»Sie kriegen Ihr Exemplar, keine Sorge. Aber wo wir schon mal dabei sind, will ich kurz deutlich machen, was der springende Punkt ist. Ich musste mir das auch erst erklären lassen. Glauben Sie mir, es ist besser, Sie hören es in meinen Worten.« Fonseca lächelte flüchtig. »Es geht um den Nachweis, dass Rico tatsächlich Insulin injiziert worden ist.«

»Diesen Nachweis kann *niemand* erbringen!«, fuhr Senhor Cláudio dazwischen.

»Es ist nicht einfach, das ist wahr. Gerade post mortem gilt Insulin als sehr instabil. Im Blut wird es auch noch nach Eintritt des Todes abgebaut. Aber man kann es in anderem Körpergewebe bestimmen, das während der Obduktion entnommen wird. Wissen Sie, was GKF bedeutet? Nein? Ich wusste es auch nicht. Dabei handelt es sich um die sogenannte Glaskörperflüssigkeit. Sie befindet sich im Inneren der Augäpfel. Diese GKF ist so weit vom Blutkreislauf isoliert, dass ein Austausch nur erheblich verlangsamt und in geringer Konzentration stattfindet. Und das heißt: Das Insulin, das im Blut längst abgebaut wurde, bleibt in den Augen noch nachweisbar.«

Senhor Cláudio schüttelte überdrüssig den Kopf. »Mein Gott, *natürlich* ist der Insulinwert erhöht, wenn er an Unterzuckerung gestorben ist. Ich denke, die Ärzte haben Ihnen erklärt, was Diabetes ist.«

»Ja, das haben sie«, sagte Fonseca ganz ruhig. »Und genau das ist der Punkt. Das war der entscheidende Fehler, den Sie gemacht haben. ›Natürlich‹ ist schon das richtige Stichwort. Sie sind an diesem Abend ins Medikamentenlager gegangen und haben das Insulin genommen, das da war. Ich kann verstehen, dass Sie in dieser Situation nicht den Beipackzettel gelesen haben.« Er legte seine Hand auf den Schnellhefter. »Aber hier in diesem Gutachten steht es: Das Insulin in Ricos Augen ist kein natürliches, körpereigenes Insulin. Es ist ein synthetisches Analogprodukt mit dem Markennamen Humalog. Es *kann nur* durch Injektion in den Körper gelangt sein. Es ist die Substanz, mit der Sie Rico getötet haben.«

Er reichte Leite Sobral das Gutachten über den Tisch. Der Anwalt nahm es stirnrunzelnd entgegen.

»Und deshalb, Senhor Rocha Cortez, wird Ihre Anklage auf vorsätzlichen Mord lauten. Auf mildernde Umstände sollten Sie lieber nicht hoffen. Ich denke, der Staatsanwalt wird vielmehr auf die besondere Heimtücke der Tat hinweisen. Einen hilflosen Menschen, einen Kranken, in dieser Weise mit seinem lebenserhaltenden Medikament umzubringen – dazu gehört schon etwas.«

Fonseca lehnte sich auf seinem Stuhl zurück.

»Eines will ich Ihnen zum Schluss noch sagen: In meiner gesamten Zeit bei der Polícia Judiciária, und das sind nun schon einige Jahre, habe ich nichts so sehr bedauert wie die Tatsache, dass ich Sie für die Morde an Fernanda und Isabel nicht mehr zur Rechenschaft ziehen kann. Dass es uns gelungen ist, Ihnen den Mord an Rico nachzuweisen, kann das zwar auch nicht aufwiegen. Aber eine gewisse Genugtuung ist es für mich schon.«

Pinto sah ihn fragend an. Fonseca nickte.

Pinto beugte sich zum Mikrofon vor. »Die Vernehmung des Beschuldigten Cláudio da Rocha Cortez endet um 12:54 Uhr.«

Vor dem Monitor blieb alles still.

Tété und Ana sahen sich an.

Ana schüttelte leise den Kopf. »Ich kann es noch gar nicht glauben. Ist das wirklich wahr?«

Tété lächelte ihr zu. »Wenn der Chef es sagt ...«

42

Hinterher im Besprechungsraum war die Stimmung schon gelöster. Es gab Umarmungen und Schulterklopfen. »Wir haben es tatsächlich geschafft, was?«

Fonseca hob entschuldigend die Hände. »Glaubt mir, Leute, es tut mir leid. Die ganze Ungewissheit, und das auch noch über Ostern. Aber es ging nun mal nicht anders. Diese Sache *musste* ich unter Verschluss halten.«

»Wie lange wussten Sie denn schon davon?«, fragte Pinto.

»Ach, schon seit zwei Wochen. Doktor Xavier hatte mich angerufen. Ich bin zu ihm ins Institut gefahren, und da hat er mir alles erklärt. Mir war sofort klar: Damit haben wir ihn. Er durfte nur nicht vorher Wind davon bekommen. Davon hing alles ab. Ich wusste, wir müssen ihn so unter Druck setzen, dass er nach diesem letzten Strohhalm greift: Er musste zugeben, dass er Rico niedergeschlagen hatte. Dann, und nur dann, konnten wir ihn damit festnageln. Ich habe Xavier um völliges Stillschweigen gebeten. Und dann hieß es hoffen und harren, dass Cláudios Anwalt auf diese Verteidigungslinie einschwenkt.«

Pinto nickte. »Und die Chancen dafür standen nicht

schlecht, das stimmt. Genau das war ja Cláudios Plan gewesen: den *vorsätzlichen* Mord zu verschleiern.«

»Ich müsste eigentlich Xavier anrufen und mich noch mal bedanken.« Fonseca sah auf die Uhr. »Na, der sitzt gerade beim Mittag. Kinder, es ist Viertel vor zwei! Wir müssen auch mal was essen.«

In der Kantine ergab sich dann ganz von selbst die Frage nach dem Restaurant. Wo sollten sie diesmal hingehen? Wieder in dasselbe oder doch mal in ein anderes?

Tété sagte schließlich: »Warum gehen wir nicht einfach zu mir?«

Alle sahen sie erstaunt an.

Sie lachte. »Nein, nein, ich will euch nicht selbst bekochen! Obwohl meine Muzongué nicht zu verachten ist! Ich wohne direkt über einem sehr, sehr netten Lokal in Vitória. Ich wette, das wird euch gefallen.«

Dona Amélia fühlte sich geehrt, und Sandra fand es sichtlich aufregend, eine ganze Abteilung der Mordkommission zu Gast zu haben. Tété hatte für Freitagabend den langen Tisch reserviert, das Menü war auch schon bestellt. Ihre Kollegen nahm sie persönlich an der Tür in Empfang. Zur Feier des Tages trug sie eine neue Bluse mit einem knallbunten afrikanischen Zickzackmuster und große goldene Kreolen.

»Hey, das sieht super aus!« Ana umarmte sie, und sie begrüßten sich mit Küsschen, Küsschen.

Wenig später traf Fonseca ein. Tété fiel auf, wie er draußen vor der Tür stehen blieb, etwas verwundert das Schild »Quartos/Rooms« betrachtete, einen Schritt zurücktrat und an der Fassade hinaufblickte. Lächelnd ging sie zu ihm hinaus.

»*Boa noite*«, sagte er. »Es geht mich ja nichts an, aber ...«

»Ja, ja, da oben wohne ich. Das da ist mein Zimmer.«

»Ihr Zimmer? Sie meinen, Sie haben noch gar keine Wohnung gefunden?«

Tété lachte. »Was soll ich mit einer Wohnung? Ich bin doch nie zu Hause. Nein, ehrlich gesagt, konnte ich mich einfach noch nicht entscheiden. Und dann fühle ich mich hier auch so wohl ... Kommen Sie rein.«

Die Tafel war voll besetzt, die Vorspeisen wurden serviert. Nach einer Weile kam Dona Amélia an den Tisch. »Schmeckt es Ihnen denn?«

»Mmm ... dieser Schinken!«, schwärmte Fonseca. »Das ist Porco Bísaro, oder?«

»*Exactamente*. Den beziehen wir extra von einer Quinta in Castro Laboreiro.«

»Hab ich mir doch fast gedacht. Da oben bei Melgaço, das ist die beste Ecke dafür!«

Als Hauptgang gab es Arroz de Tamboril nach Dona Amélias Spezialrezept: Seeteufel und große Garnelen in Tomaten- und Paprikareis mit frischem Koriandergrün. Dazu den besten weißen Vinho Verde des Hauses, und alle waren glücklich. »Einfach sagenhaft!«, lautete das einstimmige Urteil.

Dona Amélia strahlte vor Freude, und Tété freute sich mit ihr. Artur zog sich einen Stuhl heran, um mit Fonseca über den Wein zu fachsimpeln. »Ponte da Barca?«, hörte sie Fonseca sagen. »Das ist ja bei mir um die Ecke. Ich bin aus Ponte de Lima. Ja, das stimmt schon, die Loureiro-

Traube, die hat nirgendwo sonst dieses Potenzial wie bei uns in der Gegend. Und so ein sortenreiner Vinho Verde wie dieser, der bringt das erst richtig zur Geltung. Ja, ich nehme gern noch ein Glas. Wissen Sie zufällig, ob die auch Hofverkauf haben?«

Nach dem Dessert – einem Pudim Caseiro, der wiederum alle ins Schwärmen brachte – sagte Dona Amélia leise zu Tété: »Und was ist nun aus der Frau geworden, um die Sie sich solche Sorgen gemacht haben?«

»Oh, die war sehr erleichtert, dass es so ausgegangen ist. Es war nur alles etwas viel für sie. Ich glaube, die richtige Freude kommt erst noch. Wenn sie merkt, dass sie jetzt ein besseres Leben hat.«

Dona Amélia drückte ihr mitfühlend die Hand. »Das ist schön. Das haben Sie gut gemacht. Hab ich nicht recht gehabt? Darüber reden ist das Einzige, was hilft.«

Epilog

Ein Vierteljahr später, an einem sonnigen Nachmittag Ende Juli, lag Ana Cristina in einem leuchtend gelben Bikini am Praia do Molhe in Foz do Douro. Sie hatte die Augen geschlossen, hörte das leichte Meeresrauschen, die Stimmen der spielenden Kinder. Ab und zu kreischte eine Möwe, oder ein lautes Motorrad fuhr die Avenida Brasil entlang. Mário lag neben ihr im Sand. Etwas Entspannung konnten sie beide gebrauchen.

Mitte Mai war Mário zum Vorstellungsgespräch nach London geflogen und hatte dann Woche um Woche darauf gewartet, dass die Firma sich bei ihm meldete.

Unterdessen hatte die Krise sich weiter verschärft. Immer mehr Portugiesen verließen das Land. Bessere Zeiten waren nicht in Sicht.

Vor zwei Tagen war dann endlich die Nachricht aus London gekommen. Eine Zusage. Mário sollte zum Oktober dort anfangen. Das alles war noch so unwirklich, dass es sie beide überforderte.

Was sollte nun werden? Sie wussten es nicht. Sie liebten sich ja noch. Aber es war auch nicht zu leugnen, dass das letzte Jahr schon ziemlich schwierig gewesen war. Ein einfaches »Komm doch mit« reichte jedenfalls nicht aus.

»Und was soll ich da machen, in London?«, hatte Ana gefragt.

»Du hast doch Psychologie studiert. Da findet sich schon was.«

Es war zwecklos: Er hatte wirklich nie verstanden, weshalb sie bei der PJ war. Dabei hatte sie mehr als einmal versucht, es ihm zu erklären.

»Ich weiß genau, wie es wäre, als Psychologin zu arbeiten. Da wäre ich die liebe kleine Ana, die immer für alles Verständnis hat. Und die bin ich nun mal nicht. Wenn ich sehe, dass etwas falsch ist, will ich was *dagegen unternehmen*. Und bei der PJ kann ich das.«

Sie setzte sich auf, strich sich ihr Haar hinters Ohr und sah sich um. Mário lag neben ihr auf dem Bauch und rührte sich nicht. Das Meer war blau und friedlich, flache Wellen schwappten leise auf den Strand. Hier und da steckten bunte Sonnenschirme schief im Sand. An der Mauer zur Straße stand die Reihe der kleinen rot-weißen Badezelte mit den spitzen Dächern, dahinter erhoben sich die hellgelben Säulen der Pergola. Dort oben schlenderten Spaziergänger entlang, hier unten lag man ausgestreckt auf den Badehandtüchern oder stand bis zum Bauch im Wasser. Unter all diesen Leuten gab es sicher genug, die ebenfalls nicht wussten, wie es jetzt weitergehen sollte. Doch hier am Strand konnten sie einfach abschalten und sich wohlfühlen. Das hatte Ana sonst auch immer gekonnt. Nur heute wollte es ihr irgendwie nicht gelingen.

Ein Stück weiter fiel ihr ein Paar ins Auge, das vorhin noch nicht dort gewesen war. Die junge Frau im Bikini hatte ihre schlanken Beine von sich gestreckt und saß leicht vorgebeugt da, während der Mann in Badehose ihr den Rücken eincremte. Sie hatte ihr Haar nach vorn genommen und hielt es mit einer Hand fest. Das Haar war dunkelblond.

Auch sonst kam sie Ana plötzlich bekannt vor.

Tatsächlich – es war Márcia.

Sie sah gut aus. Überhaupt nicht mehr so abgezehrt und angegriffen. Sie hatte es überstanden, das war deutlich zu erkennen. Sie wirkte entspannt und als ob sie sich wohlfühlte. Einfach so, wie die anderen.

Der Mann war vielleicht Anfang vierzig, die Schläfen leicht angegraut. Mit seiner schmal geränderten Brille sah er nach Akademiker aus. Vielleicht hatte sie ja einen Anwalt kennengelernt. Wie auch immer – eins war nicht zu übersehen: die liebevolle Sorgfalt, mit der er die Sonnencreme auf ihrem Rücken verteilte.

Ana lächelte still für sich und wandte sich ab, bevor Márcia sie bemerkte.

Sie blickte aufs Meer hinaus und stellte sich vor, wie sie es Tété erzählte.

Nein, dachte sie, was soll ich denn in London? Da gibt's ja nicht mal einen Strand.

Neben ihr regte sich etwas. Mário drehte sich um, setzte sich auf. Er sah sie an, als sei er froh, dass sie noch da war.

»Ana ... Ich musste gerade daran denken, dass es nur noch ein paar Wochen sind. August und September, mehr nicht.«

»Na ja. Du wolltest diesen Job, und du hast ihn bekommen.«

»Ja, sicher. Aber ... Ich will dich nicht verlieren. Wenn

dies hier unser letzter Sommer ist – was sollen wir denn damit anfangen?«

Ana zuckte die Schultern und sah ihn lächelnd an.

»Einfach genießen?«

Glossar der portugiesischen Ausdrücke

Até já	Bis gleich
Até logo	Bis später
Ao cuidado de	Zu Händen von
Bacalhau	Klippfisch. Eingesalzener und getrockneter Kabeljau
Bom dia	Guten Morgen (bis zum Mittagessen)
Boa tarde	Guten Tag (nach dem Mittagessen bis zum Dunkelwerden)
Boa noite	Guten Abend, Gute Nacht (nach Einbruch der Dunkelheit. Im Sommer auch: nach dem Abendessen)
Branquinha	»Schnee«, Heroin
Café com leite	Milchkaffee
Caldo verde	Kartoffel-Zwiebel-Suppe mit feinen Streifen Blattkohl
Chá de Limão	Wörtlich »Zitronentee«, heißer Aufguss aus Zitronenschale

Como está?	Wie geht's?
Conto	Inoffizielle Bezeichnung für 1000 Escudos. Nach letztem Umrechnungskurs: 1 Conto = € 5
Conselheiro	Berater
Exactamente	Genau
Filho da puta	Wörtlich: Hurensohn. Arschloch
Fundação Esperança	Stiftung »Hoffnung«
Muzongué	Angolanischer Fischtopf mit Palmöl, Mandioka und Chili
Meu Deus	Mein Gott
Pai	Vater
Patrão	Chef
Para inglês ver	Wörtlich: »Damit der Engländer es sieht«. Gebräuchlicher Ausdruck für: Nur so tun als ob[1]
Pastel de Nata	Blätterteigtörtchen mit Eiercremefüllung

---

[1] Der Legende nach ist er so entstanden: Anfang des 19. Jahrhunderts hatten die Briten in ihrem Empire den Sklavenhandel verboten, und dieses Verbot wurde auch mittels der Royal Navy durchgesetzt, die verdächtige Schiffe kontrollierte. Portugal hatte sich zwar ebenfalls zur Abschaffung der Sklaverei verpflichtet, hielt sich aber viele Jahre nicht daran. Wenn die Navy auf hoher See ihre Inspektionen durchführte, hatten die vordersten Schiffe der portugiesischen Konvois immer gewöhnliche Handelsware geladen – *para inglês ver* –, und die Sklavinnen und Sklaven waren auf den hinteren versteckt.

Piri-Piri	Kleine rote Chilischoten und der Name der Würzsoße, die daraus hergestellt wird
Pronto	Fertig, im Sinne von: »Gut, das war's dann.«
Por amor de Deus	Um Gottes willen
Puta de merda	Verdammte Scheiße!
Puta que o pariu	In Nordportugal häufiger Kraftausdruck, abgeleitet von *Vai pra puta que te pariu!*: Lauf doch zu der Hure, die dich geworfen hat!
Registo Civil	Standesamt
Tá bem	Gut (abschließend gemeint. Oder als Frage: *Tá bem?* Gut? Sind wir uns einig? Gern mit der Antwort: *Tá, tá.* Ja, ja.)
Tia	Tante
Tio	Onkel
Tudo bem	Alles klar
Vinho Verde	Wörtlich »grüner Wein«, gemeint ist »junger Wein«, Leichte, frische Weine aus dem Anbaugebiet im Nordwesten des Landes

Anmerkung zu den portugiesischen Namen

In diesem Buch kommt es mehrfach vor, dass die Namen der Personen keinen Aufschluss darüber geben, wer mit wem verwandt ist. Sogar dass zwei Männer Brüder sind, bleibt zunächst unklar. Das liegt daran, dass es in Portugal keine durchgehenden Familiennamen gibt. Weder nimmt die Ehefrau den Nachnamen des Mannes an, noch wird ein gemeinsamer Name an die Kinder weitergegeben. Stattdessen kann jedes Kind bis zu vier Nachnamen haben, die von den Eltern frei aus ihren eigenen und denen der Großeltern gewählt werden dürfen. Selbst Geschwister heißen also oft völlig unterschiedlich. Fürs tägliche Leben sucht sich dann jeder selbst einen einzigen oder eine Kombination von zwei Nachnamen aus. Dabei werden natürlich gern die klangvollsten genommen. Wenn jemand beispielsweise José Sócrates Carvalho Pinto de Sousa heißt, nennt er sich kurz José Sócrates. Wenn er dann noch Ministerpräsident ist, kann es allerdings passieren, dass der politische Gegner das unterläuft und ihn aus purer Bosheit als »Senhor Pinto« bezeichnet.

Frauen werden in Portugal grundsätzlich beim Vornamen genannt, auch in Verbindung mit höflichen Anredeformen wie Dona oder Titeln wie Senhora Doutora. Der Ministerpräsident, der auf José Sócrates gefolgt ist, hieß z. B. mit vollem Namen Pedro Manuel Mamede Passos Coelho und seine Finanzministerin Maria Luís Casanova Morgado Dias de Albuquerque. Tauchten die beiden zusammen in den Medien auf, wurden sie »Passos« und »Maria Luís« genannt. Wenn es bei mir also »Fonseca« und »Ana Cristina« heißt, folge ich damit dem portugiesischen Sprachgebrauch.

Mario Lima

Vinho Verde und rotes Blut in den Straßen von Porto – der neue Urlaubskrimi aus dem Trendland Portugal

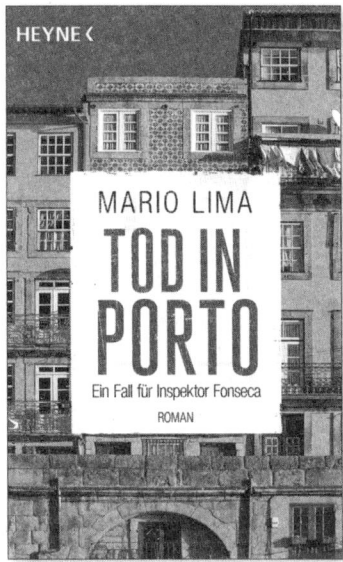

978-3-453-43959-7

Das Team von Inspektor Fonseca hatte schon auf den wohlverdienten Urlaub angestoßen, als plötzlich ein Mann brasilianischer Herkunft erschossen wird. Die Ermittlungen führen in die brasilianische Unterwelt Portos, die sehr viel größer und mächtiger ist, als die malerische Kulisse erahnen lässt.

Leseprobe unter **www.heyne.de**　　　　　**HEYNE ❮**

Abir Mukherjee

»Eine Reise in die
düstersten Ecken von Britisch-Indien.«
Daily Express

978-3-453-42173-8   978-3-453-43920-7   978-3-453-42338-1

Leseproben unter **www.heyne.de**   **HEYNE ‹**